BABEL

바벨

BABEL

Copyright © 2022 by R. F. Kuang

Korean translation rights arranged with Liza Dawson Associates, New York
through Danny Hong Agency, Seoul.
Korean translation copyright © 2025 by Munhaksasang, Inc.

이 책의 한국어판 저작권은 대니홍 에이전시를 통한 저작권사와의
독점 계약으로 ㈜문학사상에 있습니다. 신저작권법에 의해 한국 내에서
보호를 받는 저작물이므로 무단전재와 복제를 금합니다.

R. F. 쿠앙 장편소설

이재경 옮김

문학사상

일러두기

- 이 책에 나오는 고유명사는 원칙적으로 국립국어원의 외래어 표기법에 따라 표기
  했습니다.
- 지은이 주는 해당 부분에 *를 달고, 페이지 하단에 각주 처리했습니다. 지은이 주는
  소설의 일부입니다. 즉 소설 서사의 연장선상에 있습니다. 간혹 필요에 따라 지은이
  주를 본문에 넣은 경우도 있습니다.
- 옮긴이 주는 본문에 대괄호 [ ]로 묶어서 고딕체로 작게 병기했습니다.

세상의

모든 빛과 웃음인

베넷에게

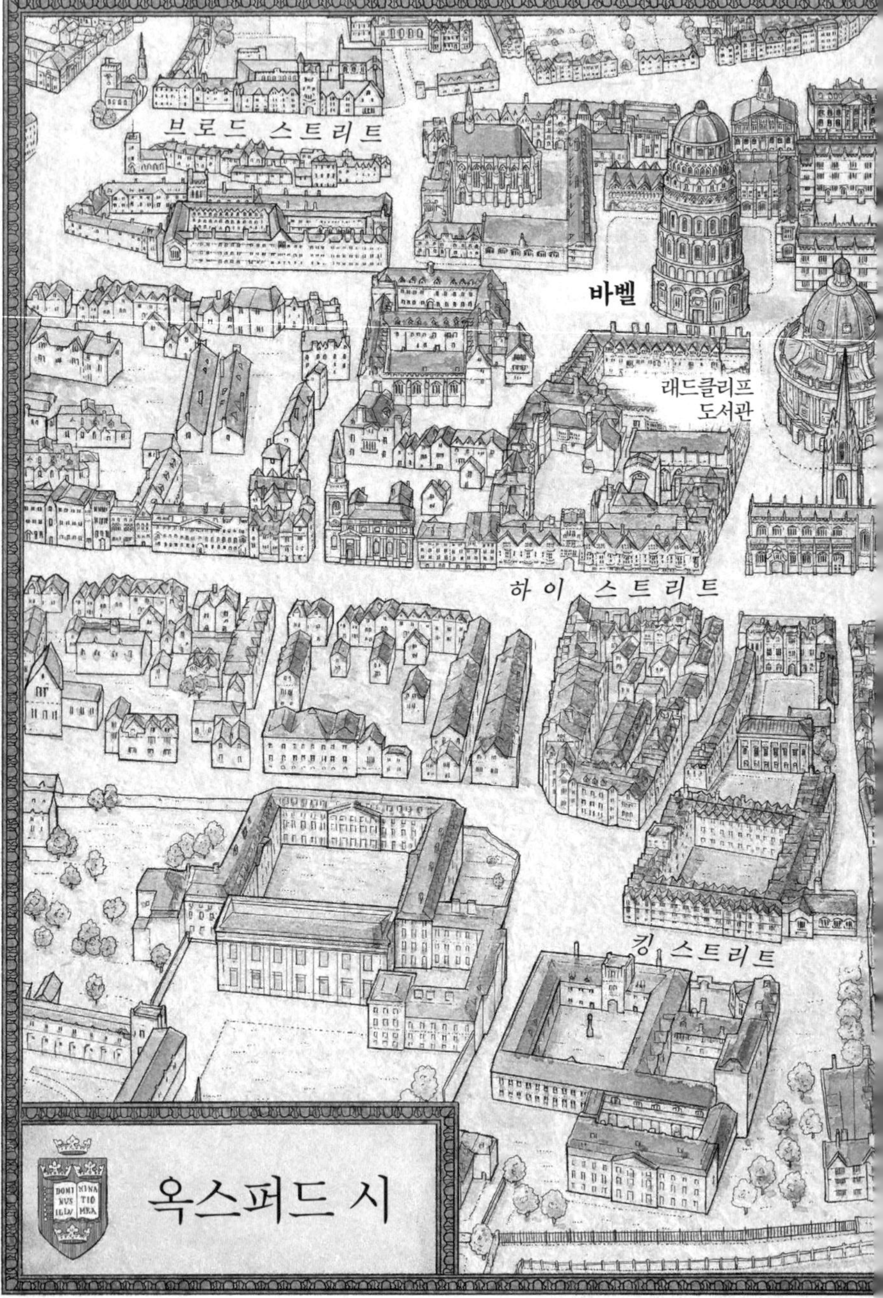

브로드 스트리트
바벨
래드클리프
도서관
하이 스트리트
킹 스트리트
DOMI NINA
NVS TIO
ILLV MEA
옥스퍼드 시

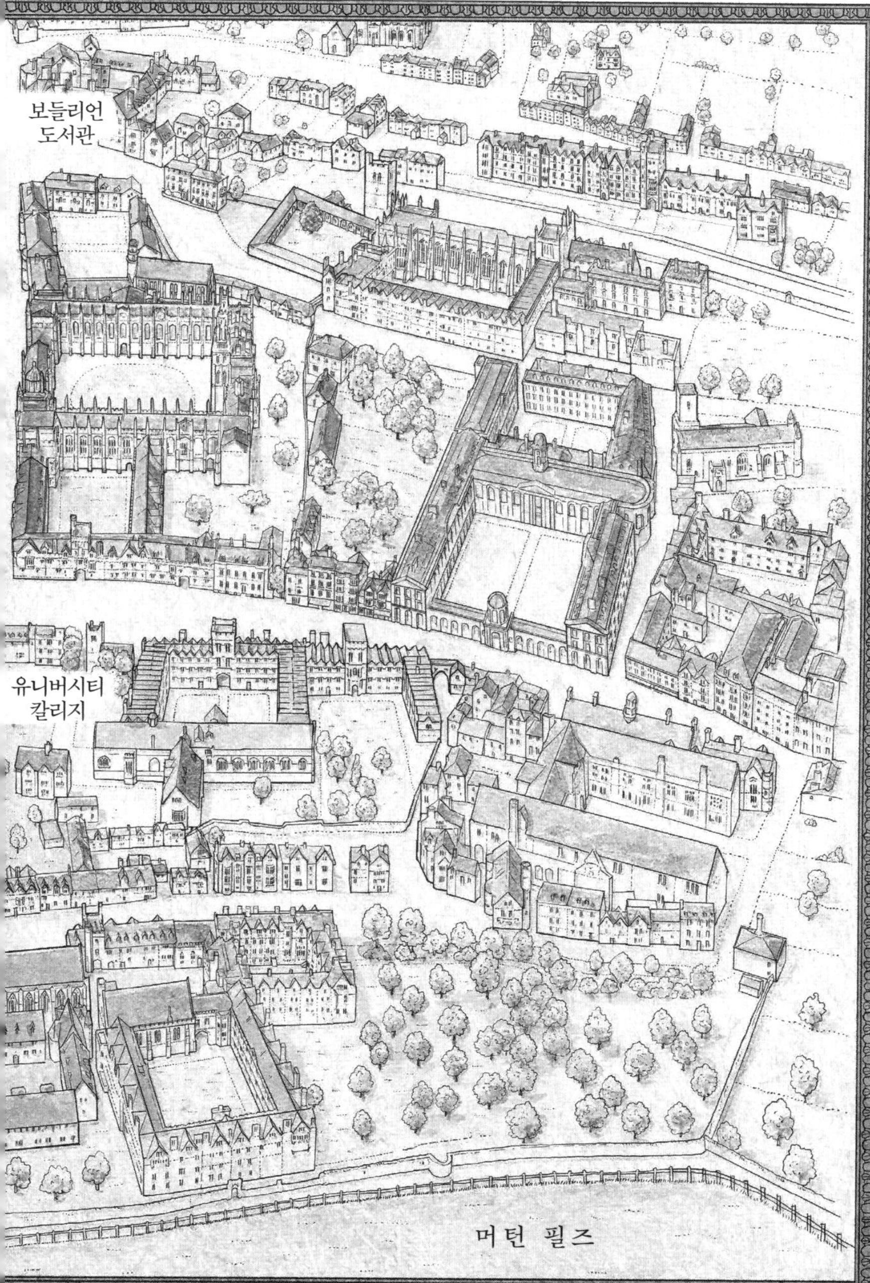

보들리언
도서관
유니버시티
칼리지
머턴 필즈

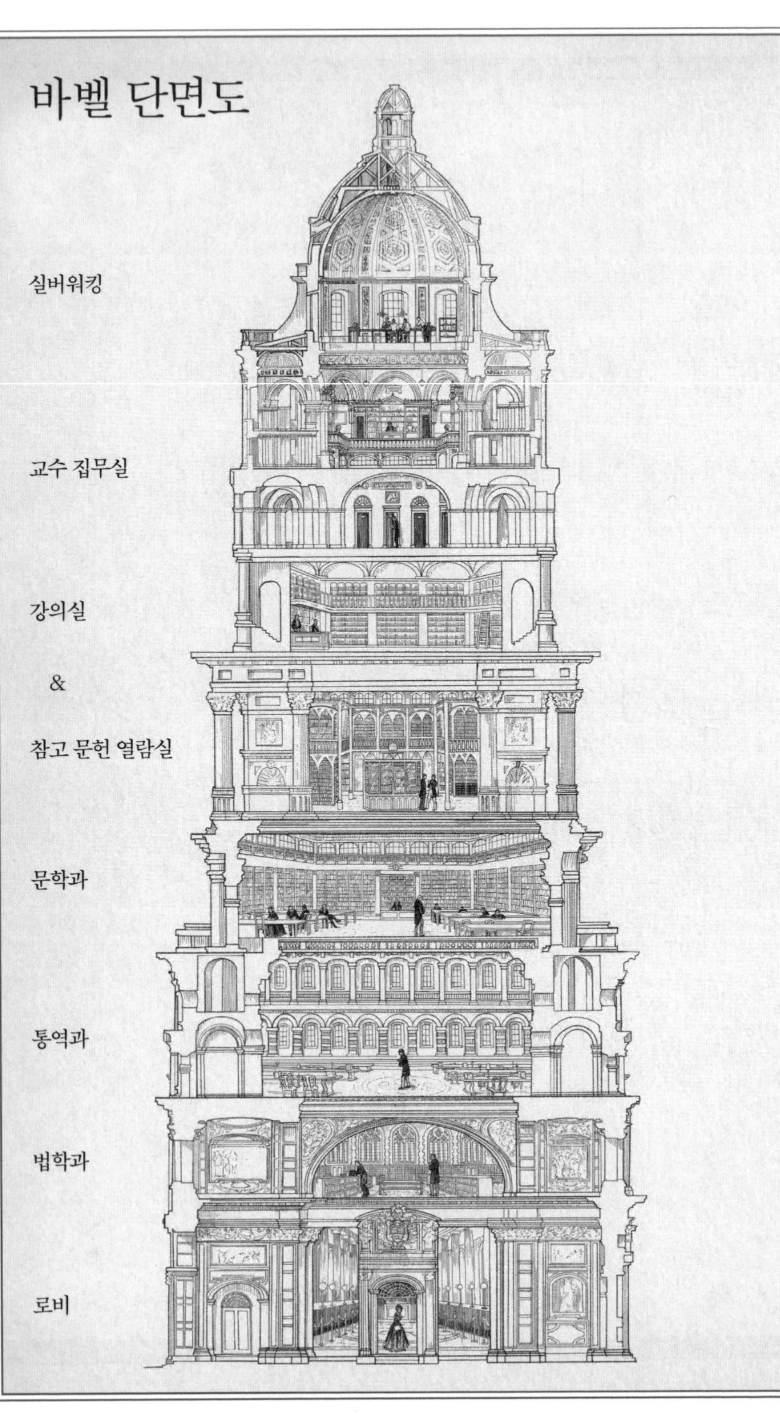
바벨 단면도
실버워킹
교수 집무실
강의실
&
참고 문헌 열람실
문학과
통역과
법학과
로비

차례

1권

저자의 일러두기

이 소설에 등장하는 과거의 영국, 특히 옥스퍼드대학교에 대하여

옥스퍼드를 배경으로 소설을 쓰는 데 따르는 고충은, 옥스퍼드에서 시간을 보냈던 사람 누구나 책에 묘사된 옥스퍼드가 자신의 기억과 일치하는지 눈에 불을 켜고 뜯어본다는 점이다. 옥스퍼드에 대해 쓰는 이가 미국인이면 상황은 더 힘들어진다. 대체 미국인이 뭘 안단 말인가? 이에 대한 내 변론은 다음과 같다.

『바벨』은 사변소설이다. 즉 판타지 버전의 1830년대 옥스퍼드를 배경으로 한다. 소설 속 옥스퍼드의 역사는 실버워크(silver-work. 이에 관해서는 곧 나온다)로 인해 실제와 크게 달라졌다. 다만 초기 빅토리아시대 옥스퍼드의 생활상은 가급적 역사 기록에 충실하면서 서사에 필요한 경우에만 허구를 도입하려고 노력했다. 19세기 초 옥스퍼드에 관한 자료로는 제임스 J. 무어의 매우 흥미로운 저서 『옥스퍼드 역사 편람』(1878)을 참고했으며, M. G. 브록과 M. C. 커소이스가 편찬한 『옥스퍼드대학교 역사』 제6권

(1997)과 제7권(2000)의 도움도 받았다.

당시의 수사법과 일반 생활상(예컨대 19세기 초 옥스퍼드 속어는 현재 옥스퍼드 속어와 상당히 다르다)[*]을 소설에 재현하기 위해 앨릭스 차머스의 『옥스퍼드대학교 부속 칼리지, 홀, 공공건물의 역사와 설립자들의 생애』(1810), G. V. 콕스의 『옥스퍼드 회고록』(1868), 토머스 모즐리의 『회상록: 주로 오리얼 칼리지와 옥스퍼드 운동에 대하여』(1882), W. 터크웰의 『옥스퍼드 회상록』(1908)을 1차 자료로 활용했다. 또한 픽션 역시 우리에게 해당 시대의 삶, 또는 적어도 당대인들이 인식했던 삶에 관해 많은 것을 알려준다는 점에서, 커스버트 M. 비드의 『버던트 그린의 모험』(1857), 토머스 휴스의 『톰 브라운, 옥스퍼드에 가다』(1861), 윌리엄 메이크피스 새커리의 『펜데니스 이야기』(1850) 등의 소설에서도 세부 사항에 관한 영감을 얻었다. 그 외에는 모두 내 기억과 상상력에 의지했다.

옥스퍼드를 잘 아는 독자들, 그래서 "아니, 이건 사실과 달라!"를 외치려는 독자들에게 미리 몇 가지 설명을 드리고자 한다. 옥스퍼드 유니언은 1856년에야 설립되었다. 따라서 이 소설에서는 그 전신인 연합 토론회(1823년 창설)로 지칭된다. 내가 좋아하는 볼츠 & 가든은 2003년에 생긴 카페다. 하지만 내가 그곳에서 워낙 많은 시간을 보냈고, 워낙 많은 스콘을 축냈기에 주인공 로빈과 그의 동기들에게도 같은 즐거움을 주고 싶었다. 소

---

[*] 예컨대 나는 옥스퍼드 재학 시절 하이 스트리트(High Street)를 '더 하이(The High)'로 부르는 사람을 한 번도 본 적이 없다. 하지만 G. V. 콕스의 저서에 따르면 당시에는 그렇게 불렀다.

설에 등장하는 트위스티드 루트라는 펍은 허구의 장소다. 내가 알기로 옥스퍼드에 그런 이름의 펍은 없다. 윈체스터 로드의 테일러스라는 빵집도 허구다. 다만 하이 스트리트에 내가 좋아하는 테일러스가 있다. 옥스퍼드 순교자 기념탑은 실존한다. 하지만 이 소설이 끝나는 시점에서 3년 후인 1843년에 완공되었다. 소소하게나마 언급하고 싶어서 내가 건설 연도를 조금 앞당겼다. 빅토리아 여왕의 실제 대관식은 1839년이 아닌 1838년 6월에 열렸다. 옥스퍼드와 패딩턴을 연결하는 철도는 1844년에 놓였지만 이 책에서는 이보다 몇 년 앞서 건설된 것으로 나온다. 여기에는 두 가지 이유가 있다. 첫째, 이 책의 대체 역사에서는 그래야 말이 되기 때문이고 둘째, 인물들이 런던으로 이동하는 시간을 단축하기 위해서였다.

기념 무도회도 창작의 자유를 이용해 많이 바꿨다. 그 결과 초기 빅토리아시대의 사교 행사보다는 현대의 케임브리지 메이 볼/옥스퍼드 기념 무도회와 대폭 비슷해졌다. 예를 들어 초기 빅토리아시대에는 굴이 빈민의 주식이었지만 이 소설에서는 비싼 별미로 등장한다. 내가 2019년 케임브리지 모들린 칼리지의 메이 볼에 갔을 때 얼음 위에 수북이 쌓여 있던 굴 더미들이 인상에 세게 남은 탓이다.(그때 나는 가방을 가져오지 않아서 휴대폰과 샴페인 잔과 굴을 한 손에 아슬아슬하게 들고 다니다가 결국 어느 노신사의 멋진 정장구두에 샴페인을 왕창 쏟고 말았다.)

이 책에서 바벨이라는 별칭으로 불리는 왕립번역원의 위치가 정확히 어디인지 궁금한 독자들을 위해 설명하자면, 나는 가상

 저자의 일러두기 ◆

의 바벨이 있을 자리를 만들기 위해 옥스퍼드의 지형을 다소 왜곡했다. 보들리언 도서관과 셸더니언 극장과 래드클리프 카메라[주로 도서관으로 이용되는 원형 건물. 이 책에서 래드클리프 도서관으로 지칭된다] 사이에 잔디밭이 있다고 상상해보시라. 이제 그곳을 아주 넓게 키워보자. 나는 그 한가운데에 바벨을 배치했다.

이외에도 실제와 다른 점이 발견될 때는 이 책이 허구의 산물이라는 점을 기억해주시기 바란다.

1부

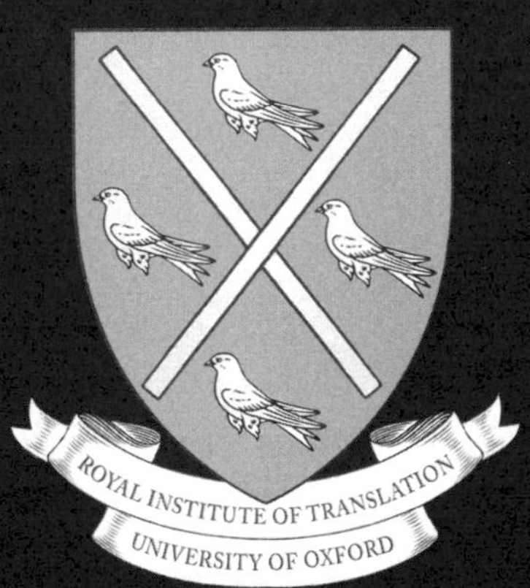

1

리처드 러벌 교수가 광둥의 좁은 골목길을 지나 수첩에 적어둔 빛바랜 주소지에 도착했을 때, 그 집에 살아 있는 사람은 그 소년이 유일했다.

악취가 코를 찔렀고, 바닥은 미끄러웠다. 침대 옆에 물이 가득한 물병이 그대로 놓여 있었다. 소년은 물병을 들 힘조차 없었다. 아직 의식이 붙어 있었지만, 비몽사몽 혼미한 상태였다. 소년은 곧 자신도 깊은 잠에 들어 다시는 깨지 못하리라는 것을 알았다. 그것은 일주일 전 그의 조부모에게 일어난 일이었고, 그다음 날에는 그의 이모들에게, 그다음 날에는 영국인 여성 미스 베티에게 일어난 일이었다.

소년의 어머니는 이날 아침에 숨을 거두었다. 소년은 어머니의 시신 옆에 누워 어머니의 피부가 검푸르게 짙어가는 것을 지켜봤다. 어머니의 마지막 말은 그의 이름이었다. 소리 없이 입 모양만으로 말한 두 음절. 다음 순간 어머니의 얼굴이 처지며 움푹해졌다. 어머니의 혀가 입 밖으로 늘어졌다. 소년은 어머니의 공허한 눈을 감겨주려 했지만 눈꺼풀이 계속 말려 올라갔다.

러벌 교수가 문을 두드렸지만 아무런 대답이 없었다. 그기 앞 문을 걷어차고 들어갔을 때도 집 안에는 놀라는 기척이 없었다. 문이 잠겨 있었던 것은 역병을 틈타 도둑들이 동네를 깡그리 털고 있기 때문이었다. 소년의 집에 값나가는 물건은 없었지만, 소년과 어머니는 역병에 숨이 끊어지기 전 몇 시간만이라도 평화를 원했다. 아래층의 소란이 들렸지만 소년은 신경 쓸 기력이 없었다. 그때쯤 소년은 죽을 생각밖에 없었다.

러벌 교수가 계단을 올라와 방을 가로질러 소년 옆에 섰다. 그는 한동안 소년을 굽어봤다. 침대 위의 죽은 여인은 보지 못했거나 못 본 척했다. 소년은 교수의 그림자 아래 미동 없이 누워 있었다. 소년은 검은 옷을 입은 이 키 크고 창백한 형체가 자신의 영혼을 거두러 왔다고 생각했다.

"좀 어떠냐?" 러벌 교수가 물었다.

소년의 밭은 숨으로는 대답이 불가능했다.

러벌 교수는 침대 옆에 무릎을 꿇고 앉았다. 그는 앞주머니에서 얇은 은막대를 꺼내 소년의 벌거벗은 가슴 위에 놓았다. 소년이 움찔했다. 막대가 얼음처럼 차가웠다.

"트리아클 *triacle*." 러벌 교수는 먼저 프랑스어로 말했다. 다음에는 영어로 말했다. "트리클 *[treacle, 당밀]*."

그러자 막대가 창백하게 빛났다. 어디선가 괴괴한 소리가 났다. 울림 같기도 하고 노래 같기도 했다. 소년은 끙끙대며 옆으로 웅크렸다. 소년의 혀는 놀란 듯 입 주위를 핥았다.

"참아." 러벌 교수가 속삭였다. "그 맛을 삼켜."

몇 초가 흘렀다. 호흡이 안정되었다. 소년은 눈을 떴다. 이제 러벌 교수의 모습이 더 또렷하게 보였다. 청회색 눈과 구부러진 코가 눈에 들어왔다. 매부리코. 외국인의 얼굴에만 있는 것.

"이젠 좀 어때?" 러벌 교수가 물었다.

소년은 다시 한번 깊이 숨을 들이마신 후 놀랄 만큼 유창한 영어로 말했다. "달아요. 너무 달아요…."

"좋아. 효과가 있었군." 러벌 교수는 은막대를 다시 주머니에 넣었다. "이 집에 살아 있는 사람이 또 있니?"

"아뇨." 소년은 숨죽여 말했다. "저뿐이에요."

"꼭 가져가야 할 건?"

소년은 잠시 침묵했다. 파리 한 마리가 어머니의 뺨에 내려앉더니 어머니의 코를 넘어 기어갔다. 소년은 파리를 쫓고 싶었지만 손을 들어 올릴 힘이 없었다.

"시신은 못 가져가. 우리가 가는 곳으로는."

소년은 어머니를 한참 물끄러미 봤다.

"제 책들." 마침내 소년이 말했다. "침대 밑에."

러벌 교수는 몸을 숙여 침대 밑에서 두툼한 책 네 권을 끄집어 냈다. 영어로 된 책이었다. 많이 읽어서 책등이 너덜대고, 어떤 페이지들은 닳아서 활자를 읽기 어려울 정도였다. 교수는 책장을 넘겨 보며 자기도 모르게 빙그레 웃었다. 그는 책들을 가방에 챙긴 다음, 양팔을 소년의 깡마른 몸통 밑에 넣어 들어 올렸다. 그리고 소년을 안고 그 집을 나왔다.

1829년, 훗날 아시아 콜레라로 불리게 될 역병이 캘커타에서 뱅골만을 건너 극동으로 퍼졌다. 병은 처음에는 시암으로, 다음에는 마닐라로 옮겨 갔고, 결국 상선들을 타고 중국 해안에 이르렀다. 탈수증으로 눈이 해골처럼 꺼진 선원들이 오물을 주장강에 쏟아부었다. 이는 수천수만이 마시고, 빨래하고, 수영하고, 목욕하는 물을 오염시켰다. 역병이 광둥을 해일처럼 덮쳤고, 선창에서 내륙의 주거지역으로 삽시간에 번졌다. 소년의 동네도 몇 주 만에 무덤이 되었다. 집집마다 온 가족이 속수무책으로 죽어갔다. 러벌 교수가 소년을 데리고 광둥의 골목을 빠져나왔을 때 그 거리의 다른 이들은 모두가 이미 죽은 후였다.

소년은 이 모든 것을 정신이 든 후에야 알았다. 영국 상관商館의 깨끗하고 환한 방에서 깨어났을 때 그는 평생 만져본 적 없는 보드랍고 하얀 담요에 싸여 있었다. 하지만 이것들이 소년의 통증을 줄여주지는 못했다. 온몸이 불덩이였다. 혀는 입에 들어앉은 뻑뻑하고 꺼칠한 돌덩이 같았다. 몸에서 멀찍이 떠 있는 느낌이었다. 교수가 말할 때마다 붉은 섬광과 함께 날카로운 통증이 관자놀이를 관통했다.

"넌 아주 운이 좋았어." 러벌 교수가 말했다. "닿는 족족 죽여 없애는 병이거든."

소년은 이 이방인의 기다란 얼굴과 창백한 회색 눈을 홀린 듯이 응시했다. 소년의 눈길이 초점을 놓칠 때마다 이방인은 거대한 새로 변했다. 까마귀. 아니, 맹금. 사납고 강한 것.

"내 말 알아들을 수 있어?"

소년은 말라붙은 입술을 적시며 겨우 대답했다.

러벌 교수가 고개를 저었다. "영어. 영어로 해."

소년의 목이 타들어갔다. 기침이 나왔다.

"넌 영어 할 줄 알잖아. 영어로 해."

"우리 어머니," 소년은 헐떡이며 말했다. "왜 우리 어머니를 놓고 왔어요?"

러벌 교수는 대답하지 않았다. 그는 곧바로 일어나 무릎을 툭툭 털고 자리를 떴다. 앉아 있던 몇 분 사이에 무슨 먼지가 쌓였다는 것인지, 소년은 알 수 없었다.

다음 날 아침, 소년은 구역질 없이 국 한 그릇을 비웠다. 그다음 날 아침에는 어지럼증 없이 일어설 수 있었다. 다만 오랜만에 쓰는 무릎이 심하게 후들거려서 넘어지지 않으려면 침대 틀을 붙잡아야 했다. 열은 내렸고, 식욕은 올라왔다. 그날 오후 소년이 다시 깼을 때는 국그릇 대신 두툼한 빵 두 조각과 로스트비프 한 덩어리를 담은 접시가 놓여 있었다. 소년은 그것을 맨손으로 허겁지겁 먹어치웠다.

소년은 거의 종일 꿈도 없는 잠에 빠졌다. 파이퍼 부인이라는 여성이 들여다볼 때마다 잠깐씩 깰 뿐이었다. 둥근 몸집에 명랑한 성격인 그녀는 소년의 베개를 부풀려주고, 시원한 물수건으로 이마를 닦아주고, 특이한 억양의 영어로 말했다. 억양이 너무 이상해서 소년은 매번 몇 번씩 다시 말해달라고 해야 했다.

"어머나," 소년이 알아듣지 못하자 부인이 킥킥 웃었다. "스코틀랜드 사람을 처음 보는 모양이구나."

"스코틀랜드? 거기가 어딘데요?"

"걱정 마라." 부인은 소년의 뺨을 토닥였다. "영국 지리는 곧 배우게 될 테니까."

그날 저녁 파이퍼 부인은 소년에게 다시 빵과 로스트비프를 가져왔고, 교수가 집무실에서 보자고 했다는 말을 전했다. "바로 위층이야. 오른쪽 두 번째 문. 이것부터 다 먹으려무나. 교수님은 어디 안 가요."

소년은 서둘러 음식을 먹고, 파이퍼 부인의 도움을 받아 옷을 입었다. 어디서 났는지 처음 보는 옷이었다. 서양 옷이었는데 소년의 작고 마른 몸에 놀랄 만큼 잘 맞았다. 하지만 소년은 묻지 않았다. 더 물어보기에는 너무 고단했다.

계단을 오르는 소년의 몸이 덜덜 떨렸다. 피로 때문인지, 두려움 때문인지는 알 수 없었다. 교수의 방문은 닫혀 있었다. 소년은 잠시 숨을 고르고 문을 두드렸다.

"들어와요." 교수의 목소리가 들렸다.

나무 문은 몹시 무거웠다. 소년이 온몸으로 힘껏 미니까 그제야 조금 열렸다. 안에 들어서자 책들이 뿜는 묵직한 잉크 냄새가 소년을 덮쳤다. 사방에 책이 쌓여 있었다. 일부는 서가에 가지런히 꽂혀 있었지만, 나머지는 방 여기저기에 위태로운 피라미드 형태로 어지러이 쌓여 있었다. 일부는 바닥에 널렸고, 일부는 책상에 걸렸다. 여기에 아무렇게나 놓인 책상들까지 가세해서 어둑한 방에 미로를 만들었다.

"이리로." 교수는 책장에 가려 거의 보이지 않았다. 소년은 방을 쭈뼛쭈뼛 가로질렀다. 잘못 움직였다가 책 피라미드들이 무너질까 봐 이리저리 피하며 갔다.

"부끄러워할 거 없다." 교수는 책과 서류와 봉투로 뒤덮인 거대한 책상 앞에 앉아 있었다. 그는 소년에게 책상 건너편에 앉으라고 손짓했다. "여기서 많이 읽었니? 영어는 문제없었어?"

"좀 읽었어요." 소년은 발치에 쌓인 책들을 밟지 않으려고 조심하며 앉았다. 리처드 해클루트의 여행 일지였다. "책이 많진 않았어요. 그래서 있는 책을 여러 번 읽었어요."

평생 광둥을 떠난 적 없는 것치고 소년의 영어는 놀랄 만큼 훌륭했다. 약간의 억양만 있을 뿐이었다. 이는 엘리자베스 슬레이트라는 영국 여성 덕분이었다. 소년은 그녀를 미스 베티라고 불렀다. 미스 베티는 소년이 기억하지 못할 때부터 소년의 집에서 살았다. 소년은 그녀가 함께 사는 이유를 정확히 알지 못했다. 소년의 가족은 외국인 하인은 고사하고 어떤 하인도 고용할 형편이 아니었다. 누군가 그녀에게 임금을 지급하고 있었던 게 분명했다. 그녀는 한 번도 떠난 적이 없었다. 심지어 전염병이 닥쳤을 때도 떠나지 않았다. 그녀는 광둥어를 꽤 잘했다. 도시를 어려움 없이 돌아다닐 정도였다. 하지만 그녀는 소년과는 오로지 영어만 했다. 그녀의 유일한 책무는 소년을 돌보는 것인 듯했다. 소년은 처음에는 미스 베티와 대화하면서, 나중에는 부두의 영국인 선원들과 대화하면서 영어에 유창해졌다.

소년의 영어 읽기 능력은 말하기 능력보다 더 뛰어났다. 네 살이 되던 해부터 소년에게 매년 두 번씩 커다란 소포가 도착했다. 소포에는 영어 책들만 들어 있었는데, 발신지는 런던 외곽 햄프스테드의 한 주소였다. 미스 베티도 잘 모르는 곳인 듯했고, 소년은 당연히 들어본 적 없는 곳이었다. 어쨌거나 소년은 미스 베티와 촛불 아래 함께 앉아 단어 하나하나 손가락으로 짚어가며, 큰 소리로 발음해가며 그 책들을 읽었다. 더 자랐을 때는 오후 내내 혼자서 낡은 페이지들을 또 숙독했다. 열두 권은 6개월을 버티기에 턱없이 부족했다. 소년은 책들을 몇 번씩 돌려가며 읽었다. 다음번 소포가 도착할 무렵에는 책들을 외울 정도였다.

전체 내막에 대한 감은 아직 없었지만 소년은 이제 깨달았다. 그 소포들의 출처가 이 교수인 것이 분명했다.

"재밌게 읽었어요." 소년은 작게 대답했다. 그러고는 더 말하는 것이 도리인 것 같아서 덧붙였다. "그리고— 영어는 문제없었어요."

"아주 좋아." 러벌 교수가 등 뒤의 서가에서 책을 한 권 꺼내 책상 위로 밀었다. "이 책은 본 적 없겠지?"

소년은 제목을 흘깃 봤다. 애덤 스미스의 『국부론』. 소년은 고개를 저었다. "네, 죄송해요."

"죄송할 건 없어." 교수가 책 중간을 펴서 가리켰다. "큰 소리로 읽어봐라. 여기부터."

소년은 침을 꼴깍 삼키고 목을 가다듬은 후 읽기 시작했다. 책은 위협적으로 두꺼웠고, 활자는 몹시 작았고, 문장은 미스 베티와 읽던 가벼운 모험소설에 비할 수 없이 어려웠다. 소년은 처음 보는 단어들에 혀가 꼬였다. 모르는 단어들은 짐작으로 발음할 수밖에 없었다.

"각각의 식, 식민 지배국이 자국에 속한 식, 식민지로부터 얻는 특…정한 이, 이익은 두 종류다. 첫째, 모든 제국이 그 지배… 지배하에 있는?" 소년은 다시 목을 가다듬었다. "…있는 속국들에서 얻는 공통의 이익….'*

"그만하면 됐다."

소년은 읽어놓고도 무슨 말인지 도통 이해하지 못했다. "교수님, 이게 무슨 뜻…."

"아니, 괜찮아." 교수가 말했다. "네가 국제경제학을 이해할 거라는 기대는 무리지. 하지만 잘했다." 그러고는 책을 한쪽으로 밀어놓고 서랍에서 은막대 하나를 꺼냈다. "이거 기억나니?"

소년의 눈이 휘둥그레졌다. 겁나서 만질 엄두가 나지 않았다.

전에도 그런 막대를 본 적이 있었다. 광둥에서는 드문 물건이지만 어쨌거나 이것에 대해 모르는 사람은 없었다. 인푸루銀符籙. 은으로 만든 부적. 뱃머리에 박혀 있고, 가마 측면에 새겨져 있고, 외국인 거류지의 창고 문에 붙어 있는 것들. 소년은 그것들

---

* 『국부론』 제4편 제7장에서 애덤 스미스는 식민지 유지는 국가의 자원을 고갈시키며, 독점적 식민지 무역을 통한 경제적 이익은 환상에 불과하다는 점을 근거로 식민주의에 반대한다. 그는 이렇게 썼다. "영본국(Great Britain)이 자국 식민지들에 대해 행사하는 지배권으로부터 얻을 것은 손실밖에 없다." 하지만 이러한 견해는 당시에 널리 공유되지 않았다.

이 정확히 무엇인지 알지 못했고, 그의 집에도 설명해줄 사람이 없었다. 소년의 할머니는 그것들을 부자의 마법 주문, 신들의 축복을 담은 금속 부적이라고 불렀다. 어머니는 막대에 주인의 소환에 따라 명령을 받드는 악마들이 갇혀 있다고 생각했다. 심지어 미스 베티조차, 중국의 토착 미신을 대놓고 경멸하고, 배고픈 귀신들을 챙기는 소년의 어머니를 끝없이 비판하던 미스 베티조차 그 막대들만큼은 겁냈다. "사술이야." 소년이 물었을 때 그녀는 이렇게 말했다. "악마의 놀음, 딱 그거야."

소년은 이 인푸루의 정체에 대해 아는 바가 없었다. 며칠 전 자기 목숨을 구한 것이 딱 이렇게 생긴 막대였다는 것밖에는.

"자, 받아." 러벌 교수가 막대를 소년에게 내밀었다. "한번 보렴. 물지 않아."

소년은 머뭇대다가 양손으로 받았다. 막대는 몹시 매끄럽고 차가웠다. 하지만 그 외에는 꽤 평범해 보였다. 안에 악마가 잡혀 있더라도 잘 숨어 있는 듯했다.

"거기 뭐라고 적혔는지 읽어보겠니?"

소년이 자세히 보니 정말로 글이 있었다. 막대 양옆에 깨알 같은 글자들이 단정히 새겨져 있었다. 한쪽은 영문자, 다른 쪽은 한자였다. "네."

"큰 소리로 읽어보렴. 중국어 먼저, 그다음에 영어. 정확한 발음으로."

소년이 아는 한자들이었다. 다만 필체가 좀 이상했다. 마치 한자를 본 적은 있지만 뜻은 모르는 사람이 한 획 한 획 베껴 쓴 것 같았다. 막대에는 이렇게 적혀 있었다. 囫圇呑棗[홀륜탄조. 직역하면 '대추를 통째로 삼키다'라는 뜻].

"후룬 툰 *짜오*." 소년은 각 음절을 또박또박 발음하며 천천히 읽었다. 다음에는 영어를 읽었다. "생각 없이 받아들이다."

막대가 윙윙대기 시작했다.

동시에 소년의 혀가 부풀어 올라 기도를 막았다. 소년은 목을 움켜잡고 캑캑댔다. 소년의 무릎에 떨어진 막대가 정말로 귀신 들린 듯 격렬하게 진동하며 춤을 추었다. 역할 정도의 단맛이 소년의 입을 채웠다. *대추처럼.* 소년은 흐릿한 의식으로 생각했다. 시야가 가장자리부터 검어졌다. 너무 익어서 진하고 끈적한 대추의 역한 맛. 소년은 거기 빠져 익사 중이었다. 목구멍이 꽉 막혀서 숨을 쉴 수 없었다.

"됐다." 러벌 교수가 몸을 숙여 소년의 무릎에서 막대를 회수 했다. 질식의 느낌이 사라졌다. 소년은 책상에 털썩 엎어져 숨을 헐떡였다.

"흥미롭군. 입에서 무슨 맛이 나니?"

"홍짜오紅棗." 소년의 얼굴에 눈물이 줄줄 흘렀다. 소년은 급 히 영어로 고쳐 말했다. "대추."

"좋아. 아주 좋아." 러벌 교수는 소년을 한참 뜯어보다가 막대 를 도로 서랍에 넣었다. "제법 훌륭해."

소년은 훌쩍이며 눈물을 닦았다. 러벌 교수는 의자에 기대앉 아 소년이 진정되기를 기다렸다가 말을 이었다. "이틀 후 나와 파이퍼 부인은 이 나라를 떠나 영국이란 나라의 런던이라는 도시로 간다. 둘 다 들어봤겠지?"

소년은 자신 없이 고개를 끄덕였다. 그에게 런던은 릴리펏[『걸리버 여행기』에 나오는 소인국] 같은 곳이었다. 생김새도, 옷도, 언어도 자신과 전혀 다른 사람들이 사는 아득한 상상과 환상의 장소.

"너도 데려갈 생각이다. 넌 내 집에서 살게 될 거야. 네가 자라서 스스로 밥벌이를 하게 될 때까지 내가 숙식을 제공하마. 대신에 넌 내가 설계한 교육과정을 밟게 된다. 언어 교육이지. 라틴어와 그리스어를 배울 거야. 물론 만다린어[베이징 방언에 기반한 표준 중국어]도. 넌 안락한 삶을 누리면서 아무나 받을 수 없는 최고의 교육을 받을 거야. 내가 그 대가로 바라는 건 네가 학업에 성실히 정진하는 것뿐이야."

러벌 교수는 기도하듯 두 손을 모았다. 교수의 말투는 종잡기 어려웠다. 지극히 딱딱하고 냉정했다. 소년은 교수가 자신을 런던에 데려가고 싶은 게 맞는지 헷갈렸다. 사실 교수의 말은 입양보다는 사업 제안처럼 들렸다.

"심사숙고를 권한다." 교수가 말을 이었다. "네 어머니와 조부모는 사망했고, 아버지는 누군지 모르고, 친척도 없잖니. 여기 있어봐야 한 푼 없는 빈털터리 신세야. 네가 보게 될 것은 빈곤, 질병, 굶주림뿐이야. 운이 닿으면 부두에서 일을 얻겠지만, 아직은 너무 어리니 앞으로 몇 년은 구걸이나 도둑질로 연명해야겠지. 그렇게 성년까지 살아남는다 해도 네가 바랄 수 있는 최선은 뼛골 빠지는 하역 노동이야."

소년은 러벌 교수의 얼굴을 홀린 듯 쳐다봤다. 소년이 영국인을 처음 보는 것도 아니었다. 그는 부두에서 선원들을 수없이 접했다. 백인 남자의 얼굴이라면 넓적하고 혈색 좋은 얼굴부터 병들고 검버섯이 핀 얼굴과 길쭉하고 창백하고 냉엄한 얼굴까지 골고루 다 봤다. 그런데 교수의 얼굴은 몹시 낯선 수수께끼를 던졌다. 그의 얼굴에도 눈, 코, 입, 치아 등 일반적인 인간 얼굴의 구성 요소가 모두 있었고, 모두 건강하고 정상이었다. 그의 목소리도 낮고 밋밋했지만 어쨌든 인간의 목소리였다. 그런데 교수가 말할 때 그의 말투와 표정에는 어떤 감정도 실려 있지 않았다. 그는 빈 서판書板이었다. 소년은 교수의 감정을 전혀 짐작할 수 없었다. 교수가 소년에게 필연적으로 닥칠 이른 죽음을 말하는 투는 스튜 재료를 읊는 투와 차이가 없었다.

"왜요?"

"왜요, 라니?"

"왜 저를 원하세요?"

교수가 고갯짓으로 은막대가 들어 있는 서랍을 가리켰다. "넌 저것을 할 수 있으니까."

그제야 소년은 이것이 시험임을 깨달았다.

"이게 내 후견의 조건이야." 교수가 두 페이지짜리 문서를 책상 위로 밀었다. 소년은 내려다봤지만 서류를 훑어보는 걸 이내 포기했다. 빼곡하게 꼬불대는 필체는 판독이 불가능했다. "조건은 꽤 간단해. 하지만 서명하기 전에 전체를 찬찬히 읽도록 해. 오늘 밤 잠들기 전에 할 수 있겠지?"

소년은 얼이 빠져 그저 고개를 끄덕일 따름이었다.

"아주 좋아." 교수가 말했다. "한 가지 더. 생각해보니 너한테 이름이 필요하겠어."

"저, 이름 있어요. 제 이름은—"

"아니, 그건 안 돼. 영국인들은 그런 거 발음 못 해. 슬레이트 양이 지어준 이름은 없었니?"

사실 있었다. 소년이 네 살이 되었을 때, 그녀는 영국인들이 진지하게 받아줄 이름이 있어야 한다고 주장했다. 하지만 그 영국인들이 누구를 말하는 건지는 설명하지 않았다. 두 사람은 동요집에서 무작위로 이름 하나를 골랐다. 소년은 그 단어의 음절들이 혀에 닿는 단단하고 둥근 느낌이 좋았다. 그래서 아무 불만 없었다. 하지만 가족은 누구도 그 이름을 사용하지 않았고, 얼마 후에는 미스 베티도 쓰지 않았다. 잠시 기억을 더듬은 후에야 그 이름이 떠올랐다.

"로빈."*

러벌 교수는 잠시 말이 없었다. 그의 표정이 소년을 혼란스럽게 했다. 교수의 미간은 화난 듯 구겨졌지만, 한쪽 입가는 즐거운 듯 말려 올라갔다. "성은?"

"저, 성 있어요."

"런던에서 쓸 성 말이야. 아무거나 좋은 걸로 골라."

소년은 눈을 껌뻑였다. "성을… 골라요?"

성씨란 마음대로 버리거나 바꾸는 것이 아닌데, 하고 소년은

---

* 영국 전래동요 중에 「누가 울새를 죽였지(Who Killed Cock Robin)」가 있다. "내가 수컷 울새를 죽였네. 누가 그걸 봤을까?"

생각했다. 성은 혈통을 나타내고 소속을 표하는 것이니까.

"영국인들은 성을 바꾸는 일이 흔해." 교수가 말했다. "성을 고수하는 사람들은 유지할 작위가 있는 가문들뿐이야. 하지만 네겐 그런 게 없잖니. 넌 자기소개에 쓸 성만 있으면 돼. 아무 성이나 상관없어."

"그럼 교수님의 성을 써도 돼요? 러벌?"

"그건 안 돼. 그러면 사람들이 내가 네 아버지인 줄 알 거야."

"아─ 그렇겠죠." 소년은 다급히 방을 둘러보며 붙잡을 만한 단어나 소리를 찾았다. 러벌 교수의 머리 위 서가에서 익숙한 제목의 책이 소년의 눈에 들어왔다. 『걸리버 여행기』. 낯선 나라의 이방인. 살아남기 위해 현지 언어를 배워야 했던 사람. 소년은 이제 걸리버의 심정을 이해할 것 같았다.

"스위프트?" 소년은 머뭇대며 말했다. "아니면─"

놀랍게도 러벌 교수가 웃었다. 그 냉엄한 입에서 나오는 웃음소리는 기괴했다. 너무 느닷없어서 잔인하게 들릴 정도였다. 소년은 자기도 모르게 움찔했다.

"아주 좋아. 로빈 스위프트 군, 만나서 반갑네."

러벌 교수가 자리에서 일어나 책상 위로 손을 내밀었다. 소년은 부두에서 외국인 선원들이 서로 인사하는 것을 본 적이 있어서 어떻게 하는지 알았다. 그는 교수의 커다랗고 메마른, 섬뜩할 만큼 차가운 손을 잡았다. 그들은 악수를 나누었다.

이틀 후, 러벌 교수와 파이퍼 부인, 그리고 새롭게 로빈 스위프

1부 ◆

트로 명명된 소년은 런던을 향해 출항했다. 떠나기 전까지 침대에서 몸조리하며 뜨거운 우유와 파이퍼 부인의 푸짐한 요리를 꾸준히 섭취한 덕분에 로빈은 혼자 걸을 만큼 건강해졌다. 그는 교수와 보조를 맞추려 애쓰며 책이 가득한 트렁크를 끌고 배다리로 갔다.

중국이 세계와 만나는 관문인 광둥항은 언어들의 집결지였다. 포르투갈어, 프랑스어, 네덜란드어, 스웨덴어, 덴마크어, 영어, 중국어가 소금기 가득한 공기 속을 시끄럽고 빠르게 흘러다녔다. 그 언어들이 뒤죽박죽 섞여서 일종의 공용어인 피진어를 낳았다. 피진어는 소수만 능숙하게 말할 수 있지만 대개가 알아듣기 때문에 상호 이해에 놀랄 만큼 효과적이었다. 로빈은 피진어에 능했다. 그는 부둣가에서 뛰어놀며 여러 외국어를 익혔고, 선원들에게 통역을 해주는 대가로 동전과 미소를 받았다. 하지만 자신이 이 피진어의 언어적 파편들을 따라 그 근원지로 떠나게 될 줄은 꿈에도 알지 못했다.

일행은 부둣가를 걸어 내려가서 카운테스 오브 하코트호의 승선 대기 줄에 합류했다. 하코트호는 동인도회사 소속의 배로, 항해 때마다 소수의 상인 승객을 태웠다. 이날따라 바다가 요란하게 일렁였다. 로빈은 사악하게 외투를 가르는 차디찬 바닷바람에 몸을 떨었다. 어서 배에 올라 선실이든 어디든 벽으로 둘러싸인 곳에 들어가고 싶었다. 그런데 왠지 승선 줄이 움직이지 않았다. 러벌 교수가 무슨 일인지 살피러 줄 밖으로 나갔다. 로빈도 따라갔다. 배다리 꼭대기에서 선원이 승객 한 명에게 악을 쓰고 있었다.

"내 말 못 알아들어? 니하우? 라이호? 몰라?"

선원이 질타 중인 대상은 한쪽 어깨에 무거운 배낭을 둘러메고 구부정하게 서 있는 중국인 노동자였다. 노동자가 무슨 대답을 했는지, 대답을 하긴 하는지, 로빈에겐 들리지 않았다.

"말을 통 못 알아먹네." 선원이 타박했다. "누구, 이자에게 배에 탈 수 없다고 말해줄 사람 없어요?"

"오, 가엾어라." 파이퍼 부인이 러벌 교수의 팔을 쿡 찔렀다. "통역 좀 해주시죠?"

"난 광둥어 방언은 못 해요." 교수가 말했다. "로빈, 네가 가봐라."

로빈은 망설였다. 갑자기 겁이 났다.

"어서." 교수가 그를 배다리 위로 떠밀었다.

로빈은 휘청대며 소란 속으로 나섰다. 선원과 노동자 모두 돌아봤다. 선원은 여전히 짜증 난 기색인 반면 노동자는 안도하는 표정이었다. 그는 로빈의 얼굴에서 단박에 같은 편을 알아본 듯했다. 그의 시야에 있는 중국인은 로빈이 유일했다.

"무슨 일이에요?" 로빈이 광둥어로 물었다.

"나를 배에 태워주지 않겠대." 노동자가 다급히 말했다. "하지만 난 이 배와 런던까지 계약돼 있어. 봐, 여기 그렇게 쓰여 있잖아."

남자가 로빈에게 접힌 종이를 내밀었다.

로빈은 종이를 폈다. 영어 서류였고, 실제로 라스카르[유럽 선박에 고용된 인도인과 동남아시아인 선원을 부르던 말] 계약서처럼 보였다. 구체적으로는 광둥에서 런던까지의 편도 항해에 유효한 급여 증서였다. 로빈은 전에도 이런 계약서를 본 적이 있었다. 해외에서 노예무역이 난항을 겪자 중국인 계약 노동자의 수요가 증가했고, 이에 따라 지난 몇 년 새 이런 계약이 흔해졌다. 로빈이 이런 계약서를 번역해준 깃도 이번이 처음은 아니었다. 그의 눈에는 포르투갈, 인도, 서인도제도처럼 머나먼 목적지들로 중국인 노동자들을 실어 보내는 작업명령서가 낯설지 않았다.

로빈이 보기엔 모든 것이 적법했다. "그런데 뭐가 문제죠?"

"이자가 뭐라는 거냐?" 선원이 물었다. "이자에게 그 계약서는 아무 쓸모 없다고 말해. 이 배에 중국인은 못 태우니까. 지난번 항해 때 중국인을 하나 태웠는데 온 배에 이가 들끓었어. 씻을 줄 모르는 인간들은 태울 수 없어. 귓구멍에 외쳐봤자 목욕이란 단어조차 이해 못 할 거야. 어이? 꼬마? 내 말 알아들어?"

"네, 네." 로빈은 서둘러 영어로 돌아왔다. "네, 저는 다만… 잠깐만요, 저는 다만….'

하지만 뭐라고 말해야 할까?

노동자가 상황을 알지 못한 채 로빈을 간절한 눈으로 쳐다봤다. 햇볕에 갈색으로 타고 비바람에 주름진 얼굴 때문에 예순으로 보이지만 사실 남자는 고작 30대일 가능성이 컸다. 라스카르는 빠르게 늙었다. 중노동이 그들의 몸을 망가뜨렸다. 로빈은 부두에서 그 얼굴을 수없이 봤다. 어떤 이들은 그에게 사탕을 던져주었다. 어떤 이들은 그의 이름을 부를 정도로 친했다. 그에게 그 얼굴은 동족의 개념과 묶여 있었다. 하지만 연장자가 이렇게 막막한 눈으로 자신에게 매달린 적은 처음이었다.

죄책감이 로빈의 속을 뒤틀었다. 그의 혀끝에 말들이, 잔인하고 끔찍한 단어들이 모였다. 하지만 그것들을 문장으로 만들 수가 없었다.

"로빈." 러벌 교수가 옆에 와서 그의 어깨를 움켜잡았다. 너무 세게 붙잡아서 아팠다. "통역해라, 어서."

로빈은 모든 게 자신에게 달려 있음을 깨달았다. 선택은 그의 것이었다. 오직 그만이 진실을 결정할 수 있었다. 오직 그만이 진실을 당사자 모두에게 전달할 수 있기 때문에.

하지만 무슨 말을 할 수 있을까? 선원의 험악한 역정이 보였다. 줄 서 있는 승객들의 조급한 성화도 보였다. 그들은 지치고 추웠으며, 탑승이 지체되는 이유를 이해하지 못했다. 러벌 교수의 엄지가 로빈의 쇄골을 구멍을 뚫을 듯 눌렀다. 그때 한 생각이 떠올랐다. 너무 무서운 생각이라서 무릎이 후들거렸다. 그것은 만약 그가 물의를 빚으면, 분란을 일으키면, 하코트호가 자기도 버리고 떠날지 모른다는 생각이었다.

"아저씨 계약은 여기선 소용없어요." 로빈은 노동자에게 낮게 말했다. "다음 배에 말해보세요."

노동자는 믿을 수 없는 말에 입이 벌어졌다. "제대로 읽어봤어? 거기 런던, 동인도회사, 이 배의 이름이 쓰여 있잖아. 하코트."

로빈은 고개를 저었다. "소용없어요." 방금 한 말을 반복했다. 반복이 이 말을 사실로 만들어주길 바라는 듯이. "소용없어요. 다음 배에 말해보세요."

"왜 소용없는데?" 노동자가 따져 물었다.

로빈은 차마 입이 떨어지지 않았다. "그냥 소용없어요."

노동자가 로빈을 망연히 쳐다봤다. 그의 풍화된 얼굴에 천 가지 감정이 지나갔다. 분노, 좌절, 그리고 결국 체념. 로빈은 그가 시비를 걸고 싸움을 벌일까 봐 무서웠다. 하지만 그에겐 이런 취급이 전혀 새롭지 않다는 것을 금세 알 수 있었다. 이런 일이 전에도 있었다. 노동자는 돌아서서 승객들을 밀치며 배다리를 내려갔다. 잠시 후 그는 시야에서 사라졌다.

어지럼증이 몰려왔다. 로빈은 도망치듯 배다리를 내려와 파이퍼 부인 곁으로 갔다. "추워요."

"이런, 떨고 있구나. 가여운 것." 부인은 즉시 어미 닭처럼 소년을 품고 숄로 감쌌다. 그러고는 러벌 교수를 모난 말로 채근했다. 교수는 한숨을 쉬며 고개를 끄덕였다. 그들은 사람들을 헤집고 줄의 맨 앞으로 갔고, 거기서 곧장 선실로 안내받았다. 짐꾼이 그들의 짐을 이고 지고 그 뒤를 따랐다.

한 시간 후, 하코트호는 항구를 떠났다.

로빈은 침상에 앉아 두툼한 담요를 어깨에 둘렀다. 온종일 거기 틀어박혀 있고 싶었다. 하지만 파이퍼 부인이 굳이 그를 갑판으로 데리고 올라가 멀어지는 해안선을 지켜보게 했다. 광둥이 수평선 너머로 사라질 때 그는 가슴을 찌르는 듯한 통증을 느꼈다. 곧이어 갈고리가 심장을 몸 밖으로 뜯어낸 것처럼 시린 공허감이 닥쳤다. 앞으로 오랫동안, 어쩌면 영원히 고향 땅을 밟지 못하리란 사실이 이제야 실감 났다. 그는 이 사실을 어떻게 받아들여야 할지 알 수 없었다. *상실*이라는 말로는 부족했다. 상실은 그저 결핍을, 무언가의 실종을 의미할 뿐이었다. 이 전면적인 단절, 그가 이제까지 알고 지냈던 모든 것에서 분리되는 이 무서운 해제는 아우르지 못하는 말이었다.

로빈은 바다를 오래 응시했다. 바람에도 아랑곳하지 않았다. 환영처럼 떠 있는 해안이 잔상마저 사라질 때까지 계속 바라봤다.

그는 항해의 첫 며칠을 잠으로 보냈다. 그는 여전히 회복 중이었다. 파이퍼 부인은 건강 회복을 위해 그를 매일 갑판 산책에 내보냈다. 그는 처음에는 몇 분만 걸어도 기진해서 드러누워야 했다. 다행히 뱃멀미는 겪지 않았다. 부둣가와 강가에서 어린 시절을 보내며 물의 요동이 주는 불안정함에 길든 덕분이었다. 오후 내내 갑판에 머물 정도로 기운이 나면 그는 난간 앞에 앉아 끊임없이 일렁이는 물결을 바라봤다. 파도가 하늘과 더불어 색을 바꾸는 것을 보면서 물보라를 얼굴에 느끼는 것이 좋았다.

때로는 러벌 교수도 함께 갑판을 거닐며 그와 대화를 나누었다. 로빈은 교수가 깐깐하고 과묵한 사람이라는 것을 일찌감치 파악했다. 교수는 로빈에게 필요하다 싶은 정보만 제공할 뿐, 그렇지 않으면 질문들을 기꺼이 방치했다.

교수는 로빈에게 영국에 도착하면 햄프스테드에 있는 자신의 사유지에서 살게 된다고 말했다. 그곳에 자신의 가족이 있는지는 말하지 않았다. 자신이 그동안 미스 베티에게 돈을 지급한 사람임은 밝혔지만, 그 이유는 설명하지 않았다. 그는 로빈의 어머니와 아는 사이였고, 그것이 그가 로빈이 사는 곳을 알고 있던 이유였다. 그는 거기까지만 넌지시 밝혔을 뿐 로빈의 어머니와 어떻게 아는 사이였는지, 어떻게 알게 됐는지는 자세히 말하지 않았다. 교수가 그 인연을 인정한 것은 그가 로빈에게 어쩌다 강변 판자촌에 살게 됐는지 물었을 때가 유일했다.

"내가 너희 가족을 만났을 때는 부유한 상인 집안이었어. 남쪽으로 이주하기 전에 베이징에 집과 땅이 있었어. 이유가 뭐였지? 도박? 너희 삼촌이 말썽이었겠지, 그렇지?"

몇 달 전의 로빈이라면 자기 가족을 헐뜯는 사람에게 그게 누구든 침을 뱉었을 것이다. 하지만 망망대해에 피붙이 한 명, 가진 것 하나 없이 외롭게 떠 있는 지금의 처지에서는 노여움도 일지 않았다. 그는 그저 겁이 나고 너무 지쳤다.

어쨌든 교수의 말은 로빈이 들은 가족의 과거사와 일치했다. 그의 가족은 전에 부자였지만 그가 태어난 후 몇 년 만에 가산이 완전히 거덜 났다. 그의 어머니는 이를 쓰라리게, 그리고 자주 한탄했다. 자세한 내용은 로빈도 잘 몰랐지만, 가족의 사연은 청나라 말기 중국의 흔하디흔한 몰락사와 다르지 않았다. 노쇠한 가장, 방탕한 아들, 사악하고 간교한 친구들, 그리고 모종의 이유로 혼삿길이 막힌 딸. 로빈이 들은 바로는 그는 한때 칠기 요람에서 잤다. 한때 그들은 열두 명의 하인과 요리사를 부리며 북방의 시장들에서 들여온 진귀한 식재료로 별미를 만들어 먹었다. 한때 그들은 다섯 세대가 살 수 있을 만큼 넓고 뜰에는 공작새들이 거니는 저택에 살았다. 하지만 로빈이 기억하는 것은 강가의 작은 집뿐이었다.

"어머니는 삼촌이 아편굴에서 가산을 탕진했다고 했어요." 로빈은 교수에게 말했다. "채권자들이 저택을 빼앗아서 이사해야 했대요. 그러다 제가 세 살일 때 삼촌이 실종됐고, 그후로는 어머니와 이모들과 할머니 할아버지와 살았어요. 미스 베티하고요."

러벌 교수는 건성으로 동정의 콧소리를 냈다. "안됐구나."

이런 잡담을 제외하면 교수는 하루의 대부분을 자기 선실에 틀어박혀 지냈다. 그들은 저녁 식사 때만 가끔씩 식당에서 교수를 봤고, 그마저도 파이퍼 부인이 접시에 건빵과 말린 돼지고기를 담아서 선실로 가져갈 때가 더 많았다.

"교수님은 번역하느라 정신없으셔." 파이퍼 부인이 로빈에게 말했다. "이런 여행길에는 늘 두루마리나 고서들을 사들이고, 런던에 돌아가기 전부터 미리미리 영어 번역에 착수하시지. 런던에서는 워낙 공사다망하니까. 교수님은 굉장히 중요한 사람이야. 왕립아시아학회 회원이거든. 항해할 때가 평온과 고요가 보장되는 유일한 때래. 재밌지 않니? 마카오에서는 근사한 압운 사전도 몇 권 사셨어. 멋진 책들이던데 난 손도 못 대게 하시는구나. 종이가 너무 약하다나."

로빈은 그들이 마카오에 들렀다는 말에 몹시 놀랐다. 마카오 여행에 대해서는 전혀 알지 못했다. 순진하게도 그는 자신이 러벌 교수가 중국에 온 유일한 이유라고 생각하고 있었다. "거기 얼마나 계셨는데요? 마카오에요."

"음, 2주 좀 넘게 있었지. 원래는 2주만 있을 예정이었는데, 세관에 잡혔지 뭐냐. 중국이 외국 여자를 본토에 들이는 걸 싫어해서 말이야. 내가 변장하고 교수님의 삼촌인 척해야 했다니까? 상상이 가니?"

2주.

2주 전, 로빈의 어머니는 아직 살아 있었다.

"얘야, 괜찮니?" 파이퍼 부인이 로빈의 머리를 헝클었다. "안색이 창백하구나."

로빈은 고개를 끄덕이며 말을 삼켰다. 차마 할 수 없는 말이었다.

그에겐 원망할 권리가 없었다. 러벌 교수는 그에게 모든 것을 약속했지만, 그에게 빚진 것은 아무것도 없었다. 로빈은 자신이 도착을 앞둔 세상의 규칙을 아직 온전히 이해하지 못했다. 하지만 감사와 염치는 알았다. 은인에게 앙심을 품는 것은 도리가 아니었다.

"이 음식을 제가 교수님께 가져갈까요?"

"고맙구나. 착하기도 해라. 갖다드리고 갑판으로 올라오렴. 함께 일몰을 보자꾸나."

시간이 흐릿해졌다. 해가 뜨고 졌지만, 규칙적으로 영위할 일상은 없었다. 그에겐 허드렛일도, 길어 올 물도, 심부름할 일도 없었다. 시간에 상관없이 모든 날이 똑같았다. 그는 잠을 자고, 낡은 책들을 다시 읽고, 갑판을 걸었다. 때로는 다른 승객들과 대화를 나누기도 했다. 작은 동양 소년의 입에서 완벽에 가까운 런던 말씨를 들으면 사람들은 예외 없이 즐거워했다. 로빈은 러벌 교수의 말을 떠올리며 오직 영어로만 사는 데 전념했다. 생각이 중국어로 떠오르면 생각을 억눌렀다.

그는 기억도 눌렀다. 광둥에서의 삶. 어머니. 할머니 할아버지. 부두를 뛰어다녔던 10년. 그것들을 떨쳐버리는 것은 의외로 놀랄 만큼 쉬웠다. 이 항해가 너무나 거칠고, 그 단절이 너무나 완벽했기 때문에. 그는 알던 모든 것을 뒤에 두고 떠났다. 붙잡을 것도, 되돌아갈 곳도 없었다. 그의 세상은 이제 러벌 교수, 파이퍼 부인, 그리고 대양 너머에 있는 나라에 대한 약속뿐이었다. 그는 지난 삶을 묻었다. 그것이 끔찍했기 때문이 아니라 그것을 버리는 것이 살아남는 유일한 방법이기 때문에. 그는 새 외투처럼 영어 억양을 입었고, 자신의 곳곳을 손봐서 새 옷에 맞게 고쳤고, 몇 주 만에 편안히 입게 되었다. 몇 주가 지나자 재미 삼아 그에게 중국어를 몇 마디 해보라고 하는 사람도 없었다. 그가 중국인이라는 것을 기억하는 사람조차 없는 듯했다.

어느 날 아침, 파이퍼 부인이 그를 일찍 깨웠다. 그는 칭얼댔지만 부인은 완강했다.

"어서 일어나. 이걸 놓치면 후회한다."

그는 하품하며 재킷을 걸쳤다. 갑판에 올라 아침 한기 속에 섰을 때도 그는 눈을 비비고 있었다. 뱃머리도 보이지 않을 만큼 안개가 자욱했다. 하지만 잠시 후 안개가 걷히고 수평선 위로 잿빛 실루엣이 나타났다. 그것이 로빈이 처음으로 본 런던의 모습이었다. '실버 시티'. 대영제국의 심장부. 당시 그곳은 세계에서 가장 크고 부유한 도시였다.

2

광대한 메트로폴리스, 내 나라의 운명이 샘솟는 곳
그리고 지구 전체의 운명도.
— 윌리엄 워즈워스, 『서곡』

런던은 칙칙한 회색이었다. 하지만 색이 폭발하고 있었다. 시끌 벅적하고 활기가 넘쳤다. 하지만 스산하게 조용했고, 유령과 묘지로 가득했다. 하코트호가 템스강을 따라 내륙으로 이동해 수도 심장부의 선착장으로 진입할 때, 로빈은 런던도 광둥처럼 모순과 다원성의 도시라는 것을 단박에 알았다. 세계로 나가는 관문 역할을 하는 여느 도시들과 다르지 않았다.

하지만 광둥과 달리 런던에는 기계적인 심장박동이 뛰고 있었다. 도시 전역에서 은이 윙윙거렸다. 은이 마차 바퀴와 말발굽에서 번득였고, 창문 아래와 출입문 위에서 빛났다. 은이 거리 밑에 묻혀 있었고, 시계탑의 재깍대는 바늘에 붙어 있었다. 빵, 부츠, 장신구의 마법적 증강을 자랑하는 간판이 붙은 점포마다 은이 상장처럼 붙어 있었다. 런던의 생명줄은 광둥을 떠받치는 엉성하고 삐걱대는 대나무와는 전혀 다른 날카로운 양철의 음색을 냈다. 그것은 인공적인 금속성이었다. 연마기에 갈리는 칼의 비명 같은 소리였다. 런던의 생명줄은 윌리엄 블레이크의 시 「예루살렘」이 묘사한 산업이라는 괴물이 만든 미궁이었다. "잔혹한 기계들의 작업을 나는 보노라, 서로를 강제하는 폭압적 톱니들로 움직이는 바퀴 밖의 바퀴들을."

런던은 세계의 은광석과 언어를 독점하다시피 축적했고, 그 결과 자연이 허락하는 것보다 더 크고, 무겁고, 빠르고, 밝은 도시가 되었다. 런던은 탐욕스러웠다. 약탈로 살이 찌면서도 동시에 여전히 굶주렸다. 런던은 상상할 수 없을 만큼 부유한 동시에 비참하게 가난했다. 멋지면서 추했고, 퍼져나가는 동시에 비좁았고, 트림하고 쿵쿵댔으며, 고결하면서 위선적이었다. 런던은 은으로 칠갑한 도시였다. 런던은 심판의 날에 가까웠고, 그때가 오면 스스로를 집어삼키든지, 새로운 먹잇감이 될 진미, 노동, 자본, 문화를 찾아 밖으로 투신하든지, 둘 중 하나였다.

하지만 아직은 균형이 깨지지 않았고, 산해진미가 가득한 향연이 당분간 지속될 수 있었다. 로빈, 러벌 교수, 파이퍼 부인이 런던항에 상륙했을 때 부두는 정점에 달한 식민지 무역으로 부산스럽기 짝이 없었다. 더 빠르고 더 안전한 항해를 위해 돛대와 가로대에 은을 박아 넣은 배들이 차와 면화와 담배를 바리바리 실어 와서 줄줄이 하역을 기다리고 있었다. 짐을 부리는 즉시 인도로, 서인도제도로, 아프리카로, 극동으로 다시 출항할 배들이었다. 이 선박들은 영국 제품을 세계 곳곳으로 실어 나르고, 은 궤짝들을 싣고 돌아왔다.

은막대는 천 년 전부터 런던뿐 아니라 사실상 전 세계에서 통용되던 것이었다. 하지만 에스파냐제국의 전성기 이래 세상 어디에도 여기처럼 은이 풍부하거나 은의 힘에 의존적인 곳은 없었다. 운하에 두른 은은 템스강 같은 도시의 강들이 꿈꿀 수 없는 수준의 신선하고 깨끗한 수질을 유지시켜줬다. 도로 배수로의 은은 비와 진창과 하수의 악취를 보이지 않는 장미 향으로 덮었다. 시계탑들의 은은 종소리를 원래보다 몇 배나 멀리 울려 퍼지게 했다. 종소리들이 도시 전역과 시골에서도 충돌해 불협화음을 만들 정도였다.

세관을 통과한 후 러벌 교수는 이륜마차를 불러 세웠다. 두 대를 불러 한 대에는 셋이 타고 한 대에는 트렁크를 실었다. 셋이 비좁은 마차 안에 붙어 앉았다. 마차들의 좌석에도 은이 있었다. 자리를 잡자 러벌 교수는 무릎 위로 팔을 뻗어 마차 바닥에 박힌 은막대를 가리켰다.

"저기에 뭐라고 쓰여 있는지 읽어볼래?"

로빈은 몸을 숙여 눈을 가늘게 뜨고 읽었다. "속도. 그리고… 스피스?"

"스페스spēs. 라틴어야. 속도speed의 어원이고 희망, 행운, 성공, 목표 달성 같은 다양한 뜻이 복합적으로 담긴 단어란다. 마차를 더 안전하고 더 빠르게 달리게 하지."

로빈은 얼굴을 찌푸리며 막대를 손끝으로 쓸었다. 이렇게 작고 무해해 보이는 막대가 그렇게 강력한 효과를 낸다니 믿기지 않았다. "그런데 어떻게요?" 그리고 더 궁금한 두 번째 질문을 꺼냈다. "그럼 제가—"

"때가 되면." 교수는 그의 어깨를 토닥였다. "그래 맞아, 로빈 스위프트. 넌 실버워크의 비밀을 아는 세계에서 몇 안 되는 학자가 될 거야. 그게 내가 너를 여기로 데려온 이유지."

마차로 두 시간을 달린 후 그들은 런던에서 북쪽으로 몇 킬로미터 떨어진 햄프스테드라는 마을에 도착했다. 러벌 교수는 그곳에 붉은 벽돌과 백색 스투코로 지은 4층짜리 집을 소유하고 있었다. 깔끔하게 가꾼 푸른 관목이 집을 넓게 둘러싸고 있었다.

"네 방은 꼭대기 층이다." 교수가 문의 자물쇠를 열며 로빈에게 말했다. "계단 올라가서 오른쪽."

집 안은 캄캄하고 써늘했다. 파이퍼 부인이 바삐 돌아다니며 커튼을 여는 동안 로빈은 지시대로 트렁크를 끌고 나선형 계단을 올라가 복도를 따라갔다. 그의 방은 아주 간소했다. 가구는 책상과 침대와 의자뿐이고, 모퉁이 책장을 제외하면 장식이나 비품도 없었다. 책이 빼곡하게 들어찬 책장에 비하면 로빈의 소중한 책들은 소장품이라고 하기도 민망했다.

로빈은 책장으로 갔다. 궁금했다. 나를 위해 특별히 준비한 책들일까? 그럴 가능성은 희박했지만, 제목을 보니 그가 좋아할 만한 책들이 즐비했다. 꼭대기 칸만 해도 스위프트와 디포의 책이 여러 권 있었다. 로빈이 좋아하는 작가들이지만 존재하는지도 몰랐던 소설들이었다. 아, 『걸리버 여행기』도 있었다. 그는 책을 꺼냈다. 사용감이 심했다. 어떤 페이지들은 꾸깃꾸깃하고 모서리가 접혀 있었고, 어떤 페이지들은 차나 커피로 얼룩져 있었다.

로빈은 책을 제자리에 놓았다. 혼란스러웠다. 분명 이전에 이 방에 산 사람이 있었다. 어쩌면 다른 소년. 로빈만큼 조너선 스위프트를 좋아하는 로빈 또래의 소년. 책장을 넘길 때 손가락이 닿는 오른쪽 상단의 잉크가 흐려질 정도로 이『걸리버 여행기』를 읽고 또 읽은 소년.

누구였을까? 그는 러벌 교수에게 자식이 있다는 생각은 해보지 못했다.

"로빈!" 아래층에서 파이퍼 부인이 외쳤다. "밖에서 기다리신다."

로빈은 서둘러 계단을 내려갔다. 러벌 교수가 조급하게 회중시계를 들여다보며 문가에서 기다리고 있었다.

"방은 쓸 만해?" 교수가 물었다. "필요한 건 다 있고?"

로빈은 열심히 고개를 끄덕였다. "네, 좋아요."

"좋아." 교수가 대기 중인 삯마차를 턱으로 가리켰다. "타거라. 너를 영국인으로 만드는 게 급선무야."

그냥 한 말이 아니었다. 이날 오후 내내 러벌 교수는 로빈을 여기저기 데리고 다니며 그를 영국 시민사회에 동화시키기 위한 일련의 조치를 밟았다. 그들이 찾아간 의사는 로빈의 몸무게를 재고 검진한 후, 그가 영국 섬에 사는 데 무리 없다고 내키지 않는다는 투로 선언했다. "다행히 열대병도, 벼룩도 없군요. 나이에 비해 좀 작지만 양고기와 곡물을 먹여 키우면 좋아질 겁니다. 이제 천연두 접종을 해볼까. 소매를 걸어. 됐어. 아프진 않아.

셋을 세거라.” 그다음 그들은 이발소에 갔다. 이발사는 턱까지 제멋대로 자란 로빈의 곱슬머리를 귀 위로 짧고 단정하게 잘랐다. 그다음에는 모자가게와 구둣방에 갔고, 마지막으로 양복점에 갔다. 재단사는 로빈의 치수를 구석구석 잰 다음, 다양한 직물을 보여줬다. 로빈은 어리둥절한 채 그중 아무거나 골랐다.

오후가 지날 무렵, 그들은 법원에 가서 미리 약속한 사무변호사를 만나 서류를 작성했다. 로빈을 대영제국의 시민으로, 리처드 린턴 러벌 교수의 피후견인으로 만들어줄 서류였다.

러벌 교수가 멋들어진 동작으로 서명했다. 다음으로 로빈이 변호사의 책상으로 갔다. 책상이 너무 높아서 로빈은 서기가 끌고 온 의자에 올라섰다.

“제가 이미 서명한 서류 같은데요.” 로빈은 서류를 내려다봤다. 러벌 교수가 광둥에서 내밀었던 후견 계약서와 문구가 비슷했다.

“그건 너와 나 사이의 계약이었고,” 교수가 말했다. “이건 너를 영국인으로 만드는 서류야.”

로빈은 구불대는 필체를 훑어봤다. 후견인, 고아, 미성년자, 양육권. “저를 아들로 삼으시는 건가요?”

“너를 피후견인으로 삼는 거야. 달라.”

왜요? 로빈은 하마터면 물을 뻔했다. 그 질문에 중요한 문제가 걸려 있었지만, 그게 정확히 무엇인지 알기에 그는 아직 너무 어렸다. 가능성을 품은 순간이 둘 사이에 길게 흘렀다. 변호사가 코를 긁적였다. 러벌 교수가 헛기침했다. 하지만 그뿐이었

47

다. 그 순간은 아무 언급 없이 지나갔다. 러벌 교수는 쉽게 말하는 사람이 아니었고, 로빈도 더 묻지 않는 게 낫다는 것을 눈치채고 있었다. 그래서 그는 서명했다.

햄프스테드로 돌아왔을 때는 해가 넘어간 지 오래였다. 로빈이 바로 잠자리에 들어도 될지 물었지만, 러벌 교수는 식당으로 갈 것을 권했다.

"파이퍼 부인을 실망시킬 셈이냐. 부인이 오후 내내 준비하셨어. 최소한 먹는 척이라도 해라."

파이퍼 부인과 그녀의 주방이 재회한 결과는 눈부셨다. 두 사람만 식사하기엔 지나치게 거대한 식당 식탁에 우유 단지, 하얀 롤빵, 구운 당근과 감자, 그레이비소스, 은장식 튜린에서 아직도 부글대는 미지의 음식, 그리고 유약을 칠한 듯 윤기가 흐르는 통닭이 즐비하게 놓여 있었다. 로빈은 이날 아침 이후로 먹은 것이 없었다. 배고파 죽을 지경이어야 했다. 그런데 너무 지친 나머지 음식이 눈에 들어오자 오히려 속이 울렁거렸다.

그래서 그는 식탁 뒤에 걸려 있는 그림으로 눈길을 옮겼다. 무시하기가 불가능한, 방 전체를 지배하는 그림이었다. 저물녘의 아름다운 도시 풍경이었는데, 로빈이 보기에 런던은 아니었다. 더 위엄 있어 보였다. 더 고풍스러웠다.

"아, 저 그림." 러벌 교수가 로빈의 눈길을 따라갔다. "옥스퍼드야."

옥스퍼드. 들어본 단어였지만 어디서 들었는지는 희미했다.

로빈은 익숙하지 않은 영어 단어를 만나면 으레 그러듯 그 이름을 분석했다. "음… 소 거래 중심? 시장인가요?"

"대학. 이 나라의 위대한 지성들이 모여서 연구하고, 공부하고, 교육하는 곳. 경이로운 곳이란다, 로빈." 교수가 그림 한가운데 있는 웅장한 돔을 가리켰다. "이게 래드클리프 도서관이야. 그리고 이건," 그러면서 그 옆의 탑을 가리켰다. 그림에서 가장 높은 건물이었다. "왕립번역원이고. 내가 가르치는 곳이자 내가 런던에 있지 않을 때, 즉 연중 대부분을 보내는 곳이지."

"멋있어요."

"아무렴." 교수가 평소와 달리 온화하게 말했다. "지구상에서 가장 아름다운 곳이지." 그러고는 옥스퍼드를 눈앞에 그려내듯 두 손을 허공에 펼쳤다. "학자들의 타운을 상상해보렴. 모두가 경이롭고 매혹적인 것들을 연구하는 곳. 과학. 수학. 언어. 문학. 건물이 줄지어 있고, 건물마다 네가 평생 본 것보다 많은 책들이 가득하지. 상상해봐. 고요하고 고독한, 평화로운 사유가 가능한 곳." 그러더니 한숨을 지었다. "런던은 혼돈의 도가니야. 여기서는 아무 일도 해낼 수가 없어. 이 도시는 너무 시끄럽고, 사람을 가만두질 않아. 햄프스테드 같은 곳으로 탈출할 수는 있지만, 중심부의 아우성으로 좋든 싫든 다시 빨려 들어가게 되지. 하지만 옥스퍼드는 달라. 옥스퍼드는 연구에 필요한 모든 도구를 제공해. 음식, 의복, 책, 차. 모두 제공한 다음엔 조용히 내버려두지. 그곳은 문명 세계의 지식과 혁신의 중심이야. 네가 여기서 학업에 정진해 충분한 성과를 낸다면 언젠가 너도 옥스퍼드로 가는 행운을 누릴 수 있을 거야."

이 순간 유일하게 적절한 반응은 경외심에 찬 침묵인 듯했다. 러벌 교수는 그림을 아련히 응시하고 있었다. 로빈도 교수의 열정에 부응하려 애썼다. 하지만 자기도 모르게 교수를 힐끔거렸다. 그의 눈에 가득한 애틋함, 그 갈망이 로빈을 놀라게 했다. 러벌 교수를 알고 지낸 시간이 길지는 않지만, 그가 무언가에 이런 애정을 표하는 것은 본 적이 없었다.

로빈의 수업은 다음 날부터 시작되었다.

아침 식사를 마치기 무섭게 러벌 교수가 10분 내로 씻고 응접실로 오라고 로빈에게 지시했다. 그곳에는 펠튼 씨라는 통통한 몸집에 웃는 얼굴의 신사가 기다리고 있었다. 옥스퍼드의 최우등 졸업자이자 무려 오리얼 칼리지 출신인 그는 로빈이 옥스퍼드 수준의 라틴어 능력에 도달하도록 지도할 사람이었다. 그는 소년이 또래에 비해 시작은 좀 늦었지만 열심히 공부하면 충분히 따라잡을 거라고 봤다.

그리하여 기본 어휘를 암기하는 것으로 오전 수업이 시작되었다. 아그리콜라[농부], 테라[땅], 아쿠아[물]. 시작부터 벅찼다. 하지만 이어진 문법에 비하면 어휘 암기는 쉬운 편이었다. 격변화와 동사 활용은 설명만 들어도 머리가 띵했다. 로빈은 문법의 기초를 배워본 적이 없었다. 그가 영어의 작동 원리를 깨친 방법은 '감'이지 앎이 아니었다. 그는 라틴어를 배우면서 비로소 언어의 기본 요소들을 배웠다. 명사, 동사, 주어, 술어, 연결 동

사. 다음에는 주격, 속격, 대격 같은 격변화…. 그는 세 시간 동안 머리가 어지러울 만큼 많은 내용을 흡수했다. 수업이 끝날 때쯤 이미 절반을 까먹었지만, 언어와 그것으로 할 수 있는 모든 것에 대해 깊이 감탄하게 되었다.

"괜찮아, 학생." 펠튼 씨는 다행히 참을성이 많은 사람이었고, 자신이 로빈에게 가한 정신적 고문에 동정적이었다. "기초를 다지고 나면 훨씬 재미있어질 거야. 일단 키케로에 들어갈 때까지 참아." 그는 로빈이 필기한 것을 내려다봤다. "다만 철자법에 더 신경 써야겠다."

로빈은 무엇을 잘못 썼는지 알지 못했다. "무슨 말씀이신지?"

"장음 기호를 거의 다 빼먹었어."

"아," 로빈은 대답에 조바심이 묻어나오는 것을 눌렀다. 그는 몹시 배고팠다. 그저 수업이 끝나 점심을 먹고 싶을 뿐이었다. "그거요."

펠튼 씨가 손마디로 탁자를 탁탁 두드렸다. "단모음 하나의 길이도 대단히 중요해, 로빈 스위프트. 성서를 예로 들어볼까. 히브리어 원문에는 뱀이 이브에게 먹으라고 한 금단의 열매가 무슨 과일인지 구체적으로 명시되어 있지 않아. 그런데 라틴어에서 말룸malum은 악을 뜻하고, 마알룸mālum은 사과를 뜻하거든?" 그는 로빈에게 두 단어를 써서 보여주며 두 번째 단어의 장음 기호를 강조했다. "이 작은 혼동으로 사과가 순식간에 원죄의 원흉이 된 거지. 하지만 누가 알겠어? 진범은 감이었을지."

펠튼 씨는 다음 날 아침까지 암기할 어휘를 백 개나 내주고 떠났다. 로빈은 응접실에서 혼자 점심을 먹었다. 그는 문법서를 향해 멍한 눈을 껌벅이며 햄과 감자를 기계적으로 입에 밀어 넣었다.

"감자 더 줄까?" 파이퍼 부인이 물었다.

"아뇨, 괜찮아요."

뱃속의 느끼한 음식과 교재의 작은 활자가 만나 졸음을 불렀다. 머리가 지끈거렸다. 로빈에게 간절한 것은 긴 낮잠이었다.

하지만 유예란 없었다. 오후 2시 정각, 마른 체격에 회색 구레나룻을 기른 신사가 집에 도착해 자신은 체스터 씨라고 소개했다. 이후 세 시간 동안 고대 그리스어 교육이 이어졌다.

그리스어는 익숙한 것을 낯설게 만드는 연습이었다. 그리스 문자가 로마문자와 겹치긴 했지만, 일부만 그랬고, 생긴 것과 소리가 따로 노는 문자들이 많았다. 예컨대 그리스문자 P(로)는 로마자 P와 다르고, H(에타)도 H가 아니었다. 그리스어도 라틴어처럼 동사 활용과 격변화를 했지만, 구분해야 할 법, 시제, 태가 훨씬 많았다. 발음이 영어와 이질적인 정도도 라틴어보다 심했다. 게다가 로빈의 그리스어 억양이 자꾸 중국어 성조와 비슷해지려는 것도 문제였다. 체스터 씨는 펠튼 씨보다 엄했다. 로빈이 동사 어미를 자꾸 틀리자 짜증을 내며 면박을 주었다. 오후가 끝날 무렵, 로빈은 완전히 넋이 나가 체스터 씨가 뱉어내는 소리들을 그저 따라 하기에 급급했다.

5시가 되자 체스터 씨 역시 보기만 해도 골치 아픈 읽을거리를 산더미처럼 내주고 떠났다. 로빈은 교재들을 방에 갖다놓고, 핑핑 도는 머리로 비틀대며 저녁을 먹으러 내려갔다.

"수업은 어땠니?" 러벌 교수가 물었다.

로빈은 망설였다. "좋았어요."

러벌 교수의 입꼬리가 슬쩍 들리며 미소가 떴다. "좀 벅차지?"

로빈은 한숨을 쉬었다. "조금요, 교수님."

"하지만 그게 새로운 언어를 배우는 묘미지. 언어 공부는 원래 막중한 과업으로 느껴져야 해. 주눅 드는 게 당연해. 네가 이미 아는 언어들의 복잡성을 이해하게 됐지?"

"하지만 왜 그렇게 복잡해야 하는지 모르겠어요." 로빈은 갑자기 울컥해서 말했다. 참을 수가 없었다. 정오부터 쌓인 좌절감이 터졌다. "왜 그렇게 많은 규칙이 필요하죠? 어미가 왜 그렇게 많아야 하죠? 중국어에는 그런 게 아예 없어요. 시제도, 격변화도, 동사 변화도 없어요. 중국어는 훨씬 간단해요."

"모르는 소리." 교수가 말했다. "모든 언어는 나름대로 복잡해. 라틴어는 그 복잡성이 단어 형태로 발현할 뿐이지. 라틴어의 형태학적 풍부함은 장애가 아니라 자산이야. 이 문장을 생각해보렴. 그는 배울 것이다. *타 후이 쉐*他會學. 영어와 중국어 모두 세 단어지? 라틴어는 한 단어로 끝나. *디스케*Disce. 어때, 훨씬 우아하지?"

로빈은 별로 확신이 없었다.

이제 오전의 라틴어 수업, 오후의 그리스어 수업이 로빈의 일과가 되었다. 고역이었지만 그는 이 일상에 감사했다. 드디어 그의 나날에 뼈대가 생겼다. 이제는 뿌리 뽑힌 상실감과 부초처럼 떠도는 혼란감이 덜했다. 목적이 생겼고, 자리가 생겼다. 이 삶이 광둥의 그 많은 선창 아이들 중 왜 하필 자신에게 떨어졌는지 그 연유를 아직은 알 길이 없었지만, 그는 어쨌든 자신의 임무를 불평 없이 결연하고 성실하게 수행했다.

또한 로빈은 일주일에 두 번 러벌 교수와 만다린어* 회화 연습을 했다. 처음에는 이유를 알 수 없었다. 인위적이고, 부자연스러운 대화들이었다. 무엇보다 불필요했다. 그는 이미 중국어에 유창했다. 펠튼 씨와 라틴어로 대화할 때처럼 어휘나 발음에 막혀 더듬대지 않았다. 어째서 저녁 식사는 어땠는지, 날씨를 어떻게 생각하는지 같은 기초적인 질문에 답하고 있어야 한단 말인가?

하지만 러벌 교수는 완강했다. "언어란 생각보다 쉽게 잊혀. 중국어 세상에서 살기를 멈추게 되면 중국어로 생각하는 것도 멈추게 돼."

"제가 영어로 생각하길 원하신 게 아닌가요?" 로빈은 어리둥절해서 물었다.

"난 네가 영어로 살기를 원해. 그건 맞아. 하지만 넌 중국어도 계속 연습해야 해. 지금은 단어와 어구들이 뼈 마디마디에 새겨

---

* 로빈의 가족은 상대적으로 최근에 남쪽으로 이주했다. 따라서 그는 만다린어와 광둥어를 모두 구사하며 성장했다. 하지만 러벌 교수에 따르면 광둥어는 이제 잊어도 상관없었다. 만다린어가 베이징에 있는 청나라 조정의 언어이자 관료와 학자의 언어이기 때문에, 만다린어만이 유일하게 중국어로서 의미 있다는 것이었다.

이러한 견해는 서구의 미흡한 중국 연구에 기인한 영국학술원의 경로의존성이 낳은 부작용이다. 마테오 리치의 포르투갈어-중국어 사전은 그가 명나라 조정에서 배운 만다린어 방언을 담은 것이고, 프란시스코 바로, 조제프 프레마르, 로버트 모리슨의 중국어 사전 역시 만다린어를 다룬다. 결과적으로 당대 영국의 중국학자들은 다른 방언들보다 만다린어에 중점을 두었고, 이 때문에 로빈도 그가 모국어로 생각하는 광둥어를 잊을 것을 요구받았다.

져 있는 것 같아도 금방 사라질 수 있거든."

교수는 그런 일이 전에 있었던 일인 양 말했다.

"넌 만다린어, 광둥어, 영어의 단단한 기초 위에서 자랐어. 그건 엄청난 행운이야. 성인들은 평생을 바쳐도 네가 도달한 수준에 도달하기 어려워. 아무리 노력해도 나름 쓸 만한 유창성 정도밖엔 달성하지 못해. 말하기 전에 미리 생각하고 어휘를 떠올려야 해내는 수준, 지연이나 노력 없이 말이 술술 나오는 원어민의 유창성과는 거리가 멀지. 반면 넌 이미 두 가지 언어 체계의 가장 어려운 부분들에 통달했어. 억양과 리듬, 성인들은 평생 배워도 제대로 구사하지 못하는 무의식적인 기교들. 다만 넌 그걸 유지하는 것이 과제야. 천부적인 재능을 허비해선 안 돼."

"하지만 이해가 안 돼요. 제 재능이 중국어에 있다면 라틴어와 그리스어는 왜 필요해요?"

러벌 교수가 빙그레 웃었다. "영어를 이해하기 위해서지."

"전 영어를 알잖아요."

"네 생각만큼 잘 알진 못해. 영어를 구사하는 사람은 많지만, 영어를 정말로 아는 사람, 영어의 뿌리와 골격을 아는 사람은 드물어. 하지만 너처럼 언젠가 언어 조작을 배울 사람이라면 그 언어의 역사, 형태, 깊이를 알아야 해. 그리고 말했듯이 넌 중국어도 똑같이 장악해야 해. 네가 이미 가진 것을 단련하는 것이 그 시작이지."

러벌 교수의 말이 맞았다. 로빈은 한때 자기 피부처럼 익숙했던 언어를 잃어버리는 일이 놀랄 만큼 쉽게 일어난다는 것을 실감하게 되었다. 런던에서는, 적어도 그가 사는 런던 사회에서는 중국인을 찾아볼 수 없었다. 그런 곳에서 그의 모국어는 옹알이처럼 들렸다. 영국에서도 가장 영국적인 공간인 교수 집의 응접실에서 발화되는 중국어는 소속이 없는 소리였다. 마치 만들어 낸 말 같았다. 점점 흐려지는 기억에 그는 수시로 겁에 질렸다. 태어날 적부터 함께했던 음절들이 갑자기 너무나 낯설게 들릴 때마다 무서웠다.

그는 그리스어와 라틴어에 들이는 노력의 두 배를 중국어에 쏟았다. 하루에 몇 시간씩 한자를 연습했다. 글씨가 책의 활자체와 완벽히 같아질 때까지 한 획 한 획 공들여 썼다. 그는 기억 속에서 중국어로 대화하던 느낌을 찾았다. 만다린어가 자연스럽게 혀에서 굴러떨어지던 때, 다음 단어의 성조를 떠올리느라 멈칫대지 않고 말할 때의 느낌을 떠올리려 했다.

하지만 그는 계속 잊었다. 그것이 공포를 안겼다. 때로 회화 연습 중에 전에는 수시로 사용하던 단어를 하얗게 까먹은 것을 깨닫곤 했다. 또 때로는 그의 귀에도 자신이 뜻 모를 중국어를 흉내 내는 유럽 선원처럼 들렸다.

하지만 고칠 수 있었다. 고칠 작정이었다. 연습을 통해서. 암기를 통해서. 매일의 작문을 통해서. 만다린어로 살고 호흡하는 것과 같진 않았지만 충분히 가까웠다. 그의 나이는 모국어가 이미 뇌리에 영원히 새겨진 나이였다. 그렇지만 꿈을 모국어로 꾸는 것을 멈추지 않기 위해서는 정말로, 정말로 노력해야 했다.

적어도 일주일에 세 번 러벌 교수의 거실로 다양한 손님이 찾아들었다. 로빈은 당연히 그들도 학자일 거라고 생각했다. 그들은 책이나 필사본을 잔뜩 싸들고 와서 밤늦게까지 그것들을 들여다보며 토론을 벌이는 일이 많았다. 알고 보니 그중 몇몇은 중국어를 할 줄 알았다. 때로 로빈은 난간 너머에 숨어서 그들의 소리를 엿들었다. 영국 남자들이 애프터눈 티를 나누며 문언문[文言文, 중국 고전 문어체] 문법의 세세한 부분을 논하는 광경은 매우 기묘했다. "그건 그저 어기조사語氣助詞일 뿐이야"라고 한 사람이 주장하면 다른 이들이 "무슨! 그게 다 어기조사일 리 없잖나"라고 외쳤다.

러벌 교수는 내방객이 있을 때 로빈이 눈에 띄지 않는 것을 선호하는 듯했다. 로빈의 출입을 대놓고 금지하진 않았지만, 우드브리지 씨와 랫클리프 씨가 여덟 시에 방문할 거라는 식의 언질을 주곤 했고, 로빈은 그것을 자리를 피하라는 뜻으로 알아들었다.

로빈은 이 규칙에 아무 불만이 없었다. 솔직히 그들의 대화가 흥미롭기는 했다. 그들은 서인도제도 원정, 인도 사라사 협상, 근동의 폭력 소요 같은 먼먼 이국의 일들도 자주 화제에 올렸다. 하지만 무리 지어 있을 때 그들은 무시무시했다. 그들은 근엄하고 박식한 남자들이었고, 까마귀 떼처럼 모두 검게 입었으며, 하나같이 위압적이었다.

이 회합에 로빈이 딱 한 번 불쑥 끼어든 적이 있었다. 그 일은 우발적으로 일어났다. 의사 권고대로 매일 하는 산책을 하러 정원에 있을 때였다. 러벌 교수와 손님들이 광둥에 관해 요란하게 논쟁하는 소리가 들렸다.

"멍청이 같은 네이피어." 러벌 교수의 목소리였다. "너무 성급하게 패를 보였어. 도대체 책략이란 게 없어. 의회가 아직 어정쩡한 마당에, 중국 매판買辦들의 화까지 돋우고 있으니."

"자네는 토리당이 언젠가 개입할 것으로 보나?" 굵은 목소리의 남자가 물었다.

"아마도. 배들의 무사 귀환을 바란다면, 광둥을 더 확실한 군사 거점으로 삼아야 할 테니까."

이 시점에서 로빈은 더는 배기지 못하고 거실에 들어갔다. "광둥이 왜요?"

신사들이 일제히 몸을 돌려 그를 봤다. 네 명이었는데 모두 키가 컸고, 모두 안경이나 외알안경을 쓰고 있었다.

"광둥에 무슨 일 났어요?" 로빈은 재차 물었다. 불안감이 엄습했다.

"조용." 러벌 교수가 말했다. "로빈, 구두가 더럽구나. 사방에 흙을 묻히고 있잖아. 구두를 벗고 가서 목욕해라."

로빈은 물러서지 않았다. "조지 왕이 광둥에 전쟁을 선포하나요?"

"국왕은 광둥에 전쟁을 선포하지 못해, 로빈. 누구도 도시에다 전쟁을 선포하진 않아."

"그럼 조지 왕이 중국을 침략하나요?" 로빈은 집요하게 물었다.

무슨 이유에선지 이 말에 신사들이 웃음을 터뜨렸다.

"그렇게만 된다면," 굵은 목소리의 남자가 말했다. "이 모든 일이 한결 쉬워질 텐데 말이야. 안 그런가?"

회색 수염을 무성하게 기른 남자가 로빈을 내려다봤다. "그때 너의 충심은 어디로 향할까? 여기? 아니면 고향?"

"맙소사." 네 번째 남자가 몸을 굽혀 로빈을 뜯어봤다. 눈에 보이지 않는 거대한 돋보기로 들여다보는 것 같았다. 남자의 창백한 파란 눈이 로빈의 간담을 서늘하게 했다. "새로 온 아이인가? 이 애는 지난번 애보다 더 자네를 빼닮았군."

러벌 교수의 목소리가 유리처럼 날카롭게 방 안에 울렸다. "헤이워드."

"정말 섬뜩할 정도야. 아이의 눈을 좀 보게. 눈 색 말고 눈 모양—"

"헤이워드."

로빈은 당황해서 두 사람을 번갈아 봤다.

"이제 그만." 교수가 말했다. "로빈, 가거라."

로빈은 우물쭈물 사과한 뒤 황급히 계단을 올라갔다. 진흙투성이 구두는 잊었다. 등 뒤에서 러벌 교수의 대답이 드문드문 들렸다. "아이는 몰라. 쓸데없는 생각을 심을 필요는 없지… 아니야, 헤이워드, 난—" 하지만 로빈이 난간에 몸을 내밀고 들키지 않게 엿들을 수 있는 층계참에 도착했을 때는 이미 그들의 화제가 아프가니스탄으로 넘어간 후였다.

그날 밤 로빈은 거울 앞에 서서 자기 얼굴을 한참이나 뚫어지게 응시했다. 너무 오래 봐서 자기 얼굴이 낯설어 보일 때까지 봤다.

이모들은 로빈의 얼굴이 어디에나 섞여들 얼굴이라고 말했다. 쪽빛이 도는 까만 머리와 눈을 가진 가족들과 달리, 그의 머리와 눈은 부드러운 갈색이었다. 포르투갈 선원의 아들이라 해도, 청 황제의 후계자라 해도 이상해 보이지 않을 외모였다. 하지만 로빈은 백인과 황인의 인종 스펙트럼 어디에도 속할 수 있는 자신의 외모를 그저 자연의 우연한 조합으로만 여겼다.

그는 자신이 순혈 중국인이 아닐 수 있다는 생각은 꿈에도 해보지 않았다.

그럼 다른 설명은? 아버지가 백인이라는 것? 아버지가—

아이의 눈을 좀 보게.

부인할 수 없는 증거였다.

그렇다면 왜 아버지는 로빈을 자기 자식으로 인정하지 않는 것일까? 왜 로빈은 그의 아들이 아니라 그저 피후견인일까?

하지만 로빈이 어리긴 해도, 세상에는 발설할 수 없는 진실이 있다는 것을, 인정하지 않을 때만 정상적인 삶이 가능한 진실도 있다는 것을 이해하지 못할 만큼 어리지는 않았다. 그에겐 머물 집과 하루 세 끼 식사와 평생 읽어도 다 읽지 못할 만큼 많은 책이 주어졌다. 그도 자신에게 더 이상을 요구할 권리가 없다는 것을 알고 있었다.

로빈은 결심했다. 다시는 러벌 교수에게 의문을 갖지 않기로, 진실이 속한 공간을 다시는 캐지 않기로 마음먹었다. 러벌 교수가 자신을 아들로 인정하지 않는다면 로빈도 그를 아버지로 주장할 마음이 없었다. 거짓말은 발설되지 않는 한 거짓말이 아니다. 한 번도 묻지 않은 질문에는 대답이 필요 없다. 두 사람 모두 진실과 부인 사이의 끝없는 경계 지대에 머무는 데 전적으로 만족할 작정이었다.

로빈은 몸을 닦고, 옷을 입고, 책상 앞에 앉아 그날 저녁의 번역 연습을 마쳤다. 펠튼 씨의 수업은 벌써 타키투스의 『아그리콜라』까지 진도가 나갔다.

Auferre trucidare rapere falsis nominibus imperium atque ubi solitudinem faciunt pacem appellant.

로빈은 문장 구조를 분석하고, 사전에서 *auferre*를 찾아 자신이 생각한 뜻이 맞는지 확인한 다음, 번역문을 작성했다.[*]

10월 초에 미카엘마스 학기 [옥스퍼드대학교의 제1학기, 10~12월]가 시작되자 러벌 교수는 옥스퍼드로 떠났다. 교수는 그곳에 8주간 머물 예정이었다. 옥스퍼드는 3학기제이고 한 학기는 8주였다. 교수는 매 학기 옥스퍼드로 갔다가 방학 때만 런던으로 돌아왔다. 로빈은 교수가 없는 기간을 즐겼다. 교수가 없다고 수업들이 멈추는 것은 아니지만, 후견인을 실망시킬까 봐 매 순간 전전긍긍하지 않고 편히 숨 쉴 수 있는 기간이었다.

어깨 너머를 지키는 러벌 교수가 없다는 것은 또한 로빈에게 도시 탐험의 자유를 의미했다.

러벌 교수는 용돈을 주지 않았지만, 가끔씩 파이퍼 부인이 로

---

[*] '강탈하고, 학살하고, 도둑질하는 것에 그들은 제국이라는 거짓 이름을 붙이고, 황무지를 만들어놓고 그것을 평화라 부른다.'

빈에게 교통비로 쓸 잔돈을 주었다. 그는 그것을 모아서 삯마차를 타고 코번트 가든으로 나갔다. 신문팔이 소년에게서 승합마차 서비스에 대해 알게 된 다음에는 거의 매주 주말 그것을 타고 패닝턴 그린부터 뱅크사이드까지 런던 도심을 누볐다. 단독 여행의 처음 몇 번은 공포를 불렀다. 햄프스테드로 돌아가는 길을 영영 잃어버리고 이대로 꼼짝없이 거리의 부랑자 신세가 되었다는 생각이 들기도 했다. 하지만 계속 시도했다. 그는 런던의 복잡함에 주눅 들지 않았다. 종잡을 수 없기로는 광둥도 매한가지니까. 그는 도시를 구석구석 걸으며 그곳을 집처럼 만들기로 작심했다. 런던이 주는 위압감이 차츰 옅어졌다. 이제 런던은 그를 언제 어디서 집어삼킬지 모를 괴물들이 우글대며 증기를 뿜는 구덩이보다는, 함정과 반전이 예측되는 탐색 가능한 미로로 느껴졌다.

그는 도시를 읽었다. 1830년대의 런던은 인쇄물로 넘쳐났다. 신문, 잡지, 학술지, 계간지, 주간지, 월간지, 그리고 모든 장르의 책들이 날개 돋친 듯 팔리고, 집집마다 문 앞에 배달되고, 거리 모퉁이마다 행상들 손에 배포되었다. 그는 뉴스 가판대의 『더 타임스』, 『스탠더드』, 『모닝포스트』를 탐독했다. 완전히 이해하진 못했지만 『에든버러 리뷰』와 『계간 리뷰』 같은 학술지의 기사도 읽었다. 『런던 피가로』 같은 싸구려 풍자 신문들, 원색적 범죄 기사나 사형수들의 최후 고백 같은 선정적인 사이비 뉴스도 읽었다. 저렴한 읽을거리로는 『반 푼짜리 백파이프』를 즐겼다. 우연히 찰스 디킨스라는 사람이 쓴 『픽윅 클럽 여행기』라는 연재소설도 읽었다. 재미있는 작가였지만, 백인이 아닌 사람들을 지독히 싫어하는 듯했다. 로빈은 런던의 출판과 언론의 중심인 플리트 스트리트에도 갔다. 인쇄기의 열이 채 식지 않은 따끈한 신문들이 쏟아져 나오는 곳이었다. 그는 몇 번이고 그곳에 갔고, 길모퉁이에 버려진 더미에서 전날의 신문들을 잔뜩 가져왔다.

로빈이 해독하지 못할 단어는 없었지만 그는 읽는 내용의 절반도 이해하지 못했다. 텍스트에는 정치적 암시, 내부자 농담, 은어, 그가 배운 적 없는 관행들로 가득했다. 런던에서 자라며 경험으로 흡수했어야 할 것들을 그는 대신 말뭉치로 걸신들린 듯이 집어삼켰다. 토리당, 휘그당, 차티스트 운동, 개혁파 같은 것들에 관한 글을 꾸역꾸역 읽으며 그게 무엇인지 암기했다. 그는 곡물법이 무엇이고 이 법이 나폴레옹이라는 프랑스인과 어떤 관계가 있는지 파악했다. 구교도와 신교도의 구분이 무엇인지, 둘 사이의 (적어도 그가 보기에는) 사소한 교리 차이가 실제로는 얼마나 피비린내 나게 중대한 문제인지 알게 되었다. 잉글리시와 브리티시가 같지 않다는 것도 알게 되었다. 다만 둘의 차이를 명확히 말하는 것은 여전히 어려웠다.

그는 도시를 읽고, 그곳의 언어를 익혔다. 어휘 확장은 그에게 게임이었다. 단어를 이해하는 것은 곧 영국 역사나 문화를 알아가는 일이었다. 이미 아는 단어들의 조합이 예기치 않은 뜻을 만들 때 그는 신이 났다. hussy(왈가닥)는 house와 wife의 합성어이고, holiday는 holy와 day의 합성어였다. bedlam(난리법석)은 믿기 어렵지만 베들레헴에서 유래했다. goodbye는 놀랍게도 God be with you를 줄인 말이었다. 런던의 이스트엔드에서 그는 코크니 속어[단어를 운이 맞는 다른 단어로 바꾸는 런던 토박이 은어]도 접했다. 처음에는 불가사의였다. 예컨대 햄프스테드가 어떻게 '치아'를 뜻하게 되었는지 영문을 알 수 없었다.* 그러다 생략된 압운 요소에 대해 알게 된 후에는 스스로 은어를 만들어내는 재미에 빠졌다.(파이퍼 부인은 그가 저녁 식사를 '성자의 끼니'로 부르는 것을 그다지 달가워하지 않았다.)**

한때 헷갈렸던 어구들은 뜻을 제대로 알게 된 후에도 로빈의 머릿속에서 계속 재미있는 연상들을 만들었다. 그는 내각Cabinet을 화려한 드레스 차림의 남자들이 인형처럼 진열된 장식장으로 상상했다. 그중 휘그당은 가발wig에서 이름을 땄고, 토리당은 젊은 빅토리아 공주에서 이름을 땄다고 상상했다. 런던 말리본Marylebone 지역이 대리석marble과 뼈bone로 이루어져 있다고 상상했고, 벨그레이비어Belgravia는 종bell과 무덤grave의 땅이며, 첼시Chelsea는 조개shells와 바다sea에서 왔다고 상상했다. 러벌 교수의 서재에는 알렉산더 포프의 작품들을 모아놓은 칸이 있었다. 로빈은 1년이 넘도록 『머리카락 강탈The Rape of the Lock』을 머리카락 도둑에 대한 책이 아니라 무쇠 빗장lock과 간음하는 이야기로 오해했다.***

그는 1파운드가 20실링이고, 1실링이 12펜스에 해당한다는

---

* 햄프스테드 히스(Heath)가 teeth(치아)와 운이 맞기 때문에 '치아'를 대체하게 되었고, 이를 이용해 예를 들어 '유치'를 'baby hampsteads'라고 불렀다.

** dinner(저녁 식사)는 sinner(종교적, 도덕적 죄인)와 운이 맞는다.

*** 납득할 만한 착각이다. 포프는 rape(강간)를 '약탈, 강탈'의 의미로 썼다. 즉 라틴어 라페레(rapere)에서 온 옛 의미로 썼다.

것을 배웠다. 플로린, 그로트, 파딩 같은 단위들의 정확한 가치는 차차 알아갈 참이었다. 그는 중국인이 가지각색이듯 영국인 중에도 여러 유형이 있으며, 아일랜드인이나 웨일스인은 잉글랜드인과 엄연히 다르다는 것도 알게 되었다. 파이퍼 부인은 스코틀랜드라는 곳에서 왔고, 따라서 스코틀랜드인이며, 이것이 러벌 교수의 또렷하고 딱딱한 발음과 달리 부인의 영어가 구성지게 굴러가는 느낌을 주는 이유였다.

1830년의 런던은 무엇이 되고자 하는지 아직 결정하지 못한 도시였다. 이 실버 시티는 세계 최대의 금융 중심지이자, 산업과 기술의 최첨단이었다. 하지만 이 도시의 이윤은 균등하게 분배되지 않았다. 런던은 코번트 가든에서 공연이 열리고 메이페어에서 무도회가 벌어지는 도시인 만큼이나 세인트 자일스 주변에 밀집한 빈민굴의 도시이기도 했다. 런던은 개혁가들의 도시였다. 윌리엄 윌버포스와 로버트 웨더번 같은 이들이 노예제 폐지를 촉구한 곳이자, 스파필즈 봉기가 주동자들이 반역죄로 기소되며 끝난 곳이자, 오언주의자들이 만인을 위한 유토피아 사회주의 공동체 건설을 꾀한 곳이었다.(로빈은 사회주의가 무엇인지는 아직 정확히 몰랐다.) 또한 메리 울스턴크래프트의 『여성의 권리 옹호』(1792)가 출판된 지 40년 만에 페미니즘 운동과 여성 참정권 운동의 물결이 대대적으로 일어난 곳이었다. 로빈의 눈에 비친 런던은 이중적이었다. 의회와 시청과 거리에서 각양각색의 개혁가들이 런던의 영혼을 놓고 싸우는가 하면, 보수적 지주 지배층은 변화를 위한 시도들을 사사건건 막고 있었다.

로빈은 이런 정치적 투쟁들을 이해하지 못했다. 적어도 이때는 그랬다. 그는 다만 런던이, 더 넓게는 영국이 자기 정체성과 지향점을 두고 심각하게 분열되어 있다는 것을 감지했을 뿐이었다. 그리고 그는 모든 것 뒤에 은이 있다는 것을 간파했다. 급진주의자들이 산업화의 폐해를 비판하고, 보수주의자들이 경제 호황을 근거로 이를 반박할 때, 정당들이 빈민과 주택, 도로와 교통, 농업과 제조업을 논할 때, 누가 됐든 영국과 제국의 미래를 들먹일 때 언제나 그 단어가 빠지지 않았다. 신문, 팸플릿, 잡지, 심지어 기도서에도 온통 은, 은, 은 이야기였다.

로빈은 파이퍼 부인을 통해서도 영국 음식과 영국에 대해 생각 외로 많은 것을 배웠다. 그는 새로운 입맛에 적응하는 데 시간이 좀 걸렸다. 광둥에 살 때는 음식에 대해 깊이 생각해본 적이 없었다. 죽, 찐빵, 만두, 채소 정도를 매일 먹었는데, 특별할 게 전혀 없는 음식이었다. 고급 중국 요리와는 거리가 먼, 가난한 가정의 기본 식단이었다. 그런데 이제는 그 음식이 너무나 그리웠다. 이렇게 그리울 수 있다는 게 놀라울 정도였다. 영국인들에겐 오직 두 가지 맛만 있는 듯했다. 짠맛과 짜지 않은 맛. 이 두 맛만 사용할 뿐 다른 맛은 알지 못했다. 국가는 향신료 무역으로 엄청난 이윤을 챙기는데 정작 시민들은 향신료 사용을 지독히 싫어했다. 햄프스테드에서 보낸 기간을 통틀어 로빈은 '매콤하다'는 고사하고 '간이 맞는다'고 말할 만한 요리를 한 번도 맛보지 못했다.

그는 음식을 먹는 것보다 배우는 것에서 즐거움을 얻었다. 이 교육은 따로 청할 필요가 없었다. 원래도 수다스러운 성정의 파이퍼 부인은 로빈이 접시에 놓인 것에 약간이라도 관심을 보이면 점심과 더불어 기꺼이 강의도 제공했다. 로빈이 어떻게 먹어도 맛있다고 생각하는 게 감자인데, 부인은 중요한 손님에겐 감자를 내선 안 된다고 했다. 감자는 하층민의 먹거리라는 인식 탓이었다. 또한, 식사 중 음식을 따뜻하게 유지하는 용도의 은도금 접시가 최근에 발명되었지만, 손님에게 이런 술수를 들키는 것은 결례이기 때문에 은이 예외 없이 접시 바닥에 붙어 있었다. 음식을 하나씩 순차적으로 내는 방식은 프랑스에서 온 것이며, 이 방식이 아직 보편적인 규범이 되지 못한 이유는 나폴레옹이라는 단신 남자에 대한 오랜 반감 탓이었다. 로빈은 점심, 오찬, 정오 디너의 미묘한 차이도 배웠지만 쉽게 이해되지는 않았다. 그가 좋아하는 아몬드 치즈케이크에 대해서는 가톨릭교도에게 감사해야 했다. 금식 기간에 유제품을 먹을 수 없어서 영국 요리사들이 개발한 것이 아몬드밀크였기 때문이다.

어느 날 저녁 파이퍼 부인이 둥글넓적한 것을 내왔다. 둥근 반죽을 쐐기꼴로 잘라서 구운 빵이었다. 로빈은 하나를 집어서 귀퉁이를 살짝 먹었다. 뻑뻑하고 밀가루 맛이 강했다. 어머니가 매주 쪄주던 폭신하고 하얀 롤빵보다 훨씬 밀도가 높았다. 맛은 나쁘지 않았다. 다만 놀랄 만큼 묵직했다. 그는 물을 한 모금 들이켜서 덩어리를 내려보낸 다음 물었다.

"이게 뭐예요?"

"배넉이라는 거란다." 파이퍼 부인이 말했다.

“스콘.” 러벌 교수가 정정했다.

“원래 이름은 배넉이야.”

“스콘은 조각들이고,” 교수가 말을 잘랐다. “배넉은 전체를 말해.”

“무슨 말씀. 통째로도 배넉이고, 잘게 잘라도 다 배넉이에요. 스콘은 잉글랜드인들이 입에 욱여넣기 좋아하는 퍽퍽하고 푸석한 것을 말하는 거고요.”

“부인의 스콘은 예외입니다, 파이퍼 부인. 제정신인 사람이면 이걸 퍽퍽하다고 욕할 리 없죠.”

파이퍼 부인은 아첨에 넘어가지 않았다. “하나도 배넉이고, 여럿도 배넉이에요. 우리 할머니도 배넉이라 불렀고, 우리 어머니도 배넉이라 불렀으니, 당연히 배넉이죠.”

“그런데 왜 이걸— 배넉이라고 불러요?” 로빈이 물었다. 단어의 소리가 왠지 산골 괴물을 상상하게 했다. 빵을 제물로 바쳐야만 만족하는 발톱 달리고 우둘투둘한 괴물.

“라틴어 때문이야.” 교수가 말했다. “배넉은 ‘구운 빵’을 뜻하는 파니키움에서 왔어.”

실망스럽고 따분한 유래였지만 그럴듯했다. 로빈은 배넉을, 아니 스콘을 한 입 더 베어 먹었다. 이번에는 빵이 뱃속에 든든하게 안착하는 포만감을 즐겼다.

로빈과 파이퍼 부인은 스콘에 대한 깊은 사랑을 매개로 빠르게 유대감을 형성했다. 부인은 온갖 방식으로 스콘을 만들었다. 클로티드 크림과 라즈베리 잼을 곁들인 플레인 스콘. 치즈와 부추를 박아서 풍미 있게 구운 스콘. 말린 과일 조각을 뿌려서 달콤하게 구운 스콘. 로빈은 플레인 스콘이 제일 좋았다. 이미 완벽한 것을 쓸데없는 추가로 망칠 이유가 없었다. 그는 막 플라톤의 이데아에 대해 배웠고, 그에게 스콘은 빵의 이데아였다. 게다가 파이퍼 부인의 클로티드 크림은 환상적이었다. 가볍고 고소하고, 동시에 신선했다. 부인의 말에 따르면 다른 집들에서는 우유를 하루 종일 뭉근히 끓여서 크림 층을 얻지만, 지난 크리스마스 때 러벌 교수가 그녀에게 아주 똑똑한 실버워크 장치를 선물한 덕분에, 이제는 그것을 이용해 크림을 몇 초 만에 분리할 수 있었다.

러벌 교수는 플레인 스콘을 좋아하지 않았다. 그래서 애프터눈 티에는 주로 술타나 스콘이 나왔다.

"왜 술타나라고 불러요?" 로빈이 물었다. "그냥 건포도잖아요?"

"글쎄다." 파이퍼 부인이 말했다. "거기가 원산지 아닐까? 술타나가 동양적으로 들리지 않니? 교수님, 이게 어디서 재배되나요? 인도?"

"소아시아." 러벌 교수가 말했다. "그리고 술탄이 아니라 술타나라고 부르는 이유는 씨가 없기 때문이지."

그러자 파이퍼 부인이 로빈에게 윙크를 날렸다. "흠, 그거였어. 씨가 문제였어."

로빈은 이 농담을 이해하지 못했지만, 술타나를 넣은 스콘이 별로인 것은 확실했다. 그는 러벌 교수가 보지 않을 때 술타나를 파내서 플레인 스콘으로 만든 다음, 클로티드 크림을 듬뿍 발라 입에 얼른 넣었다.

스콘 외에 로빈의 큰 낙은 소설이었다. 광둥에서 매년 스물네 권씩 받아 보던 책들이 가뭄의 단비였다면, 이제는 진정한 책의 홍수 속에 있었다. 책이 넘쳐났기 때문에, 빡빡한 일정에 여가 독서를 끼워 넣으려면 창의적이어야 했다. 그는 식탁에서 책을 읽으며 입에 뭐가 들어가는지 생각할 겨를 없이 파이퍼 부인의 음식을 허겁지겁 먹었다. 현기증이 났지만 산책하면서도 읽었다. 심지어 욕조에서도 독서를 시도했다. 하지만 대니얼 디포의『잭 대령』신판에 젖은 손자국이 생겼고, 할 짓이 아닌 것 같아서 목욕하며 읽는 것은 포기했다.

로빈은 어떤 책보다 소설책이 좋았다. 찰스 디킨스를 연재로 읽는 것도 흥미진진하지만, 완결된 전체 이야기를 묵직한 책으로 보는 즐거움 또한 이루 말할 수 없었다. 그는 장르를 가리지 않고 닥치는 대로 읽었다. 제인 오스틴의 모든 작품을 완독했다. 하지만 오스틴이 묘사한 관습과 풍속을 이해하려면 파이퍼 부인의 자문이 많이 필요했다.(안티구아가 어디길래 토머스 버트럼 경이 항상 그곳에 가는 걸까?)[*] 그는 토머스 호프와 제임스 모리어의 기행문학을 탐독했으며, 이를 통해 그리스인과 페르시아인을, 또는 적어도 그들에 대한 영국인의 공상을 접했다. 또 그는 메리 셸리의『프랑켄슈타인』에 심취했다. 하지만 상대적으로 재능이 떨어지는 그녀의 남편이 남긴 과하게 극적인 시문학에 대해서는 같은 말을 하기 어려웠다.

---

* 『맨스필드 파크』에 등장하는 토머스 버트럼 경은 서인도제도 안티구아에 대농장과 노예들을 소유하고 있다.

러벌 교수가 옥스퍼드에서의 첫 학기를 마치고 돌아왔다. 그는 오자마자 로빈을 피커딜리에 있는 해처즈 서점으로 데려갔다. 포트넘 & 메이슨 백화점 바로 맞은편이었다. 로빈은 런던에서 가장 오래된 서점의 녹색 출입문 앞에서 입을 딱 벌렸다. 시내 유람 중에 서점들을 수없이 지나쳤지만, 실제로 들어가는 것은 상상도 하지 못했다. 그때껏 그는 서점은 오직 부유한 성인을 위한 곳이며, 자기가 감히 들어갔다가는 귀를 잡혀 끌려 나올 거라고만 생각했다.

러벌 교수가 문 앞에서 망설이는 로빈을 보고 미소 지었다.

"일반인 대상의 상점일 뿐이야." 교수가 말했다. "대학도서관에 비하면 이런 데는 아무것도 아냐."

서점에 들어서자 갓 인쇄된 책들의 싸한 나무가루 냄새가 로빈을 덮쳤다. 그는 생각했다. 담배 냄새가 이런 냄새라면, 매일 피울 거야. 그는 가장 가까운 책시렁으로 가서 진열된 책들에 주춤주춤 손을 뻗었다. 만지기가 겁났다. 너무 새것이고 너무 빳빳했다. 책등에는 실금 하나 없고 페이지들은 티 없이 매끈했다. 그는 낡고 축축한 책들에 익숙했다. 가지고 있는 고전 문법서들조차 수십 년 된 것들이었다. 막 제본해서 빛이 나는 이 책들은 다른 종류의 사물처럼 보였다. 만지고 읽는 물건이라기보다 멀찍이서 감상하는 대상 같았다.

"하나 골라보렴." 교수가 말했다. "처음으로 자기 책을 구입하는 기분이 어떤지 느껴봐."

하나를 고르라고? 이 많은 보물 중에서 딱 하나를? 어느 책이 어떤 책인지 알 수 없었다. 엄청난 양의 텍스트에 압도당해 훑어볼 수도, 결정을 내릴 수도 없었다. 그러다 로빈의 눈에 제목 하나가 들어왔다. 『왕의 것』. 저자는 프레더릭 매리엇. 아직까지 들어보지 못한 작가였다. 하지만 새로운 건 좋은 거니까, 하고 그는 생각했다.

"흠. 매리엇. 읽어본 적은 없다만, 네 또래 남자애들에게 인기가 많다고 들었다." 교수가 책을 들고 앞뒤를 살폈다. "이걸로 하겠니? 확실해?"

로빈은 고개를 끄덕였다. 지금 결정하지 않으면 영영 떠나지 못할 것 같았다. 그는 빵집에 들어온 굶주린 사람이었다. 눈앞의 엄청난 선택지에 눈이 부셨지만, 교수의 인내심을 시험하고 싶은 마음은 없었다.

서점을 나와서 교수가 갈색 종이로 싼 꾸러미를 건넸다. 로빈은 그것을 품에 바싹 안았다. 집에 도착할 때까지 뜯지 않고 참을 작정이었다. 그는 교수에게 연신 감사를 표했다. 교수가 다소 민망해하는 기색을 보고서야 인사를 멈추었다. 그러자 교수가 새 책을 손에 든 기분이 좋지 않냐고 물었다. 로빈은 열렬히 동의했다. 그리고 그가 기억하는 한 처음으로, 두 사람은 미소를 주고받았다.

로빈은 『왕의 것』을 주말까지 아껴둘 계획이었다. 주말에는 오후에 수업이 없기 때문에 천천히 음미하며 읽을 수 있으니까. 하지만 목요일 오후가 되자 더는 참을 수 없었다. 펠튼 씨가 떠난 후 그는 파이퍼 부인이 내준 빵과 치즈 한 접시를 허겁지겁 먹어치우고 부리나케 위층 서재로 올라갔다. 그리고 가장 좋아하는 안락의자에 웅크리고 앉아 책을 읽기 시작했다.

그는 당장 빠져들었다. 『왕의 것』은 해군의 무공을 다룬 소설이었다. 복수, 모험, 투쟁의 이야기였고, 해전과 먼 항해에 대한 이야기였다. 그의 마음은 광둥을 떠나온 자신의 항해로 흘렀다. 그는 그때의 기억을 소설의 맥락에서 재구성했고, 바다의 영웅이 된 자신을 상상했다. 해적과 싸우고, 뗏목을 만들고, 무용을 날리고, 훈장을 받고—

문이 삐걱 열렸다.

"뭐 하고 있는 거냐?" 러벌 교수가 물었다.

로빈은 눈을 들었다. 머릿속을 채우며 거친 바다를 항해하는 영국 해군의 모습이 너무 생생해서 자신이 어디 있는지 기억하는 데 잠시 시간이 걸렸다.

"로빈," 교수가 다시 물었다. "뭐 하고 있어?"

문득 서재가 싸늘하게 느껴졌다. 황금빛이었던 오후가 완전히 저물어 있었다. 로빈은 러벌 교수의 눈길을 따라 방문 위의 시계를 봤다. 그는 시간을 완전히 잊고 있었다. 하지만 저 시곗바늘이 잘못된 게 분명했다. 책을 읽기 위해 앉은 지 세 시간이나 지났을 리가 없었다.

"죄송해요." 로빈은 여전히 멍한 상태로 말했다. 먼 곳에서 돌아온 여행자처럼, 갑자기 인도양에서 뽑혀 나와 이 컴컴하고 추운 서재로 떨어진 사람처럼 얼떨떨했다. "제가— 시간 가는 줄 몰랐어요."

러벌 교수의 얼굴에는 어떤 표정도 없었다. 그것이 더 겁났다. 그 불가해한 벽, 무자비한 공백 같은 표정이 분노보다 훨씬 더 무서웠다.

"체스터 씨가 아래층에서 한 시간도 넘게 기다리고 있어." 교수가 말했다. "내가 있었으면 단 10분도 기다리게 하지 않았을 텐데, 하필 내가 집을 비우는 바람에."

로빈은 죄책감에 속이 울렁거렸다. "정말 죄송해요, 교수님."

"뭘 읽고 있어?" 교수가 말을 막았다.

로빈은 잠시 주저하다 『왕의 것』*을 내밀었다. "교수님이 사주신 책이요. 큰 전투가 벌어졌는데, 어떻게 되는지 보려다가—"

"그 극악한 책이 무슨 내용인지가 그렇게 중요해?"

이후 몇 년 동안 이때를 떠올릴 때마다 로빈은 자신이 그다음에 보인 뻔뻔한 행동에 매번 오싹함을 느꼈다. 당황해서 정신이 나간 게 분명했다. 그렇지 않고서야 그렇게 터무니없이 행동할 리는 만무했다. 그는 태연히 매리엇 책을 덮고 문으로 향했다. 마치 서둘러 수업에 가면 그만인 것처럼. 이 정도 잘못은 쉽게 잊힐 잘못이라는 듯이.

로빈이 문에 다가갈 때 러벌 교수가 주먹을 뒤로 뺐다가 그의 왼쪽 빰을 세게 내리쳤다.

---

* 이것이 로빈이 읽은 처음이자 마지막 매리엇 소설이 되고 말았다. 어쩌면 다행이었다. 프레더릭 매리엇의 소설들은 해상 모험과 무공으로 가득해 영국 소년들의 사랑을 받았지만, 흑인을 행복하고 만족스러운 노예로, 아메리카 원주민을 천진난만한 원시인 아니면 방탕한 술꾼으로 그렸다. 중국인과 인도인은 "체격이 왜소하고 성정이 나약한 인종"으로 묘사했다.

　그 타격의 힘에 로빈은 바닥에 나동그라졌다. 고통보다 충격이 컸다. 관자놀이가 울렸지만 아직은 아프지 않았다. 고통은 나중에 왔다. 몇 초가 지나자 피가 머리로 쏠리기 시작했다.

　아직 끝이 아니었다. 로빈이 멍한 상태로 무릎을 딛고 일어설 때 러벌 교수가 벽난로 옆의 부지깽이를 집어 들고 그의 몸통 오른쪽을 대각선으로 내리쳤다. 그리고 또 한 번 내리쳤다. 그리고 또 한 번.

　로빈은 공포를 제대로 느끼지 못했다. 러벌 교수가 폭력을 휘두를 거라고는 상상도 하지 못했기 때문이다. 너무나 예상 밖의 일이고 너무나 교수답지 않은 일이었기에 매질이 꿈처럼 초현실적으로 느껴졌다. 그는 빌거나, 울거나, 심지어 비명을 지를 생각조차 못 했다. 부지깽이가 여덟 번째, 아홉 번째, 열 번째로 갈비뼈를 내리칠 때조차, 이에서 피 맛이 날 때조차 그가 느낀 것은 이런 일이 벌어지고 있다는 사실 자체에 대한 깊은 당혹감뿐이었다. 황당했다. 꿈에 사로잡힌 기분이었다.

　러벌 교수 역시 불같이 분노한 남자로 보이지 않았다. 그는 고함치고 있지 않았다. 눈빛에는 광기가 서리지 않았다. 심지어 뺨이 붉어지지도 않았다. 그는 그저 강하되 신중한 타격으로 영구 부상의 위험은 최소화하면서 최대의 고통을 가하려고 노력하는 듯했다. 로빈의 머리는 때리지 않았다. 로빈의 갈비뼈가 부러질 만큼 세게 치지도 않았다. 쉽게 감출 수 있고 시간이 지나면 완전히 낫는 타박상 정도만 의도한 매였다.

　러벌 교수는 자신이 무엇을 하는지 아주 잘 알고 있었다. 전에도 해본 일인 것 같았다.

열두 번의 타격 후에 매질이 멈췄다. 교수는 평소와 다름없이 침착하고 정확한 동작으로 부지깽이를 벽난로 선반에 다시 놓고 뒤로 물러났다. 그리고 턱자에 앉아서 로빈이 무릎을 딛고 몸을 일으켜 얼굴의 피를 닦아내는 모습을 묵묵히 바라봤다.

아주 긴 침묵 끝에 교수가 입을 열었다. "너를 광둥에서 데려올 때, 내 기대를 분명히 말했다."

그제야 로빈의 목에 흐느낌이 차올랐다. 이 지연된 감정 반응이 숨을 막았다. 하지만 그는 울음을 꿀꺽 삼켰다. 소리를 내면 교수가 어떻게 나올지 겁이 났다.

"일어나." 교수가 차갑게 명령했다. "앉아."

로빈은 반사적으로 순종했다. 어금니 하나가 헐겁게 느껴졌다. 혀로 건드려보니 신선하고 짭짤한 피가 퍽 솟으며 혀를 덮었다. 그는 움찔했다.

"나를 봐." 교수가 말했다.

로빈은 눈을 들었다.

"그래, 그게 너의 장점이지. 맞을 때 울지 않는 것."

코가 시큰했다. 눈물이 터지기 직전이었다. 로빈은 울음을 참으려고 안간힘 썼다. 관자놀이에 쇠못이 박히는 것 같았다. 고통이 너무 심해서 숨을 쉬기도 어려웠다. 그럼에도 조금도 아픈 내색을 하지 않는 것이 가장 중요한 일이었다. 그게 그의 처지였다. 태어나서 이렇게 비참한 적은 없었다. 그는 죽고 싶었다.

"이 집에서 게으름은 용납되지 않아." 교수가 말했다. "번역은 결코 쉬운 직업이 아니야, 로빈. 집중과 수련을 요하지. 넌 라틴어와 그리스어 조기 교육이 미비해서 이미 불리한 상황이야. 옥스퍼드에 입학하기 전까지 차이를 만회할 시간이 6년밖에 없어. 나태할 시간이 없어. 공상에 빠져 시간을 허비할 수가 없다고.”

교수가 한숨지었다. “슬레이트 양에게서 보고받은 것처럼, 네가 근면 성실한 아이로 성장하기를 바랐다. 이제 보니 내가 틀렸구나. 나태와 기만이 너희 부류의 공통된 특징이지. 그것이 이웃 나라들은 앞다퉈 진보하는 동안 중국은 안일하고 후진적인 나라로 남아 있는 이유다. 넌 천성적으로 어리석고, 박약하고, 힘든 일을 싫어해. 로빈, 넌 그런 성향에 저항해야 해. 네 혈통의 오염을 극복할 줄 알아야 해. 난 너라면 할 수 있다고 믿고 엄청난 도박을 했어. 내가 헛짓하지 않았다는 것을 증명하든지, 아니면 광둥으로 돌아가는 배표를 직접 끊든지 해.” 그러고는 고개를 갸웃했다. “광둥으로 돌아가고 싶으냐?”

로빈은 침을 꿀꺽 삼켰다. “아뇨.”

진심이었다. 이런 일을 겪었어도, 가혹한 수업에도, 그는 자신의 다른 미래를 상상할 수 없었다. 광둥은 빈곤, 비루함, 무지를 뜻했다. 광둥은 역병을 뜻했다. 광둥은 더 이상 책을 볼 수 없다는 뜻이었다. 런던은 그가 바랄 수 있는 모든 물질적 안락을 의미했다. 런던은 미래의 옥스퍼드를 의미했다.

“그럼 지금 결정해라, 로빈. 학업에 전념해 높은 성적을 내고, 거기 필요한 희생을 감수하고, 두 번 다시는 나를 이렇게 실망시키지 않겠다고 약속해. 싫으면 첫 배로 고향으로 돌아가. 가족도, 기술도, 돈도 없이 다시 길바닥에서 살게 되겠지. 내가 제공하는 이런 기회들을 다시는 얻지 못해. 런던은 꿈에서나 다시 볼 수 있을 거고, 옥스퍼드는 꿈에서도 못 볼 거야. 은막대는 영원히 만져보지도 못할 거야." 교수가 기대앉으며 차가운 창 같은 눈길으로 로빈을 응시했다. "자, 선택해."

로빈은 기어들어가는 소리로 대답했다.

"더 크게. 영어로."

"죄송해요." 그는 쉰 목소리로 말했다. "남고 싶어요."

"좋아." 교수가 일어섰다. "체스터 씨가 아래층에서 기다리신다. 정신 차리고 수업에 가."

로빈은 간신히 수업을 끝까지 참아냈다. 하지만 수업 내내 훌쩍였다. 머리가 멍해서 집중이 어려웠다. 얼굴에 멍이 커다랗게 번졌고, 몸통도 보이지 않는 부상들로 욱신거렸다. 다행히 체스터 씨는 그 사건에 대해 아무 말도 하지 않았다. 로빈은 동사 활용을 외웠지만 다 틀렸다. 체스터 씨는 억지로나마 부드럽고 차분한 어조로 참을성 있게 정정해주었다. 수업은 저녁 식사 시간을 훌쩍 넘길 때까지 계속되었다. 그의 인생에서 가장 긴 세 시간이었다.

다음 날 아침 러벌 교수는 아무 일 없었던 것처럼 행동했다. 로빈이 아침을 먹으러 내려오자 교수는 번역을 끝냈는지 물었다. 로빈은 끝냈다고 답했다. 파이퍼 부인이 아침으로 달걀프라이와 햄을 내왔고, 그들은 다소 격앙된 침묵 속에서 식사했다.

음식을 씹는 것도, 때로는 삼키는 것도 아팠다. 로빈의 얼굴은 밤새 더 심하게 부어올랐다. 하지만 파이퍼 부인은 그가 기침하자 햄을 더 작게 잘라 먹으라는 조언만 했다. 차까지 다 마시자 부인이 접시들을 치웠고, 로빈은 펠튼 씨가 오기 전에 라틴어 교과서를 가지러 갔다.

로빈은 이때도, 이후에도 도망칠 생각은 전혀 하지 않았다. 다른 아이 같았으면 겁에 질려서 기회가 생기자마자 런던 거리로 달아났을지 모른다. 더 나은, 더 인정 어린 대우에 익숙한 아이였다면 파이퍼 부인, 펠튼 씨, 체스터 씨 같은 어른들이 심하게 멍든 열한 살짜리 아이에게 그토록 무심한 태도를 취하는 것이 끔찍하게 잘못된 일이라는 것을 알았을 것이다. 하지만 로빈은 평온한 일상으로 돌아온 것만으로도 감지덕지해서 분한 마음조차 들지 않았다.

어쨌든 그런 일은 다시는 생기지 않았다. 로빈이 다시는 생기지 않게 했다. 그는 다음 6년을 지쳐 쓰러질 때까지 공부하며 보냈다. 국외 추방의 위협이 늘 머리 위에 도사리고 있었다. 그는 러벌 교수가 원하는 학생이 되기 위해 자신의 삶을 바쳤다.

그리스어와 라틴어는 첫해가 지나자 점점 재미있어졌다. 어휘와 문법 등 언어의 기본 요소들이 충분히 쌓여서 이제는 스스로 의미의 조각들을 맞출 수 있게 되었기 때문이다. 새로운 텍스트를 접할 때 어둠 속을 더듬는 느낌보다는 빈칸을 채우는 느낌이 들었다. 문구의 정확한 문법 구조를 파악하는 것이 전에는 그에게 좌절을 안겼지만, 이제는 책을 제자리에 다시 꽂거나 사라진 양말을 찾았을 때와 비슷한 만족감을 안겼다. 모든 조각이 들어맞고, 모든 것이 완전무결해지는 느낌이었다.

그는 라틴어로 키케로, 리비우스, 베르길리우스, 호라티우스, 카이사르, 유베날리스를 읽었다. 그리스어로는 크세노폰, 호메로스, 리시아스, 플라톤을 강독했다. 시간이 흐르면서 그는 자신이 언어에 꽤 재능이 있다는 것을 깨달았다. 그는 기억력이 좋고 성조와 리듬에 감이 있었다. 얼마 안 가 그는 그리스어와 라틴어 모두에서 옥스퍼드 학부생이 부러워할 수준의 유창성에 도달했다. 시간이 지나면서 러벌 교수가 그의 선천적 나태성을 지적하는 일은 없어지고, 대신 그의 빠른 학문적 진전 속도에 대한 보고를 받을 때마다 흡족하게 고개를 끄덕이는 일이 늘었다.

그동안 역사가 그들을 둘러싸고 흘렀다. 1830년 조지 4세가 사망하고 동생인 윌리엄 4세가 뒤를 이었는데, 그는 끝없이 타협할 뿐 누구도 기쁘게 하지 못했다. 1831년 또다시 콜레라가 런던을 휩쓸며 3만 명의 사망자를 냈다. 비좁은 곳에 복작대고 살면서 서로의 오염된 숨을 피할 길이 없는 극빈층에 피해가 집중되었다.[*] 하지만 햄프스테드 지역은 무탈했다. 담장으로 둘러싸인 한적한 영지에 사는 러벌 교수와 그의 친구들에게 전염병은 그저 지나가듯 언급하고 잠시 안타까운 표정을 짓다가 이내 잊어버릴 일에 불과했다.

[*] 주간지에 치솟는 사망자 수를 보며 로빈은 파이퍼 부인에게 왜 의사들이 광둥에서 러벌 교수가 자기한테 했던 것처럼 은을 써서 환자들을 치료하러 다니지 않는지 물었다. "은은 비싸니까." 파이퍼 부인이 대답했다. 이후 그들은 이 문제를 다시는 입에 올리지 않았다.

1833년에 역사적인 일이 일어났다. 영국과 그 식민지들에서 노예제가 폐지되고, 자유화 이행 조치로 노예였던 사람들이 이전 주인을 위해 계속 일하는 6년의 도제 기간이 도입되었다. 러벌 교수의 내방객들이 이 뉴스에 보인 반응은 크리켓 경기에서 패배한 것 정도의 가벼운 실망감이었다.

"이제 우린 서인도제도에서 볼 장 다 봤군." 핼러우즈 씨가 불평했다. "고고한 척하는 빌어먹을 폐지론자들 때문에 말이야. 노예제 폐지에 대한 집착은 미국을 잃은 영국인들이 문화적 우월감이라도 챙기려는 몸부림이라는 내 생각엔 변함이 없어. 대체 근거가 뭐냐고! 그 불쌍한 족속이 아프리카로 돌아가봤자 자기들이 왕이라 부르는 폭군 밑에서 노예처럼 사는 건 마찬가지 아니냐 이 말이야."*

"아직 서인도제도를 포기하긴 일러." 러벌 교수가 말했다. "거기선 아직 강제노동이 합법적으로 허용되잖아."

"하지만 소유권이 없으면 이빨 빠진 호랑이야."

"어쩌면 그게 최선일지 몰라. 결국은 자유인이 노예보다 일을 더 효율적으로 하니까. 그리고 노예제 유지가 사실상 자유 노동시장보다 더 비싸게 먹혀."

"자네, 애덤 스미스를 너무 많이 읽었군. 호바트와 맥퀸의 생각이 맞았어. 중국인을 배로 잔뜩 실어 오는 게 답이야."** 그럼 해결

* 여기서 핼러우즈 씨는 노예가 인간이 아닌 재산으로 취급되는 노예제는 전적으로 유럽의 발명이라는 사실을 간과하고 있다.
** 아이티 해방 이후 실제로 영국은 아프리카 노예노동의 대안으로 중국인("똘똘하고, 참을성 있고, 근면

돼. 중국인은 워낙 근면하고 얌전하니까. 누구보다 리처드가 잘 알겠지만—"

"아니, 리처드는 중국인이 게으르다고 생각해. 그렇지 않나, 리처드?"

"내가 바라는 건," 랫클리프 씨가 끼어들었다. "여자들은 제발 노예제 반대 논쟁에서 빠져주는 거야. 여자들이 노예들 처지와 자기 상황을 자꾸 겹쳐 보면서 머릿속에 쓸데없는 생각만 키우는 게 문제야."

"왜, 자네 부인이 가정생활에 불만이라도 있으신가?" 러벌 교수가 물었다.

"아내는 노예제 폐지가 여성 참정권으로 가는 도약이자 발판이라고 생각해." 랫클리프 씨가 심술궂게 웃었다. "어느 세월에."

이를 시작으로 화제는 여권 운동의 허무맹랑함으로 넘어갔다.

로빈은 이 남자들을 절대 이해할 수 없을 거라고 생각했다. 이들은 세계와 세계의 움직임이 그저 거대한 체스 게임인 것처럼, 그 안의 나라와 민족들이 자기들 마음대로 움직이고 조종할 수 있는 기물인 양 떠들었다.

하지만 이들에게 세계가 추상적인 대상이라면, 로빈에겐 더더욱 추상적이었다. 그는 이 문제들에 아무런 이해관계가 없기

한 민족) 같은 다른 인종의 노동자들을 수입하는 방안을 모색했다. 1806년 포티튜드호가 200여 명의 중국인 이민노동자를 서인도제도의 트리니다드로 데려갔다. "우리와 흑인 사이의 방어벽"을 만드는 것을 목표했던 이 식민 정책은 실패로 끝났고, 노동자 대부분은 곧 중국으로 돌아갔다. 그럼에도 영국 기업가들은 아프리카인 노동력을 중국인 노동력으로 대체하려는 생각을 매력적으로 여겼고, 19세기 내내 꾸준히 시도했다.

때문이었다. 그는 당대를 러벌 저택이라는 편협한 세상을 통해서 바라볼 뿐이었다. 개혁, 식민지 봉기, 노예 반란, 여성 참정권, 그리고 최근 의회에서 벌어지는 논쟁들 모두 그에겐 아무 의미가 없었다. 그에게 중요한 것은 눈앞의 죽은 언어들뿐이었다. 그리고 언젠가, 해가 갈수록 점점 가까워지는 어느 날, 벽에 걸린 그림으로만 보던 대학에, 지식의 도시이자 '꿈꾸는 첨탑들의 도시'에 입성할 거라는 사실뿐이었다.

모두 특별하지 않게 끝났다. 축하도 없었다. 어느 날 체스터 씨가 책을 챙겨 들며 로빈에게 그동안 수업이 즐거웠으며, 대학에서도 공부 잘하길 빈다고 말했다. 그래서 로빈은 자신이 다음 주에 옥스퍼드로 갈 예정이란 것을 알게 되었다.

"음, 그래." 질문을 받자 러벌 교수가 말했다. "내가 말하는 걸 깜빡했나? 내가 칼리지에 편지를 보냈다. 너를 기다리고 있어."

분명 지원 절차가 있었을 것이고, 로빈의 신분을 보증할 소개장과 재정보증서 같은 서류들이 오갔을 것이다. 하지만 로빈은 이 절차에 전혀 관여하지 않았다. 러벌 교수가 9월 29일 새 숙소에 들어갈 예정이니 28일 저녁까지 짐을 싸두라고 통보했을 뿐이었다. "학기 시작 며칠 전에 도착할 거야. 함께 마차로 간다."

떠나기 전날 밤, 파이퍼 부인이 로빈에게 작고 단단하고 둥근 비스킷을 구워주었다. 달콤하고 바삭해서 입 안에서 녹는 것 같았다.

"쇼트브레드라는 거야." 부인이 설명했다. "엄청 달달하니까 한꺼번에 다 먹진 마. 내가 많이 만들지는 않아. 교수님은 설탕이 아이를 망친다고 생각하거든. 하지만 넌 먹을 자격이 있어."

"쇼트브레드." 로빈은 그 말을 반복했다. "빨리 없어져서요?"

배닉 논쟁이 있었던 날 이후 그들이 해온 게임이었다.

"아니." 부인이 웃었다. "잘 부서져서란다. 지방이 반죽을 바삭하게 shorten 하거든. 그래서 쇼트야. 쇼트닝이란 말도 거기서 생겨났지."

로빈은 그 달콤하고 기름진 덩어리를 삼키고 우유 한 모금으로 내려보냈다. "부인의 어원학 수업이 그리울 거예요, 파이퍼 부인."

놀랍게도 부인의 눈가가 붉어졌다. 그녀의 목소리가 먹먹해졌다. "먹을 게 한 보따리 필요하면 집에 편지하렴." 부인이 말했다. "그 칼리지들에서 무슨 일을 하는지는 잘 모르겠지만, 거기 음식이 쓰레기란 건 알거든."

3

다음 날 아침, 로빈과 러벌 교수는 삯마차를 불러 타고 런던 중심부의 한 역으로 갔고, 그곳에서 옥스퍼드까지 가는 역마차로 갈아탔다. 환승을 기다리는 동안 로빈은 역마차stagecoach의 어원을 추측하며 시간을 보냈다. 마차coach는 알겠는데, 왜 무대stage일까? 평평하고 널따란 마차 몸체가 무대와 비슷해서? 유랑극단이 마차로 이동하거나 마차 위에서 공연했기 때문에? 하지만 그건 좀 억지스러웠다. 마차를 닮은 것은 많았다. 그중 하필 무대가 마차와 연결된 이유를 알 수 없었다. 왜 바구니마차basketcoach나 다용도마차omnicoach라고 하지 않은 거지?

"여정이 단계적으로in stages 이루어지기 때문이야." 로빈이 포기하자 러벌 교수가 설명했다. "말들은 런던에서 옥스퍼드까지 계속 달리는 걸 싫어해. 대개는 사람도 마찬가지고. 하지만 난 여행자 여관이 질색이거든. 그래서 당일로 가는 마차를 타는 거야.

정차 없이 열 시간 정도 가니까 출발 전에 화장실에 다녀와라.”

그들이 탄 역마차에는 다른 승객이 아홉 명 더 있었다. 잘 차려입은 4인 가족과 팔꿈치 패치가 있는 칙칙한 정장 차림의 구부정한 신사 무리였다. 로빈은 그들 모두 교수일 거라고 생각했다. 그는 러벌 교수와 정장 차림의 남자 사이에 끼어 앉았다. 대화를 트기에는 아직 일렀다. 마차가 돌길을 덜컹덜컹 달리는 동안 승객들은 꾸벅대며 졸거나 멀뚱히 각기 다른 방향을 응시했다.

시간이 좀 흐른 뒤에야 로빈은 맞은편 여인이 뜨개질하면서 자기를 빤히 보는 것을 알아차렸다. 로빈과 눈이 마주치자 여인은 곧장 러벌 교수에게 몸을 돌리고 물었다. “동양인인가요?”

러벌 교수가 졸음에서 깨며 고개를 훅 들었다. “뭐라고 하셨죠?”

“댁의 아이 말이에요.” 여인이 말했다. “베이징에서 왔나요?”

로빈은 러벌 교수를 힐끔 봤다. 그가 뭐라고 대답할지 갑자기 몹시 궁금해졌다.

하지만 러벌 교수는 그저 고개만 저었다. “광둥. 훨씬 남쪽이요.”

“아.” 자세한 설명이 없자 여인은 실망한 기색이 역력했다.

러벌 교수는 다시 잠들었다. 여인은 거북할 만큼 노골적인 호기심을 보이며 로빈을 위아래로 훑어보다가 자기 아이들에게 눈길을 옮겼다. 로빈은 아무 말도 하지 않았다. 갑자기 가슴이 갑갑했지만, 이유는 알 수 없었다.

아이들은 로빈을 계속 쳐다봤다. 눈을 동그랗게 뜨고 입을 헤벌린 얼굴들. 로빈에게 머리 두 개 달린 괴물이 된 기분을 안기지 않았다면 귀여웠을 모습이었다. 잠시 후 아이 하나가 어머니의 소매를 잡아당겨 자기에게 몸을 숙이게 하고 귓속말을 했다.

"아하." 여인이 킥킥 웃으며 로빈에게 눈길을 던졌다. "우리 애가 궁금한가 봐. 네가 앞을 볼 수 있는지."

"무슨 말씀이신지?"

"앞이 잘 보이냐고!" 여인은 목소리를 높여서 음절 하나하나를 과하게 발음했다. 마치 로빈의 청각에 문제가 있는 것처럼.(하코트호에서도 자주 겪은 일이었다. 왜 사람들은 영어를 못 하는 사람을 귀먹은 사람처럼 대하는지 로빈은 그때나 이때나 이해할 수 없었다.) "그 눈으로 다 보이냐고. 다 보여? 아니면 틈새로 보는 것처럼 보여?"

"아주 잘 보여요." 로빈은 낮은 소리로 말했다.

실망한 소년은 여동생을 꼬집는 일로 관심을 돌렸다. 여인은 아무 일 없었다는 듯 뜨개질을 재개했다.

그 가족은 레딩에서 마차를 내렸다. 그들이 떠나자 로빈은 숨통이 트였다. 움직일 때마다 흠칫 놀라며 소매치기 현행범을 잡은 것처럼 수상쩍게 쏘아보던 여자가 없으니, 이제야 비로소 맘 놓고 통로로 다리를 뻗어 뻣뻣한 무릎을 풀 수 있었다.

옥스퍼드로 가는 마지막 16킬로미터 동안 창밖으로 푸르게 펼쳐진 목초지가 보였다. 목가적인 풍경 속에서 소 떼가 점점이 풀을 뜯고 있었다. 로빈은 『옥스퍼드대학교와 산하 칼리지들』이라는 가이드북을 읽으려 했지만 머리가 지끈댔고, 결국 꾸벅꾸벅 졸았다. 역마차 중에는 얼음을 지치는 듯 부드러운 승차감을 위해 실버워크를 장착한 것도 있었다. 하지만 그들이 탄 역

87

마차는 구형이었다. 끝없이 마차에 흔들리고 부대끼니 몹시 피곤했다. 마차 바퀴가 덜컹덜컹 돌길을 구르는 소리에 잠이 깬 그는 주위를 둘러봤다. 마차는 어느덧 하이 스트리트 한가운데에 들어서 있었다. 그의 새로운 집의 성벽과 성문이 눈앞에 있었다.

옥스퍼드는 스물두 개의 칼리지로 이루어졌고, 각기 자체적인 주거시설, 문장紋章, 다이닝 홀, 관습과 전통을 보유하고 있었다. 이중 크라이스트처치, 트리니티, 세인트존스, 올소울스가 최대 규모의 기부금을 굴렸고, 따라서 최고의 교정을 자랑했다. "저기 학생들과 친하게 지내. 정원이라도 한 번 구경하려면." 러벌 교수가 말했다. "우스터나 허트퍼드는 무시해도 돼. 거기는 비루하고 흉하니까." 교수가 욕하는 것이 사람인지 정원인지, 로빈으로서는 알 수 없었다. "거긴 음식도 형편없어." 마차에서 내리던 신사들 중 한 명이 교수를 향해 아니꼬운 표정을 지었다.

로빈이 살게 될 곳은 유니버시티 칼리지였다. 가이드북에 따르면 이곳은 흔히 유니브Univ로 불리고, 왕립번역원에 학적을 둔 학생들은 모두 이곳에 거주했다. 미학적으로는 "엄숙하고 덕망 있는, 옥스퍼드의 장녀라는 위상에 걸맞은 외관을 지닌 곳"이었다. 아닌 게 아니라 고딕 양식의 성역처럼 보였다. 앞벽 전체를 가지런히 장식한 작은 탑들과 균일한 창문들이 매끄럽고 하얀 석재 때문에 더 도드라져 보였다.

"자, 왔다." 러벌 교수는 주머니에 손을 찔러 넣은 채 다소 거북한 표정으로 서 있었다. 수위실에서 로빈의 열쇠도 받아 왔고, 로빈의 트렁크도 하이 스트리트에서 보도로 옮겨놓았다. 이제 작별만 남았다. 러벌 교수는 어찌할지 난감한 기색이었다. "자 그럼," 교수가 재차 말했다. "수업 시작까지 며칠 남았으니 그동안 지리를 익혀두는 게 좋겠지. 지도 있지? 그래, 그거. 그래봤자 좁은 곳이니까 몇 번만 왔다 갔다 해보면 외워질 거야. 네 동기들도 지금쯤은 들어와 있을 테니 찾아봐도 좋겠지. 내 집은 여기서 북쪽 제리코에 있어. 그 봉투에 오는 길을 적어놨다. 파이퍼 부인도 다음 주에 그리로 올 거야. 다다음 주 토요일에 저녁 먹으러 오너라. 너를 보면 부인이 아주 기뻐할 거야." 교수는 이 말을 체크리스트를 암송하듯 줄줄 쏟아냈다. 그는 로빈의 눈을 제대로 보지 못했다. "준비됐니?"

"아, 네." 로빈이 말했다. "저도 어서 파이퍼 부인을 뵙고 싶어요."

그들은 서로의 눈길을 피했다. 이 순간에 맞는 말이 분명 따로 있을 듯싶었다. 로빈이 성장해서 집을 떠나 대학에 입학하는 이 시점을 기념하는 말. 하지만 로빈은 그게 무엇일지 알지 못했고, 보아하니 러벌 교수도 마찬가지인 듯했다.

"그래, 그럼." 교수는 로빈에게 짧게 끄덕인 뒤, 더는 볼일이 없다는 것을 공식화하듯 하이 스트리트로 몸을 반쯤 틀었다. "트렁크는 혼자 옮길 수 있지?"

"네, 교수님."

"그래, 그럼." 교수는 같은 말을 반복한 뒤 다시 하이 스트리트로 걸음을 옮겼다.

대화를 끝맺는 말로는 어색했다. 이어질 말이 더 있음을 시사하는 두 단어였다. 로빈은 러벌 교수가 돌아설 것을 반쯤 기대하고 잠시 그를 지켜봤다. 하지만 교수는 마차를 잡는 데만 집중하는 모습이었다. 이상하긴 했다. 하지만 섭섭하지는 않았다. 둘 사이는 늘 이런 식이었다. 마무리되지 않은 대화들. 하지 않는 것이 최선인 말들.

로빈의 숙소는 맥파이 레인* 4번지에 있었다. 하이 스트리트와 머턴 스트리트를 연결하는 좁고 휘어진 골목 중간에 위치한 녹색 건물이었다. 누군가 먼저 도착해서 현관 자물쇠를 만지고 있었다. 신입생이 분명했다. 책가방과 트렁크들이 주변 돌길에 흩어져 있었다.

로빈은 문으로 다가갔다. 가까이서 보니 문 앞의 신입생도 영국 태생이 아니었다. 남아시아 출신 같았다. 광둥에서 이런 피부색의 선원들을 본 적이 있었다. 모두 인도에서 온 배에서 내린 사람들이었다. 문 앞의 이방인 학생은 매끈하고 가무잡잡한 피부에 키가 크고 체격이 우아했다. 그리고 속눈썹이 로빈이 본 그 누구보다 길고 짙었다. 그의 눈이 로빈의 몸을 위아래로 훑다가 로빈의 얼굴에 머물렀다. 그도 로빈이 어느 정도나 이방인인지 가늠 중인 눈치였다.

"난 로빈이야." 로빈이 먼저 불쑥 말했다. "로빈 스위프트."

"라미즈 라피 미르자." 소년이 자기 이름을 당당히 발음하며 손을 내밀었다. 그의 영어 발음이 너무 완벽해서 거의 러벌 교

* 원래 명칭은 사창가를 부르던 말인 그로프컨트 레인이었다. 옛 명칭에서 알 수 있듯이 맥파이 레인은 원래 사창가였다. 하지만 로빈의 가이드북에 이런 사실은 나와 있지 않았다.

수처럼 들렸다. "원하면 그냥 라미라고 불러. 그럼 너도— 번역 원 학생이구나."

"맞아." 로빈은 직감에 따라 덧붙였다. "난 광둥에서 왔어."

라미의 얼굴이 풀어졌다. "난 캘커타."

"방금 도착한 거야?"

"옥스퍼드엔 그렇고, 영국엔 아니야. 4년 전 배를 타고 리버풀로 입국했고, 지금까지 요크셔의 넓고 지루한 영지에 박혀 있었어. 내 후견인은 내가 입학 전에 영국 사회에 적응하길 원했거든."

"내 후견인도." 로빈은 반가웠다. "왔을 때 어땠어?"

"날씨가 끔찍했어." 라미의 입꼬리가 올라갔다. "그리고 여기서 먹을 만한 건 생선밖에 없더라."

그들을 서로 활짝 웃었다.

그 순간 로빈은 가슴이 이상하게 벅차오르는 느낌을 받았다. 그때껏 자신과 처지가 같거나 심지어 비슷한 사람조차 만난 적이 없었다. 계속 캐물으면 공통점이 열 가지는 더 나올 것 같았다. 묻고 싶은 것이 천 가지도 넘었다. 하지만 어디서부터 시작해야 할지 몰랐다. 라미도 고아일까? 후원자는 누구일까? 캘커타는 어떤 곳일까? 영국에 온 후에도 고향에 다녀온 적이 있을까? 옥스퍼드에는 어떻게 오게 되었을까? 로빈은 갑자기 애가 탔다. 혀가 뻣뻣해지고 말을 고를 수가 없었다. 게다가 열쇠 문제도 있었다. 골목에 흩어져 있는 둘의 트렁크들도 문제였다. 골목은 마치 허리케인이 배의 화물들을 길에다 쏟아놓은 모습이었다.

"우리, 짐一" 로빈이 입을 떼는 순간 라미도 물었다. "우리, 문부터 열까?"

둘은 웃음이 터졌다. 라미가 미소 지었다. "이것들을 들여놓자." 그러고는 트렁크 하나를 구두코로 툭 찼다. "내가 끝내주는 사탕을 한 통 가져왔거든. 같이 열어볼래?"

그들의 방은 복도를 사이에 두고 마주 보고 있었다. 6호와 7호. 각 방은 널찍한 침실 하나와 거실 하나로 이루어져 있고, 거실에는 낮은 탁자와 빈 책장과 소파가 있었다. 소파도, 탁자도 너무 격식 있어 보여서 둘은 라미 방의 바닥에 책상다리를 하고 앉아 낯가리는 아이들처럼 서로 멀뚱멀뚱 쳐다보기만 했다. 손을 어디 두어야 할지도 난감했다.

라미가 자기 트렁크 중 하나에서 알록달록하게 포장한 꾸러미를 꺼내 둘 사이의 바닥에 놓았다. "내 후견인 호러스 윌슨 경이 준 작별 선물이야. 포트와인도 한 병 받았는데 그건 버렸어. 뭐 먹을래?" 그러고는 꾸러미 포장을 찢었다. "토피, 캐러멜, 땅콩사탕, 초콜릿, 과일 조림도 종류별로 다 있어…."

"우와, 대단해一 토피 먹을게. 고마워." 로빈은 자기 또래와 말해본 기억이 없었다.* 이제야 그는 그게 얼마나 간절했는지 깨

---

* 헨리 리틀이라는 소년이 러벌 교수의 왕립아시아학회 동료 회원인 아버지를 따라 햄프스테드를 방문한 적이 있었다. 그때 로빈은 말을 트기에 더없는 주제일 것 같아서 스콘에 관한 대화를 시도했다. 하지만 헨리 리틀은 다짜고짜 손을 뻗어 로빈의 눈꺼풀을 세게 잡아당겼고, 놀란 로빈은 소년의 정강이를 걷어찼다. 로빈은 자기 방으로 쫓겨났고, 헨리 리틀은 정원으로 쫓겨났다. 이후 러벌 교수는 동료들을 자녀 동반으로 초대하지 않았다.

달았다. 하지만 친구를 사귀는 법을 몰랐고, 시도했다가 실패할 가능성에 더럭 겁이 났다. 라미가 나를 따분하게 여기면 어쩌지? 귀찮아하면? 너무 친하게 군다고 생각하면?

로빈은 토피를 한 입 깨물어 먹은 다음 두 손을 무릎 위에 올려놓았다.

"그럼, 캘커타에 대해 말해줄래?"

라미가 활짝 웃었다.

이후 몇 년 동안 로빈은 이날 밤을 수없이 떠올렸다. 이날 밤의 신비한 화학작용은 두고두고 생각해도 놀라웠다. 사회화가 부족하고 한정된 환경에서 자란 생면부지의 두 사람이 불과 몇 분 만에 너무나 쉽게 영혼의 동지가 되었다. 라미도 로빈만큼 상기되고 들뜬 얼굴이었다. 그들은 이야기하고 또 이야기했다. 어떤 주제도 금기는 없었다. 화제에 올리는 모든 것이 바로 합의의 계기가 되거나("스콘은 술타나가 없는 것이 더 맛있어."), 흥미로운 논쟁의 불씨가 되었다.("아니, 런던은 사실 아름다워. 런던에 대한 너의 첫인상은 너 같은 시골 쥐들의 질투가 부른 편견일 뿐이야. 다만 템스강에서 수영은 하지 마.")

어느 시점에선가 둘은 서로에게 시를 읊어주기 시작했다. 라미는 로빈에게 '가잘'이라고 불리는 2행 대구의 멋진 우르두어 연시를 들려주었고, 로빈은 솔직히 좋아하진 않지만 듣기엔 근사한 당나라 시가를 들려주었다. 로빈은 어떻게든 라미에게 좋은 인상을 주고 싶었다. 라미는 정말로 재치 있고, 박식하고, 웃겼다. 라미는 영국 요리, 영국식 매너, 옥스브리지 경쟁의식("옥

93

스퍼드가 더 넓고, 케임브리지가 더 예뻐. 그래도 어쨌든 케임브리지는 그저 넘쳐나는 범재들을 수용하기 위해 설립됐다고 봐야지.") 등 모든 것에 날카롭고 가차 없는 견해를 자랑했다. 그리고 그는 러크나우, 마드라스, 리스본, 파리, 마드리드 등 세계의 절반을 여행했다. 그는 자기 조국 인도를 낙원으로 묘사했다. "버디(그는 벌써부터 로빈을 '버디'라는 애칭으로 부르기 시작했다), 망고만 해도 말도 안 되게 즙이 많아. 이 척박한 작은 섬에선 그 비슷한 것도 구할 수 없어. 그걸 못 먹은 게 벌써 몇 년째인지 몰라. 진짜 벵골 망고를 볼 수 있다면 뭐든 내놓겠어."

"나, 『아라비안나이트』 읽었어." 로빈은 흥에 겨워 자기도 세상 경험이 많은 티를 내고 싶었다.

"캘커타는 아랍 세계에 속하지 않아, 버디."

"알아." 로빈의 얼굴이 붉어졌다. "그냥 읽었다고."

하지만 라미는 이미 다른 주제로 넘어갔다. "너, 아랍어도 읽을 줄 알아?"

"못 읽어. 번역으로 읽었어."

라미가 한숨지었다. "누구 번역?"

로빈은 열심히 기억을 더듬었다. "조너선 스콧?"

"그 번역은 형편없어." 라미가 팔을 내저었다. "그냥 버려. 우선, 그건 아랍어 직역이 아니야. 프랑스어로 번역한 것을 영어로 번역한 거지. 둘째, 그 과정에서 원작과 딴판으로 달라졌어. 무엇보다 그 프랑스 번역가 앙투안 갈랑은 대화를 막무가내로 프랑스식으로 바꿨고, 독자에게 혼란을 줄 거라고 생각하는 문화적 세부 사항은 다 삭제해버렸어. 그는 하룬 알라시드의 '첩들'을 dames ses favorites로 옮겼어. 어떻게 '첩'이 '총애하는 귀부인'이 될 수 있지? 그뿐 아니야. 갈랑은 에로틱한 단락들은 왕창왕창 잘라내고, 자기 마음대로 아무 데나 문화적 해설을 붙여놨어. 네가 서사시를 읽는데 선정적인 대목마다 늙어빠진 프랑스 영감탱이가 네 목덜미에 코를 박고 지켜본다고 생각해봐. 기분이 어떻겠어?"

라미는 격렬하게 손짓하며 말을 이었다. 그가 진짜로 화난 건 아니었다. 그는 열정과 재기가 넘쳤고, 온 세상에 진실을 알리고픈 마음이 북받친 것뿐이었다. 로빈은 뒤로 기대앉아 라미의 멋지고 격앙된 얼굴을 바라봤다. 신기하기도 하고 즐겁기도 했다.

로빈은 눈물이 날 것 같았다. 그동안 지독하게 외로웠다. 그걸 이제야 깨달았다. 그리고 이제야 외롭지 않았다. 그는 이 느낌이 너무 좋아서 주체할 수가 없었다.

결국 그들은 너무 졸려서 시작한 말을 맺기도 힘든 지경이 되었다. 사탕이 반쯤 없어졌고, 라미의 방바닥에는 사탕 포장지가 어지럽게 널려 있었다. 둘은 하품하면서 서로에게 손을 흔들었다. 로빈은 비틀대며 자기 방으로 건너왔다. 그는 문을 닫고 몸을 돌려 텅 빈 방을 마주했다. 앞으로 4년 동안 여기가 그의 집이었다. 낮게 경사진 천장 아래의 침대에서 매일 아침 눈뜨고, 물이 새는 세면대 수도꼭지로 매일 세수하고, 구석에 놓인 책상 앞에 매일 저녁 촛불 아래 구부리고 앉아 촛농이 마룻장에 떨어질 때까지 펜대를 놀리게 될 곳.

옥스퍼드에 도착한 이후 처음으로 로빈은 이제 자신이 이곳에서 삶을 꾸려가야 한다는 사실을 실감했다. 그는 눈앞에 삶이 펼쳐지는 상상을 해봤다. 빈 책장이 책과 잡동사니로 채워지고, 아직 트렁크에 쌓여 있는 빳빳한 새 리넨 셔츠들이 점점 낡아가고, 제대로 닫히지 않아 바람에 덜걱대는 침대 위 유리창으로 계절의 소리와 색이 차례로 지나가는 상상. 그리고 복도 건너편의 라미.

그리 나빠 보이지 않았다.

침대가 엉망이었지만, 지금 시트를 정리하고 이불을 찾기에는 너무 피곤했다. 로빈은 옆으로 웅크려 누워 외투를 덮었다. 그리고 어느새 웃는 얼굴로 깊은 잠에 빠져들었다.

수업은 10월 3일에 시작될 예정이었다. 즉 로빈과 라미에겐 자유롭게 도시를 탐험할 사흘의 시간이 있었다.

로빈의 인생에서 가장 행복한 사흘이었다. 읽을거리도 수업도 없고, 준비할 암송이나 작문도 없었다. 태어나 처음으로 그는 지갑과 일정에 대한 전권을 잡았고, 그 자유에 미칠 지경이었다.

둘은 첫날을 쇼핑으로 보냈다. 이드 & 레이븐스크로프트 양복점에서 학생 가운을 맞추고, 손턴 서점에서 강의 교재를 모조리 사고, 콘마켓 스트리트의 가정용품 판매대를 돌며 찻주전자, 숟가락, 침대보, 아르강 램프를 샀다. 학교생활에 필요하다고 생각되는 것들을 모두 구매한 후에도 각자의 급료가 넉넉히 남았다. 앞으로도 그들은 돈 걱정을 할 필요가 없었다. 그들은 매달 같은 금액의 학업 지원금을 지급받았다.

그래서 둘은 방탕해지기로 했다. 그들은 설탕물에 조린 견과와 캐러멜을 한 봉지씩 샀다. 오후에는 칼리지의 펀트배를 빌려 서로를 처웰 강둑에 몰아대며 놀았다. 퀸스 레인 커피하우스에서는 둘 다 먹어본 적이 없는 페이스트리를 이것저것 사먹으며 터무니없는 돈을 썼다. 라미는 플랩잭을 특히 좋아했다. "귀리가 이렇게 맛있을 줄이야." 라미가 말했다. "말로 태어나는 것도 나쁘지 않겠다 싶은걸." 반면 로빈은 끈적끈적하고 달콤한 번이 더 좋았다. 번을 설탕에 어찌나 흠뻑 적셨던지 이가 몇 시간이나 아릴 정도였다.

옥스퍼드에서 그들은 대번에 눈에 띄는 존재였다. 로빈은 처음에는 이 눈길들이 난감했다. 그나마 국제적인 런던에서는 외국인을 이렇게까지 길게 쳐다보는 사람이 없었다. 하지만 옥스퍼드 주민들은 그들의 존재에 매번 기겁하는 듯했다. 라미는 로빈보다도 더 눈길을 끌었다. 로빈은 조명 아래 가까이서 봤을 때만 외국인이지만, 라미는 한눈에도 뚜렷한 외국인이었다.

"아, 네." 빵집 주인이 힌두스탄 출신인지 묻자 라미는 로빈이 한 번도 들어본 적 없는 과장된 억양으로 대답했다. "그곳에 가족이 잔뜩 살아요. 아무에게도 말하지 마세요. 사실 저는 왕족이에요. 왕위 계승 서열 4위죠. 무슨 왕위냐고요? 아, 그저 지방 군주일 뿐이에요. 우리나라 정치체제가 워낙 복잡해서요. 하지만 전 평범한 삶을 경험하고 제대로 된 영국식 교육을 받고 싶었어요. 그래서 보시다시피 이렇게 왕궁을 떠나 이곳에 있는 거죠."

97

"왜 그렇게 말했어?" 빵집 주인에게 들리지 않을 만한 곳으로 오자마자 로빈이 물었다. "그리고 네가 왕족이라니 그게 무슨 소리야?"

"영국인들은 나를 볼 때마다 나를 자기들이 아는 이야기 중 하나에 집어넣거든." 라미가 말했다. "그들에게 난 더러운 도둑 라스카르이거나, 어느 나봅[무굴제국 통치자 또는 부자]의 하인이야. 그러다 요크셔에 있을 때 깨달았지. 이왕이면 그들이 나를 무굴제국 왕자로 생각하는 게 여러모로 편하다는 걸."

"난 항상 튀지 않으려고만 했는데."

"난 그게 불가능해." 라미가 말했다. "난 역할극을 해야 해. 캘커타에서 세이크 딘 마호메드의 성공담을 모르는 사람은 없어. 벵골 출신 무슬림으로는 처음으로 영국에서 부자가 된 사람이거든. 백인 아일랜드인 아내도 있고, 런던에 부동산도 있지. 그 사람이 어떻게 성공했는지 알아? 처음에 레스토랑을 열었다가 망했고, 다음에는 집사나 하인 자리를 찾았지만 역시 실패했어. 그러다 기막힌 아이디어가 떠오른 거야. 그는 브라이턴에 샴푸 하우스를 열었어." 그러고는 씩 웃었다. "인도의 약용 증기탕을 경험해보세요! 인도산 오일로 마사지를 받으세요! 천식과 류머티즘에 즉효가 있고, 마비도 풀립니다! 물론 인도 사람은 그 말을 믿지 않아. 하지만 딘 마호메드는 자기를 의사로 포장하고 신비로운 동양의 치료법을 세상에 전파해서 거부가 됐지. 세상이 그의 손바닥 위에서 놀아났어. 이게 다 무슨 뜻일까, 버디? 어차피 사람들은 너를 두고 이러쿵저러쿵 떠들 거야. 이왕이면 그걸 너한테 유리하게 이용해. 영국인들이 나를 영국 상류층으로 볼 일은 절대 없겠지만, 내가 그들의 환상에 들어맞기만 하면 적어도 나를 왕족으로는 생각하거든."

그 점이 둘의 차이를 보여주었다. 런던에 온 이래 로빈은 늘 자중하고 동화되려 애쓰며 자신의 타자성을 눌렀다. 그는 평범해 보이면 눈길을 끌 일도 없을 거라고 생각했다. 하지만 라미는 튈 수밖에 없었고, 이왕이면 눈부시게 튀기로 했다. 그는 극도로 대담했다. 로빈은 그가 놀라웠고, 조금은 두려웠다.

"미르자Mirza가 정말 왕자라는 뜻이야?" 로빈은 라미가 상인에게 그렇게 말하는 것을 세 번이나 들었다.

"그럼. 사실은 칭호야. 페르시아어 아미르자데Amīrzādeh에서 유래한 말인데, 왕자에 가까워."

"그럼 너 정말로?"

"아니." 라미가 픔 웃었다. "글쎄? 어쩌면 한때는. 집안 내력에 따르면. 아버지 말로는 우리가 무굴제국 궁정의 귀족이었대. 뭐 그 비슷한 거. 하지만 더는 아냐."

"무슨 일이 있었는데?"

라미가 로빈을 길게 응시했다. "영국인들이 있었지, 버디. 몰라서 물어?"

그날 저녁 둘은 돈을 아끼지 않고 롤빵, 치즈, 포도를 한 바구니 산 뒤 캠퍼스 동쪽에 있는 사우스파크의 언덕으로 소풍을 갔다. 그들은 나무가 우거진 조용한 장소에 자리 잡았다. 라미가 일몰

기도를 올릴 수 있을 만큼 한갓진 곳이었다. 둘은 풀 위에 책상다리를 하고 앉아서 맨손으로 빵을 뜯었고, 여러 해 동안 자기 같은 처지의 사람은 아무도 없을 줄 알고 살아온 소년들답게 서로의 삶을 열정적으로 캐물었다.

라미는 러벌 교수가 로빈의 친아버지라는 것을 대번에 눈치챘다. "뻔하지 않아? 그게 아니면 왜 그렇게 쉬쉬하겠어? 그게 아니면 애초에 네 어머니를 어떻게 알겠어? 네가 안다는 걸 교수도 알아? 아니면 여전히 숨기려는 눈치야?"

로빈은 라미의 직설적인 말에 놀랐다. 그는 이 문제를 모르는 척하는 데 너무나 익숙해서 이렇게 대놓고 언급되는 것이 영 어색했다. "몰라. 네가 묻는 거 다 몰라."

"흠, 너랑 러벌 교수랑 닮았니?"

"좀 그런 듯? 여기 교수야. 동아시아 언어를 연구해. 너도 조만간 만나게 될 거야. 그때 봐."

"그에 관해 한 번도 물어본 적 없어?"

"한 번도 없어. 난… 교수님이 뭐라고 대답할지 몰라서." 아니, 그것은 사실이 아니었다. "사실은, 대답해주지 않을 것 같아서."

서로를 안 지 만 하루도 되지 않았지만, 라미는 이때 이미 로빈의 표정을 읽을 수 있었다. 그래서 더는 캐묻지 않았다.

라미는 자신의 배경에 훨씬 더 개방적이었다. 그는 인생의 첫 13년을 캘커타에서 보냈다. 세 명의 여동생이 있었고, 그의 가족은 호러스 윌슨 경이라는 부유한 나봅의 집에서 일했다. 그는 윌슨 경의 눈에 든 덕분에 그다음 4년 동안 요크셔의 시골 영지에서 그리스어와 라틴어를 공부하며 살았다. 하지만 눈을 파내고 싶을 만큼 지루한 세월이었다.

"넌 런던에서 교육받아 좋았겠다." 라미가 말했다. "적어도 주말엔 갈 데가 있잖아. 내 청소년기는 언덕과 황무지뿐이었어. 40세 미만의 사람은 한 명도 없었어. 왕을 본 적은 있어?"

이것이 라미의 또 다른 재능이었다. 화제를 너무나 민첩하게 바꾸는 통에 로빈이 따라잡기 숨찰 정도였다.

"윌리엄 왕? 아니, 별로. 왕은 공개석상에 잘 안 나와. 특히 최근엔 공장법과 구빈법 때문에 개혁파가 연일 거리에서 폭동을 벌이고 있어서 안전하지 않거든."

"개혁파." 라미가 질투에 차서 따라 말했다. "운 좋은 놈. 요크셔에서 일어난 일이라곤 결혼식 한두 번밖에 없었어. 날씨 좋은 날 가끔 암탉이 탈출하는 일을 빼면."

"내가 시위에 참여한 것도 아닌데 뭐. 솔직히 내 생활도 엄청 단조로웠어. 끝없는 공부. 여기 오기 위한 준비의 연속."

"하지만 이제 우린 여기 있어."

"같이 축하하자." 로빈은 한숨을 쉬며 뒤로 기댔다. 라미가 그에게 컵을 건넸다. 라미는 엘더플라워 시럽과 꿀과 물을 섞고 있었다. 둘은 건배하고 마셨다.

사우스파크의 전망은 기가 막혔다. 저물녘 황금빛에 잠긴 학교 전체가 훤히 내려다보였다. 라미의 눈이 석양을 받아 타올랐고, 그의 피부가 광을 낸 청동처럼 빛났다. 로빈은 라미의 뺨에 손을 얹고 싶은 어이없는 충동을 느꼈다. 실제로 팔을 반쯤 들었다가 정신이 몸을 붙잡은 덕분에 멈출 수 있었다.

라미가 눈길을 내려 로빈을 흘깃 봤다. 검은 머리칼 한 타래가 그의 얼굴로 떨어졌다. 로빈은 그 모습이 터무니없이 멋지다고 생각했다.

"너, 괜찮아?"

로빈은 팔꿈치를 짚고 드러누워 도시로 눈길을 돌렸다. 러벌 교수의 말이 맞았다. 이곳은 세상에서 가장 아름다운 곳이었다.

"괜찮아." 로빈은 말했다. "완벽해."

맥파이 레인 4번지의 나머지 하숙생들도 주말 동안 속속 도착했다. 그중 누구도 번역원 학생은 없었다. 그들은 입주하면서 자기소개를 했다. 콜린 손힐은 눈이 댕그랗고 야단스러운 사무변호사 연수생이었는데, 입만 열면 몇 문단 분량으로 자기 이야기만 했다. 붉은 머리의 붙임성 있는 의학생 빌 제임슨은 끝없이 생활비 걱정을 했다. 복도 끝 방에는 쌍둥이 형제 에드거와 에드워드 샤프가 들어왔다. 쌍둥이는 명목상 2학년 고전학 전공자였지만, 그보다는 자신들이 요란하게 선언하듯 "유산 상속 때까지 그저 세상 유람에 나선" 한량들이었다.

토요일 밤, 입주자들은 공용 주방에 붙어 있는 휴게실에 모여 술을 마셨다. 라미와 로빈이 들어섰을 때 빌, 콜린, 샤프 형제는 낮은 탁자에 둘러앉아 있었다. 아홉 시에 오라는 연락을 받았지만, 이미 한참 전부터 와인이 질펀하게 돌고 있었던 듯 빈 술병들이 바닥에 어지럽게 널려 있었다. 샤프 형제는 한눈에 보기에도 만취해서 서로에게 기대 늘어져 있었다.

콜린이 학생 가운에 대해 장광설을 늘어놓는 중이었다. "가운을 보면 그 사람의 모든 것을 알 수 있어." 그는 거드름을 피우며 말했는데, 특이하게 억센 발음과 수상쩍게 과장된 억양을 구사했다. 그게 어디 사투리인지 몰라도 로빈은 그 말씨가 싫었다. "가운은 팔꿈치에서 고리처럼 늘어져서 끝이 뾰족한 형태가 돼. 신사계급 자비생自費生 가운은 비단이고 소매에 주름 장식이 있지. 일반 자비생 가운은 소매가 없고 어깨에 주름 장식이 있어. 근로학생과 평민학생은 가운에 주름이 없고 모자에 술도 없기 때문에 딱 알 수 있지."

"세상에," 라미가 앉으며 말했다. "저분은 계속 저 얘기예요?"

"적어도 10분은 됐어." 빌이 말했다.

"아, 하지만 학생 가운은 지극히 중요해." 콜린이 주장했다. "그건 옥스퍼드의 일원이라는 우리의 신분을 드러내는 방법이거든. 가운 차림에 흔한 트위드 모자를 쓴다든지 지팡이를 드는 건 7대 죄악 중 하나인 거 몰라? 전에 들은 이야긴데, 어떤 친구가 가운에도 종류가 있다는 걸 모르고 양복점에서 자기가 장학생이라고 했대. 당연히 양복점은 장학생 가운을 줬겠지? 다음 날 이 친구는 홀에서 비웃음을 받고 쫓겨났어. 알고 보니 그는 장학생이 아니었거든. 장학금을 받은 적 없는, 그저 자기 돈 내고 다니는 평민이었거든."

"그럼 우린 어떤 가운을 입어요?" 라미가 콜린의 말을 끊었다. "우리가 양복점에 맞게 말했는지 알고 싶어서요."

"경우에 따라 다르겠지?" 콜린이 말했다. "너흰 신사 자비생이야, 아니면 근로학생이야? 난 학비를 내지만 모두가 그런 건 아니거든. 학교 회계부와 어떻게 합의가 됐는데?"

"몰라요." 라미가 말했다. "검정 가운이면 되나요? 내가 아는 건 우리가 검정 가운을 받았다는 거예요."

로빈이 품 웃었다. 콜린의 눈이 약간 희번덕였다. "그래, 그럼 소매는—"

"그만해." 빌이 웃으며 말했다. "콜린은 신분에 좀 예민해."

"여기서는 가운이 아주 중요해." 콜린이 엄숙하게 말했다. "가이드북에서 읽었어. 적절한 착장이 아니면 심지어 강의실에도 못 들어간대. 그러니까 말해봐. 너흰 신사 자비생이야, 아니면 근로학생이야?"

"얘들은 둘 다 아니야." 에드워드가 로빈에게 물었다. "너희, 바블러[babbler, 말 많은 사람을 낮잡아 부르는 말] 맞지? 바블러는 모두 장학생이라고 들었어."

"바블러요?" 로빈이 처음 듣는 용어였다.

"번역원 말이야." 에드워드가 짜증을 냈다. "뻔하잖아, 안 그래? 거기가 아니면 대학이 너희 부류를 받아줄 리 없잖아."

"우리 부류?" 라미가 눈썹을 치켜올렸다.

"그래, 너흰 대체 뭐야?" 에드거 샤프가 불쑥 물었다. 잠들기 일보 직전이었던 그는 안간힘을 다해 몸을 일으키더니 안개를 뚫고 보듯 라미를 향해 눈을 가늘게 떴다. "흑인? 튀르크인?"

"캘커타에서 왔어요." 라미가 잘라 말했다. "즉 인도인이죠.

원하면 그렇게 불러요."

"흠." 에드워드가 말했다.

"런던 거리. 터번을 쓴 무슬림, 수염 기른 유대인, 털북숭이 아프리카인이 갈색 힌두교도를 만나는 곳." 에드거가 노래하듯 말했다. 옆에서 그의 쌍둥이 형제가 킥킥대며 포트와인을 들이켰다.

라미는 이번에는 아무 응수도 하지 않았다. 그저 에드거를 어이없다는 눈으로 봤다.

"맞아." 빌이 귀를 후비며 말했다. "흠."

"그거, 애나 바볼드의 시인가?" 콜린이 물었다. "멋진 시인이지. 물론 남자 시인들만큼 언어유희에 능하진 않지만, 우리 아버지가 그녀의 작품을 무척 좋아해. 아주 낭만적이거든."

"그리고 넌 중국인이지?" 에드거가 이번엔 반쯤 감긴 눈으로 로빈을 응시했다. "중국인은 여자들 발을 묶어서 부러뜨린다던데 정말이야? 그래서 못 걷게 만든다며?"

"정말?" 콜린이 키득댔다. "말도 안 돼."

"내가 읽었어." 에드거가 우겼다. "말해봐, 그거 성적인 용도야? 아니면 그저 도망가지 못하게 하려는 거야?"

"그건…" 로빈은 어디서부터 설명해야 할지 난감했다. "어디서나 행해지는 일은 아니에요. 우리 어머니는 전족을 하지 않았고, 내가 살던 곳에서는 반대도 심했어요."

"그러니까 사실이네." 에드거가 환호했다. "맙소사. 너희, 변태구나."

"정말로 어린 남자애 소변을 약으로 마셔?" 에드워드가 물었다. "그걸 어떻게 모으는데?"

"입 닥치고 와인이나 계속 질질 흘리고 있지 그래요?" 라미가 쏘아붙였다.

이후 친목의 희망은 거품처럼 빠르게 꺼졌다. 휘스트 카드 게임이 제안되었지만, 샤프 형제는 하는 방법을 몰랐고, 배우기엔 너무 취한 상태였다. 빌은 두통을 호소하며 일찍 자러 갔다. 콜린은 복잡한 홀 에티켓에 대해 또다시 장광설을 풀었다. 엄청난 장문의 라틴어 감사기도에 대해 말할 때는 오늘 밤 다 같이 외워보자고 제안하기도 했다. 하지만 아무도 호응하는 사람이 없었다. 샤프 형제는 어색한 속죄의 표시로 로빈과 라미에게 번역에 대해 정중하지만 무의미한 질문들을 던졌다. 하지만 대답에는 눈에 띄게 관심이 없었다. 샤프 형제가 어떤 고상한 교제를 바라고 옥스퍼드에 왔는지 몰라도, 이 자리에서는 찾지 못한 것이 분명했다. 회합은 반 시간 만에 파했고, 참가자들은 모두 각자의 방으로 슬그머니 사라졌다.

그날 밤, 숙소에서 다 함께 아침을 먹자는 말이 오갔다. 하지만 다음 날 아침 라미와 로빈이 주방에 갔을 때, 탁자 위에는 둘에게 남긴 쪽지만 있었다.

우린 이플리에 있는 샤프 형제가 아는 카페로 가.

너희는 좋아하지 않을 것 같아서 우리만 간다. 나중에 보자. ㅡ콜린

"보아하니," 라미가 비꼬듯 말했다. "그들 대 우리가 될 것 같다."

로빈은 이 상황에 전혀 개의치 않았다. "난 우리끼리가 좋아."

라미가 미소를 지어 보였다.

둘은 셋째 날을 대학의 명소들을 구경하며 보냈다. 1836년의 옥스퍼드는 비약의 시기였다. 자신이 낳는 부를 물릴 줄 모르고 탐식하는 괴물이었다. 칼리지들은 끝없이 개조, 보수 중이었고, 도시로부터 계속 땅을 매입했다. 중세 건물을 화려한 신식 홀로 교체하고, 새로 확보한 장서들을 수용할 도서관을 짓고 있었다. 옥스퍼드는 거의 모든 건물에 이름이 있었다. 용도나 위치에서 유래한 이름이 아니었다. 설립에 영감을 준 부유하고 권세 있는 개인의 이름을 따서 지었다. 거대하고 웅장한 애시몰리언 박물관에는 일라이어스 애시몰이 기증한 진품실이 있었다. 도도새 머리, 하마 두개골, 체셔에 사는 메리 데이비스라는 노파의 머리에서 자랐다는 3인치 길이의 양 뿔 등 각종 진귀한 것을 모아 놓은 방이었다. 돔 형태의 래드클리프 도서관은 어찌 된 일인지 외관보다 내부가 훨씬 더 크고 웅장했다. 셸더니언 극장은 황제 두상으로 불리는 거대한 석상들에 둘러싸여 있었는데, 우연히 메두사를 만나 기절초풍한 평범한 남자들처럼 보였다.

그리고 보들리언 도서관이 있었다. 보들리언은 그 자체가 국보로, 영국에서 가장 많은 필사본을 소장한 곳이었다.("케임브리지는 10만 권밖에 안 돼요." 접수대 직원이 말했다. "에든버러에는 고작 6만 3천 권이 있을 뿐이고.") 보들리언의 장서는 연간 2천 파운드에 달하는 서적 구입 예산을 주무르는 도서관장 벌클리 밴디널 목사 겸 박사의 지휘 아래 계속 확장되는 중이었다.

그들이 처음 도서관 구경에 나섰을 때 친히 맞아서 번역사 열람실로 안내한 사람이 밴디널 박사였다. "직원에게 맡길 수는 없지." 박사가 한숨지으며 말했다. "보통은 멍청이들이 혼자 돌아다니게 놔두고 길을 잃으면 알아서 물어보게 하거든. 하지만 자네들 같은 번역사는 달라. 자네들은 이곳의 일에 진심이니까."

밴디널 박사는 뚱뚱한 몸집에 처진 눈만큼 표정도 처져 있었다. 하지만 도서관을 누빌 때 그의 눈은 진정한 기쁨으로 빛났다. "동관과 서관에서 시작해 험프리 공작 도서관으로 넘어가세. 나를 따라오면서 자유롭게 구경하게나. 책은 만지기 위한 거니까. 손이 타지 않는 책은 무용한 책이지. 그러니 긴장할 필요 없어. 이곳의 자랑 중에 최근에 추가된 몇 가지를 꼽자면, 우선 1809년에 기증받은 리처드 고프 지도 컬렉션이 있어. 대영제국 박물관이 원치 않아서 우리 차지가 됐다네. 믿어지나? 그리고 10여 년 전에 기증받은 에드먼드 멀론 컬렉션. 이 컬렉션 덕분에 우리의 셰익스피어 자료가 크게 확장됐지. 아참, 그리고 2년 전에는 프랜시스 두스 컬렉션이 들어왔어. 프랑스어와 영어로 된 책들인데 만 3천 권에 달해. 자네들 둘 다 프랑스어 전공은 아닐 듯한데… 혹시 아랍어? 아, 그렇다면 — 이쪽으로 가세. 옥스퍼드의 아랍어 자료는 대부분 번역원에 있어. 하지만 자네들이 혹할 만한 게 있지. 이집트와 시리아에서 온 시집들인데…"

둘은 멍해져서 보들리언 도서관을 나섰다. 자신들에게 마음껏 허용된 자료의 방대함에 감격스럽기도 했지만 겁나기도 했다. 라미가 밴디널 목사의 늘어진 턱을 흉내 냈지만 악의가 담긴 것은 아니었다. 지식만을 위한 지식의 축적을 저토록 추앙하는 사람을 경멸하기란 어려웠다.

둘은 마지막으로 수위장 빌링스의 안내를 받아 유니버시티 칼리지를 둘러봤다. 그들은 이제까지 본 것은 이 새로운 거주지의 작은 일부에 불과하다는 것을 깨달았다. 맥파이 레인 주택 지역 바로 오른편에 위치한 유니버시티 칼리지는 두 개의 사각 안뜰을 중심으로 석조건물들이 성채처럼 웅장하게 늘어선 모습이었다. 빌링스는 그들과 함께 걸으며 기증자들과 건축가들, 그 밖에 중요한 관련 인사들의 이름과 생애를 줄줄 읊었다. "…여기 출입문 위 조각상들은 앤 여왕과 메리 여왕이고, 내부에는 제임스 2세와 래드클리프 박사의 동상이 있어… 그리고 예배당의 화려한 채색 유리창들은 1640년 아브라함 판 링게의 작품이야. 맞아, 보존 상태가 아주 좋지. 동쪽 창은 요크의 유리화가 헨리 자일스의 작품이고… 지금은 예배 시간이 아니라서 내부를 둘러볼 수 있어. 따라와."

예배당 안에서 빌링스는 어느 부조 기념비 앞에 걸음을 멈췄다. "자네들은 번역원 학생이니 이분이 누군지 알겠지?"

당연히 알고 있었다. 로빈과 라미 모두 옥스퍼드에 도착한 이래 줄곧 들어온 이름이었다. 그 기념비는 유니버시티 칼리지의 동문이자 불세출의 언어학 천재를 기리는 것이었다. 이 천재는 1786년에 라틴어, 산스크리트어, 그리스어를 연결하는 조상언어인 인도유럽조어의 존재를 규명한 논문을 발표했고, 최근에 옥스퍼드를 졸업한 그의 조카 스털링 존스를 제외하면 당대의 유럽 전체에서 가장 저명한 번역가였다.

"윌리엄 존스 경이죠." 로빈은 부조 프리즈에 담긴 장면에 다소 당황했다. 작품 안에서 존스는 오만하게 다리를 꼰 채 책상 앞에 앉아 있고, 바닥에는 한눈에도 인도인으로 보이는 세 사람이 수업을 듣는 아이들처럼 순종적으로 앉아 있었다.

빌링스가 뿌듯한 표정을 지었다. "맞아. 존스 경이 힌두교 율법을 번역하는 장면일세. 바닥에 앉은 인물들은 그를 돕는 브라만들이고. 인도인이 벽에 장식된 곳은 옥스퍼드 전체에서 아마 우리 칼리지가 유일할걸. 아무래도 유니브가 식민지들과 각별히 연결돼 있다 보니.* 알다시피 저 호랑이 머리들은 벵골을 상징하지."

"그런데 왜 존스 경만 책상 앞에 앉아 있죠?" 라미가 물었다. "브라만들은 왜 바닥에 있어요?"

"글쎄, 힌두교도들이 선호한 방식이 아니었을까?" 빌링스가 말했다. "그들은 책상다리로 앉는 걸 좋아하잖나. 그게 더 편한가 보지."

"굉장히 계몽적이네요." 라미가 말했다. "금시초문이에요."

그들은 일요일 저녁을 보들리언 도서관 서가 속에서 보냈다. 학교에 등록할 때 필독서 목록을 받았는데, 둘 다 갑작스럽게 주어

---

* 사실이었다. 유니버시티 칼리지가 배출한 여러 고위 인사 중에 벵골 대법원장(로버트 체임버스 경), 봄베이 대법원장(에드워드 웨스트 경), 캘커타 대법원장(윌리엄 존스 경)이 있었다. 모두 백인이었다.

진 자유에 취해 읽기 과제를 미룰 수 있는 마지막 순간까지 미루고 있었다. 보들리언 도서관은 주말에는 저녁 8시에 문을 닫았다. 그들이 도착한 시간은 7시 45분이었지만, 번역원은 언급만으로도 대단한 권한을 발휘하는 듯했다. 라미가 필요한 자료를 설명하자 직원은 원하는 만큼 늦게까지 있어도 좋다고 했다. 도서관 문은 야간 당직자를 위해 열려 있으므로, 그들은 언제든 원할 때 나갈 수 있었다.

그들이 책을 잔뜩 담은 가방을 둘러메고 작은 활자를 들여다보느라 침침해진 눈으로 서가를 나왔을 때는 해가 넘어간 지 오래였다. 밤이 오자 달이 가로등과 공모해 도시를 그윽하고 초자연적인 빛으로 물들였다. 발밑의 돌길이 마치 다른 세기들로 오가는 마법의 길처럼 번득였다. 이곳은 종교개혁 시대의 옥스퍼드이자, 중세의 옥스퍼드이기도 했다. 그들은 과거 학자들의 유령과 공유하는, 시간을 초월한 공간 속을 걸었다.

칼리지로 돌아가는 길은 5분도 걸리지 않았지만, 그들은 브로드 스트리트를 우회해서 일부러 거리를 늘렸다. 이렇게 늦은 시간에 밖에 나온 것은 처음이었다. 그들은 밤이 내린 도시를 음미하고 싶었다. 둘 다 이 감흥을 깨고 싶지 않아서 침묵 속에 움직였다.

뉴 칼리지를 지날 때 돌벽 너머에서 웃음소리가 흘러나왔다. 둘이 홀리웰 레인에 접어들자 예닐곱 명의 학생들이 보였다. 모두 검정 가운을 입고 있었지만 흐늘대는 걸음새로 보아 강의실이 아니라 펍에서 나온 것이 분명했다.

"베일리얼 같지?" 라미가 속닥였다.

로빈은 풋 웃었다.

유니버시티 칼리지에 머문 지 이제 겨우 사흘째지만 그들은 이미 칼리지들 사이의 서열 의식과 거기 결부된 고정관념들을 알고 있었다. 예컨대 엑시터는 점잖지만 우둔하고, 브레이스노즈는 소란스럽고 술이 질펀했다. 유니버시티와 이웃해 있는 퀸스 칼리지와 머턴 칼리지는 무시해도 무방했다. 옥스퍼드에서 오리얼 칼리지 다음으로 비싼 학비를 내는 베일리얼 학생들은 튜토리얼[tutorial, 옥스퍼드 특유의 일대일 문답식 수업] 참석보다 외상질에 더 일가견이 있었다.

학생들이 다가오며 둘을 힐긋 봤다. 로빈과 라미가 목례를 보내자 그들 중 몇몇도 고갯짓을 했다. 학내 신사들 사이의 상호 인정 방식이었다.

길은 넓었고, 두 무리는 길을 사이에 두고 걷고 있었다. 아무 소동 없이 지나칠 수 있었는데, 술 취한 학생들 중 한 명이 갑자기 라미를 가리키며 외쳤다. "저거 뭐야? 저거 봤어?"

친구들이 웃으며 그를 잡아끌었다.

"야야, 마크." 한 명이 말했다. "그냥 가게 놔둬."

"잠깐 있어봐." 마크라고 불린 학생이 말했다. 그는 친구들을 뿌리치고 길 위에 버티고 서서 취기로 흐릿한 눈을 가늘게 뜨고 라미를 뚫어지게 봤다. 그의 손가락은 여전히 허공에 떠서 라미를 가리키고 있었다. "저 얼굴 좀 봐. 보여?"

"마크, 관둬." 일행 중 가장 앞서 가던 학생이 말했다. "바보짓하지 마."

이제 더는 누구도 웃지 않았다.

"힌두교도잖아." 마크가 말했다. "힌두교도가 여기서 뭐 하는 거지?"

"가끔 방문하기도 해." 다른 학생이 말했다. "지난주에도 외국인 두 명 봤잖아. 기억나? 페르시아 술탄인지 뭔지—"

"기억나. 그 터번 쓴 인간들."

"그런데 쟤는 가운을 입었잖아." 마크가 라미를 향해 언성을 높였다. "어이! 네가 왜 가운을 입고 있어?"

그의 말투가 사나워졌다. 방금까지의 화기애애한 분위기는 사라졌다. 애초에 존재했는지 의문인 학구적 형제애도 증발하고 없었다.

"넌 가운을 입을 수 없어." 마크가 주장했다. "벗어."

라미가 한 발 앞으로 나섰다.

로빈은 그의 팔을 붙잡았다. "하지 마."

"어이, 너한테 말하고 있잖아." 마크는 이제 둘 쪽으로 길을 건너고 있었다. "뭐야? 영어 못 알아들어? 그 가운 벗으라고. 내 말 안 들려? 그거 벗어."

라미는 싸울 태세였다. 그는 주먹을 틀어쥐고 당장 튀어 나갈 자세로 무릎을 굽혔다. 마크가 조금만 더 다가오면 결국 피를 보게 될 것이 분명했다.

그래서 로빈은 뛰기 시작했다.

그는 도망치면서도 도망이 싫었다. 자신이 겁쟁이로 느껴졌다. 하지만 아무리 생각해도 재앙을 피할 방법은 이것밖에 없었다. 로빈은 라미도 지레 놀라 뒤따라 뛰어올 거라고 믿었다. 아니나 다를까, 몇 초 후 등 뒤에서 라미의 발소리와 거친 숨소리와 낮게 내뱉는 욕설이 들렸다. 둘은 홀리웰 레인을 질주했다.

다시 웃음소리가 들렸다. 웃음소리가 등 뒤에서 메아리쳤다. 하지만 더는 유쾌한 웃음소리가 아니었다. 베일리얼 학생들이 원숭이 떼처럼 야유하고 있었다. 그들이 낄낄대는 소리가 벽돌벽을 따라 그들의 그림자와 함께 길게 뻗어 나왔다. 한순간 로빈은 놈들이 추격해서 뒤통수까지 따라붙은 줄 알고 겁에 질렸다. 구둣발 소리가 사방에서 망치 소리처럼 울려 퍼졌다. 하지만 그것은 그의 귀를 때리는 심장박동 소리일 뿐이었다. 학생들은 둘을 쫓아오지 않았다. 그들은 너무 취했고, 아무것에나 웃었고, 무엇보다 지금쯤 다음번 재밋거리에 정신이 팔려 있을 게 뻔했다.

그럼에도 로빈은 하이 스트리트에 이를 때까지 멈추지 않았다. 길은 텅 비어 있었다. 둘만 어둠 속에서 헐떡거렸다.

"젠장." 라미가 내뱉었다. "빌어먹을—"

"미안해."

"미안하긴." 라미가 말했다. 하지만 로빈의 눈을 보지는 않았다. "잘 도망쳤어."

왠지 빈말처럼 들렸고, 로빈 자신도 잘한 일이라는 확신이 없었다.

이제 집에서 훨씬 멀어졌지만, 적어도 여기는 가로등 불빛이 있어서 위험한 접근을 멀리서부터 감지할 수 있었다.

둘은 한동안 말없이 걸었다. 로빈은 적당한 말이 찾아지지 않았다. 떠오르는 말은 모두 혀에서 죽었다.

"젠장." 라미가 한 손을 책가방에 넣은 채 갑자기 멈춰 섰다. "잠깐만, 나—" 그러고는 책 사이를 뒤지다가 다시 욕설을 뱉었다. "공책을 두고 왔어."

로빈은 심장이 내려앉았다. "홀리웰에?"

"보들리언에." 라미가 콧등을 싸잡으며 신음했다. "어딘지 알아. 책상 모퉁이. 구겨지는 게 싫어서 책을 다 넣고 맨 나중에 넣으려고 했는데, 피곤해서 깜빡했나 봐."

"내일 가지러 가면 안 돼? 직원들이 치울 것 같지 않고, 치웠다 해도 물어보면 되니까."

"아니, 복습할 내용이 거기 있어. 내일 암송을 시키면 어떡해. 다시 갔다 올게."

"내가 갔다 올게." 로빈은 재빨리 말했다. 그래야 할 것 같았다. 먼저 내뺀 데 대한 사과의 의미로.

라미가 미간을 찌푸렸다. "정말 괜찮겠어?"

그의 목소리에 저항은 없었다. 굳이 말하지 않아도 둘 다 알고 있었다. 로빈은 적어도 어둠 속에서는 백인으로 보인다는 것을. 로빈 혼자 베일리얼 학생들과 마주치면 그들이 이상하게 보지 않으리라는 것을.

"20분도 안 걸려." 로빈은 다짐했다. "돌아오면 네 방문 밖에 놔둘게."

혼자 걸을 때의 옥스퍼드는 음산한 분위기를 뿜었다. 불빛은 더 이상 따뜻하지 않았고, 그 불빛에 그의 그림자가 늘어나고 뒤틀리며 돌길을 따라 으스스하게 따라왔다. 도서관은 잠겨 있었지만, 창문에서 손을 흔들자 야간 당직자가 로빈을 발견하고 문을 열었다. 다행히 아까 있던 직원 중 한 명이었다. 그는 두말없이 로빈을 안으로 들여보냈다. 열람실은 칠흑같이 어둡고 얼어붙을 듯이 추웠다. 램프는 모두 꺼져 있었다. 빛이라곤 반대편 창으로 흘러드는 달빛이 유일했다. 로빈은 한기에 떨며 얼른 라미의 공책을 집어서 책가방에 밀어 넣고 서둘러 문을 나섰다.

그가 사각 안뜰을 지날 때였다. 속삭이는 소리가 들렸다.

걸음을 재촉해야 했지만, 어딘지 익숙한 느낌—말의 억양과 발성—이 그를 멈춰 세웠다. 그는 걸음을 멈추고 귀를 세운 후에야 그것이 중국어라는 것을 알아차렸다. 누군가 중국어 단어를 낮게 반복하고 있었다. 점점 더 다급하게.

"우싱."

로빈은 살금살금 벽 모퉁이를 돌았다.

홀리웰 스트리트 한가운데에 세 사람이 있었다. 날씬한 체격에 머리부터 발까지 검은 옷을 입은 청년들이었다. 둘은 남자고 한 명은 여자였다. 그들은 트렁크 하나와 씨름 중이었다. 트렁크 바닥이 터진 모양이었다. 돌길에 분명히 은막대로 보이는 것들이 흩어져 있었다.

로빈이 다가가자 그들이 눈을 들었다. 다급히 중국어를 속삭이던 남자는 로빈을 등지고 있었다. 남자는 동료들이 돌처럼 멈춘 다음에야 마지막으로 돌아섰다. 남자의 눈이 로빈의 눈과 마주쳤다. 로빈은 심장이 튀어나올 듯이 놀랐다.

마치 거울을 보는 것 같았다.

상대도 로빈처럼 갈색 눈이었다. 로빈처럼 일자 코였고, 왼쪽에서 오른쪽으로 대충 넘긴 밤색 머리가 이마를 덮고 있는 것까지 같았다.

남자는 손에 은막대 하나를 들고 있었다.

로빈은 남자가 무엇을 시도하는 중이었는지 즉시 눈치챘다. 우싱無形—중국어로 '형체 없음, 실체 없음'.* 가장 가까운 영어 번역은 '무형invisible'. 정체가 뭐든 이들은 숨으려는 중이었다. 하지만 무언가 잘못되었고, 그래서 은막대가 제대로 작동하지 않았다. 세 청년의 형체가 가로등 아래서 명멸했다. 그들은 때때로 반투명해 보일 뿐 모습을 완전히 숨기지는 못했다.

로빈의 도플갱어가 절박한 눈빛을 던졌다.

"도와줘." 그가 사정했다. 그는 중국어로도 말했다. "방망幫忙."

로빈은 자기도 모르게 행동에 나섰다. 방금 겪은 베일리얼 학생들의 위협, 아니면 지금의 황당한 광경 때문에? 아니면 도플갱어와 대면한 아찔함 때문에? 아무튼 그는 다가가서 은막대에 손을 얹었다. 그의 도플갱어는 아무 말 없이 은막대를 넘겼다.

"우싱." 어머니가 들려주던 신화들이 떠올랐다. 로빈은 어둠 속에 숨어 있는 정령과 영혼들을, 형체 없음과 있지 않음을 생

---

* 무형(無形)은 보이지 않을 뿐 아니라 만져지지도 않는 것을 뜻한다. 일례로, 북송시대의 시인 장순민은 이렇게 썼다. "詩是無形畫, 畫是有形詩(시는 무형의 그림이고, 그림은 유형의 시다)."

각했다. "무형."

은막대가 그의 손에서 진동했다. 어디선가 입김인지, 한숨인지 모를 소리가 들렸다.

그 순간 네 명 모두 사라졌다.

아니, *사라졌다*는 말은 정확하지 않았다. 로빈에겐 이를 표현할 말이 없었다. 번역 중에 없어진 상태였다. 그것은 중국어로도, 영어로도 온전히 설명할 수 없는 개념이었다. 그들은 존재하고 있었지만 인간의 형상으로는 아니었다. 그들은 단지 투명한 존재가 아니었다. 존재 자체가 아니었다. 그들에겐 형체가 없었다. 그들은 부유했고, 팽창했다. 그들은 공기, 벽돌벽, 돌길이었다. 로빈은 자신의 몸을 인식하지 못했다. 자신이 끝나는 지점과 은막대가 시작되는 지점을 알지 못했다. 그가 은이고, 돌이고, 밤이었다.

차가운 공포가 그의 마음을 관통했다. *돌아가지 못하면 어쩌지?*

몇 초 뒤 경관 한 명이 거리 끝으로 달려왔다. 로빈은 숨을 죽였다. 막대를 어찌나 세게 틀어쥐고 있었던지 팔이 저렸다.

경관이 눈을 가늘게 뜨고 로빈을 똑바로 쳐다봤지만, 그의 눈에는 어둠밖에 보이지 않았다.

"여기엔 없어." 경관이 어깨 너머로 외쳤다. "파크스 로드 쪽으로 쫓아가봐⋯."

그러고는 반대 방향으로 뛰어갔고, 그의 목소리도 희미해졌다.

로빈은 막대를 놓았다. 더는 그것을 붙잡고 있을 수 없었다. 더는 막대의 존재가 의식되지 않았다. 그는 손을 움직이고 손가락을 벌려서 막대를 놓은 것이 아니라, 자신의 본질을 떼어내듯 막대를 격하게 밀어냈다.

효과가 있었다. 도둑들이 어둠 속에 다시 모습을 드러냈다.

"서둘러." 옅은 금발의 청년이 채근했다. "옷 속에다 넣고 트렁크는 버리자."

"그냥 두고 갈 순 없어." 여자가 말했다. "추적당할 거야."

"그럼 수습해, 얼른."

세 사람 모두 땅에 흩어진 은막대들을 주워 모으기 시작했다. 로빈은 두 팔을 어색하게 늘어뜨리고 잠시 엉거주춤 서 있다가 몸을 숙여 함께 주웠다.

로빈은 이 부조리한 상황이 여전히 실감되지 않았다. 뭔지 몰라도 지금 벌어지는 일이 매우 불법적인 일이라는 짐작만 어렴풋이 들 뿐이었다. 이 청년들이 옥스퍼드나 보들리언이나 번역원의 관계자일 리는 없었다. 그렇다면 야음에 검은 복장으로 경찰을 피해 숨어 다니지 않을 테니까.

이 경우 마땅하고 명백하게 할 일은 경보를 울리는 것이었다.

그런데 어쩐 일인지 이들을 돕는 것이 유일한 선택지 같았다. 로빈은 이 논리에 의문을 제기하지 않았다. 그저 행동했다. 꿈속에 빠져드는 느낌, 자기 대사만 알 뿐 모든 것이 미궁 속인 연극에 들어서는 느낌이었다. 이것은 나름의 내적 논리를 가진 환상이었고, 이유는 몰라도 그 꿈을 깨고 싶지 않았다.

마침내 은막대가 모두 회수되어 셔츠와 주머니 속으로 들어갔다. 로빈은 자기가 주운 것을 도플갱어에게 주었다. 그와 손가락이 닿자 로빈은 오싹한 한기를 느꼈다.

"가자." 금발 남자가 말했다.

하지만 아무도 움직이지 않았다. 모두 로빈을 봤다. 그를 어떻게 처리할지 난감한 기색이었다.

"만약 저 애가—" 여자가 입을 열었다.

"안 그럴 거야." 로빈의 도플갱어가 단호히 말했다. "안 그럴 거지?"

"당연하죠." 로빈은 숨죽여 말했다.

금발 남자는 믿지 못하겠다는 표정이었다. "차라리 그냥—"

"아니, 이번에는 아냐." 도플갱어가 로빈을 위아래로 훑어보다가 결정을 내린 듯 말했다. "너, 번역사지?"

"맞아요. 막 입학했어요."

"트위스티드 루트." 도플갱어가 말했다. "거기서 보자."

여자와 금발 남자가 눈길을 주고받았다. 여자가 반대할 기세로 입을 열었다가 다시 다물었다.

"좋아." 금발 남자가 말했다. "이제 가자."

"잠깐만요." 로빈은 절박하게 말했다. "누군데요— 언제—"

하지만 도둑들은 이미 도망쳐버린 후였다.

그들은 놀랄 만큼 빨랐다. 불과 몇 초 만에 거리가 텅 비었다. 그들은 어떤 흔적도 남기지 않았다. 막대를 마지막 한 개까지 모조리 주웠고, 부서진 트렁크의 파편까지 챙겨 튀었다. 마치 유령을 본 것만 같았다. 이 모든 조우가 로빈의 상상이었던 듯 세상은 전과 전혀 다르지 않았다.

◆　　　　　　　120

로빈이 돌아왔을 때 라미는 자지 않고 있었다. 그는 첫 노크에 방문을 열었다.

"고마워." 라미가 공책을 받아 들며 말했다.

"뭘."

둘은 말없이 서로를 바라봤다.

이날 밤 일의 의미에 대해서는 의문의 여지가 없었다. 둘은 자신이 이곳에 속하지 않는다는 갑작스러운 깨달음에 충격을 받았다. 번역원 소속이라는 신분에도 불구하고, 가운과 허세에도 불구하고 그들의 신변은 거리에서 안전하지 않았다. 그들은 옥스퍼드에 있을 뿐 옥스퍼드의 일부는 아니었다. 이 깨달음의 무게가 너무나 파괴적이었기 때문에, 그들이 순진하게 누린 빛나는 사흘과 너무나 잔인한 대조를 이루었기 때문에 둘 중 누구도 그것을 입 밖에 낼 수가 없었다.

나중에도 그들은 영영 그것을 입 밖에 내지 않았다. 그 진실은 생각만 해도 너무 아팠다. 모른 척하는 것이, 환상의 물레를 돌리는 편이 훨씬 쉬웠다.

"그럼," 로빈은 머쓱하게 말했다. "잘 자."

라미는 고개만 끄덕이고 말없이 문을 닫았다.

4

잠드는 것은 불가능했다. 도플갱어의 얼굴이 계속 어둠 속을 떠다녔다. 피로와 충격 때문에 헛것을 본 것일까? 하지만 가로등이 휘영청 밝았고 쌍둥이의 생김새, 그의 공포와 공황까지도, 로빈의 기억에 너무 뚜렷했다. 그것은 반사 이미지가 아니었다. 거울을 보는 느낌과는 전혀 달랐다. 그것은 자신의 반전된 모습이 아니었다. 세상이 보는 그의 모습, 그 피상적 이미지가 아니었다. 그것은 동일성에 대한 본능적 인지였다. 그 남자의 얼굴에 있었던 것은 그게 무엇이든 그의 얼굴에도 있었다.

그래서 내가 그 남자를 도운 걸까? 어떤 본능적인 공감 때문에?

로빈은 그제야 자기 행동이 얼마나 중차대한 일인지 감이 오기 시작했다. 그는 학교의 물건을 훔쳤다. 혹시 테스트였을까? 옥스퍼드에는 이상한 신고식이 많았다. 그럼 나는 통과한 걸까, 아니면 실패한 걸까? 아니면 아침에 경관들이 들이닥쳐서 당장 떠날 것을 요구할까?

하지만 이렇게 쫓겨날 순 없어. 로빈은 생각했다. 이제 겨우 도착했는데. 갑자기 옥스퍼드의 안락함—따뜻한 침대, 새 책과 새 옷의 냄새—이 불편해졌다. 그는 꿈틀댔다. 이제 그의 머릿속은 순식간에 이 모든 것을 잃는 것에 대한 생각뿐이었다. 그는 땀에 젖은 시트 속에서 뒤척이며 날이 밝으면 일어날 일을 점점 더 세세히 상상했다. 그를 침대에서 끌어내 손목에 쇠고랑을 채워서 감옥으로 끌고 가는 경관들. 자신에게도, 파이퍼 부인에게도 다시는 연락하지 말라고 엄히 말하는 러벌 교수.

마침내 그는 지쳐 잠들었다. 그러다 집요하게 문을 두드리는 소리에 잠이 깼다.

"뭐 해?" 라미가 물었다. "아직 씻지도 않았어?"

로빈은 그를 멍하니 봤다. "무슨 일인데?"

"무슨 일이긴. 월요일 아침이지, 멍청아." 라미는 이미 검정 가운을 입고 모자를 손에 들고 있었다. "20분 안에 탑에 도착해야 해."

둘은 간신히 제시간에 도착했다. 그들이 가운을 바람에 펄럭이며 번역원을 향해 사각 안뜰의 잔디밭을 반쯤 달려갔을 때, 9시를 알리는 종이 울렸다.

가녀린 체구의 학생 두 명이 잔디밭에서 그들을 기다리고 있었다. 로빈은 이들이 신입생 중 나머지 두 명임을 눈치챘다. 한 명은 백인이고, 한 명은 흑인이었다.

"안녕." 백인 학생이 말했다. "늦었네."

로빈은 숨을 고르던 입을 다물지 못하고 그녀를 봤다. "여자?"

충격적이었다. 로빈과 라미 모두 또래 여자아이들을 볼 일 없이 황량하고 고립된 환경에서 자랐다. 그들에게 여성은 이론적으로만 존재하는 개념이었고, 소설의 소재나 길거리에서 간간이 목격되는 현상일 뿐이었다. 로빈이 접한 여자에 대한 최상의 설명은 언젠가 훑어본 적 있는 세라 엘리스 부인[*]의 논문에서 나왔다. 그 논문은 소녀들을 "온화하고, 무해하고, 섬세하고, 수동적으로 사랑스러운" 존재로 정의했다. 로빈이 아는 한 소녀들은 풍부한 내면세계를 지닌 존재라기보다 탈세속적이고, 불가해하며 초인간적인 자질이 넘치는 신비로운 대상이었다.

"미안해— 아니, 안녕." 로빈은 겨우 말을 이었다.

라미가 다짜고짜 말했다. "너희, 왜 여자야?"

백인 소녀가 라미를 기죽이는 경멸의 눈으로 노려봤다. 로빈이 라미 대신 시들 지경이었다.

"글쎄다." 그녀가 느릿하게 받았다. "남자가 되려면 뇌세포의 반은 포기해야 하는 것 같길래 여자가 되기로 결정했어."

"젊은 신사들에게 불쾌감을 주거나 주의를 산만하게 할 것을 우려한 대학 당국이 우리더러 이렇게 입으라고 했어." 흑인 소녀가 설명했다. 그녀의 영어에 희미한 억양이 있었는데, 로빈은 그게 프랑스어 억양 비슷하다고 생각했다. 그녀가 로빈에게 왼

쪽 다리를 흔들며 자기 바지를 내보였다. 바지에 빳빳하게 날이 서 있고 구김 하나 없는 걸로 봐서 바로 전날 산 것 같았다. "모든 학부가 번역원만큼 진보적이진 않아서 말이야."

"안 불편해?" 로빈은 자신이 편견 없는 사람임을 어떻게든 증명할 요량으로 물었다. "그러니까, 바지 말이야."

"전혀. 실은 우리도 두 다리가 있거든. 물고기 꼬리가 아니라." 그녀가 손을 뻗었다. "난 빅투아르 데그라브."

로빈은 악수에 응했다. "난 로빈 스위프트."

그녀가 눈썹을 치켜올렸다. "스위프트? 하지만 분명—"

"난 레티샤 프라이스." 백인 소녀가 끼어들었다. "원하면 레티라고 불러도 돼. 넌?"

"라미즈." 라미는 손을 반쯤 뻗다 말았다. 소녀들과 신체 접촉을 해도 될지 망설이는 듯했다. 레티가 먼저 손을 잡자 라미는 흠칫했다. "라미즈 미르자. 친구들한테는 라미."

"안녕, 라미즈." 레티가 주위를 둘러봤다. "우리 모두 모였네."

빅투아르가 작게 한숨 쉬더니 레티에게 속삭였다. "Ce sont des idiots[얼간이들이 따로 없어]."

"Je suis tout à fait d'accord[완전 동감이야]." 레티도 속삭였다.

두 소녀가 동시에 키득댔다. 로빈은 프랑스어를 몰랐지만 자신이 심사를 받았고, 모자란 것으로 판명 났다는 것은 분명히 느꼈다.

"여기들 있군."

키 크고 후리후리한 흑인 남자의 등장으로 그들은 어색한 대화에서 구제받았다. 남자는 그들과 악수하며 자신을 앤서니 리벤으로 소개했다. 그는 프랑스어, 에스파냐어, 독일어를 전공하는 대학원생이었다. "내 후견인은 자기가 낭만주의자라고 생각했어." 리벤이 설명했다. "내가 시에 대한 열정을 이어받길 바랐지만, 내 언어 재능이 반짝 재주 이상이란 게 명백해지자 나를 이곳으로 보내셨지."

그가 말을 멈추자, 네 사람도 각자의 언어들을 댔다.

"우르두어, 아랍어, 페르시아어." 라미가 말했다.

"프랑스어와 크레욜어." 빅투아르가 말했다. "그러니까… 아이티 크레올어요. 그것도 쳐주면요."

"당연히 쳐주지." 앤서니가 호탕하게 말했다.

"프랑스어와 독일어." 레티가 말했다.

"중국어." 로빈이 말했다. 좀 허전한 느낌이 들었다. "그리고 라틴어와 그리스어."

"라틴어와 그리스어는 모두 기본으로 해." 레티가 말했다. "입학 요건이잖아, 몰라?"

로빈의 뺨이 붉어졌다. 몰랐던 사실이었다.

앤서니는 재미있다는 표정이었다. "근사한 범세계적 집단인데? 옥스퍼드에 온 것을 환영해! 와보니까 어때?"

"멋져요." 빅투아르가 말했다. "그런데… 잘 모르겠어요. 이상해요. 현실 같지가 않아요. 제가 극장에 있고, 언제라도 막이 내릴 것 같은 느낌이에요."

"그 느낌은 안 없어져." 앤서니가 따라오라는 몸짓과 함께 앞장서서 탑으로 향했다. "특히 이 문을 통과하면 더 그래. 난 11시까지 너희에게 번역원 안내를 해주고 그후엔 플레이페어 교수에게 넘기라는 지시를 받았어. 안에 들어가는 건 처음이지?"

그들은 탑을 올려다봤다. 실로 웅장한 건물이었다. 신고전주의 양식으로 지은 8층 높이의 빛나는 백색 건물을 장식 기둥과 높다란 스테인드글라스 창들이 두르고 있었다. 이 탑은 하이 스트리트의 스카이라인을 지배했고, 근처의 래드클리프 도서관과 성모마리아 교회를 상대적으로 초라하게 만들었다. 라미와 로빈은 주말 동안 탑을 수없이 지나다니며 매번 그 모습에 혀를 내둘렀다. 하지만 늘 멀리서만 봤다. 감히 접근할 엄두는 내지 못했다. 그때는 그랬다.

"대단하지?" 앤서니가 벅찬 한숨을 내쉬었다. "환영한다. 믿기지 않겠지만 여기가 너희들이 앞으로 4년간 지내게 될 곳이야. 우린 이곳을 바벨이라고 불러."

"바벨." 로빈이 되풀이했다. "그래서 우리를?"

"그래서 우리를 바블러라고 부르냐고?" 앤서니가 고개를 끄덕였다. "바벨만큼이나 오래된 별명이야. 그런데도 매년 9월이면 베일리얼 신입생 중에 자기가 처음 생각해낸 줄 아는 놈이 꼭 한 명씩 나오거든. 그 탓에 우리가 수십 년째 그 우악스러운 별명으로 불리고 있지."

앤서니가 정문 계단을 성큼성큼 올라갔다. 계단 맨 위에는 파란색과 금색의 인장印章이 문 앞 돌바닥에 새겨져 있었다. 옥스퍼드대학교의 문장이었다. 문장에 학교의 모토가 있었다. 도미

누스 일루미나티오 메아. 주는 나의 빛이라. 앤서니의 발이 인장에 닿는 순간 육중한 나무문이 저절로 열리며 램프 빛을 받아 황금색으로 빛나는 내부를 드러냈다. 계단이 뻗어 있고, 검정 가운을 입은 연구생들이 분주히 오가고, 무엇보다 책들이 서가를 끝도 없이 메우고 있었다.

로빈은 따라가다가 넋을 잃고 멈춰 섰다. 옥스퍼드의 모든 경이 중에서도 바벨이 가장 믿기지 않는 모습이었다. 이곳은 시간을 벗어난 탑, 꿈속에 나올 법한 모습이었다. 스테인드글라스 창, 높고 웅장한 돔. 모든 것이 러벌 교수의 집 식당에 있는 그림에서 그대로 뽑혀 나와 이 칙칙한 회색 거리에 통째로 떨어진 것 같았다. 중세 필사본의 채색 삽화 같았고, 요정 나라로 통하는 문 같았다. 매일 이곳에 와서 공부하게 되었다는 것이, 자신에게 이곳에 들어올 권리가 있다는 것 자체가 믿기지 않았다.

하지만 그 탑이 그들 바로 앞에 있었다. 그들을 기다리고 있었다.

앤서니가 환히 웃으며 손짓했다. "어서 들어와."

"예로부터 번역기관은 위대한 문명의 필수 불가결한 도구, 아니 중심이었습니다. 1527년 에스파냐의 카를 5세는 언어통역국을 설치했고, 그곳 관원들은 제국의 영토를 통치하기 위해 필요한 열두 가지 이상의 언어를 관장했습니다. 영국 왕립번역원의 경우는 원래 17세기 초 런던에 설립되었다가 에스파냐 왕위 계승 전쟁이 끝난 1715년에 현재 위치인 옥스퍼드로 이전했습니다. 전쟁 이후 영국이 에스파냐가 막 상실한 식민지들의 언어를 젊은이들에게 훈련시키는 것이 좋겠다는 판단을 내렸던 것이죠. 맞아, 난 이 내용을 다 외웠어. 아니, 내가 작성한 내용은 아니야. 다만 나의 이 출중한 카리스마 덕분에 학부 1학년 때부터 이곳 안내를 도맡았기 때문에 이렇게 청산유수가 된 거야. 현관을 다 봤으면 이쪽으로.”

앤서니는 뒤로 걸으면서도 달변을 이어갔다.

“바벨은 여덟 층으로 이루어져 있습니다.『희년서』에 따르면 전설상의 고대 바벨탑은 높이가 5천 큐빗 이상이었다고 합니다. 거의 3.2킬로미터였다는 건데, 당연히 불가능한 얘기죠. 그래도 우리의 바벨은 명실공히 옥스퍼드에서 가장 높은 건물이고, 런던 세인트 폴 대성당을 제외하면 아마 영국 전체에서도 가장 높을 겁니다. 우리 탑은 지하층을 제외해도 90미터에 달합니다. 다시 말해 전체 높이가 래드클리프 도서관의 두 배라는 거죠.”

빅투아르가 손을 들었다. “이 탑—”

“밖에서 볼 때보다 내부가 더 넓어 보인다는 거지?” 앤서니가 말했다. “사실이야.”

로빈은 처음에는 알아채지 못했던 이 모순에 머리가 멍해졌다. 바벨의 외관이 웅장하긴 했지만 내부 각층의 높다란 천장과 치솟은 서가들을 수용할 만큼 높아 보이진 않았다.

“실버워킹의 재간이지. 어떤 매치페어[match-pair, 대응 쌍]를 쓴 건지는 나도 몰라. 내가 왔을 때부터 이랬어. 우린 그냥 그러려니 해.”

앤서니는 넷을 이끌고 출납 창구들 앞에 부산스럽게 줄지어서 있는 타운 사람들을 통과했다. "여기는 로비. 모든 비즈니스가 여기서 이루어져. 지역 상인들이 장비에 쓸 은막대를 주문하거나, 도시 관리들이 공공시설 유지보수를 요청하는 등의 일이지. 여기가 탑에서 민간인 출입이 허용된 유일한 구역이야. 물론 민간인이 학자들과 직접 교류하는 일은 없어. 민원을 처리하는 직원들이 따로 있으니까." 그는 따라오라고 손짓하며 중앙 계단을 올라갔다. "이쪽으로."

2층은 법학과였다. 음울한 표정의 연구생들이 바삐 문서를 작성하고 두꺼운 참고 서적들을 뒤적이고 있었다.

"여기는 항상 바빠. 국제조약, 해외무역 같은 일들이지. 제국의 톱니바퀴, 세상을 돌아가게 만드는 곳. 바벨 학생들은 졸업 후 대부분 이곳에서 일하게 돼. 급여가 좋고 상시 충원하거든. 여기서 무료 지원 업무도 많이 해. 이 층의 남서쪽 사분면 전체를 나폴레옹 법전을 다른 유럽어들로 번역하는 팀이 차지하고 있어.* 하지만 나머지 일은 꽤 비싸게 받아. 이 층이 가장 많은 수익을 올리지. 물론 실버워킹을 제외하면."

"실버워킹은 어디예요?" 빅투아르가 물었다.

"8층. 꼭대기 층."

---

* 솔직히 이는 번역원 법학과에 대한 심히 관대한 설명이다. 법학과 번역사들이 수행하는 일이란 결국 유럽 측에 유리한 법 조항을 만드는 언어 조작이라 할 수 있다. 일례로, 파스페헤이 왕이 버지니아의 영국인 정착민에게 '구리를 받고 땅을 팔았다'는 가당찮은 주장이 있었다. 하지만. 유럽의 왕권이나 토지소유권 개념을 알곤킨족의 언어로 정확히 번역하는 것은 어렵다는 당연한 사실을 고려할 때, 이 주장에는 심한 어폐가 있었다. 이러한 토지 약탈 이슈에 대한 바벨 법학과의 대응은 간단했다. 알곤킨족은 너무 미개해서 그런 개념들을 개발할 수 없었으며, 이제라도 유럽인이 그들에게 가르칠 수 있어서 다행이라는 선언이 전부였다.

"전망 때문에요?" 레티가 물었다.

"화재 때문에." 앤서니가 답했다. "불이 날 거면 건물 꼭대기에서 나는 게 좋잖아. 그래야 모두가 빠져나갈 시간이 있으니까."

농담인지 진담인지 알 수 없었다.[*]

앤서니는 그들을 데리고 한 층 더 올라갔다. "3층은 동시통역사들의 상륙 기지야." 그는 비다시피 한 공간을 휘둘러 가리켰다. 이곳은 어지러이 놓인 얼룩진 찻잔 몇 개와 책상 구석에 쌓인 서류 뭉치를 제외하면 사용 흔적이 거의 없었다. "통역사들은 여기 있을 일이 거의 없어. 하지만 있을 때는 비밀리에 브리핑 파일을 준비할 장소가 필요하다는 이유로 한 층을 다 차지하고 있지. 그들은 고관대작과 외교관들의 해외여행에 동행해서 러시아 무도회에 참석하거나 아라비아의 족장과 차를 마시는 등의 일을 해. 여행 다니는 게 꽤나 고달픈 일이라 바벨 출신 통역사는 별로 없다고 들었어. 통역사들은 대개 어릴 때 외국에서 자연스럽게 언어를 습득한 다국어 구사자들이야. 가령 부모가 선교사였거나 해마다 외국 친척 집에서 여름을 보냈던 사람들. 바벨 졸업생들은 이 일을 기피하는 경향이 있어."

"왜요?" 라미가 물었다. "재미있을 것 같은데요."

"원하는 게 남의 돈으로 해외여행 하는 거라면 꿀 같은 보직이지. 하지만 학자들이란 본래 혼자 앉아서 하는 일을 좋아하는 부류야. 여행에 혹했다가도 자기가 원하는 건 결국 집에 있는

---

[*]　농담이 아니었다. 번역원 8층은 탑이 처음 세워진 이래 여덟 번이나 복구되었다.

것, 차 한 잔과 책 더미와 함께하는 따뜻한 난롯가의 삶이란 것을 깨닫게 되지."

"학자에 대한 비관적인 견해네요." 빅투아르가 말했다.

"경험에서 우러나온 견해야. 너희도 조만간 알게 돼. 통역직에 지원한 바벨 졸업생 중에 2년을 넘긴 사람이 없어. 윌리엄 존스 경의 조카인 스털링 존스조차 여덟 달 이상 버티지 못했지. 어딜 가든 일등석으로 다니게 해줬는데도 말이야. 어쨌든 동시통역은 그리 화려한 일로 여겨지지 않아. 통역은 누구의 심기도 건드리지 않고 요점만 잘 전달하면 되는 거라서 언어의 복잡미묘함을 가지고 놀 기회가 없어. 진짜 재미는 거기 있는데 말이지."

4층은 확 달랐다. 이곳은 몹시 부산스러웠다. 사람들도 더 젊어 보였다. 텁수룩한 머리와 팔꿈치 패치 옷이 눈에 띄었다. 세련되고 말쑥한 차림새의 법학과 사람들과 대조적이었다.

"문학과야." 앤서니가 설명했다. "즉 외국 소설, 이야기, 시를 영어로 번역하거나 빈도는 덜하지만 그 반대의 일을 해. 솔직히 명망의 사다리에서 높은 편은 아니지만, 통역보다는 선망받는 자리야. 졸업 후에 문학과 연구생이 되는 걸 바벨 교수직으로 향하는 첫걸음으로 여기거든."

"우리 중에도 실제로 여길 좋아하는 친구가 있다는 걸 명심해." 대학원생 가운을 입은 젊은 남자가 앤서니 옆으로 성큼 다가왔다. "이번 신입생들?"

"이게 다야."

"이번 기수는 단출하군?" 남자가 유쾌하게 손을 흔들었다.

"안녕. 난 비말 스리니바산이라고 해. 지난 학기에 졸업했고 산스크리트어, 타밀어, 텔루구어, 독일어를 해."*

"여기선 자기소개로 전공 언어를 대나요?" 라미가 물었다.

"당연하지." 비말이 말했다. "언어가 곧 그 사람의 매력을 결정하니까. 동양학자는 흥미롭고, 고전학자는 따분해. 어쨌거나 탑에서 가장 멋진 층에 온 것을 환영해."

빅투아르가 몹시 흥미롭게 주위의 서가들을 둘러봤다. "그럼 해외에서 출판된 책을 모두 구해서 볼 수 있어요?"

"그럼." 비말이 답했다.

"프랑스 신간도 모두? 출간되자마자?"

"그럼요, 욕심쟁이." 비말이 악의 없이 말했다. "차차 알겠지만 우리의 도서 구입 예산은 사실상 무제한이고, 우리 사서들은 항상 빈틈없는 수집을 추구해. 물론 여기 들어오는 책이 모두 번역되진 못해. 인력이 부족하니까. 여전히 고전 번역에 많은 시간이 투입되거든."

"그게 이곳이 매년 적자를 내는 유일한 학과인 이유야." 앤서니가 덧붙였다.

"인간 조건에 대한 이해를 높이는 일에 수익성을 따질 순 없지." 비말이 비웃었다. "우린 고전을 계속 갱신해. 지난 세기 이래 우린 특정 언어들에 훨씬 능해졌어. 고전이 접근 불가의 영

---

* 서구에서 산스크리트어 연구의 초석을 놓은 이들은 대개 헤르더, 슐레겔, 보프 같은 독일 낭만주의 작가들이었다. 당시에는 이들의 논문이 모두 영어로 번역되어 있지 않았다. 적어도 제대로 번역되지 못했다. 그래서 바벨에서 산스크리트어를 공부하는 학생들은 독일어도 함께 배울 것을 요구받았다.

역으로 남아 있을 이유가 없지. 나만 해도 현재 『바가바드 기타』의 라틴어 버전을 개정하는 중이고.”

“슐레겔이 이미 펴낸 개정판은 개정판이 아니야?” 앤서니가 비꼬았다.

“10년도 더 됐어.” 비말이 일축했다. “그리고 슐레겔의 『바가바드 기타』는 끔찍해. 슐레겔 본인도 책 전체를 관통하는 기본 철학조차 이해해지 못했다고 인정했어. 그가 ‘요가’를 옮기는 데 일곱 가지 단어를 사용한 것만 봐도—”

“어쨌든,” 앤서니가 네 명을 데리고 떠나며 말했다. “여기가 문학과야. 내 생각을 묻는다면, 바벨 교육을 가장 헛되게 쓰는 곳이라고 할까.”

“여기가 싫으세요?” 로빈이 물었다. 그는 빅투아르처럼 들떠 있었다. 4층에서 평생을 보낸다면 근사할 것 같았다.

“난 싫어.” 앤서니가 씩 웃었다. “난 실버워킹을 위해 여기 왔어. 비말도 알다시피 문학과는 물정 모르는 집단이야. 슬픈 건, 이들이 누구보다 위험한 학자들일 수 있다는 거야. 이들이야말로 언어를 진정으로 이해하는 사람들이니까. 이들은 언어가 어떻게 살아 숨 쉬는지, 어떻게 표현 방식 하나로 심장을 뛰게 하고 소름 돋게 하는지 알아. 하지만 미사여구에만 집착해서 언어의 생명력을 훨씬 강력한 것에 쏟아부을 방법에는 관심이 없어. 맞아, 난 은을 말하는 거야.”

5층과 6층에는 강의실과 참고 문헌 열람실이 있었다. 입문서, 문법서, 강독서, 동의어 사전들. 앤서니의 설명에 따르면 세상에 존재하거나 존재했던 모든 언어의 사전이 각각 최소 네 가지 판본으로 구비되어 있었다.

"사실 사전들이야 탑 전역에 흩어져 있지만, 자료를 엄청 들이 파야 할 일이 생기면 이리로 오면 돼." 앤서니가 말했다. "보다시 피 딱 중간에 있어서 누구든 필요한 게 있을 때 네 층 이상 오르 내릴 필요가 없지."

6층 중앙에는 유리 진열장이 있었는데, 진홍색 벨벳 위에 붉은 가죽 장정의 책들이 놓여 있었다. 은은한 램프 불빛이 가죽 표지에 어슴푸레 반사되는 모습이 자못 마법적인 인상을 자아 냈다. 평범한 참고 문헌이 아니라 마법서처럼 보였다.

"이 책들은 그라마티카[문법서]야." 앤서니가 말했다. "무서워 보이지만 괜찮아. 만져도 돼. 참고하라고 있는 책들이니까. 다만 먼저 벨벳에 손가락을 닦아."

그라마티카는 두께는 제각각이지만 동일한 표지로 제본되어 있고, 로마자 표기법에 따른 알파벳순으로, 같은 언어끼리는 출판연도순으로 정렬되어 있었다. 일부 그라마티카, 특히 유럽어 그라마티카는 각기 진열장 하나를 다 차지할 정도로 양이 많았 다. 하지만 다른 것들, 특히 동양어 그라마티카는 분량이 형편없 었다. 중국어 그라마티카도 겨우 세 권짜리였고, 한국어와 일본 어 그라마티카는 각각 한 권 분량이었다. 그 와중에 타갈로그어 는 놀랍게도 다섯 권이었다.

"하지만 저건 우리 공훈이 아니야." 앤서니가 말했다. "저 번 역 작업 모두 에스파냐에서 했거든. 그래서 표지 뒷면을 보면

에스파냐어를 영어로 번역한 역자의 이름이 있어. 그리고 카리브해와 남아시아 그라마티카는, 여기 있네, 상당수가 아직 진행 중이야. 거기 언어들은 파리조약 이후에야 바벨의 관심권에 들어왔거든. 파리조약 덕분에 엄청난 영토가 대영제국의 수중에 떨어졌으니까. 아프리카 그라마티카들도 마찬가지야. 대부분 독일어에서 영어로 옮긴 번역서라는 걸 알 수 있지. 그 방면에는 독일의 선교사와 문헌학자들이 주로 활약했거든. 반면 우리에겐 몇 년째 아프리카 언어를 하는 사람이 없었어.”

로빈은 참지 못하고 동양어 그라마티카들을 집어 들어 앞부분을 넘겨 보기 시작했다. 각 권의 표지에 아주 정갈하고 작은 글씨로 해당 그라마티카의 초판 집필진 이름이 적혀 있었다. 벵골어 그라마티카는 너새니얼 할헤드가, 산스크리트어 그라마티카는 윌리엄 존스 경이 썼다. 로빈은 일정한 패턴을 발견했다. 원저자 대부분이 해당 언어의 원어민이 아닌 백인 영국 남성이었다.

“동양어 연구는 최근에야 본격적으로 이루어졌어.” 앤서니가 말했다. “그 분야에서는 우리가 한참 동안 프랑스에 뒤처져 있었어. 윌리엄 존스 경이 여기 연구원이었을 때 산스크리트어, 아랍어, 페르시아어를 강좌 목록에 도입하면서 진척을 보기 시작했지. 존스 경은 1771년에 페르시아어 그라마티카 집필을 시작했고, 이후에도 동양어를 진지하게 연구한 사람은 존스 경이 유일했어. 1803년까지는.”

“1803년에 무슨 일이 있었는데요?” 로빈이 물었다.

"그때 리처드 러벌이 교수진에 들어왔지. 극동 언어의 천재 소리를 듣는 분이야. 중국어 그라마티카에 혼자서 두 권을 보탰으니까."

로빈은 경건하게 손을 뻗어 중국어 그라마티카의 첫 권을 끌어당겼다. 각 페이지를 꽉꽉 채운 잉크의 무게 때문인지 몹시도 묵직하게 느껴졌다. 그는 러벌 교수의 촘촘하고 단정한 필체를 알아봤다. 책이 다룬 연구 범위는 놀랄 만큼 넓었다. 그는 외국인인 러벌 교수가 자기보다 모국어에 대해 많이 안다는 묘하게 불편한 깨달음에 휩싸여 책을 내려놓았다.

"이 책들은 왜 진열장 안에 있는 거죠?" 빅투아르가 물었다. "꺼내기 어렵잖아요."

"옥스퍼드에 있는 유일한 판본들이라서 그래. 케임브리지, 에든버러, 그리고 런던의 외무부에 백업본이 있고, 새로운 연구 결과를 반영해서 매년 개정되긴 해. 하지만 현존하는 모든 언어에 대한 지식이 이렇게 포괄적이고 권위 있게 집대성되어 있는 곳은 여기가 유일해. 보면 알겠지만 새로운 내용은 손글씨로 추가돼. 추가 사항이 생길 때마다 다시 인쇄하면 비용이 너무 많이 들고, 게다가 우리 인쇄기는 이렇게 다양한 외국 문자를 처리하지 못하거든."

"그럼 바벨에 불이 나면 1년분 연구를 몽땅 날리는 거네요?" 라미가 물었다.

"1년? 수십 년이겠지. 하지만 그럴 일은 절대 없어." 앤서니가 탁자를 탁탁 두드렸다. 로빈은 탁자에 얇은 은막대가 수십 개

박혀 있는 것을 발견했다. "그라마티카는 빅토리아 공주보다 더 철저하게 보호받고 있어. 이 책들은 화재나 홍수에도 끄떡없고, 번역원 명부에 없는 사람이 가져갈 수도 없어. 누가 한 권이라도 훔치거나 훼손하러 하면 보이지 않는 막강한 힘에 치여서 경찰이 도착할 때까지 모든 의식과 의지를 잃고 말아."

"은막대가 그렇게 할 수 있다고요?" 로빈이 놀라 물었다.

"음, 대충 그래. 나도 짐작만 할 뿐이야. 플레이페어 교수가 방호 결계를 담당하는데, 워낙 기밀을 좋아하는 사람이라서 말이야. 하지만 맞아. 이 탑의 보안 수준은 상상 이상이야. 겉보기엔 평범한 옥스퍼드 건물 같아도, 누구든 침입을 시도했다간 길에서 피 흘리며 죽게 돼. 내가 직접 본 적도 있어."

"연구소 보안치고 살벌하네요." 로빈은 갑자기 진땀이 나서 손바닥을 가운에 문질렀다.

"당연하지. 이 탑 안에 영국중앙은행 금고보다 더 많은 은이 있거든."

"정말요?" 레티가 물었다.

"그럼. 바벨은 이 나라에서 가장 부유한 곳 중 하나야. 왜 그런지 알고 싶어?"

그들은 고개를 끄덕였다. 앤서니가 손가락을 튕기며 따라오라고 손짓했다. 그들은 계단을 올라갔다.

바벨에서 8층은 문과 벽으로 가려진 유일한 층이었다. 다른 일곱 층은 계단을 둘러싼 방벽 없이 개방형 구조였지만, 8층으로 올라가는 계단은 벽돌벽 복도로 이어졌고, 복도는 다시 육중한 나무문으로 이어졌다.

"방화벽." 앤서니가 설명했다. "사고에 대비해서. 여기서 폭발이 일어나도 건물의 나머지를 차단해 그라마티카가 불타지 않게 막는 거지." 그러고는 문을 몸으로 밀었다.

8층은 학술 도서관보다는 작업장에 가까웠다. 작업대마다 연구생들이 정비사처럼 몸을 숙이고 둘러서 있었다. 그들은 다양한 인각印刻 도구를 들고 다양한 모양과 크기의 은막대에 작업 중이었다. 윙윙대고 웅웅대며 뚫고 깎는 소리가 공기를 가득 채웠다. 무언가가 창문 근처에서 터지며 비처럼 불꽃을 뿌렸고, 곧이어 욕설들이 터져 나왔다. 하지만 그쪽으로 눈을 드는 사람은 한 명도 없었다.

작업대 앞에서 반백의 통통한 백인 남자가 그들을 기다리고 있었다. 웃음 주름이 잡힌 넓적한 얼굴에 반짝이는 눈. 남자는 마흔에서 예순 살 사이의 나이로 보였다. 그의 검은 교수 가운은 은가루로 덮여 있어서 그가 움직일 때마다 어른어른 빛났다. 그의 검고 짙은 눈썹은 기막히게 풍부한 표정을 만들었고, 심지어 그가 말할 때마다 열정에 못 이겨 얼굴에서 튀어 오를 기세였다.

"좋은 아침." 남자가 말했다. "나는 학부장 제롬 플레이페어 교수일세. 프랑스어, 이탈리아어와 놀지만 첫사랑은 독일어지. 고맙네, 앤서니. 자네는 이제 가도 좋아. 자네와 우드하우스 말이야, 자메이카 여행 준비는 다 됐나?"

"아직요." 앤서니가 말했다. "자메이카 크레올어 독본을 아직도 못 찾았어요. 제 생각엔 이번에도 기디언이 서명 없이 대출한 것 같아요."

"그래, 가보게."

앤서니는 교수에게 목례하고, 로빈 일행에겐 모자를 잡는 흉내로 인사를 대신한 다음, 아까 들어온 문을 통해 물러갔다.

플레이페어 교수가 넷을 향해 활짝 웃었다. "바벨을 둘러본 소감이 어떤가?"

잠시 아무도 말이 없었다. 레티, 라미, 빅투아르 모두 로빈 못지않게 얼떨떨한 기색이었다. 그들은 한꺼번에 엄청난 양의 정보에 노출되었다. 그 여파로 로빈은 공중에 붕 뜬 기분이었다.

플레이페어 교수가 껄껄 웃었다. "알아. 이곳에 온 첫날 나도 같은 인상을 받았지. 뭐랄까, 숨겨진 세계에 입문한 기분이었어, 그렇지 않나? 요정의 궁정에서 음식을 맛본 느낌. 이 탑 안에서 일어나는 일을 알게 되면, 속세는 지루하기 짝이 없어질 걸세."

"경이로워요." 레티가 말했다. "믿어지지 않아요."

플레이페어 교수가 그녀에게 눈을 찡긋했다. "여기는 지구상에서 가장 멋진 곳이야." 그러고는 목청을 가다듬었다. "자, 이야기를 하나 들려줄까? 내가 드라마틱하게 구는 걸 양해 바라네. 이 순간을 기념하고 싶어서 그래. 오늘은 자네들이 세상 최고의 연구소에 첫발을 디딘 날이니까. 어때, 괜찮지?"

교수에게 그들의 허락 따윈 필요하진 않겠지만 그들은 어쨌든 고개를 끄덕였다.

"고맙네. 자, 헤로도토스가 우리에게 전하는 이야기일세." 교수는 무대 위의 배우처럼 그들 앞을 몇 걸음 서성였다. "그가 이집트 왕 프삼메티쿠스에 대해 전하기를, 왕은 자신을 배신한 열한 명의 왕을 물리치기 위해 이오니아의 해적들과 동맹을 맺었고, 적들을 타도한 후 이오니아 동맹에게 넓은 땅을 하사했어. 하지만 왕은 확실한 보장을 원했지. 이오니아는 이전 동맹들처럼 뒤통수를 치지 않을 거라는 보장 말이야. 무엇보다 왕은 오해로 인한 전쟁을 막고 싶었어. 그래서 왕은 이집트의 어린 소년들을 이오니아로 보내 그리스어를 배우게 했지. 소년들이 자라면 두 민족 사이에서 통역 역할을 할 수 있게 말이야."

"이곳 바벨에서 우리는 프삼메티쿠스 왕의 취지를 잇고 있어." 교수는 학생들을 둘러봤다. 그의 반짝이는 눈길이 그들 각각에게 차례로 머물렀다. "태곳적부터 번역은 평화를 매개했어. 번역은 소통을 가능하게 하고, 소통은 이민족 간의 외교, 통상, 협력을 가능하게 해서, 만인에게 부와 번영을 가져오지."

"지금쯤 눈치챘겠지만, 옥스퍼드의 학부 중에서 유럽 출신이 아닌 학생들을 받는 곳은 바벨이 유일해. 이 나라 어디서도 힌두교도, 무슬림, 아프리카인, 중국인이 한 지붕 아래서 공부하는 모습을 볼 수 없을걸? 우리는 자네들을 외국 출신인데도가 아니라 외국 출신이기 때문에 받아들인 거야." 교수는 마지막 문장을, 마치 그것이 엄청난 긍지의 원천인 양, 특히 강조했다. "자네들은 출신 덕분에 영국에서 태어난 사람들은 흉내도 낼 수 없는 언어 재능을 보유하게 됐어. 프삼메티쿠스 왕의 소년들처럼 자네들도 세계 화합의 비전을 말로 실현할 혀가 될 거야."

그러고는 기도하듯 두 손을 모았다. "아무튼 그래. 대학원생들은 이 연례 장광설을 두고 나를 놀린다네. 고리타분하다는 거겠지. 하지만 난 이 순간 이 정도의 엄숙함은 필요하다고 보네. 결국 우리는 미지의 것을 알리고, 낯선 것을 익숙하게 만들기 위해 여기 모인 게 아니겠나? 우리는 언어로 마법을 부리기 위해 이곳에 있는 걸세."

로빈은 교수의 말이 자신의 외국 태생에 대해 지금껏 들었던 말 중 가장 친절한 말이라는 생각이 들었다. 비록 교수의 이야기에 속이 메스껍긴 했지만(로빈도 헤로도토스의 책을 읽었고 해당 대목을 기억하고 있었다. 그가 기억하기로 그 이집트 소년들은 결국 노예였다), 그럼에도 그는 짜릿한 설렘을 느꼈다. 자신의 비소속이 영원히 주변인으로 머물게 할 비운이 아니라, 오히려 특별하게 만들어줄 행운일지 모른다는 생각에 가슴이 뛰었다.

다음으로, 플레이페어 교수는 시범을 위해 그들을 빈 작업대로 모았다. "보통 사람들은 실버워킹을 마법과 같은 것으로 생각하지." 교수는 말하면서 소매를 팔꿈치까지 걷어 올렸다. 그러고는 소음을 뚫고 말을 전달하기 위해 고래고래 말했다. "그들은 은막대의 힘이 은 자체에 있다고 생각해. 원래 은이 세상을 바꾸는 힘을 함유한 마법적인 물질인 줄 아는 거지."

교수는 열쇠로 왼쪽 서랍을 열고, 아무것도 새기지 않은 빈 은막대를 하나 꺼냈다. "아주 틀린 말도 아니야. 실제로 은에는 특별한 성질이 있거든. 은은 우리가 하는 일에 이상적인 매체야.

난 은이 신들의 축복을 받은 물질이라고 생각하네. 은은 수은mercury으로 정제되는데, 머큐리는 전령의 신이고, 머큐리의 그리스 이름은 헤르메스야. 이렇게 따지면 은이 해석학hermeneutics과 불가분의 관계라고 볼 수 있지 않을까? 자자, 너무 심한 낭만은 피하세. 사실 은막대의 힘은 단어에 있어. 보다 구체적으로 말하자면 말로 표현되지 못한 것, 말이 이 언어에서 저 언어로 옮겨질 때 유실되는 것에서 힘이 나와. 은이 그 유실된 것을 포착해서 발현시키는 거야."

교수는 눈을 들어 넋 나간 얼굴들을 마주했다. "묻고 싶은 게 많겠지. 걱정 말게. 3학년 말이나 되어야 은을 직접 다루기 시작할 테니까. 그때까지 관련 이론을 따라잡을 시간은 충분해. 지금 자네들에게 중요한 것은 여기서 우리가 하는 일의 중요성을 이해하는 걸세." 그러고는 인각용 펜을 집어 들었다. "우리가 하는 일이란, 당연히 주문을 거는 일이야."

교수는 막대 한 끝에 단어 하나를 새기기 시작했다. "간단한 시범을 보여주지. 효과는 미미하겠지만, 한번 느껴봐."

그는 단어를 마저 새긴 다음, 막대를 들어서 보여주었다. "하임리히heimlich. 독일어로 '은밀하고 내밀한'이라는 뜻이지. 하지만 하임리히에는 비밀 이상의 뜻이 들어 있어. 하임리히는 '집'을 의미하는 게르만 조어祖語에서 유래했어. 이 의미들을 합하면 뭐가 얻어질까? 바깥세상에서 벗어나 자신이 속한 곳에 은거할 때의 비밀스럽고 사적인 느낌?"

교수는 이 말을 하며 막대 반대편에 '은밀한'을 새겼다. 그가 인각을 끝내는 순간, 은막대가 진동하기 시작했다.

"*하임리히.*" 교수가 말했다. "은밀한."

또다시 로빈의 귀에 출처 없는 노랫소리가, 어딘지 모를 곳에서 인간의 것이 아닌 소리가 들렸다.

세상이 달라졌다. 어떤 것이 그들을 둘러쌌다. 어떤 무형의 방벽이 일어나 주위의 공기를 흐릿하게 만들고 주위의 소음을 삼켜서, 연구생들로 붐비는 층에 오직 그들만 존재하는 것처럼 느끼게 했다. 그들은 이곳에서 안전했다. 그들은 홀로였다. 이곳은 그들의 탑이자 피난처였다.[*]

낯선 마법은 아니었다. 그들 모두 실버워크의 효력을 접한 적이 있었다. 영국에서는 이를 피하기가 더 힘들었다. 하지만 은막대의 작용, 즉 실버워크가 고기능 선진사회의 기반임을 그저 아는 것과, 실버워크가 일으키는 현실 왜곡을 직접 목격하는 것은 완전히 별개의 일이었다. 은이 형언 불가의 것을 포착해서 현실이 허락하지 않는 일을 실제로 일으키는 광경을 보는 것은 전혀 다른 얘기였다.

빅투아르는 손으로 입을 막았고, 레티는 숨을 헐떡였다. 라미는 눈물을 참는 사람처럼 눈을 매우 빠르게 깜박였다.

로빈은 여전히 진동하는 막대를 보며 깨달았다. 모든 것이 그만한 가치가 있었음을 이제야 깨달았다. 외로움, 구타, 길고 고된 수업, 쓴 약처럼 삼켜야 했던 언어들. 그 모든 것이 언젠가

---

[*] 독일어 단어 운하임리히(unheimlich)와 비교해보자. '운하임리히'는 '기분 나쁜'이란 뜻인데, 특히 익숙한 대상에게서 느끼는 섬뜩한 기분과 관계있다.

'이것'을 하기 위해서였다. 전부 그만한 가치가 있었다.

"마지막 한 가지." 플레이페어 교수는 그들을 이끌고 계단을 내려갔다. "자네들의 혈액을 채취해야 해."

"네?" 레티가 물었다.

"자네들의 피. 오래 걸리지 않아." 플레이페어 교수는 로비를 지나 그들을 서가 뒤에 숨겨진 작은 방으로 데려갔다. 방은 창도 없이 비어 있었다. 탁자 하나와 의자 네 개뿐이었다. 교수는 그들에게 앉으라고 손짓한 뒤 성큼성큼 뒷벽으로 걸어갔다. 돌벽 안에 서랍들이 줄지어 숨어 있었다. 교수는 맨 위 서랍을 잡아당겼다. 서랍 안에는 작은 유리 약병들이 차곡차곡 쌓여 있었고, 각각의 약병에 혈액의 주인인 연구생의 이름이 붙어 있었다.

"방호 결계를 위한 거야." 교수가 설명했다. "바벨에 꼬이는 강도들이 런던의 은행들을 다 합친 것보다도 많거든. 문들이 웬만한 부랑배는 막아주지만, 연구생과 침입자를 구별할 방법이 필요해. 머리카락과 손톱으로 시도해봤는데, 그건 워낙 훔치기 쉬워서 말이야."

"피도 훔칠 수 있어요." 라미가 말했다.

"그건 그래. 하지만 피를 빼앗으려면 훨씬 더 작정하고 덤벼야 하니까, 안 그래?"

교수는 맨 아래 서랍에서 주사기를 한 움큼 꺼냈다. "다들 소매를 걷어."

그들은 마지못해 가운 소매를 걷어 올렸다.

"간호사가 필요한 일 아닌가요?" 빅투아르가 물었다.

"걱정 말게." 교수가 바늘을 탁탁 쳤다. "난 채혈에 선수니까. 혈관을 찾는 데 오래 안 걸려. 누가 먼저 하겠나?"

로빈이 자원했다. 남들을 지켜보며 차례를 기다리는 고통을 겪고 싶지 않았다. 다음은 라미, 다음은 빅투아르, 마지막으로 레티가 했다. 전체 과정은 15분도 걸리지 않았다. 피 좀 뺐다고 탈이 난 사람은 없었다. 다만 레티는 팔에서 바늘이 빠질 때쯤 보기에도 섬뜩할 만큼 핼쑥해져 있었다.

"점심 든든히 먹게나." 교수가 레티에게 말했다. "블러드 푸딩이 있으면 먹어. 맛있으니까."

서랍에 유리 약병 네 개가 새로 추가되었고, 각각의 병에 단정하고 작은 필체로 이름표가 붙었다.

"이제 자네들은 탑의 일부야." 교수가 서랍을 잠그며 말했다. "이제 탑이 자네들을 알아보는 거지."

라미가 인상을 썼다. "좀 오싹하지 않아요?"

"전혀 그렇지 않아. 자네들이 있는 이곳은 마법이 만들어지는 곳이야. 겉모습은 이 시대 다른 대학들과 다를 바 없지만, 본질적으로 바벨은 옛 연금술사의 은둔처와 크게 다르지 않아. 다만 연금술사들과 달리 우리는 실제로 물질을 바꾸는 열쇠를 알아냈지. 그 열쇠는 물질 자체에 있지 않아. 이름에 있어."

바벨은 래드클리프 도서관의 사각 안뜰에 있는 학생식당을 다른 몇몇 인문학부와 공유했다. 그곳 음식이 맛있다는 소문이 있었지만 내일 개강 때까지 문을 닫은 상태였다. 그들은 대신 유니브로 발길을 돌렸고, 점심 배식이 끝나기 직전에 겨우 도착했다. 따뜻한 음식은 모두 동났지만, 애프터눈 티와 곁들여 먹을 것은 저녁 식사 때까지 제공되고 있었다. 그들은 쟁반에 찻잔, 찻주전자, 설탕 단지, 우유병, 스콘을 담아 들고 홀을 즐비하게 채운 긴 나무 테이블 사이를 지나 구석의 빈자리에 앉았다.

"그러니까 광둥에서 왔다는 거지?" 레티가 물었다. 로빈이 처음부터 느꼈지만 그녀는 매우 직선적이었다. 그녀는 모든 질문을, 심지어 호의적인 질문조차, 심문하듯이 했다.

로빈이 스콘을 막 베어 물었을 때였다. 스콘이 퍽퍽하고 딱딱해서 대답하기 전에 차부터 한 모금 마셔야 했다. 그러자 그가 대답할 새도 없이 레티가 라미에게 눈길을 돌렸다. "그리고 넌─마드라스? 봄베이?"

"캘커타." 라미가 착하게 대답했다.

"우리 아버지가 캘커타에 주둔하신 적이 있어. 1825년부터 1828년까지. 너, 우리 아버지를 봤을 수도 있겠다."

"이런 인연이." 라미가 스콘에 잼을 듬뿍 바르며 말했다. "내 누이들에게 한 번쯤 총을 겨누셨을 수도 있겠다."

로빈은 픔 웃었지만, 레티는 아연실색했다. "난 그냥 전에도 힌두교도를 만난 적이 있다는 뜻이었어."

"나, 무슬림이야."

"그래, 난 그냥─"

"난 말이지," 라미가 이번에는 스콘에 버터를 힘차게 바르며

147

말했다. "모두가 인도를 힌두교와 동일시하는 게 정말이지 짜증나. 무슬림 통치는 탈선이자 침략이고, 무굴제국은 불법 침입자고, 진짜 전통은 산스크리트어와 우파니샤드뿐이라는 태도 말이야." 그러고는 스콘을 입으로 가져가며 덧붙였다. "아참, 넌 이 단어들이 무슨 뜻인지도 모르겠구나, 그치?"

둘은 출발이 좋지 않았다. 라미의 유머가 초면에 항상 통하는 건 아니었다. 라미의 능청스러운 독설을 사뿐히 넘길 줄 알아야 하는데, 레티샤 프라이스는 다른 재능은 몰라도 그런 점은 많이 약한 듯했다.

"바벨 말이야," 라미가 더 말하기 전에 로빈이 끼어들었다. "건물 멋지더라."

레티가 놀란 표정을 지어 보였다. "그러게."

라미가 눈알을 굴리다가 컥컥대며 스콘을 내려놓았다.

그들은 말없이 차만 마셨다. 빅투아르는 초조하게 숟가락으로 잔을 소리 나게 저었다. 로빈은 창밖만 내다봤다. 라미는 손가락으로 탁자를 두드리다가 레티가 노려보자 멈췄다.

"여기 첫인상 어땠어?" 빅투아르가 용감히 대화 재개에 나섰다. "옥스퍼드셔 말이야. 지금까지 우리가 본 건 이곳의 극히 일부인 것 같아. 여긴 엄청 넓지 않니? 런던이나 파리 같진 않지만, 구석구석 숨은 명소들이 정말 많지 않아?"

"믿기 힘들 정도야." 로빈이 다소 과하게 열정적으로 대답했다. "건물 하나하나가 다 비현실적이야. 우린 여기 와서 사흘 동안 구경만 다녔어. 관광 명소들을 다 봤어. 옥스퍼드 박물관, 크라이스트처치 정원—"

빅투아르가 눈썹을 치켜올렸다. "너흰 가는 곳마다 무사히 들어갈 수 있었어?"

"다는 아니야." 라미가 찻잔을 내려놓았다. "버디, 기억나지? 애시몰리언 박물관."

"맞아." 로빈이 말했다. "거긴 우리가 뭘 훔치러 온 줄 알더라. 들어가고 나갈 때 주머니를 뒤집어보라고 했어. 우리가 앨프레드 대왕의 보석이라도 훔쳤다고 생각한 건지 뭔지."

"우린 아예 들어가지도 못했어." 빅투아르가 말했다. "보호자 없는 여성은 입장할 수 없대."

라미가 콧김을 뿜었다. "왜?"

"아마 우리의 연약한 신경 과민성 기질 때문이겠지." 레티가 말했다. "우리가 그림 앞에서 기절하면 큰일이잖아?"

"어머, 색상들이 너무 자극적이야." 빅투아르가 호들갑스럽게 말했다.

"전쟁터와 나체들." 레티가 손등을 이마에 얹으며 장단을 맞췄다. "내 신경엔 도저히 무리야."

"그래서 어떻게 했어?" 라미가 물었다.

"다른 안내원이 근무할 때 다시 가서 이번엔 남자인 척했지." 빅투아르가 굵은 목소리를 냈다. "실례합니다. 저희는 사촌을 만나러 온 촌놈들인데요. 사촌이 수업 중일 때는 영 할 일이 없어서요."

로빈은 웃음을 터뜨렸다. "설마."

"정말이야." 빅투아르가 우겼다.

"안 믿어."

"정말이라니까." 빅투아르가 웃음을 터뜨렸다. 로빈은 그녀가 사슴처럼 커다랗고 예쁜 눈을 가졌다는 것을 알아차렸다. 그녀의 말을 듣는 것도 좋았다. 그녀는 문장 하나하나로 웃음을 끌어내는 것 같았다. "우리를 열두 살로 본 것 같긴 한데, 어쨌든 작전이 기막히게 먹혔어."

"그랬는데 얘가 흥분하는 바람에." 레티가 끼어들었다.

"맞아. 먹혔나 싶었는데. 안내원을 막 지나쳤을 때—"

"그때 얘가 좋아하는 렘브란트 그림을 발견하고 비명을 꺅 지른 거야." 레티가 키득거렸다. 빅투아르가 레티의 어깨를 밀쳤지만, 그녀 역시 웃고 있었다.

"저기요, 아가씨." 빅투아르가 턱을 내리고 못마땅한 안내원 흉내를 냈다. "여기 계시면 안 됩니다. 길을 잘못 드신 모양인데—"

"결국 신경이 문제였어."

그것으로 충분했다. 얼음이 녹았다. 어느새 그들 모두 웃고 있었다. 농담에 비해 좀 과하게 웃은 감이 있지만, 중요한 것은 어쨌든 모두가 웃고 있다는 것이었다.

"들킨 적은 또 없었어?" 라미가 물었다.

"없었어. 그냥 다들 우리를 유난히 왜소한 신입생으로 생각하더라." 레티가 말했다. "어떤 사람이 빅투아르한테 가운을 벗으라고 고함친 적은 한 번 있지만."

"그 남자가 내 가운을 벗기려고 했어." 빅투아르의 눈길이 무룻으로 떨어졌다. "레티가 남자를 우산으로 때려서 쫓았지."

"우리도 비슷한 일을 당했어." 라미가 말했다. "어느 날 밤 베일리얼의 주정꾼들이 우리한테 악을 쓰더라구."

"어두운 피부가 자기들 가운을 입는 게 싫은 거야." 빅투아르가 말했다.

"맞아." 라미가 맞장구쳤다. "싫어해."

"황당했겠다." 빅투아르가 말했다. "그래서 별일 없었어?"

로빈은 걱정스러운 눈으로 라미를 힐끔 봤다. 하지만 라미의 눈가에는 여전히 유쾌한 웃음이 가시지 않았다.

"음, 그럼." 라미가 로빈의 어깨에 팔을 걸쳤다. "난 코 몇 대쯤 부러뜨릴 준비가 돼 있었는데, 이 친구가 신중한 선택을 했지. 지옥의 사냥개가 쫓아오는 것처럼 줄행랑을 치더라구. 그래서 나도 따라 뛰는 것밖에 다른 도리가 없었어."

"난 갈등을 좋아하지 않아." 로빈은 얼굴을 붉혔다.

"정말 그렇더라." 라미가 말했다. "넌 할 수 있다면 땅으로도 꺼졌겠더라."

"넌 남지 그랬어." 로빈도 비꼬았다. "혼자서 다 물리칠 수 있었잖아?"

"뭐? 너를 무서운 어둠 속에 혼자 두고?" 라미가 벌쭉 웃었다. "어쨌든 넌 진짜 황당했어. 방광이 터질 지경인데 화장실을 못 찾은 사람처럼 질주하더라니까."

넷 사이에 다시 웃음이 터졌다.

그들에게 말 못 할 화제는 없었다. 그들은 소속을 거부당하는 형언키 어려운 굴욕들, 지금껏 혼자 간직해온 숨은 불안감을 모두 나누었고, 자신에 관한 모든 것을 털어놓았다. 마침내 그들은 자신의 경험이 그리 유별나지도, 불가해하지도 않은 진정한 동류 집단을 찾았다.

다음으로 그들은 옥스퍼드에 오기 전에 받은 교육에 대해 말했다. 사연을 들어보니 바벨은 떡잎부터 남다른 아이들을 선발하는 듯했다. 잉글랜드 남부 브라이턴 태생인 레티는 말을 시작할 때부터 비범한 기억력으로 가족과 친지들을 놀라게 했고, 그중 옥스퍼드 교수들과 친분이 있던 한 지인이 그녀에게 가정교사들을 붙여서 대학 입학 연령이 될 때까지 프랑스어, 독일어, 라틴어, 그리스어에 매진하게 했다.

"하지만 못 올 뻔했어." 레티가 눈을 깜박이며 속눈썹을 날아갈 듯 파르르 떨었다. "아버지가 여자 교육엔 돈을 쓰지 않겠다고 해서, 장학금 덕분에 올 수 있었어. 마차 삯을 마련하느라 팔찌도 한 세트 팔았어."

빅투아르는 로빈과 라미처럼 후견인과 함께 유럽에 왔다. "정확히는 파리. 그분은 프랑스인이지만 번역원에 지인들이 있었고, 내가 나이가 되면 추천서를 보낼 생각이셨지. 그런데 후견인이 돌아가시면서 한동안 내 영국행이 불투명했어." 그녀의 목소리가 약간 흔들렸다. 그녀는 차를 한 모금 마신 뒤 말을 이었다. "그러다 번역원에 연락이 닿았고, 그분들이 주선해서 나를 데려온 거야." 그녀는 애매하게 마무리했다.

로빈은 이것이 사연의 전부가 아닐 거라고 짐작했지만, 자신도 고통을 얼버무리는 데 능했기 때문에 더는 묻지 않았다.

그들 모두를 묶는 한 가지가 있었다. 바벨이 아니면 그들은 이 나라에서 갈 곳이 없었다. 그들은 상상도 못 한 특권의 수혜자로 뽑혔고, 그 배경에는 명확한 동기를 알 수 없는 부유한 권력층의 후원이 있었다. 또한 그들은 이 특권이 언제라도 사라질 수 있음을 뼈저리게 알고 있었다. 그 위태로움이 그들을 대담하게도, 두렵게도 만들었다. 그들은 왕국의 열쇠를 손에 쥐었고, 그것을 도로 내놓고 싶지 않았다.

차를 다 마실 즈음 그들은 서로와 사랑에 빠져 있었다. 아직 완전한 사랑은 아니었다. 진정한 사랑은 시간과 추억을 요하니까. 하지만 첫인상으로 도달할 수 있는 내에서 사랑에 가장 가까웠다. 빅투아르가 엄벙덤벙 뜬 목도리를 라미가 매고 다니는 날은 아직 오지 않았다. 라미가 차를 얼마나 우리는지 잘 아는 로빈이 그가 아랍어 튜토리얼 때문에 학생식당에 늦게 도착하는 날 그의 입맛에 딱 맞게 미리 차를 준비해놓는 날도 아직 오기 전이었다. 테일러스 빵집에서 레몬 비스킷이 나오는 수요일 아침이면 레티가 봉투 한가득 레몬 비스킷을 안고 수업에 나타난다는 것을 다들 아는 날도 아직은 오지 않았다. 하지만 이날 오후 그들은 자신들이 어떤 친구들이 될지 분명히 알았고, 그 미래를 사랑하는 것만으로도 충분했다.

훗날, 모든 것이 틀어지고 세상이 조각났을 때, 로빈은 이날 이 자리의 시간을 떠올리며 생각했다. 왜 우리는 그리 급하게, 그리 경솔하게 서로를 믿었을까? 왜 우리는 서로를 해칠 수 있는 그 무수한 가능성들을 보려 하지 않았을까? 왜 우리는 출신과 성장 배경의 차이를 경계하지 않았을까? 그건 우리가 같은 편이 아니며, 같은 편이 될 수도 없다는 뜻이었는데도.

하지만 답은 분명했다. 그들 넷은 낯선 세상에서 허우적대고 있었고, 서로에게서 구명보트를 보았고, 그때는 서로에게 매달리는 것이 물에 떠 있을 유일한 방법이었다.

여학생은 칼리지에 사는 것이 허용되지 않았다. 이것이 수업 첫날까지 두 소녀가 로빈, 라미와 마주칠 기회가 없었던 이유였다. 대신 빅투아르와 레티는 3.2킬로미터 떨어진 옥스퍼드 통학학교의 직원용 별관에 하숙했다. 이것이 바벨 여학생들의 거처를 해결하는 흔한 방식인 듯했다. 로빈과 라미는 그녀들을 하숙집까지 바래다주었다. 그게 신사다운 행동 같았다. 하지만 로빈은 이게 매일 저녁의 일과가 되지 않기를 바랐다. 그곳은 도로에서 꽤 떨어진 데다 늦은 시간에는 승합마차가 다니지 않았다.

"너희를 더 가까운 곳에 배정할 순 없었대?" 라미가 물었다.

빅투아르가 고개를 끄덕였다. "칼리지마다 우리가 근처에 있으면 신사들이 타락할 위험이 높다고 했대."

"불공평하잖아." 라미가 말했다.

레티가 익살맞은 표정을 지었다. "이제 알았어?"

"그래도 여긴 그리 나쁘지 않아." 빅투아르가 말했다. "이 거리에 재미있는 펍이 많거든. 포 호스맨, 트위스티드 루트, 그리고 체스를 둘 수 있는 룩스 앤드 폰스라는 데도 있어."

"잠깐," 로빈이 끼어들었다. "지금 트위스티드 루트라고 했어?"

"저기 다리 근처 해로 레인에 있어." 빅투아르가 답했다. "하지만 넌 좋아하지 않을 거야. 우리도 한 번 들여다보고 바로 나왔어. 안이 진짜 더럽거든. 유리컵을 닦어보면 기름때랑 먼지가 6밀리미터쯤 끼어 있을걸."

"그럼 학생들이 많이 가는 데는 아니겠네?"

"아니지. 옥스퍼드 남학생들은 죽어도 안 갈걸. 거긴 가운이 아니라 타운을 위한 펍이야."

그때 레티가 앞에 보이는 소 떼를 가리켰고, 로빈은 대화를 그리로 흘려보냈다. 소녀들을 집까지 안전하게 바래다준 후 그는 라미에게 혼자 돌아가라고 했다.

"러벌 교수님을 뵈러 가는 걸 깜빡했어." 제리코는 유니브보다 이곳에서 더 가깝고 가기 편했다. "한참 걸어야 해서 너를 거기까지 끌고 가고 싶진 않아."

"그 저녁 약속은 다음 주말 아니었어?" 라미가 물었다.

"그렇긴 한데, 더 일찍 가기로 한 게 방금 생각났어." 로빈은 목을 가다듬었다. 라미 앞에서 거짓말을 하자니 마음이 너무 불편했다. "파이퍼 부인이 나 주려고 케이크를 만들었대."

"잘됐다!" 놀랍게도 라미는 전혀 의심하지 않았다. "오늘 점심은 못 먹어줄 정도였는데. 정말 같이 가줄 친구 필요 없어?"

"괜찮아. 오늘 하루, 너무 피곤했어. 그냥 잠시 조용히 걷는 것도 나쁘지 않을 것 같아."

"그래, 그럼." 라미가 유쾌하게 말했다.

그들은 우드스톡 로드에서 헤어졌다. 라미는 학교를 향해 곧장 남쪽으로 내려갔다. 로빈은 빅투아르가 가리킨 다리를 향해 오른쪽으로 꺾어졌다. 무엇을 찾아야 할지는 분명치 않았다. 귀엣말로 얼핏 들은 기억이 전부였다.

찾던 답이 그를 찾았다. 해로 레인 중간쯤 갔을 때 등 뒤에서 다른 사람의 발소리가 들렸다. 어깨 너머를 힐끔 보니 그를 따라 좁은 길을 올라오는 어두운 형체가 보였다.

"왜 이리 오래 걸렸어?" 그의 도플갱어가 말했다. "종일 여기 숨어 있었잖아."

"당신 뭐야? 정체가 뭐야? 왜 내 얼굴을 하고 있는 거야?"

"여기 말고. 펍이 바로 저기야. 들어가자—"

"대답부터 해." 때늦은 위기감이 밀려들었다. 로빈은 입이 바싹 말랐고, 심장이 미친 듯이 뛰었다. "너, 누구야?"

"넌 로빈 스위프트야." 남자가 말했다. "아버지 없이 자랐지만, 대신 수상한 영국인 보모와 끝도 없이 도착하는 영어 책들과 함께 자랐지. 그러다 러벌 교수가 너를 영국으로 데려가기 위해 나타났고, 넌 그렇게 고국과 영원히 작별을 고했어. 넌 교수를 네 친아버지라고 의심하지만, 교수는 네가 아들이라고 인정하지 않았어. 앞으로도 인정할 리 없다는 건 너도 잘 알지. 어때, 맞아?"

로빈은 말문이 막혔다. 입이 떡 벌어졌다. 턱이 무의미하게 움직일 뿐이었다. 그는 할 말을 잃었다.

"따라와." 도플갱어가 말했다. "한잔해."

2부

5

"난 어려운 말 따윈 관심 없어." 멍크스가 야유하듯 웃으며 말을 잘랐다.

"넌 사실을 알았고, 난 그걸로 충분해."

— 찰스 디킨스, 『올리버 트위스트』

그들은 트위스티드 루트에 들어가 구석 자리 테이블에 앉았다. 로빈의 도플갱어가 라이트 골든 에일맥주 두 잔을 주문했다. 로빈은 벌컥벌컥 들이켰다. 세 모금 만에 잔의 반이 비었다. 그제야 심장이 좀 가라앉았지만, 혼란스러운 머리는 그대로였다.

"내 이름은," 도플갱어가 말했다. "그리핀 러벌이야."

자세히 보니 남자는 로빈과 똑같지 않았다. 로빈보다 몇 살 위였고, 얼굴에는 로빈의 얼굴이 아직 습득하지 못한 단단한 성숙함이 있었다. 목소리도 더 굵고, 더 단호하고, 더 적극적이었다. 키는 몇 센티미터 더 컸지만 몸은 훨씬 말랐다. 사실상 그는 날카로운 모서리와 각도로만 이루어진 사람 같았다. 그의 머리칼은 더 검었고, 피부는 더 창백했다. 명암 대비는 증강되고 색은 모두 빠진 판화 버전의 로빈 같았다.

이 애는 지난번 애보다 더 자네를 빼닮았군.

"러벌? 그럼 당신은?"

"그가 인정할 리는 없어." 그리핀이 말했다. "너한테도 마찬가지 아냐? 교수에게 아내와 자녀가 있는 건 알아?"

로빈은 숨이 막혔다. "뭐?"

"사실이야. 딸 하나, 아들 하나. 일곱 살, 세 살. 귀여운 필리파와 꼬마 딕. 부인 이름은 요하나. 교수는 가족을 요크셔의 멋진 저택에 감춰두고 있지. 그가 해외 탐험 자금을 조달하는 방법 중 하나이기도 해. 그는 무일푼 출신이지만, 부인이 엄청난 부자거든. 소득이 연 500파운드라고 들었어."

"그럼 부인은—"

"교수 부인이 우리에 대해 아냐고? 천만에. 하지만 알아도 신경 쓰지 않을걸. 평판 걱정만 빼면. 애정 따윈 없는 결혼이야. 남자는 저택을 원했고, 여자는 우쭐댈 거리를 원했을 뿐이지. 교수는 부인을 1년에 두 번 볼까 말까 하고, 대개는 옥스퍼드나 햄프스테드에서 지내. 우리가 교수와 가장 많은 시간을 보내는 자식들이야. 웃긴 일이지." 그리핀이 고개를 까딱했다. "적어도 넌 그래."

"다 꿈같아."

"꿈 깨. 너, 송장 같아. 마셔."

로빈은 기계적으로 잔을 집었다. 몸은 더 이상 떨리지 않았지만 머리가 몹시 멍했다. 술이 도움이 되진 않았지만 적어도 손으로 할 일을 주었다.

"질문하고 싶은 게 엄청 많겠지." 그리핀이 말했다. "대답해줄게. 하지만 인내심이 필요할 거야. 나도 질문이 있거든. 넌 너를 뭐라고 불러?"

"로빈 스위프트." 로빈은 어리둥절했다. "알고 있잖아."

"그게 네가 선호하는 이름이야?"

무슨 말인지 몰라 로빈은 어리둥절했다. "본명이 있긴 한데, 그러니까 중국 이름이 있긴 한데, 아무도… 나도…."

"됐어. 스위프트. 좋은 이름이네. 어떻게 생각해낸 거야?"

"『걸리버 여행기』." 로빈은 솔직하게 말했다. 말해놓고 보니 몹시 유치하게 들렸다. 그리핀 앞에 있으니 자기가 모든 면에서 어린애처럼 느껴졌다. "내가 좋아하는 책 중 하나거든. 러벌 교수님이 아무거나 맘에 드는 걸로 고르라고 했고, 제일 먼저 떠오른 이름이 그거였어."

그리핀이 입을 비죽거렸다. "사람이 좀 말랑해졌네. 나 때는 서류에 서명하기 전에 어느 길모퉁이로 데려가더니 업둥이들은 보통 버려진 곳의 지명으로 이름을 짓는다면서, 거리를 돌아다니다가 너무 우습지 않은 걸로 하나 고르라더라."

"그래서 그렇게 했어?"

"골랐지. 할리. 딱히 특별한 데는 아냐. 그냥 어느 상점 위에 쓰여 있는 걸 봤는데 발음이 마음에 들었어. 말할 때 입 모양, 두 번째 음절의 해방감. 하지만 난 할리가 아니지. 난 러벌이야. 네가 스위프트가 아닌 것처럼."

"그럼 우린—"

"이복형제지. 안녕, 동생. 만나서 반가워."

로빈은 잔을 내려놓았다. "이제 나도 전부 듣고 싶어."

"그렇겠지." 그리핀이 몸을 앞으로 기울였다. 저녁 시간의 트위스티드 루트는 왁자하게 붐볐고, 그 소음에 묻혀 누구의 대화도 자리를 벗어나지 못했다. 그럼에도 그리핀이 속삭이다시피 목소리를 낮추는 통에 로빈은 귀를 잔뜩 기울여야 했다. "요점만 말할게. 난 범법자야. 나와 내 동료들은 정기적으로 바벨에서 은과 필사본과 인각 재료와 도구를 훔쳐내. 훔쳐서 영국 전역을 거쳐 전 세계에 퍼져 있는 우리 동지들에게 전달하지. 어젯밤에 네가 한 짓은 반역이야. 누구라도 알게 되면 넌 최소 20년 동안 뉴게이트 감옥에서 썩게 돼. 물론 그전에 우리를 잡으려고 너를 고문할 거야." 그는 이 말을 어조와 성량의 변화 없이 매우 빠르게 읊조렸다. 말을 마치자 그는 흡족한 표정으로 몸을 도로 세웠다.

로빈은 이 상황에서 유일하게 생각나는 행동을 했다. 그는 에일맥주를 다시 한 모금 들이켠 후 잔을 내려놓았다. 관자놀이가 욱신거렸다. 그가 뱉을 수 있는 유일한 단어는 "왜?"였다.

"간단해." 그리핀이 말했다. "런던 부유층보다 은이 더 절실한 사람들이 있으니까."

"그러니까, 누구?"

그리핀은 곧장 대답하지 않았다. 그는 몇 초간 로빈을 위아래로 훑어보고 얼굴을 살폈다. 찾는 것이 있는 것처럼. 더 닮은 점. 어떤 결정적이고 선천적인 자질. 그러다 물었다. "너희 어머니는 왜 돌아가셨지?"

“콜레라.” 로빈은 머뭇대다가 말했다. “전염병이 돌았어.”

“병명을 묻는 게 아니야. 이유를 묻는 거야.”

이유는 몰라. 로빈은 이렇게 말하고 싶었다. 하지만 이유를 알고 있었다. 처음부터 알고 있었다. 단지 거기에 연연하기를 피했을 뿐이었다. 지금껏 그는 한 번도 이 질문을 이런 형태로 자신에게 던진 적이 없었다.

음, 2주 좀 넘게 있었지. 그때 파이퍼 부인이 말했다. 그때 그들은 중국에 2주 넘게 있었다.

눈이 시큰거렸다. 로빈은 눈을 깜박였다. “우리 어머니에 대해 어떻게 알았어?”

그리핀이 뒤통수에 깍지를 끼고 몸을 젖혔다. “술이나 마저 마시지 그래?”

펍을 나서자 그리핀은 해로 레인을 성큼성큼 내려갔다. 그는 입가로 흘리듯 은밀하게 속사포처럼 질문을 던졌다. “넌 고향이 어디야?”

“광둥.”

“난 마카오에서 태어났어. 광둥에 가봤는지는 기억 안 나. 그럼 교수가 너를 데려온 건 언제야?”

“런던에?”

“멍청아, 그럼 마닐라겠어? 그래, 런던에.”

로빈은 이 이복형이 꽤 재수 없는 인간일 수도 있겠다는 생각이 들었다. “6년 — 아니, 이제 7년 전.”

"대단해." 그리핀이 예고도 없이 왼편의 밴버리 로드로 꺾어졌다. 로빈은 황급히 따라갔다. "교수가 나를 찾아다니지 않은 이유가 있었네. 더 집중할 대상이 생겼던 거야, 안 그래?"

로빈은 돌길에 발이 걸려 앞으로 휘청했다. 그는 몸을 바로잡고 서둘러 그리핀을 따라갔다. 파이퍼 부인의 식탁에서 약한 와인만 마셔봤을 뿐 에일맥주는 생전 처음이었다. 홉 때문에 혀가 얼얼하고, 속이 뒤집어질 것 같았다. 왜 그렇게 많이 마셨을까? 정신이 몽롱해서 생각이 두 배로 느려졌다. 하지만 당연했다. 다분히 의도적이었다. 그리핀은 애초부터 그를 방심한 상태로, 무방비 상태로 만들 작정이었다. 분명했다. 로빈은 그리핀이 사람의 혼을 빼놓는 것을 즐긴다는 생각이 들었다.

"어디로 가는 거야?"

"남쪽. 다음에는 서쪽. 어디든 상관없어. 엿듣는 걸 피하는 최선책은 계속 이동하는 거야." 그리핀이 느닷없이 캔터베리 로드로 방향을 틀었다. "가만히 서 있으면 미행자가 숨어서 대화를 몽땅 엿들을 수 있지만, 이리저리 돌아다니면 그게 쉽지 않지."

"미행?"

"항상 있다고 생각해야 해."

"그럼 빵집에 가도 돼?"

"빵집?"

"친구한테 파이퍼 부인을 만나러 간다고 했단 말이야." 로빈의 머리는 빙빙 돌았지만, 거짓말한 기억은 또렷이 서 있었다. "빈손으로 돌아갈 순 없어."

"좋아." 그리핀은 그를 데리고 윈체스터 로드를 내려갔다. "테일러스 빵집이면 되지? 이 시간까지 여는 데는 거기밖에 없어."

로빈은 몸을 숙이고 가게로 들어가 최대한 평범한 페이스트리로 몇 개 골라서 서둘러 계산했다. 나중에 테일러스 빵집 진열창을 지날 때 라미가 의심을 품을 수도 있으니까. 방에 자루가 하나 있었다. 집에 도착하면 가게 상자를 버리고 빵을 거기에 담을 생각이었다.

그리핀의 피해망상이 그에게도 옮은 듯했다. 그는 표적이 된 기분, 몸에 붉은 물감이 칠해진 기분이었다. 돈을 내면서도 누군가 자기한테 도둑이라 부를 것만 같았다. 잔돈을 받을 때 그는 빵집 주인의 눈을 마주 보지 못했다.

"그건 그렇고," 로빈이 가게에서 나오자 그리핀이 말했다. "너도 우리와 함께 훔쳐볼래?"

"훔쳐?" 그들은 다시 미친 속도로 걷기 시작했다. "바벨에서?"

"당연히 바벨이지. 계속 걸어."

"왜 내가 필요한데?"

"넌 번역원의 일원이고 우리는 아니니까. 네 피가 탑에 있으니까. 그건 우린 문을 열지 못하지만 넌 열 수 있다는 뜻이니까."

"하지만 왜…?" 로빈은 질문이 홍수처럼 떠올라서 혀가 자꾸 꼬였다. "무엇 때문에? 그걸 훔쳐서 뭐 하는데?"

"방금 말했잖아. 우린 그걸 재분배해. 우린 로빈 후드야. 하하. 로빈. 안 웃겨? 좋아. 우린 은막대와 실버워킹 재료를 전 세계로, 그걸 필요로 하는 사람들에게 보내. 부유한 영국인이란 호사를 누리지 못하는 사람들에게. 네 어머니 같은 사람들. 생각해 봐, 바벨은 눈부신 곳이지만 그건 바벨이 매치페어를 지극히 제한된 고객층에게만 팔기 때문이야." 그리핀이 어깨 너머를 힐끔 봤다. 빨래 바구니를 끌고 길 반대편으로 내려가는 세탁부 외에는 아무도 없었지만, 그리핀은 어쨌거나 걸음을 빨리했다. "그래서, 할 거야?"

"난… 모르겠어." 로빈은 눈을 껌벅였다. "결정할 수 없어. 아직 물어볼 게 너무 많아."

그리핀이 어깨를 으쓱했다. "그럼 뭐든 물어봐. 시작해."

"알았어." 로빈은 혼란스러운 생각들을 순서대로 정리하려 애썼다. "정체가 뭐야?"

"그리핀 러벌."

"아니, 형의 단체 말이야."

"헤르메스 협회." 그리핀이 지체 없이 답했다. "그냥 헤르메스라고 불러도 돼."

"헤르메스 협회." 로빈은 그 이름을 입에 넣고 굴려봤다. "왜?"

"일종의 말장난이야. 은과 수은. 수은과 헤르메스. 헤르메스와 해석학. 누가 처음 생각해낸 이름인지는 나도 몰라."

"그럼 비밀결사야? 그 단체에 대해 아무도 몰라?"

"바벨은 알지. 사실 꽤 오래 밀고 당기는 관계였다고 할까? 하지만 바벨이 아는 건 많지 않아. 적어도 알고 싶은 만큼은 몰라. 우린 그림자 속에 숨는 데 아주 능하거든."

그렇게 능하진 않던데. 로빈은 생각했다. 어둠 속의 욕설, 돌

길에 흩어져 있던 은막대가 떠올랐다. 하지만 말하진 않았다. 대신 이렇게 물었다. "거기 몇 명이나 있어?"

"말해줄 수 없어."

"본부도 있어?"

"있지."

"어딘지 말해줄 수 있어?"

그리핀이 웃었다. "절대 안 돼."

"하지만― 회원들이 더 있을 거 아냐?" 로빈은 고집을 부렸다. "나를 소개할 순 있잖아."

"할 수도 없고, 하지도 않을 거야. 우린 방금 만났어, 동생. 우리가 헤어지자마자 네가 플레이페어 교수에게 달려가지 말라는 법 있어?"

"그렇지만 어떻게―" 로빈은 답답해서 두 팔을 허공에 던졌다. "아무것도 안 주면서 나한테는 모든 걸 내놓으라는 거야?"

"맞아, 동생. 그게 바로 유능한 비밀결사들이 일하는 방식이야. 난 네가 어떤 인간인지 몰라. 더 말해주는 건 바보짓이지."

"하지만 이게 나한테 얼마나 곤란한 상황인지 몰라?" 로빈은 그리핀이 자신의 합리적인 우려들을 무시한다고 생각했다. "나 역시 형에 대해 아는 게 없어. 형이 거짓말을 하는 건지, 나를 함정에 빠뜨리려는 건지―"

"만약 그렇다면 넌 이미 퇴학당했겠지. 그러니까 그건 아니야. 우리가 무슨 거짓말을 한다고 생각하는데?"

"은을 남들을 돕는 데 쓴다고 어떻게 믿지? 헤르메스 협회

는 대사기극이고, 실은 훔친 것을 되팔아 떼돈을 벌고 있을 수
도—"

"네 눈엔 내가 부자처럼 보여?"

로빈은 그리핀의 영양실조에 가깝게 비적 마른 몸, 낡아빠진
외투, 텁수룩한 머리를 봤다. 전혀 아니었다. 그건 인정해야 했
다. 헤르메스 협회가 사적 영리를 위한 사기극처럼 보이지는 않
았다. 그리핀이 훔친 은을 다른 비밀스러운 목적에 쓰고 있을
수는 있지만, 그게 개인적 착복일 것 같지는 않았다.

"한 번에 받아들이기 어려운 거 알아. 하지만 넌 나를 그냥 믿
어야 해. 다른 방법은 없어."

"나도 믿고 싶어. 난 그냥… 너무 벅차서 그래." 로빈은 고개를
내저었다. "난 여기 막 도착했고, 바벨도 이제 처음 봤고, 형의 존
재도 몰랐고, 이곳에 대해 아는 게 없고, 이게 다 무슨 일인지 감
도 오지 않고—"

"그럼 왜 그랬어?"

"내가 뭐?"

"어젯밤." 그리핀이 그를 곁눈으로 봤다. "우리를 도왔잖아.
아무 의심 없이. 넌 심지어 망설이지도 않았어. 왜지?"

"모르겠어."

사실 로빈도 스스로에게 이 질문을 수없이 던졌다. 내가 왜 그
막대를 활성화했을까? 단순히 상황적인 이유만은 아니었다. 한
밤의 달빛이 너무 몽환적이어서 규칙과 결과가 안중에서 사라
졌기 때문은 아니었다. 도플갱어를 본 충격이 현실 자체를 의심

하게 했기 때문도 아니었다. 그때 그는 어떤 설명할 수 없는 깊은 충동을 느꼈다. "왠지 그래야 할 것 같았어."

"뭐야, 도둑 패거리를 돕고 있는 걸 몰랐다고?"

"도둑인 건 알았어. 다만… 형 패거리가 잘못된 일을 하고 있다는 생각은 안 들었어."

"네 직감을 믿어도 돼. 나를 믿어. 우리가 옳은 일을 하고 있다고 믿어."

"그러니까 그 옳은 일이란 게 뭔데? 형이 생각하는 옳은 게 뭐야? 이게 다 뭘 위한 건데?"

그리핀이 미소를 지었다. 즐거운 척하지만 왠지 얕잡아보는 듯한 가식적인 웃음이었다. 표정은 웃지만 눈은 웃지 않았다. "이제야 좀 제대로 된 질문을 하네."

그들은 빙 돌아서 다시 밴버리 로드로 왔다. 앞에 유니버시티 파크의 숲이 보이기 시작했다. 로빈은 내심 남쪽으로 꺾어 파크스 로드로 가길 바랐다. 시간이 늦었고, 밤공기가 제법 찼다. 하지만 그리핀은 북쪽으로 걸으며 도심부에서 더 벗어났다.

"이 나라에서 은막대가 대부분 어디에 쓰일 것 같아?"

로빈은 대충 찍었다. "의사들 진료?"

"하. 기특하지만 아니야. 거실 장식에 사용돼. 사실이야. 진짜 수탉처럼 우는 자명종, 음성 명령에 따라 어두워지고 밝아지는 조명, 온종일 색이 바뀌는 커튼, 뭐 그런 것들. 왜냐, 재미있으니까. 그리고 영국 상류층은 그런 것들을 살 여유가 있으니까. 그리고 부자 영국인은 원하는 건 손에 넣어야 직성이 풀리니까."

"좋아. 하지만 바벨이 대중의 수요에 따라 은막대를 판매한다고 해서—"

그리핀이 그의 말을 잘랐다. "바벨의 두 번째와 세 번째 수입원도 알려줄까?"

"법무?"

"아니. 군사. 국가적 목적과 사적 목적 모두. 그다음은 노예무역. 거기에 대면 법무로 버는 돈은 푼돈이지."

"그럴 리가… 말도 안 돼."

"돼. 이게 세상이 돌아가는 방식이야. 쉽게 설명해줄게, 동생. 지금쯤이면 너도 런던이 팽창을 멈출 생각이 없는 거대 제국의 심장이라는 걸 알았을 거야. 이 성장을 가능하게 하는 가장 중요한 원동력이 바벨이야. 바벨은 은을 비축하는 것처럼 외국어와 외국 인재도 수집해서 이를 이용해 오직 영국에만 이익이 되는 번역 마법을 만들어내. 세상에서 사용되는 은막대의 대부분이 압도적으로 런던에 밀집돼 있어. 현재 사용되는 은막대 중 가장 새롭고 가장 강력한 것들은 중국어, 산스크리트어, 아랍어로 작동하는 것들이야. 그런데 막상 이 언어들이 사용되는 나라들에는 은막대가 천 개도 되지 않아. 그것도 부유한 권력층의 집에만 모여 있지. 그건 잘못이야. 그건 약탈이고, 근본적으로 부당한 일이야."

그리핀은 지휘자가 같은 음표를 반복해 내리치듯, 손날로 문장을 딱딱 끊는 버릇이 있었다. "그런데 어떻게 이렇게 됐을까?" 그가 말을 이었다. "어떻게 외국어에서 나오는 모든 힘이 영국에만 축적되는 걸까? 이건 우연이 아니야. 이건 외국 문화와 외국 자원의 의도적 착취야. 교수들은 바벨이 지식의 상아탑인 척, 사업과 통상 같은 세속적 관심사 위에 존재하는 척하지만, 사실은 그렇지 않아. 바벨은 식민주의 사업과 긴밀히 얽혀 있어. 아니, 바벨 자체가 식민주의 사업이야. 생각해봐. 문학과는 왜 작품들을 영어로만 번역하고 반대로는 하지 않는지, 통역사들은 해외에 파견돼서 무슨 일을 하는지 궁금하지 않아? 바벨에서 하는 일은 모두 제국의 확장을 위한 일이야. 예들 들어 옥스퍼드 역사상 최초의 산스크리트어 석좌교수인 호러스 윌슨 경만 해도, 자기 시간의 절반을 기독교 선교사들을 개인 지도하는 데 쓰고 있어.”

“모든 것의 핵심은 은의 지속적인 축적이야. 우리가 어떻게 이토록 많은 은을 보유하게 되었을까? 다른 나라들을 회유하고 조종하고 협박해서 돈이 계속 영국으로 흘러들게 하는 무역협정을 체결하기 때문이야. 그리고 그 은이 다시 불공정 무역협정을 강제하는 데 쓰이지. 그 은과 바벨의 작업이 만나서 우리 배들을 더 빠르게, 우리 군대를 더 강하게, 우리 총기를 더 치명적으로 만들거든. 이건 이익의 악순환이야. 어떤 외력이 이 순환을 깨지 않는 한, 조만간 영국이 세계의 모든 부를 독점하게 될 거야.”

“우리가 바로 그 외력이야. 헤르메스 협회. 우린 은을 가질 자격이 있는 사람들과 공동체들, 사회운동으로 빼돌려. 우린 노예 반란을 돕고 저항 세력을 지원해. 우린 직물 세탁에 쓰는 은막대를 녹여서 질병 치료에 이용해.” 그리핀이 속도를 늦추고 로빈의 눈을 마주 봤다. "이 모든 게 그걸 위한 거야."

로빈은 인정할 수밖에 없었다. 이는 세상에 대한 매우 강력한 이론이었다. 문제는 그가 소중히 여기는 거의 모든 것을 고발하는 이론이라는 점이었다. "그렇군."

"그런데도 망설여져?"

그러게, 왜일까? 로빈은 혼란스러운 생각을 정리하려 애썼다. 신중함을 보일 이유를 찾기 위해, 단지 두려움으로 귀결되지 않을 이유를 찾기 위해 애썼다. 하지만 이유는 그것밖에 없었다. 결과에 대한 두려움. 어렵게 입장을 허가받은 옥스퍼드라는 이 멋진 환상을 깨는 두려움. 그가 제대로 누려볼 틈도 없이 방금 그리핀이 먹칠을 한 환상.

"너무 갑작스러워. 난 형을 이제 막 만났어. 내가 모르는 게 너무 많아."

"그게 비밀결사의 본질이야." 그리핀이 말했다. "사람들은 비밀결사를 낭만적으로 생각해. 긴 구애 과정처럼 말이야. 입회하고, 새로운 세상을 만나고, 권력 이면의 모든 장치와 인물을 알게 되는 과정. 삼류 통속소설로 접한 인상이 네가 비밀결사에 대해 생각하는 전부라면 의식과 암호, 버려진 헛간에서의 비밀 모임을 기대할 법도 해."

"하지만 현실은 그렇게 굴러가지 않아. 이건 삼류 통속소설이 아니야. 현실은 지저분하고, 끔찍하고, 불확실해." 그리핀의 말투가 누그러졌다. "명심해. 내가 너한테 부탁하는 일은 정말 위험한 일이야. 목숨 걸고 하는 일이야. 사람들이 실제로 죽어. 나도 동지들이 은막대 때문에 죽는 걸 봤어. 바벨은 우리 숨통을 끊지 못해 난리야. 붙잡힌 헤르메스 회원이 어떻게 되는지는 모르는 게 좋아. 우린 흩어져 있기 때문에 존재해. 우린 모든 정보를 한곳에 모아두지 않아. 따라서 너한테 모든 정보를 찬찬히 검토할 시간을 줄 수가 없어. 난 지금 너한테 신념에 맡길 것을 부탁하는 거야."

처음으로 로빈은 그리핀이 속사포 연설과 달리, 자신만만하고 위압적인 인물이 아니라는 생각이 들었다. 그는 주머니에 손을 찔러 넣고 어깨를 웅크린 채 매서운 가을바람에 떨고 있었다. 그리고 눈에 띄게 초조한 모습이었다. 안절부절못하면서 문장을 끝낼 때마다 어깨 너머를 힐끔거렸다. 로빈이 혼란스러워 괴롭다면, 그리핀은 겁에 질려 있었다.

"이런 식일 수밖에 없어." 그리핀이 재차 강조했다. "최소한의 정보. 신속한 판단. 나도 너한테 내 세상을 전부 보여주고 싶어. 하지만 넌 내가 고작 엊그제 만난 바벨 학생일 뿐이야. 언젠가 너한테 모든 것을 믿고 말할 때가 올 수도 있겠지. 하지만 그건 네가 너 자신을 증명했을 때, 그리고 나한테 다른 선택지가 없을 때뿐일 거야. 그래서 일단 우리가 하는 일과 네가 필요한 이유만 말한 거야. 함께할 거야?"

로빈은 이 만남이 끝나가고 있다는 것을 깨달았다. 그는 최종 결정을 요구받고 있었다. 거절한다면 그리핀은 로빈이 아는 옥스퍼드에서 자취를 감출 것이다. 이 모든 게 환상이라는 의심이 들 만큼 완벽하게 어둠 속으로 사라질 것이다.

"하고 싶어. 정말이야. 하지만 아직은… 생각할 시간이 더 필요해. 제발."

로빈은 이 말이 그리핀의 노여움을 사리라는 것을 알고 있었다. 하지만 무서웠다. 벼랑 끝으로 끌려와 아무 보장 없이 뛰어내릴 것을 종용받는 기분이었다. 7년 전에도 같은 기분을 느낀 적이 있었다. 러벌 교수가 계약서를 내밀며 미래를 저당 잡힐 것을 태연히 요구했을 때. 다만 그때는 그에게 아무것도 없었다. 따라서 잃을 것도 없었다. 지금 그에겐 의식주가 포함된 모든 것이 있고, 반대편 끝에는 생존의 보장조차 없었다.

"그럼 닷새." 그리핀이 말했다. 그는 화난 기색이었지만 비난은 하지 않았다. "닷새 줄게. 머턴 칼리지 정원에 외톨이 자작나무가 있어. 딱 보면 알아. 답변이 긍정적이면 토요일까지 그 나무 몸통에 십자 표시를 해놔. 부정적이면 하지 말고."

"고작 닷새?"

"그때까지도 여기 지리를 모르면 꼬마야, 넌 아예 답이 없다는 뜻이야." 그리핀이 로빈의 어깨를 툭 쳤다. "집에 가는 길은 알아?"

"나… 사실, 몰라." 로빈은 방향에 주의를 기울이지 않았다. 지금 있는 곳이 어딘지 감도 오지 않았다. 건물들은 저만치 물러나 배경이 되어 있고, 그들은 언덕진 초지에 둘러싸여 있었다.

"여긴 서머타운이야." 그리핀이 말했다. "예쁘지만 좀 지루하지. 이 초지 끝이 우드스톡이야. 거기서 왼쪽으로 꺾어 계속 남쪽으로 걷다 보면 익숙한 풍경이 나올 거야. 우린 여기서 찢어지자. 닷새야." 그러고는 몸을 돌렸다.

"잠깐만— 연락은 어떻게 해?" 로빈은 막상 그리핀의 퇴장이 임박하자 헤어지기가 싫었다. 그리핀을 시야에서 놓치면 그가 영영 사라질 것 같은, 이 모든 것이 꿈이 되어버릴 것 같은 공포가 닥쳤다.

"말했잖아. 넌 연락 못 해." 그리핀이 말했다. "나무에 십자 표시가 있으면, 우리가 연락할 거야. 네가 저쪽 정보원일 경우에 대비해 보험을 드는 거야, 알겠어?"

"그럼 그동안 난 뭘 해?"

"뭘 하다니? 넌 여전히 바벨 학생이야. 그렇게 행동해. 수업에 들어가. 술 퍼마시고 쌈질해. 아참, 넌 약하지. 싸움에는 끼지 마."

"나… 좋아. 알았어."

"다른 건?"

다른 건? 로빈은 웃음이 났다. 묻고 싶은 것이 아직 수천 가지였지만, 그리핀이 그중 어느 것도 대답해줄 것 같지 않았다. 그는 운에 맡기고 딱 하나만 물었다. "형에 대해 알아?"

"누가?"

"우리— 러벌 교수님."

"아." 그리핀은 이번에는 입심 좋게 후딱 대답하지 못했다. 그는 머뭇대다가 말했다. "잘 모르겠어."

생각지 못한 대답이었다. "몰라?"

"난 3학년을 마치고 바벨을 떠났어." 그리핀이 조용히 말했다. "난 처음부터 헤르메스와 함께했지만, 너처럼 내부에 있었어. 그러다 무슨 일이 일어났고, 더는 안전하지 않았고, 그래서 도망쳤어. 이후로는 계속…" 그러고는 말꼬리를 흐리다가 헛기침을 했다. "하지만 그건 중요하지 않아. 네가 알아야 할 건 저녁 식사 때 내 이름을 언급하지 않는 게 신상에 좋다는 거야."

"그거야 당연하지."

그리핀이 떠나려다 멈추고 다시 돌아섰다. "하나 더. 너, 어디 살아?"

"어? 유니브— 우리 모두 유니버시티 칼리지에 있어."

"그건 알아. 몇 호?"

"아." 로빈의 얼굴이 붉어졌다. "맥파이 레인 4번지. 7호실. 녹색 지붕 집. 난 구석방이야. 오리얼 예배당이 보이는 경사진 창문이 있는 방."

"알아." 해가 저문 지 오래였다. 로빈은 이제 그리핀의 얼굴이 보이지 않았다. 그의 얼굴은 어둠에 반쯤 잠겨 있었다. "거긴 내 방이었어."

6

플레이페어 교수의 번역 이론 입문 수업은 매주 화요일 아침 탑 5층에서 열렸다. 교수는 그들이 착석하기 무섭게 강의를 시작했다. 쇼맨십이 강한 교수의 우렁찬 목소리가 좁은 강의실에 쩌렁쩌렁 울렸다.

"이제 여러분은 각자 최소 세 가지 언어에 능통하겠지. 그 자체로도 대단한 성과야. 하지만 오늘은 내가 여러분에게 번역의 고충을 일깨울 생각이야. '안녕' 한마디를 옮기는 것조차 보통 일이 아니야. 너무 쉬워 보이는데 말이지! 봉주르, 차오, 할로. 그럼 이제, 이탈리아어를 영어로 번역한다고 가정해보세. 이탈리아어 차오는 만날 때와 헤어질 때 모두 쓸 수 있어. 만남이나 헤어짐을 특정하지 않지. 단지 접점에서의 에티켓을 표할 뿐이야. 이 단어는 베네치아어 스-차오 보스트로s-ciào vostro에서 유래했어. 대략 '당신의 순종적인 하인'이라는 뜻이지. 주제에서 벗어났군. 요점은 이거야. 우리가 차오를 영어로 옮길 때, 예컨 대 등장인물들이 흩어지는 장면을 번역할 때, 우리는 이때의 차 오가 작별 인사라는 것을 전달해야 해. 맥락상 분명할 때도 있 지만 그렇지 않을 때도 있거든. 후자의 경우 없는 말을 번역에 추가해야 해. 자, 벌써부터 복잡해지지? 아직 '안녕'도 넘어가지 못했는데 말이야.

훌륭한 번역사가 내면화하는 첫 번째 교훈은, 한 언어의 단어 나 개념이 다른 언어의 그것과 일대일로 맞아떨어지지 않는다 는 것이야. 스위스 언어학자 요한 브라이팅거는 언어들이란 '상 호 교체 가능하고, 의미가 일맥상통하는, 완전히 동등한 단어와 어구들의 집합'에 불과하다고 주장했어. 끔찍하게 잘못된 생각 이지. 언어는 수학이 아니야. 심지어 수학도 언어에 따라 달라지 거든.* 이에 대해서는 나중에 다시 다루기로 하세."

자기도 모르게 로빈은 강의하는 플레이페어 교수의 얼굴을 유심히 살폈다. 자신이 무엇을 찾고 있는지는 알지 못했다. 아마 도 사악함의 증거. 그리핀이 묘사한 잔인하고 이기적이고 음흉 한 괴물. 하지만 플레이페어 교수는 그저 단어들의 아름다움에 빠진 밝고 명랑한 학자로 보일 뿐이었다. 사실, 대낮의 교실에서

---

* 이는 사실이다. 수학도 문화와 분리되어 있지 않다. 셈법을 생각해보자. 모든 언어가 십진법을 쓰지 는 않는다. 기하학도 마찬가지다. 유클리드기하학이 가정하는 공간 개념을 모두가 공유하는 것은 아니다. 인류사상 가장 위대한 지적 진전 중 하나가 로마숫자에서 아라비아숫자로의 이행이다. 아 라비아숫자의 자릿값 표기법과 무(無)를 의미하는 '0'의 개념이 새로운 형태의 암산을 가능하게 했 다. 하지만 오랜 습관은 여간해서 없어지지 않는다. 1299년 피렌체의 은행 및 환전상 길드 아르테 델 캄비오는 상인들의 아라비아숫자와 0의 사용을 금했다. 길드는 이렇게 명했다. "문자로 공개적 이고 완전하게 써야 한다."

는 이복형 그리핀이 말한 거대 음모들이 더없이 허무맹랑하게 느껴졌다.

"언어는 보편 개념들의 명명법쯤으로 존재하는 게 아니야." 플레이페어 교수가 강의를 이어갔다. "만약 그렇다면, 번역이 고도의 기술을 요하는 작업일 리 없지. 만약 그렇다면, 감상적인 신입생들을 교실에 죽 앉혀놓고 사전만 던져주면 우리 서가에 석가모니 전집이 뚝딱 생기겠지. 하지만 번역은 그리 간단하지 않아. 우리는 오래된 이분법 사이에서 춤추는 법을 배워야 해. 그 이분법을 키케로와 히에로니무스가 이런 말로 멋지게 정의했지. *베르붐 에 베르보*verbum e verbo, 그리고 *센숨 에 센수*sensum e sensu. 누구 아는 사람—"

"단어 대 단어." 레티가 지체 없이 답했다. "그리고 의미 대 의미."

"좋아." 교수가 말했다. "이것이 번역의 딜레마야. 단어를 번역의 단위로 삼을 것인가? 아니면 개별 단어의 정확성을 글의 전체적 의도에 종속시킬 것인가?"

"이해가 안 돼요." 레티가 말했다. "개별 단어를 충실히 번역하면 그에 준하는 충실한 텍스트가 나오지 않을까요?"

"그렇겠지." 교수가 말했다. "만약 언어마다 단어들이 동일한 관계로 존재한다면 말이야. 하지만 말했다시피 단어들이 엮인 방식은 언어마다 달라. 독일어 슐레흐트schlecht와 슐림schlimm은 모두 '나쁜'이란 뜻인데, 언제 어떤 것을 쓸지 어떻게 알지? 프랑스어 플뢰브fleuve와 리비에르rivière는 둘 다 '강'인데, 각각 언제 사용해야 하지? 프랑스어 에스프리esprit는 영어로 어떻게 옮겨야 할까? 단어 하나하나를 단독으로 번역해선 안 돼. 그 반대지. 단어들이 전체 문맥에 어떻게 들어맞을지에 대한 감각을 발휘해야 해. 그런데 말이야, 언어들이 그렇게 천양지차라면, 번역이 어떻게 가능할까? 명심하게, 이 차이들은 결코 사소하지 않다는 걸. 에라스뮈스는 신약성서를 번역할 때 그리스어 로고스 logos를 라틴어 세르모sermo로 옮긴 이유를 가지고 논문 한 권을 썼어. 단어 대 단어 번역은 어불성설이야."

"그대는 그 길을 고상하게 거부하는구나." 라미가 읊었다. "단어 하나하나 줄 하나하나 그대로 따라가는 그 비굴한 길을."

"그것은 굴종적인 뇌가 난산으로 낳은 자식이며, 시의 효과가 아니라 고통의 산물일지니." 교수가 받았다. "존 데넘이 한 말이지. 아주 좋아, 미르자 군. 이렇듯 번역은 단지 메시지를 전달하는 일이 아니라 원문을 다시 쓰는 일이야. 그리고 바로 여기에 우리의 고충이 있지. 다시쓰기도 글쓰기고, 글쓰기는 늘 작가의 이념과 편견을 반영하니까. 라틴어 트란슬라티오는 옮긴다는 뜻이야. 즉 번역은 공간적 차원을 포함해. 말 그대로 점령지를 가로질러 텍스트를 수송하는 일이고, 이국의 향신료를 나르듯 단어들을 나르는 일이야. 단어들은 로마의 궁정에서 현대 영국의 찻집으로 여행하면서 무척 다른 의미를 얻게 되지."

"이게 끝이 아닐세. 우리의 논의는 아직 어휘 단계도 넘지 못했어. 번역이 단지 주제와 개념을 파악하는 문제라면, 이론상 정확한 의미 전달이 어려운 일은 아니겠지. 그렇지 않나? 그런데 여기에 많은 것이 개입해. 구문론, 문법, 형태론, 맞춤법 등 언어의 뼈대를 이루는 것들 말일세. 하인리히 하이네의 시 「가문비나무」를 생각해보세. 짧고 메시지도 이해하기 쉬워. 야자수를 동경하는 가문비나무는 여성을 향한 남성의 욕망을 상징하지. 하지만 이 시를 영어로 번역하는 것은 진땀 빼는 일이었어. 영어 명사에는 독일어와 달리 성이 없기 때문이야. 즉 영어로는 남성명사 가문비나무ein Fichtenbaum와 여성명사 야자수einer Palme 의 상징적 이항 대립을 전달할 방법이 없어. 알겠지? 따라서 우리는 왜곡이 불가피하다는 전제에서 시작할 수밖에 없어. 문제는 어떻게 신중하게 왜곡하느냐지."

교수가 책상에 있는 책을 톡톡 두드렸다. "다들 타이틀러를 읽었겠지?"

모두가 고개를 끄덕였다. 그들은 전날 밤 알렉산더 프레이저 타이틀러 우드하우즐리 경의 『번역의 원리』 서문을 읽어 오라는 숙제를 받았다.

"그럼 타이틀러가 제시한 세 가지 기본 원칙을 알겠군. 그게 뭔지 말해볼까― 그래, 데그라브 양?"

"첫째, 번역문은 원문의 발상을 완전하고 정확하게 전달한다." 빅투아르가 답했다. "둘째, 번역문은 원문의 문체와 작풍을 반영한다. 셋째, 번역문도 원작만큼 자연스럽게 읽혀야 한다."

빅투아르가 워낙 자신 있고 정확하게 대답해서 로빈은 그녀가 텍스트를 읽는 줄 알았다. 그러다 빅투아르가 허공 외에 아무것도 참고하고 있지 않은 것을 보고 몹시 놀랐다. 라미 역시 한 번 본 것은 완벽히 기억하는 재능이 있었다. 로빈은 동기들

181

에게 위축감이 들었다.

"아주 좋아." 교수가 말했다. "상당히 기본적인 원칙 같지? 하지만 원문의 '문체와 작풍'이 뜻하는 것이 무엇일까? 원작처럼 '자연스럽게' 읽혀야 한다는 건 또 무슨 뜻일까? 이런 기준은 어떤 청중을 염두에 둔 말일까? 이것이 이번 학기에 우리가 씨름할 질문들일세. 이 얼마나 흥미로운 질문들인가." 그러고는 두 손을 모았다. "이제 우리 학부의 이름이기도 한 바벨을 논할 텐데, 이 시점에서 다시 연극풍이 되지 않을 수 없군. 친애하는 학생 여러분, 나는 이 기관의 낭만에서 벗어날 수가 없다네. 부디 양해 바라네."

교수의 말투에 회한의 기미는 전혀 없었다. 그는 이 극적인 신비주의, 다년간의 강의로 수없이 연습하고 다듬었을 이 독백을 사랑했다. 하지만 아무도 불평하지 않았다. 그들 역시 그것을 즐겼다.

"구약에서 최대 비극은 인간의 에덴동산 추방이 아니라 바벨탑 붕괴라는 주장이 있어. 아담과 이브는 비록 은총을 잃었지만 여전히 천사의 언어를 말하고 이해할 수 있었어. 하지만 인간이 자만에 빠져 하늘에 이르는 길을 내기로 결정하자 신은 그들의 이해를 박살 내셨어. 인간에게 분열과 혼란을 야기하셨고, 지구 표면에 산산이 흩어놓으셨지.

바벨탑 사건으로 인류가 잃은 것은 인간의 통합만이 아니었어. 인류는 단일 원어原語를 잃고 말았지. 그것은 원초적이며 선천적인 언어였고, 완벽히 이해 가능하며 형태와 내용에서 아무

결핍 없는 언어였어. 성서학자들은 그것을 아담의 언어로 부른다네. 어떤 이들은 그것이 히브리어라고 생각해. 어떤 이들은 그것을 한때 실존했지만 시간 속에 사라진 고대 언어로 생각해. 또 어떤 이들은 그것이 우리가 새로이 발명해야 할 인공 언어라고 믿어. 어떤 이들은 프랑스어가 그 역할을 충족한다고 생각하고, 어떤 이들은 영어가 지금의 도용과 변용 과정을 마치면 그 역할을 하게 될 거라고 말해."

"오, 아뇨. 이 문제는 쉽네요." 라미가 말했다. "답은 시리아어입니다."

"참 재밌는 대답이군, 미르자 군."

로빈은 라미의 말이 진담인지 농담인지 알 수 없었다. 하지만 토를 다는 사람은 없었다.

교수가 연설을 이어갔다. "하지만 내게 아담의 언어가 무엇이었는지는 중요하지 않아. 그게 뭐였어도 우리가 그에 접근할 방법을 잃어버린 건 분명하니까. 우리는 그 신성한 언어를 영영 쓰지 못해. 하지만 시도는 할 수 있지. 그 시도란 이 지붕 아래에 세상의 모든 언어를 모으고, 인간의 표현을 전방위적으로 수집하는 걸세. 할 수 있는 데까지. 최선을 다해서. 이 필멸의 세상에서 우리가 하늘에 닿을 일은 없겠지만, 우리의 혼란만큼은 무한하지 않아. 우리는 번역의 기술을 완성함으로써 인류가 바벨에서 잃은 것을 되찾을 수 있어." 그러고는 자신의 공연에 스스로 감복한 듯 한숨을 내쉬었다. 로빈은 교수의 눈가에 실제로 눈물이 맺히는 것을 봤다.

"마법." 교수가 가슴에 손을 얹었다. "우리가 하는 일은 마법이야. 항상 그렇게 느껴지진 않겠지만 말이야. 오늘 밤 자네들이 하게 될 과제만 해도, 덧없는 추구보다는 빨래를 개는 느낌일 거야. 하지만 자네들이 시도하는 일이 얼마나 대담한 과업인지 절대 잊지 말도록. 자네들은 신이 내린 저주에 맞서고 있는 거야. 그걸 잊지 말도록."

로빈이 손을 들었다. "그 말씀은, 우리의 목적이 인류를 더 돈독히 하는 일이기도 하다는 뜻인가요?"

교수가 고개를 갸웃했다. "그게 무슨 말이지?"

"저는 그냥….." 로빈은 더듬거렸다. 말해놓고 보니 진지한 학술적 질문이 아니라 어린애의 공상처럼 실없게 들렸다. 레티와 빅투아르가 미간을 찌푸리고 그를 봤다. 라미조차 코를 찡그렸다. 로빈은 다시 시도했다. 묻고 싶은 바는 분명한데, 그것을 품격 있게 또는 절묘하게 표현할 방법이 떠오르지 않았다. "음─ 성서에서 신이 인류를 흩어놓으셨잖아요. 번역의 목적이 인류를 다시 하나로 묶는 것인지 궁금해서요. 그러니까, 우리가 번역하는 이유는 그때의 낙원을 다시 지상에, 나라들 간에 실현하기 위한 것인가요?"

교수는 이 말에 당황한 기색이었다. 하지만 그의 표정은 이내 활달한 미소로 변했다. "그럼, 물론이지. 그런 게 제국의 프로젝트지. 따라서 우리의 번역은 왕의 뜻을 받드는 일이야."

월요일, 목요일, 금요일에는 언어 튜토리얼이 있었다. 플레이페어 교수의 강의 후에 듣는 튜토리얼은 다시 단단한 땅을 딛는 안도감을 주었다.

4인방은 각자의 지역 전문성과 상관없이 일주일에 세 번 다 함께 라틴어 수업을 들어야 했다.(고전학 전공자가 아닌 경우 그리스어는 생략할 수 있었다.) 라틴어 교수는 마거릿 크래프트라는 여성이었는데, 플레이페어 교수와 정반대였다. 크래프트 교수는 거의 웃지 않았다. 그녀는 감정 없는 기계가 암송하듯 강의했다. 강의 중에 노트를 이리저리 넘기긴 했지만, 이미 오래전에 무슨 내용이 어디 있는지 훤히 외운 듯 노트에는 단 한 번도 눈길을 주지 않았다. 교수는 그들의 이름을 묻지 않았다. 그저 그들 중 하나를 손가락으로 가리키며 차갑고 퉁명스럽게 "학생" 하고 부를 뿐이었다. 처음에는 유머라곤 전혀 없는 사람으로 보였다. 그런데 라미가 오비디우스의 딱딱한 삽입구 중 하나—유피테르가 이오에게 도망가지 말라고 애원하는 부분 뒤에 나오는 푸기에바트 에님 fugiebat enim, 즉 '그녀가 도망가니까'—를 소리 내어 읽었을 때 크래프트 교수가 갑자기 아이처럼 웃음을 터뜨렸다. 그 순간 그녀가 스무 살은 더 젊어 보였다. 정말이지 그들 사이에 학생으로 앉아 있어도 이상하지 않을 정도였다. 하지만 그 순간이 지나가자 그녀의 가면이 제자리로 돌아왔다.

로빈은 크래프트 교수가 마음에 들지 않았다. 그녀의 강의 목소리는 어색하고 부자연스러운 리듬이 있어서, 예상치 못한 지점에서 뚝뚝 끊어지는 통에 논법을 따라가기 힘들었다. 그녀의 강의실에서 보내는 두 시간은 영원처럼 길었다. 반면 레티는 넋을 뺏긴 듯했다. 레티는 흠모의 눈빛을 반짝이며 크래프트 교수를 바라봤다. 수업이 끝나고 줄지어 교실을 나갈 때, 로빈은 학생식당으로 다 함께 걸어가기 위해 문가에 남아 소지품을 챙기는 레티를 기다렸다. 그런데 레티는 나오는 대신 크래프트 교수의 책상으로 다가갔다.

"교수님, 혹시 잠시 말씀을 나눌 수 있을까요."

크래프트 교수가 일어섰다. "수업은 끝났어요, 프라이스 양."

"알아요. 하지만 혹시 시간 되시면, 잠시 여쭤보고 싶어요. 그러니까 옥스퍼드의 여성으로서요. 여긴 여성이 많지 않으니, 교수님의 조언을 듣고 싶어요."

로빈은 막연한 기사도 정신이 발동해서 더는 듣지 말아야겠다고 생각했다. 그런데 그가 계단에 이르기도 전에 크래프트 교수의 싸늘한 목소리가 공기를 갈랐다.

"바벨은 여성을 차별하지 않아요. 단지 여성 중에 언어에 관심 있는 사람이 극히 적을 뿐이죠."

"하지만 교수님은 바벨에서 유일한 여성 교수님이고, 저희 모두— 저를 비롯해 이곳의 여학생 모두— 그 점을 매우 존경스럽게 생각해요. 그래서—"

"어떻게 교수가 됐는지 알고 싶다고요? 부단한 노력과 타고난 재능. 학생이 이미 아는 그거요."

"그렇지만 여자들에겐 다르잖아요. 분명히 교수님도 겪으셨을—"

"논의할 만한 주제가 있다면 내가 알아서 수업 시간에 다룰

겁니다, 프라이스 양. 하지만 수업이 끝났어요. 학생은 지금 내 시간을 침해하고 있어요."

로빈은 레티가 보기 전에 허둥지둥 모퉁이를 돌아 나선형 계단을 내려갔다. 레티가 학생식당에 도착해 식판을 놓고 앉았을 때 로빈은 그녀의 눈시울이 붉어져 있는 것을 봤다. 하지만 그는 모른 척했고, 라미와 빅투아르 역시 아무 말도 하지 않았다.

수요일 오후에는 로빈만 듣는 중국어 튜토리얼이 있었다. 강의실에 러벌 교수가 있을 것으로 반쯤 예상했는데, 담당 교수는 아난드 차크라바르티 교수였다. 그는 소탈하며 차분한 사람이었고, 켄징턴 출신이라 해도 믿을 만큼 완벽한 런던 억양을 구사했다.

중국어 수업은 라틴어 수업과 딴판이었다. 차크라바르티 교수는 로빈에게 강의를 하지도, 암송을 시키지도 않았다. 그는 튜토리얼을 대화 형식으로 진행했다. 교수가 질문하면 로빈은 최선을 다해 대답했고, 두 사람 다 상대의 말을 이해하려고 노력했다.

차크라바르티 교수는 아주 기본적인 질문들로 시작했다. 너무 기본적이라서 처음에는 대답할 가치를 느끼지 못할 정도였다. 하지만 질문에 내포된 의미를 따져본 후 로빈은 그 질문들이 자신의 이해 범위를 한참 웃도는 것들임을 깨달았다. 단어란 무엇인가? 의미의 최소 단위는 무엇이며, 그것은 단어와 어떻게 다른가? 단어와 글자는 다른가? 중국어 말과 글은 어떤 점에서 다른가?

자기 손바닥 보듯 잘 안다고 생각했던 언어를 분석하고 해체하는 것은 야릇한 경험이었다. 로빈은 단어를 표의문자나 상형문자로 분류하고, 형태론이나 표기법과 관련된 낯선 용어들을 암기해야 했다. 이는 자기 마음의 깊은 틈들을 파고들어 그 작동 방식을 들여다보는 일 같았고, 그 과정은 그에게 흥미와 불안을 동시에 안겼다.

그다음에는 더 어려운 질문들이 이어졌다. 어떤 그림에서 유래했는지 알 수 있는 한자는 무엇이며, 그렇지 않은 한자는 무엇인가? 왜 '여자'를 뜻하는 한자[女]가 '노예'를 뜻하는 한자[奴]의 부수로 쓰이는가? 또 왜 '좋다'를 뜻하는 한자[好]에도 포함되는가?

"모르겠어요. 왜일까요? 노예와 좋음 모두 본질적으로 여성적인가요?"

교수가 어깨를 으쓱했다. "나도 몰라. 이게 러벌 교수와 내가 계속 답을 찾고 있는 문제들이야. 알다시피 우리의 중국어 그라마티카는 만족스러운 수준과 거리가 멀어. 내가 중국어를 공부할 때는 참고할 만한 중국어-영어 자료가 전혀 없었어. 아벨 레뮈자의 『중국어 문법의 구성 요소』와 푸르몽의 『중국어 문법』으로 때워야 했지. 상상이 가나? 내겐 중국어와 프랑스어 모두 여전히 두통의 다른 이름이야. 하지만 오늘은 우리가 진전을 봤다고 생각해."

이 말에 로빈은 이곳에서의 자신의 위치를 깨달았다. 그는 단지 학생이 아니라 동료였다. 그는 바벨의 부족한 지식을 확장해줄 귀한 원어민이었다. 아니면 수탈 대상이 될 은광이거나. 그리핀의 목소리가 말했다. 하지만 로빈은 이 생각을 밀어냈다.

사실, 로빈은 그라마티카에 기여할 생각에 마음이 부풀었다. 하지만 그에겐 우선 배울 것이 많았다. 튜토리얼의 후반은 문언문 강독에 할애되었다. 로빈은 러벌 교수의 집에서 문언문을 간간이 접했을 뿐 체계적으로 공부한 적은 없었다. 문언문과 백화문[白話文, 현대 중국어 구어체]의 관계는 라틴어와 영어의 관계와 같았다. 어구의 요지 정도는 짐작할 수 있지만, 문법 규칙이 직관적이지 않아서 치열한 독해 연습 없이는 파악이 불가능했다. 구두점이 없어서 추측에 맡겨야 했다. 명사는 필요한 경우 동사가 될 수 있었다. 한자는 상이하고 모순적인 여러 의미를 동시에 가지는데, 그중 어느 것을 적용해도 유효한 해석이 가능할 때가 많았다. 예컨대 篤[독]은 '위중하다'라는 뜻도 있지만 '견실하다'라는 뜻도 있었다.

그날 오후 두 사람은 『시경』과 씨름했다. 『시경』은 지금의 중국과 너무나 먼 시대를 두서도, 맥락도 없이 읊은 시가집이라서 한나라 시대의 독자들조차 외국어로 썼다고 여겼을 법한 책이었다.

"오늘은 이쯤 해두지." 不에 관해 20분을 토론하다가 교수가 말했다. 이 문자는 대개는 부정문을 만드는 '아니다, 않다'를 의미하지만, 해당 문맥에서는 오히려 칭찬의 말처럼 보였다. 그들이 不에 관해 아는 어떤 것과도 들어맞지 않는 용례였다. "아무래도 이건 미결 문제로 남겨놔야 할 것 같아."

"이해가 안 돼요." 로빈은 답답했다. "알 방법이 없나요? 알 만한 사람에게 물어볼 순 없나요? 베이징에 연구 여행을 갈 수도 있잖아요?"

"갈 수야 있지." 교수가 말했다. "하지만 청 황제가 외국인에게 중국어를 가르치면 사형에 처한다는 칙령을 내린 이후로 상황이 좀 어렵게 됐어." 그러고는 로빈의 어깨를 토닥였다. "그러니 아쉬운 대로 있는 걸로 때울 수밖에. 자네가 우리의 차선책이야."

"이곳에 중국어를 하는 학생은 또 없나요? 제가 유일한가요?"

그때 차크라바르티 교수의 얼굴에 묘한 표정이 떠올랐다. 로빈은 깨달았다. 러벌 교수가 교수진 모두에게 입단속을 시켰을 것이고, 아마도 공식 기록상 그리핀은 존재하지 않는 인물일 것이다.

그럼에도 그는 계속 묻지 않을 수 없었다. "몇 년 전에 다른 학생이 있었다고 들었어요. 저처럼 해외에서 온."

"아, 그래. 있었지." 교수의 손가락이 초조하게 책상을 두드렸다. "좋은 학생이었어. 자네만큼 성실하진 않았지만. 그리핀 할리."

"있었다고요? 지금은 어떻게 됐는데요?"

"그게… 사실 안타깝게 됐어. 그 학생은 세상을 떠났어. 4학년이 되기 직전에." 교수가 관자놀이를 긁적였다. "해외 연구 여행 중에 병에 걸렸고, 결국 돌아오지 못했지. 가끔씩 있는 일이야."

"그래요?"

"그럼. 이 직업에는 항상 어느 정도 위험이 따라. 알다시피 여행이 워낙 많으니까. 자연 감원을 피할 수 없어."

"하지만 여전히 이해가 안 돼요. 분명히 영국에서 공부하길 원하는 중국 학생들이 많을 텐데요."

교수의 손가락이 책상을 두드리는 속도가 더 빨라졌다. "그렇긴 하지. 하지만 첫째, 자국에 대한 충성심 문제가 있어. 유사시 청나라 정부를 위해 달려갈 연구생은 뽑아봐야 소용없어. 둘째, 러벌 교수의 견해로는… 그래, 특정한 성장 배경이 필요하다더군."

"저 같은?"

"자네 같은. 그렇지 않으면, 러벌 교수의 견해로는…" 로빈은 차크라바르티 교수가 이 문장 구조를 많이 사용한다는 것을 알아챘다. "중국인에겐 특유의 민족성이 있어서 중국 학생들은 이곳에 적응하기 어렵다더군."

열등하고 미개한 혈통. "그렇군요."

"하지만 자네는 경우가 달라." 교수가 급히 덧붙였다. "자네는 적절한 양육을 받았고, 놀랍도록 성실하잖아. 그러니 문제 될 일이 없지."

"네." 로빈은 마른침을 삼켰다. 목이 몹시 깔깔했다. "저는 정말 운이 좋았죠."

옥스퍼드에 도착한 후 두 번째 토요일이 찾아왔다. 로빈은 후견인과의 저녁 식사를 위해 북쪽으로 향했다.

러벌 교수의 옥스퍼드 집은 약간 소박할 뿐 햄프스테드 저택과 비슷했다. 규모가 조금 작고 널따란 잔디밭 대신 앞뜰과 뒤뜰만 있었지만, 그래도 교수 월급으로 감당할 수준을 넘는 집이었다. 현관 양옆 울타리를 따라 붉은 체리가 통통하게 달린 나무들이 늘어서 있었다. 하지만 가을로 접어든 이 시기까지 체리가 저렇게 한창일 리는 없었다. 로빈은 뿌리 근처의 잔디를 살펴보면 분명 은막대가 묻혀 있을 거라는 생각이 들었다.

"얘야!" 그가 벨을 누르기 무섭게 파이퍼 부인이 나타났다. 부인은 로빈의 재킷에서 나뭇잎을 털어내고, 그를 빙빙 돌리며 갈대 같은 몸을 살폈다. "세상에, 벌써 비쩍 말랐네."

"음식이 형편없어요." 로빈의 얼굴에 미소가 한가득 피었다. 그동안 부인이 얼마나 그리웠는지 새삼 깨달았다. "말씀대로였어요. 어제저녁은 청어 절임—"

부인이 헉 소리를 냈다. "맙소사."

"콜드비프—"

"저런!"

"그리고 딱딱한 빵이었어요."

"야박하기도 해라. 걱정하지 마라. 내가 벌충하고도 남을 만큼 요리했으니까." 부인이 로빈의 양 볼을 토닥였다. "그것 말고 대학 생활은 어떠니? 그 펄럭대는 검정 가운은 입을 만해? 친구들은 사귀었고?"

로빈이 대답하려는 참에 러벌 교수가 계단을 내려왔다.

"왔구나, 로빈." 교수가 말했다. "들어오너라. 파이퍼 부인, 로빈의 외투—" 로빈은 외투를 훌렁 벗어서 파이퍼 부인에게 건넸고, 옷을 받은 부인은 잉크가 묻은 소맷동을 못마땅한 눈으로 살폈다. "수업은 어떠냐?"

"경고하신 대로 벅차요." 로빈은 이 말을 하며 성숙해진 기분이 들었다. 목소리도 왠지 굵게 나왔다. 집을 떠난 지 겨우 일주일밖에 안 됐지만 그새 몇 년이나 나이를 먹은 느낌이었다. 이제는 소년이 아닌 청년으로 행세할 수 있을 것 같았다. "하지만 즐겁게 벅차요. 정말 많이 배우고 있어요."

"차크라바르티 교수 말이 네가 그라마티카에 좋은 기여를 했다고 하더구나."

"제가 바라는 만큼은 아니에요. 문언문에는 어떻게 처리할지 감도 오지 않는 불변화사가 많아요. 번역의 절반은 어림짐작 느낌이에요."

"난 수십 년째 그런 느낌이야." 교수가 식당을 가리켰다. "갈까?"

식당의 모습은 햄프스테드로 돌아온 느낌을 주었다. 긴 식탁이 로빈이 늘 보던 것과 똑같은 방식으로 놓여 있었다. 로빈과 러벌 교수는 양 끝에 마주 보고 앉았다. 로빈의 오른편 벽에는 그림이 있었다. 다만 옥스퍼드 브로드 스트리트 대신 템스강을 그린 그림이었다. 파이퍼 부인이 두 사람에게 와인을 따라준 뒤 로빈에게 윙크를 날리고 다시 주방으로 사라졌다.

러벌 교수가 먼저 한 모금 마셨다. "플레이페어 교수에게 번역 이론을, 크래프트 교수에게 라틴어를 듣고 있지?"

"맞아요. 잘 진행되고 있어요." 로빈도 와인을 한 모금 마셨다. "크래프트 교수님은 저희를 빈 교실 취급하시는 것 같고, 플레이페어 교수님은 연극무대로 가셨어야 할 분이 길을 잘못 드신 것 같지만요."

러벌 교수가 껄껄 웃었다. 로빈도 엉겁결에 웃었다. 그가 후견인을 웃게 만든 것은 이번이 처음이었다.

"너희에게도 프삼메티쿠스 얘기를 했니?"

"하셨어요. 실제로 있었던 일인가요?"

"난들 알아? 헤로도토스가 그렇게 전할 뿐이지." 교수가 말했다. "헤로도토스 책에 프삼메티쿠스 왕에 관한 다른 이야기도 있어. 프삼메티쿠스는 세상 모든 언어의 근본이 되는 언어를 알아내고 싶었어. 그래서 갓난아기 둘을 양치기에게 주면서 아기들이 절대로 인간의 말을 듣지 못하게 하라는 분부를 내렸어. 아기들은 한동안 여느 유아처럼 옹알이만 했지. 그러던 어느 날 아기 중 하나가 양치기에게 작은 손을 뻗으며 외쳤어. *베코스.* 프리기아어로 빵이란 뜻이야. 그래서 프삼메티쿠스는 프리기아인이 지상 최초의 민족이며, 프리기아어가 최초의 언어라는 결론을 내렸다나 뭐라나. 어때, 귀여운 이야기지?"

"그런 주장을 받아들일 사람은 없겠죠?"

"당연히 없지."

"그런 방식이 정말 효과가 있을까요? 유아의 옹알이에서 우리가 실제로 배울 게 있을까요?"

"내가 알기론 없어. 문제는 유아가 언어 환경에서 격리되면 사람답게 성장하는 일 자체가 어렵다는 거야. 아이를 하나 사서 실험해보는 것도 흥미롭긴 하겠다만, 글쎄, 그건 좀 아니지." 교수가 고개를 갸웃했다. "하지만 원초적 언어의 존재를 상상하는 게 즐거운 일이긴 해."

“플레이페어 교수님도 비슷한 말씀을 하셨어요. 완벽하고, 선천적이고, 섞인 적 없이 순수한 언어에 대해서요. 아담의 언어.”

바벨에서 보낸 시간의 힘인지, 그는 러벌 교수와 대화하며 전에 없던 자신감을 느꼈다. 러벌 교수와 더 대등한 입장에서 동료로 소통하는 느낌이었다. 저녁 식사의 분위기는 심문보다는 같은 분야에 몸담은 학자들의 소탈한 대화에 더 가까웠다.

“아담의 언어라.” 교수가 인상을 썼다. “그 친구가 학생들 머리에 왜 그런 허황된 생각을 불어넣는지 모르겠군. 물론 멋진 비유이긴 해. 다만 몇 년에 한 번씩 아담의 언어를 인도유럽조어에서 발견하겠다거나 스스로 발명하겠다고 작심하는 학부생이 꼭 한 명씩 나오는 게 문제지. 그런 학생은 엄중한 질책이나 몇 주간의 실패를 겪은 다음에야 정신을 차리거든.”

“원초적 언어는 존재하지 않는다고 생각하세요?”

“물론이지. 독실한 기독교인들이나 그걸 믿겠지. 하지만 거룩한 말씀이 그토록 선천적이고 명료한 것이었다면 그 내용에 대한 논쟁이 이렇게 분분하진 않을걸.” 교수가 고개를 저었다. “아담의 언어가 영어일 거라고, 혹은 영어가 될 거라고 생각하는 사람들이 있어. 단지 영어가 경쟁자들을 가볍게 압도할 군사력과 권력을 등에 업었다는 이유만으로. 하지만 기억할 게 있어. 볼테르가 프랑스어를 보편 언어로 선언한 것이 불과 한 세기 전이야. 그러다 워털루 전투 이후 쑥 들어갔지. 또 웹과 라이프니츠는 중국어가 표의문자라는 점을 내세워서 한때 한자가 보편적으로 통용되었을 가능성을 제시했어. 하지만 퍼시가 중국어

195

는 이집트 상형문자의 파생물이라는 주장으로 이 논리를 뒤집었지. 내 말의 요지는 상황은 가변적이라는 거야. 지배적인 언어는 배후의 군사력이 쇠퇴한 후에도 얼마간 저력을 유지하긴 해. 예컨대 포르투갈어는 생각보다 엉덩이가 오래 무거웠지. 하지만 결국에는 모두 퇴색하고 유의미성을 잃게 돼. 다만 난 순수한 의미의 영역은 있다고 믿어. 즉 모든 개념이 완벽하게 표현되는 일종의 중간 언어가 존재한다고 생각해. 우리가 아직 도달하지 못했을 뿐. 하지만 그것을 제대로 포착했을 때의 감각이랄까, 그런 느낌은 있어."

"볼테르처럼요." 로빈은 술기운에 대담해졌고, 적절한 인용까지 생각해내자 더 신이 났다. "볼테르는 셰익스피어 작품의 프랑스어판 서문에 이렇게 썼죠. *나는 작가가 비상하는 곳까지 함께 비상하려 노력했다.*"

"그렇지." 교수가 말했다. "그런데 존 프레어는 어떻게 말했더라? *번역 언어는 가능한 한 순수하고, 감지할 수도 보이지도 않는 요소여야 하며, 생각과 감정의 전달 매체일 뿐, 그 이상이 되어서는 안 된다.* 하지만 언어로 표현되지 않은 생각과 감정이 있을 수 있을까? 우리가 그런 생각과 감정을 어떻게 알지?"

"그것이 은막대의 동력인가요?" 로빈은 이 대화가 점점 자신에게서 멀어지는 것을 느꼈다. 그는 러벌 교수의 이론에서 따라갈 자신이 없는 깊이를 감지했다. 길을 잃기 전에 화제를 다시 물질계로 돌려야 했다. "은막대가 그 순수한 의미를 포착해서 그걸로 작동하는 건가요? 우리가 그걸 번역이라는 투박한 근사치로 불러올 때 유실되는 것을 포착해서요?"

러벌 교수가 고개를 끄덕였다. "그게 우리가 내놓을 수 있는 최선의 이론이자 설명이야. 하지만 난 언어가 진화할수록, 그 언어의 사용자들이 박학다식해질수록, 다른 개념들을 흡수해서 팽창과 변형을 거치며 점점 더 많이 아우를수록, 우리가 그 본연의 언어와 가까워진다고 생각해. 즉 오해의 여지가 줄어드는 거지. 이것이 실버워킹에서 어떤 의미를 가질지에 대해서는 우리도 이제 막 알아가는 단계야."

"로망스어군[라틴어를 모어로 해서 분기한 언어들의 총칭] 학자들은 결국 할 말이 없어질 거라는 뜻인가요?"

농담으로 한 말인데도 러벌 교수는 격하게 고개를 끄덕였다. "바로 그거야. 지금은 프랑스어, 이탈리아어, 에스파냐어가 학부를 지배하지만, 그 언어들이 실버워킹 장부에 기여하는 정도는 해가 갈수록 줄고 있어. 유럽 전역의 교류가 너무 활발해진 탓이지. 차용어와 외래어가 넘쳐나. 프랑스어와 에스파냐어와 영어가 서로 가까워지면서 함의들이 변하고 합쳐지고 있어. 지금부터 수십 년 후에는 로망스어군을 이용한 은막대들이 아무 효과도 내지 못할지 몰라. 따라서 혁신을 원한다면 우린 동양을 노려야 해. 유럽에서 사용되지 않는 언어들이 필요한 거지."

"그래서 교수님이 중국어를 전공하신 거군요."

"그렇지." 교수가 고개를 끄덕였다. "내가 장담하는데, 중국이 미래야."

"그래서 교수님과 차크라바르티 교수님이 학부생 다양화에

앞장서신 거고요?”

“누구냐, 너한테 학부의 내부 정치를 발설한 사람이?” 교수
가 웃었다. “그래. 올해엔 고전학 전공자를 한 명만 뽑았는데, 그
것도 여학생이어서 감정 상한 사람들이 좀 있었지. 하지만 그게
순리야. 너희 선배 기수는 일자리를 찾는 데 애를 먹을 거야.”

“언어의 확산에 대해 말씀하시는 김에 궁금한 게 있어요….”
로빈은 목을 가다듬었다. “그 은막대들은 다 어디로 가나요? 누
가 사는 거예요?”

러벌 교수가 신기하다는 눈으로 로빈을 봤다. “그걸 구매할
여유가 있는 사람들이겠지, 물론.”

“그런데 제가 본 바로는 은막대가 널리 사용되는 곳은 영국밖
에 없어요. 광둥에도 있지만 대중적이지 않고, 캘커타도 마찬가
지라고 들었어요. 중국인과 인도인이 은막대의 기능에 필수적
인 요소를 제공하는데 영국인만 그걸 사용한다는 게 좀 이상하
다는 생각이 들어서요.”

“그거야 간단한 경제 원리지. 우리가 창출한 것을 구매하려면
돈이 상당히 필요한데, 그런 구매력이 마침 영국인에게 있을 뿐
이야. 우린 중국과 인도의 상인들과도 거래하지만 그들은 수출
세를 감당하기 힘들 때가 많아.”

“그런데 여긴 자선단체와 병원과 고아원에도 은막대가 있잖
아요. 우리에겐 도움이 절박한 사람들을 도울 은막대가 있어요.
하지만 그런 건 여기 아니면 세상 어디에도 없어요.”

로빈은 자신이 위험한 게임을 하고 있다는 것을 알았다. 하지

만 분명히 해둘 필요가 있었다. 러벌 교수와 그의 동료 전체를 함부로 적으로 규정할 수는 없었다. 바벨에 대한 그리핀의 적대적 평가를 확인 없이 무작정 받아들일 수는 없었다.

"글쎄, 우리가 하찮은 용도에 연구 에너지를 낭비할 수는 없지." 교수가 빈정대듯 말했다.

로빈은 다른 논법을 시도했다. "그렇긴 한데요, 어떤 식이든 주고받아야 공평하지 않나요?" 이제는 술을 많이 마신 것이 후회막급이었다. 헐겁고 취약한 느낌이었다. 지적인 논의여야 할 일에 격정이 앞섰다. "우리가 그들의 언어를, 그들이 세상을 보고 묘사하는 방식을 가져다 쓰잖아요. 그럼 우리도 그들에게 뭐라도 돌려줘야 하지 않나요?"

"하지만 언어는 차나 비단처럼 사고파는 상품과 달라. 언어는 무한 자원이야. 우리가 언어를 배우고 사용한다 해서 우리가 그걸 누구에게서 훔치는 건 아니잖아?"

교수의 말에는 일리가 있었지만, 결론은 여전히 로빈을 불편하게 했다. 상황이 그렇게 간단할 리 없었다. 분명히 이 논리는 부당한 강압이나 착취를 가리고 있었다. 하지만 그는 반박을 체계화할 수 없었고, 교수의 주장에서 오류를 짚어낼 수도 없었다.

"청 황제에겐 세계 최대 규모의 은 보유고가 있어." 교수가 말했다. "황제에겐 학자들이 많아. 심지어 영어를 아는 언어학자들도 있지. 그런데 왜 황제의 궁정에는 은막대가 가득하지 않을까? 중국은 그렇게 풍부한 언어를 가졌으면서 왜 자체적인 문법서조차 없을까?"

"시작할 자원이 없어서일 수 있죠."

"그렇다고 우리가 그걸 거저 넘겨줘야 하나?"

"요점은 그게 아니에요. 요점은 그들에게도 은막대가 필요하다는 거예요. 그런데 왜 바벨은 교환 프로그램으로 연구생을 해외에 보내지 않죠? 왜 그들에게 방법을 가르치지 않죠?"

"어느 나라가 자국의 가장 귀중한 자원을 유출하고 싶겠어?"

"하지만 그건 자유롭게 공유해야 할 지식을 독점하는 거잖아요? 언어와 지식이 무료라면서 그라마티카는 왜 모두 탑 안에 잠겨 있죠? 우린 왜 외국 연구생을 초청하지도 않고, 우리 연구생을 파견해 외국에 번역 센터가 설립되게 돕지도 않는 거죠?"

"왕립번역원으로서 우린 왕국의 이익에 봉사하기 때문이지."

"그건 근본적으로 부당해 보여요."

"그게 네 생각이냐?" 교수의 목소리에 싸늘한 기운이 돌았다. "로빈 스위프트, 넌 우리가 여기서 하는 일이 근본적으로 부당하다고 생각해?"

"저는 그저 알고 싶을 뿐이에요. 왜 은이 우리 어머니는 구하지 못했는지."

잠시 침묵이 흘렀다.

"네 어머니 일은 유감스럽게 생각한다." 교수가 나이프를 집어 들고 스테이크를 썰기 시작했다. 당황한 기색이 역력했다. "하지만 아시아 콜레라는 광둥의 열악한 공중위생의 산물이지 은막대의 불평등한 분배 탓이 아니야. 거기다 죽은 사람을 되살릴 매치페어는 없어."

"그게 변명이 되나요?" 로빈은 술잔을 내려놓았다. 이제 제대로 취기가 올랐고, 그것이 그를 전투적으로 만들었다. "그때 교수님에겐 은막대가 있었잖아요. 만들기도 쉽다고 교수님이 직접 말했잖아요. 그런데 왜—"

"작작 해." 교수가 말을 잘랐다. "고작 여자 하나였어."

초인종이 울렸다. 로빈은 흠칫 놀랐다. 포크가 접시를 쨍그랑 때리며 바닥에 떨어졌다. 그는 황망히 포크를 주웠다. 파이퍼 부인의 목소리가 복도를 울렸다. "아니, 이게 누구신가요! 교수님은 저녁 식사 중이세요. 안으로 모실게요." 다음 순간 우아하게 차려입은 금발의 잘생긴 청년이 책을 한 꾸러미 들고 식당으로 성큼 들어섰다.

"스털링!" 교수가 나이프를 내려놓고 일어나 낯선 이를 맞았다. "늦는다고 하지 않았나?"

"런던 일이 예상보다 일찍 끝났어요." 스털링은 로빈과 눈이 마주치자 순간 온몸이 굳었다. "어? 안녕."

"안녕하세요." 로빈은 당황해서 객쩍게 말했다. 청년은 그 유명한 스털링 존스였다. 윌리엄 존스 경의 조카이자 학부의 스타. "만나서 반갑습니다."

스털링은 아무 말 없이 로빈을 한참 동안 바라보기만 했다. 그의 입술이 묘하게 실룩였을 뿐, 로빈은 그의 표정을 읽을 수 없었다. "세상에."

러벌 교수가 헛기침을 했다. "스털링."

그럼에도 스털링의 눈길은 여전히 로빈의 얼굴에 머물렀다.

잠시 후에야 그는 눈길을 옮겼다.

"어쨌든 환영해." 스털링이 깜빡했다는 듯이 말했다. 하지만 이미 로빈에게서 등을 돌린 상태였고, 그의 말투는 작위적이고 어색했다. 그는 책을 식탁에 내려놓았다. "교수님 말이 맞았어요. 열쇠는 마테오 리치 사전이에요. 포르투갈어를 거칠 때 일어나는 일을 우리가 놓치고 있었어요. 그 부분은 제가 도울 수 있어요. 제가 여기 표시한 문자들을 데이지체인 기법으로 연결하면—"

러벌 교수가 책장을 훌훌 넘겼다. "습기로 잔뜩 울었군. 설마 제값 다 준 건 아니겠지."

"한 푼도 내지 않았어요. 제가 바보인가요?"

"흠, 마카오 때 일을 생각하면—"

그들은 열띤 토론에 빠졌다. 로빈은 안중에 없었다.

로빈은 그들을 멍하니 봤다. 술기운과 소외감이 동시에 올라왔다. 뺨이 불난 듯 뜨거웠다. 식사를 끝내지 않았지만, 계속 먹기도 어색했다. 게다가 더는 식욕이 없었다. 이전의 자신감은 간데없이 사라졌다. 다시 어린아이가 된 기분이었다. 러벌 교수의 거실에 모인 까마귀 떼 같은 방문객들에게 조롱당하다가 방에서 쫓겨났던 멍청한 어린아이.

로빈은 이 모순에 놀랐다. 그는 그들을 경멸했다. 그들은 좋지 않은 일을 꾸미는 자들이 분명했다. 그럼에도 여전히 그들에게 존중받고 싶었고, 그래서 그들 무리의 일원이 되고 싶었다. 그것은 매우 야릇한 감정의 조합이었다. 그는 이 감정을 어떻게 정리해야 할지 막막했다.

하지만 우리 대화는 아직 끝나지 않았어요. 그는 아버지에게 말하고 싶었다. *우리 어머니 얘기를 하는 중이었잖아요.*

그의 가슴이 조여왔다. 심장이 우리를 뛰쳐나오려는 짐승처럼 몸부림쳤다. 신기한 일이었다. 이런 무시는 전부터 많이 겪었다. 전부터 러벌 교수는 로빈의 감정을 인정해준 적도, 관심이나 위로를 베푼 적도 없었다. 그저 불쑥 화제를 바꾸고, 차갑고 무심한 벽을 둘러치고, 로빈의 상처를 축소해서 언급조차 경박한 일로 삼았다. 지금은 로빈이 익숙해진 일이었다.

술기운 탓인지, 아니면 울분이 너무 오래 쌓여 한계점을 넘은 탓인지, 이제야 그는 비명을 지르고 싶어졌다. 울고 싶었다. 벽을 걷어차고 싶었다. 어떻게 해서든 아버지가 자신을 똑바로 보게 하고 싶었다.

"참, 로빈." 교수가 눈을 들었다. "나가는 길에 파이퍼 부인에게 커피 부탁한다고 전해라."

로빈은 외투를 움켜잡고 방을 나왔다.

그는 하이 스트리트에서 맥파이 레인으로 길을 꺾지 않았다.

대신 더 가다가 머턴 칼리지 교정으로 들어갔다. 밤의 정원은 험상궂고 섬뜩했다. 빗장이 걸린 철문 뒤에서 검은 나뭇가지가 손가락처럼 뻗어 나와 있었다. 그는 부질없이 자물쇠를 만지작거렸다. 그러다 철창살 사이 좁은 틈으로 헉헉대며 기어올랐다. 그는 정원으로 몇 걸음 들어가다가 자작나무가 어떻게 생겼는지 모른다는 것을 깨닫고 걸음을 멈췄다.

그는 한 걸음 물러나 주위를 둘러봤다. 바보가 된 기분이었다. 그때 희끄무레한 것이 눈에 들어왔다. 경배 자세처럼 낮은 상향 곡선으로 다듬은 뽕나무 덤불에 둘러싸인 창백한 나무 한 그루. 창백한 나무 몸통에 옹이가 튀어나와 있었는데, 달빛을 받아 대머리처럼 빛났다. 수정 구슬 같기도 했다.

딱 보면 안다고 했어.

그는 달빛 아래 까마귀 같은 망토를 펄럭이며 이 창백한 나무를 손끝으로 어루만지는 자신의 형을 그려봤다. 그리핀은 연극적인 연출을 좋아하는 사람이었다.

그는 가슴에 뜨겁게 똬리를 튼 덩어리를 느꼈다. 긴 산책으로 술은 깼지만 분노는 가라앉지 않았다. 그는 아직도 소리를 지르고 싶었다. 아버지와의 저녁 식사가 나를 이렇게 격분시켰나? 이런 게 그리핀이 말한 의로운 분노일까? 하지만 그의 감정은 혁명의 불꽃처럼 단순하지 않았다. 그의 심장을 덮친 느낌은 확신이라기보다 의심, 원망, 깊은 혼란이었다.

그는 이곳이 미웠다. 하지만 이곳을 사랑했다. 그는 이곳이 자신을 대하는 방식에 분개했다. 그래도 여전히 이곳의 일부이고 싶었다. 왜냐하면 이곳의 일부인 것이, 이곳 교수들과 지적으로 동등한 사람으로서 대화하는 것이, 그 위대한 게임의 일원인 것이 너무나 짜릿하기 때문이었다.

불쾌한 생각 하나가 그의 머리에 기어들었다. *그건 네가 상처 입은 꼬마이기 때문이야. 너는 그들의 관심이 고팠던 거야.* 하지만 그는 이 생각을 밀어냈다. 자신이 그렇게 옹졸한 인간일 리 없었다. 단지 무시당한다고 해서 아버지를 맹비난하는 것일 리 없었다.

그는 충분히 보고 들었다. 그는 바벨이 본질적으로 어떤 곳인지 알았다. 자신의 직감을 믿을 만큼 충분히 알았다.

그는 손끝으로 나무를 만져봤다. 손톱으로는 어림없을 듯했다. 칼이 이상적이겠지만, 그는 칼을 들고 다니지 않았다. 결국 그는 주머니에서 만년필을 꺼내 펜촉을 옹이에 대고 눌렀다. 나무가 파였다. 그는 십자 표시가 될 때까지 나무를 여러 번 힘껏 긁었다. 손가락이 욱신거리고 펜촉이 되돌릴 수 없게 망가졌다. 하지만 마침내 그는 자신의 흔적을 남겼다.

7

그다음 월요일, 로빈이 수업을 마치고 방에 돌아왔을 때 창턱 아래에 종이가 꽂혀 있었다. 그는 종이를 황급히 낚아챘다. 심장이 쿵쾅댔다. 그는 문을 닫고 바닥에 앉아 미간을 잔뜩 모으고 그리핀의 빽빽한 필체를 들여다봤다.

쪽지는 중국어로 적혀 있었다. 로빈은 두 번 읽었다. 다음에는 거꾸로 읽었다가 다시 제대로 읽었다. 난감했다. 그리핀이 한자들을 무작위로 나열한 것 같았다. 문장들이 통 말이 되지 않았다. 아니, 문장이라고 하기도 어려웠다. 구두점은 있었지만 한자들이 문법을 무시한 채 배열되어 있었다. 이건 분명히 암호였다. 하지만 그리핀은 로빈에게 암호를 풀 단서를 주지 않았다. 로빈은 그리핀이 암호 해독을 돕기 위해 흘렸을 법한 문학적 암시나 미묘한 힌트를 찾아 기억을 더듬었지만 아무것도 떠오르지 않았다.

그러다 로빈은 자신이 완전히 헛다리 짚었음을 깨달았다. 이것은 중국어가 아니었다. 그리핀은 한자를 이용해서 추측건대 영어를 쓴 거였다. 로빈은 일기장에서 종이를 한 장 찢어내 그리핀의 쪽지 옆에 놓고, 한자를 하나하나 로마자로 풀어 썼다. 로마자로 표기한 한자 독음이 영어 단어의 철자법과 많이 달랐기 때문에 일부 단어는 추측에 의지해야 했지만, 결국 몇 가지 공통적인 변환 패턴을 알아냈다. 예컨대 트어는 항상 'the'를 뜻하고, 우이는 oo였다. 그는 암호문을 해독하는 데 성공했다.

다음번 비 오는 밤. 정확히 자정에 문을 열어. 현관 안에서 기다리고 있다가 5분 후 다시 밖으로 나가. 아무와도 말하지 마. 이후 곧장 집으로 가. 내 지시에서 벗어나지 마. 외운 다음 태워버려.

쪽지는 퉁명스럽고, 직설적이고, 최소한의 정보만 제공했다. 딱 그리핀 본인처럼. 옥스퍼드에는 비가 수시로 내렸다. 다음번 비 오는 밤은 당장 내일일 수도 있었다.

로빈은 쪽지를 완전히 외울 때까지 읽고 또 읽은 다음 원문과 해독문 모두 벽난로에 던져 넣었다. 그리고 한 조각도 남김없이 재로 변할 때까지 뚫어져라 지켜봤다.

수요일에 비가 쏟아졌다. 오후 내내 안개가 자욱하더니 하늘이 시커메졌다. 로빈은 하늘을 보며 점점 더 두려움에 떨었다. 6시에 차크라바르티 교수의 연구실을 나섰을 때 부슬비가 보도를 서서히 회색으로 물들였다. 맥파이 레인에 도착했을 때는 빗줄기가 굵어져 돌길을 꾸준히 때렸다.

그는 방문을 닫아걸고, 라틴어 강독 숙제를 책상에 폈다. 시간이 될 때까지 숙제를 보기라도 하려고 애썼다.

11시 반이 되었다. 장대비는 그칠 기미가 없었다. 듣기만 해도 차가운 비였다. 사나운 바람이나 눈이나 우박 없이도, 비는 돌길에 타닥타닥 떨어지는 소리만으로 얼음덩이가 피부를 때리는 느낌을 주었다. 로빈은 비로소 그리핀의 지시에 숨은 의도를 깨달았다. 이런 밤에는 앞을 몇 걸음 이상 보기 어렵고, 보인다 해도 굳이 쳐다볼 마음이 들지 않는다. 이런 폭우는 따뜻한 곳에 도착할 때까지 그저 고개를 숙이고, 어깨를 웅크리고, 세상을 외면한 채 걷게 만든다.

자정까지 15분 남았을 때, 로빈은 후다닥 외투를 입고 복도로 나섰다.

"어디 가?"

로빈은 얼어붙었다. 라미가 자고 있는 줄 알았다.

"도서관에 놓고 온 게 있어서."

라미가 고개를 갸웃했다. "또?"

"우리의 저주인가 봐." 로빈은 애써 무표정을 유지하며 말했다.

"비가 쏟아지는데 내일 가져와." 라미가 얼굴을 찡그렸다. "뭔데 그래?"

로빈은 *내 강독 숙제*,라고 말할 뻔했다. 어림없는 말이었다. 밤새 강독 숙제를 할 거라고 이미 떠들지 않았던가. "아, 내 일기장. 거기 두면 잠이 안 올 것 같아. 누가 볼까 봐 불안해."

"그 안에 뭐가 있는데? 연애편지?"

"아니, 그냥— 신경 쓰여서."

로빈의 거짓말이 감쪽같았거나, 라미가 졸린 탓에 정신이 없었거나, 둘 중 하나였다. "내일 깨워줘." 라미가 하품하며 말했다. "난 밤새 드라이든 책을 읽어야 해. 너무 싫어."

"알았어." 로빈은 약속하고 서둘러 밖으로 나갔다.

억수같이 내리는 비 때문에 하이 스트리트를 걷는 10분이 영원처럼 느껴졌다. 멀리서 바벨이 따뜻한 촛불처럼 빛났다. 각 층마다 여전히 대낮처럼 불을 밝히고 있었지만, 창문 너머 사람의 실루엣은 거의 보이지 않았다. 바벨 연구생들이 밤낮없이 일하긴 했지만, 그래도 9~10시쯤이면 대부분 보던 책을 챙겨 들고 집으로 갔고, 자정까지 남아 있는 사람은 아침까지 탑을 떠나지 않을 공산이 컸다.

로빈은 잔디밭에 이르러 잠시 걸음을 멈추고 사방을 둘러봤다. 아무도 보이지 않았다. 그리핀의 편지는 너무 모호했다. 헤르메스 요원들이 보일 때까지 기다려야 할지, 아니면 일단 가서 그리핀의 명령을 정확히 이행해야 할지 알 수 없었다.

내 지시에서 벗어나지 마.

자정을 알리는 종이 울렸다. 그는 다급히 바벨 출입문으로 갔다. 입이 마르고 숨이 가빴다. 그가 돌계단에 닿았을 때 어둠 속에서 두 형체가 나타났다. 둘 다 검은 옷을 입은 청년이었는데, 비에 가려 얼굴은 알아볼 수 없었다.

"어서." 그중 한 명이 속삭였다. "서둘러."

로빈은 문으로 올라섰다. "로빈 스위프트." 그는 작지만 분명하게 말했다.

결계가 그의 피를 인식했다. 자물쇠가 딸깍 열렸다.

로빈은 문을 당겨서 열고 문지방에서 잠깐 멈칫댔다. 그 짧은 순간에 뒤의 형체들이 탑으로 미끄러져 들어갔다. 그는 그들의 얼굴은 전혀 보지 못했다. 그들은 유령처럼 빠르게 조용히 계단을 뛰어올라갔다. 로빈은 현관 안에서 대기했다. 몸이 덜덜 떨리고 이마에서 빗물이 뚝뚝 떨어졌다. 그는 시계에 눈을 고정하고 약속된 5분을 향해 움직이는 시곗바늘을 바라봤다.

모든 것이 싱겁게 끝났다. 시간이 되자 로빈은 몸을 돌려 문을 나섰다. 허리에 뭐가 슬쩍 부딪히는 느낌이 났을 뿐 그 외에는 아무것도 감지하지 못했다. 속닥이는 소리도 없었고, 은막대가 쟁강대는 소리도 없었다. 헤르메스 요원들은 어둠 속으로 사라졌다. 몇 초 만에 그들은 존재한 적이 없었던 것처럼 자취를 감췄다.

로빈은 돌아서서 다시 맥파이 레인을 향해 걸었다. 그는 격하게 몸을 떨었다. 자신이 방금 저지른 일의 대담함에 정신이 아득했다.

그는 제대로 잠들지 못했다. 악몽 같은 상념 속에 계속 뒤척였고, 불길한 몽상에 시달리며 시트를 땀으로 적셨다. 그의 불안은 경찰이 문을 부수고 쳐들어와 모두 봤고 모두 안다고 호통치며 자신을 감옥으로 끌고 가는 상상으로 이어졌다. 새벽녘에야 겨우 잠들었다가 너무 지친 나머지 아침 종소리를 놓치고 말았다.

그는 청소부가 문을 두드리며 바닥을 청소할지 말지 물었을 때
에야 잠에서 깼다.

"아, 네, 죄송해요. 잠깐만요. 금방 나갈 거예요." 그는 세수를
하는 둥 마는 둥 옷을 입고 허둥지둥 나갔다. 동기들과 수업 전
에 5층 스터디 룸에서 만나 번역한 것을 비교하기로 했는데, 이
미 끔찍하게 늦었다.

"이제 왔네." 그가 도착하자 라미가 말했다. 라미와 레티와 빅
투아르 모두 정사각형 탁자에 둘러앉아 있었다. "두고 와서 미안
해. 네가 벌써 간 줄 알았어. 두 번 노크했는데 대답이 없길래."

"괜찮아." 로빈도 자리에 앉았다. "잠을 잘 못 잤어. 천둥 때문
인 것 같아."

"괜찮아?" 빅투아르가 걱정스러운 표정으로 물었다. "너, 안색
이 좀⋯ 창백한데?"

"그냥 악몽 탓이야. 가끔 그래."

이 변명은 그의 입을 떠난 순간 멍청하게 들렸다. 하지만 빅투
아르는 동정 어린 손으로 그의 손을 토닥였다. "그럴 수 있지."

"이제 시작할까?" 레티가 까칠하게 물었다. "라미가 너 올 때
까지 못 하게 해서 어휘만 대충 보고 있었거든."

로빈은 급히 페이지를 넘겨 어젯밤 과제였던 오비디우스의
글을 찾았다. "미안― 그래, 빨리 하자."

그는 모임이 파할 때까지 버틸 자신이 없었다. 하지만 차가운
나무 책상에 떨어지는 따뜻한 햇살, 펜촉이 종이를 긁는 소리,
그리고 레티의 또박또박한 구술이 그의 기진한 정신을 일으켜

집중하게 했다. 어느덧 그날의 시급한 문제는 임박한 퇴학이 아닌 라틴어가 되었다.

스터디 모임은 예상보다 훨씬 활기찼다. 번역한 것을 체스터 씨에게 큰 소리로 읽어주면 체스터 씨가 비꼬듯 오류를 잡는 방식에 익숙해 있던 로빈은 표현 방식, 구두점, 반복의 허용치를 두고 이렇게 열띤 토론이 가능할 줄은 예상하지 못했다. 네 사람의 번역 스타일은 확연히 달랐고, 이 점이 금세 명백해졌다. 라틴어의 문법 구조를 최대한 지킬 것을 고집하는 레티는 그 때문에 번역 문장이 기겁할 만큼 부자연스러워지는 것도 허용할 태세였다. 이와 정반대로 라미는 수사학적 수식을 위해서라면 언제라도 기술적 정확성을 팽개칠 준비가 되어 있었다. 그는 없는 절을 만들어 삽입하는 한이 있더라도 요점 전달이 우선이라고 주장했다. 한편 빅투아르는 영어의 한계에 끝없이 좌절했다. "너무 어색해. 프랑스어가 더 잘 맞아떨어져." 레티는 매번 열렬히 동의했고, 이에 라미는 비웃었고, 그러면 오비디우스 분석은 또다시 나폴레옹 전쟁을 둘러싼 말씨름에 밀려 뒷전이 되었다.

"기분이 좀 나아졌어?" 휴식 시간에 라미가 로빈에게 물었다.

그는 실제로 나아졌다. 사어死語라는 피난처로 숨어드는 기분이 좋았다. 수사학 전쟁의 승패는 그를 실질적으로 해칠 수 없었다. 남은 하루가 평범하게 느껴졌다. 그는 동기들과 차분히 앉아 타이틀러만이 관심사인 척하며 플레이페어 교수의 강의에 임할 수 있었다. 그는 자신의 뻔뻔함에 놀랐다. 대낮에 생각하니 간밤의 모험이 아득한 꿈만 같았다. 구체적이고 견고한 것은 옥스퍼드, 강의와 교수들, 갓 구운 스콘과 클로티드 크림이었다.

그럼에도 그는 이 모든 것이 잔인한 농담일 뿐이며 언제라도 이 위장극의 막이 떨어질 거라는 두려움을 지울 수 없었다. 아무 일 없이 넘어갈 리 없었다. 그는 바벨의 것을 훔쳤다. 말 그대로 자신이 피를 바친 이 기관에서 도둑질을 했다. 배신행위를 하고도 이런 삶을 계속 영위하는 것은 가당찮은 일이었다.

오후가 무르익으며 불안감이 그를 본격적으로 덮쳤다. 간밤에는 짜릿하고 의로운 사명처럼 보였던 일이 이제는 기막히게 멍청한 짓거리로 느껴졌다. 그는 라틴어에 집중할 수 없었다. 급기야 크래프트 교수가 시구를 분석하라는 지시를 세 번이나 내렸건만, 교수가 그의 눈앞에서 손가락을 튕기기 전까지 정신을 차리지 못했다. 그는 끔찍한 시나리오들을 생생하고 구체적으로 상상했다. 경찰이 들이닥쳐 "저놈이다, 저놈이 도둑이야"라고 외치고, 동기들이 충격에 빠진 눈으로 쳐다보고, 어떤 까닭인지 검사이자 판사인 러벌 교수가 자신에게 차갑게 교수형을 선고하는 과정을 상상했다. 벽난로 부지깽이가 계속해서 잔인한 기계처럼 움직이며 자신의 뼈를 하나하나 부러뜨리는 장면을 상상했다.

하지만 상상은 상상으로 끝났다. 아무도 그를 체포하러 오지 않았다. 수업은 느리고 단조롭게, 아무 방해 없이 진행되었다. 그의 공포는 잦아들었다. 저녁 식사를 위해 홀에 동기들과 다시 모였을 때는 간밤에 아무 일 없었던 양 자신을 속이는 일이 놀랄 정도로 쉬워졌다. 감자는 식었고, 스테이크는 너무 질겨서 한 입 크기로 잘라내느라 녹초가 될 판이었다. 하지만 친구들과 음식을 앞에 놓고 앉아서, 라미가 윤색에 가깝게 번역한 글에 대한 크래프트 교수의 짜증 어린 지적을 흉내 내며 웃을 때는 간밤의 일이 정말로 먼 기억처럼 아득해졌다.

그날 밤 집에 돌아왔을 때 창턱 아래에 새로운 쪽지가 로빈을 기다리고 있었다. 그는 떨리는 손으로 쪽지를 폈다. 휘갈겨 쓴 메시지는 아주 짧았다. 그는 이번에는 머릿속으로 해독했다.

다음 연락을 기다려.

그는 자신의 실망감을 이해할 수 없었다. 이 악몽에 휘말린 것을 후회하는 마음으로 하루를 보내지 않았던가. 그리핀의 조롱이 들리는 듯했다. *왜? 등이라도 두드려주길 바랐어? 잘했다고 과자라도 줄 줄 알았어?*

그는 더 많은 것을 바라는 자신을 발견했다. 하지만 언제 다시 그리핀에게서 연락이 올지 알 길이 없었다. 그리핀이 전에 경고한 바에 따르면 접선은 산발적으로 일어나며, 학기가 다 가도록 연락이 없을 수도 있었다. 로빈은 필요할 때 소환될 뿐이었다. 다음 날 저녁에도, 그다음 날 저녁에도 그의 창턱에 쪽지는 없었다.

며칠이 지나고 몇 주가 흘렀다.

넌 여전히 바벨 학생이야. 그리핀이 전에 말했다. 그렇게 행동해.

이 지령은 생각보다 쉬웠다. 그리핀과 헤르메스에 대한 기억이 마음 뒤편으로 밀려나 악몽과 어둠 속으로 멀어지고, 옥스퍼드와 바벨에서의 삶이 눈부시게 선명한 색채로 전면에 부상했다.

그는 이곳과 이곳 사람들과 사랑에 빠졌다. 너무나 빨리 일어난 일이라 스스로도 놀랄 정도였다. 일어나는지도 인식하지 못했다. 첫 학기에 그는 머리가 빙빙 돌았고, 어안이 벙벙했고, 기진맥진했다. 수업과 과제는 기계적 패턴을 만들었다. 그는 미친 듯이 읽었고, 밤에도 늦게까지 졸린 눈으로 읽었다. 동기들이 즐거움과 위안의 유일한 원천이었다. 고맙게도 소녀 동기들은 로빈과 라미가 준 불쾌한 첫인상을 빠르게 용서했다. 로빈은 빅투아르 역시 자신처럼 고딕 호러부터 로맨스까지 모든 종류의 문학을 부끄럼 없이 사랑한다는 것을 알게 되었다. 둘은 런던에서 들어오는 최신 통속소설집을 바꿔 읽으며 평을 나누는 것이 커다란 낙이었다. 그리고 레티가 두 소년이 영 멍청하진 않으며 옥스퍼드에 있을 정도는 된다고 인정하면서 그녀의 까칠함의 강도도 대폭 줄었다. 그녀는 영국 계급구조에 대한 신랄한 위트와 예리한 통찰을 자랑했다. 성장 배경 덕분이었다. 그녀의 기지는 로빈이나 라미를 겨냥하지 않을 때는 한없이 통쾌한 논평을 낳았다.

"콜린은 하찮은 중산층 거머리야. 자기 가족이 케임브리지 수학 교수를 한 명 안다고 인맥이 빵빵한 척해." 맥파이 레인에 다녀간 이후 레티는 이렇게 말했다. "변호사가 되고 싶으면 그냥 법학원에서 수습을 밟으면 될 일인데 굳이 여기 온 이유는 명망과 연줄을 얻길 원해서야. 문제는 그 인간이 그걸 얻을 만한 매력이 전혀 없다는 거지. 젖은 수건 같은 인간이랄까. 축축하고 들러붙지."

이 시점에서 그녀는 눈을 휘둥그레 뜨고 호들갑스럽게 인사하는 콜린의 흉내를 냈고, 나머지 셋은 자지러졌다.

라미, 빅투아르, 레티. 이들은 로빈의 삶에 색채가 되었다. 이들은 그가 학업 밖의 세상과 만나는 유일하고 상식적인 접점이었다. 그들에겐 서로밖에 없었기에 서로가 필요했다. 바벨의 선배 학생들은 심하게 배타적이었다. 그들은 너무 바빴고, 범접하기 힘들 만큼 명석하고 비범했다. 학기 2주 차에 레티가 가브리엘이라는 대학원생에게 자기도 프랑스어 독서 그룹에 들어갈 수 있을지 대담하게 물었지만 오직 프랑스인만이 뱉을 수 있는 경멸조로 단박에 거절당했다. 로빈은 희미한 네덜란드어 억양을 가진 일스 데지마*라는 일본인 학생과 친해지려고 노력했다. 차크라바르티 교수의 집무실을 드나드는 길에 자주 마주치는 3학년 학생이었는데, 그녀는 로빈이 몇 번 인사를 시도할 적마다 구두에 진흙이 튄 것처럼 오만상을 썼다.

그들은 2학년 학생들과도 친분을 터보려고 했다. 2학년생들은 다섯 명 모두 백인 청년이었고, 머턴 스트리트 건너편에 살았다. 하지만 그중 필립 라이트가 학부 회식에서 로빈에게 1학년생들의 구성이 국제적인 것은 오직 학내 정치 때문이라고 말하는 순간, 친해보려는 로빈의 시도는 물 건너갔다.

"학부위원회는 유럽어를 우선시할지, 아니면… 보다 이국적인 언어들을 우대할지의 문제로 항상 싸워. 차크라바르티 교수

---

* 로빈처럼 일스도 본명이 아니라 채택한 이름으로 불렸다. 영국 이름(일스는 엘리자베스의 별칭)과 그녀의 고향 섬 이름(데지마)을 결합한 이름이었다.

와 러벌 교수가 학생 구성의 다양화를 외치며 몇 년째 소동을 벌이고 있지. 그들은 우리가 모두 고전학 전공인 걸 탐탁해하지 않았어. 너희는 학부의 과잉 교정 덕분에 선발된 거야.”

로빈은 예의를 지키려고 노력했다. “그게 왜 그렇게 나쁜 일인지 모르겠네요.”

“음, 그 자체가 나쁜 건 아니지. 하지만 입학시험을 통과한 동등한 자격의 지원자들에게서 자리를 빼앗은 셈이니까.”

“난 입학시험을 보지 않았어요.”

“바로 그거야.” 필립은 콧소리를 내며 비웃었고, 그날 저녁 내내 로빈에게 더는 한마디도 하지 않았다.

결국 라미와 레티와 빅투아르만이 로빈의 꾸준한 대화 상대가 되었고, 자연스럽게 로빈은 이들의 눈을 통해 옥스퍼드를 보기 시작했다. 라미는 이드 & 레이븐스크로프트 양복점 진열창에 걸려 있는 보라색 목도리에 반했다. 레티는 퀸스 레인 커피하우스의 밖에 소네트 시집을 들고 앉아 있는 강아지 같은 눈의 청년을 볼 때마다 까르르 웃어댔다. 빅투아르는 볼츠 & 가든의 갓 구운 스콘에 열광했다. 하지만 정오까지 프랑스어 튜토리얼에 잡혀 있기 때문에, 로빈이 대신 사서 빅투아르의 수업이 끝날 때까지 주머니에 잘 보관하고 있어야 했다. 읽기 교재마저 흥미로워졌다. 로빈은 그것을 나중에 불평으로든, 유머로든 동기들과 나눌 예리한 논평의 원천 자료로 봤다.

4인방에게 불화가 없는 것은 아니었다. 그들은 자존감과 의견이 넘치는 총명한 젊은이들이 으레 그렇듯 끝없이 언쟁했다. 로

217

빈과 빅투아르는 영국 문학과 프랑스 문학의 우월성을 놓고 장시간 논쟁을 벌였는데, 특이하게도 둘 다 이때만큼은 자신을 입양한 나라에 불같은 충성심을 보였다. 빅투아르는 영국 최고의 이론가들이라고 해봤자 볼테르나 디드로에 비하면 우습다고 주장했고, 로빈은 그녀가 "도서관 번역서는 원서에 대면 엉터리니 아예 읽지 말라"고 빈정대지만 않았어도 그 말을 믿어줄 용의가 있었노라고 받아쳤다. 빅투아르와 레티는 평소에는 꽤 가까웠지만, 돈 문제에 대해서는 늘 날을 세웠다. 또 레티의 아버지가 딸과 연을 끊었다고 해서 과연 레티를 본인 주장처럼 빈민으로 볼 수 있는지를 놓고도 대립했다.[*] 레티와 라미가 특히 많이 티격태격했다. 레티는 식민지에 발을 들여놓은 적도 없기 때문에 영국의 인도 지배에 따른 소위 '혜택'에 대해 왈가왈부할 자격이 없다는 라미의 주장이 다툼의 주된 이유였다.

"나도 인도에 대해 좀 알거든?" 레티가 우겼다. "논문을 종류별로 다 읽었고, 엘리자베스 해밀턴의 『힌두 라자의 편지 번역본』도 읽었어."

"아, 그거?" 라미가 받아쳤다. "인도가 무슬림 침략자들의 폭압에 짓밟힌 사랑스러운 힌두 국가라고 말하는 책?"

이 시점에서 레티는 항상 방어적으로 변했고, 다음 날까지 부루퉁한 얼굴로 짜증을 냈다. 하지만 전적으로 그녀의 잘못은 아

[*] 로빈과 라미는 이 논쟁에 끼지 않았다. 다만 개인적으로 라미는 레티의 주장에 일리가 있다고 봤다. 레티는 여자라서 애초에 프라이스 가문의 재산을 상속받을 자격이 없었다. 반면 로빈은 그들 모두 학교로부터 내킬 때마다 외식할 만큼 상당한 급료를 받고 있기 때문에 레티가 자신을 "빈곤층"으로 부르는 것은 너무나 '부유한' 생각이라는 입장이었다.

니었다. 라미는 유난히 레티를 도발했고, 그녀의 모든 주장을 부수겠다는 의지에 불탔다. 레티의 기고만장과 아집은 라미가 영국인에 대해 경멸하는 모든 것을 대변했다. 로빈이 보기에 라미는 레티가 자기 나라에 대한 반역을 선포하기 전까지 만족할 성싶지 않았다.

하지만 다툼이 그들을 갈라놓지는 못했다. 오히려 이런 논쟁이 그들을 더욱 공고하게 묶었고, 그들의 개성을 더 뚜렷이 세웠으며, 그들이 동기 집단이라는 퍼즐에 각자의 모양대로 들어맞는 방식을 보여주었다. 그들은 모든 시간을 함께 보냈다. 주말에는 볼츠 & 가든 밖의 구석 자리에 모여 앉아 영어의 변칙성을 놓고 유일한 원어민인 레티를 심문했다.(로빈이 물었다. "콘드비프(corned beef)가 뭐야? 소고기에 무슨 짓을 했다는 거야?"* "웰처(welcher)가 뭐야?"** 빅투아르도 최신 연재소설을 읽다가 눈을 들고 물었다. "레티샤, 지거더버(jigger-dubber)는 대체 뭐야?"***)

라미가 홀의 음식이 너무 형편없어서 눈에 띄게 살이 빠지고 있다고 불평했다.(이 말은 사실이었다. 유니브의 주방은 질긴 수육, 무염 구운 채소, 정체 모를 죽을 번갈아 주었는데, 이것을 제공하지 않을 때는 '인도 피클', '서인도제도식 거북 요리', '차이나 칠로' 같은 요상한 이름이 붙은 이해할 수도, 먹을 수도 없는 음식을 내놓았다. 그중 할랄 음식은 거의 없었다.) 그들은 몰래 주방에 들어가, 라미가 옥스퍼드의 장터들에서 모아 온

---

* 로빈, 빅투아르, 라미 모두 콘드비프가 옥수수(corn)와는 아무 관계 없으며, 소고기를 절이는 데 쓰는 돌소금의 결정체 크기에서 비롯된 말이라는 것을 알고 크게 실망했다.

** 야바위꾼, 협잡꾼.

***'교도소장'을 뜻하는 도둑의 은어. jigger는 '문'을, dubber는 '닫는 사람'을 의미한다.

병아리콩, 감자, 향신료로 무언가를 만들었다. 결과물은 건더기가 많은 다홍색 스튜였는데, 너무 매워서 다들 코를 주먹으로 얻어맞은 느낌이었다. 라미는 패배를 인정하지 않았다. 대신 진짜 강황과 겨자씨를 구할 수 있었다면 훨씬 맛있는 요리가 됐을 거라며, 요리 실패를 영국인들은 근본적으로 잘못돼 있다는 자신의 대논제를 입증하는 추가 증거로 삼았다.

"런던에는 인도 음식점들이 있어." 레티가 반박했다. "피커딜리에 가면 커리라이스를 먹을 수 있어."

"네가 원하는 게 맹탕이라면." 라미가 비웃었다. "네 병아리콩이나 마저 먹어."

레티는 불쌍하게 훌쩍이며 더 이상 먹기를 거부했다. 로빈과 빅투아르는 매워도 꾹 참고 스튜를 입에 퍼담았다. 라미는 다들 겁쟁이라고 했다. 그는 캘커타에서는 젖먹이들도 눈 하나 깜짝 않고 매운 고추를 먹는다고 뻐겼다. 하지만 그조차 자기 접시의 시뻘건 덩어리를 다 먹지 못했다.

자신이 무엇을 갖게 됐는지, 자신이 그동안 무엇을 찾아 헤맸고 마침내 얻었는지 로빈이 비로소 깨닫는 순간이 왔다. 학기 중반쯤의 어느 날 밤, 그들은 모두 빅투아르의 방에 모여 있었다. 그녀의 방은 누구의 방보다도 월등히 넓었다. 다른 하숙생들이 그녀와 거처를 공유하려 하지 않았기 때문이다. 덕분에 그녀는 침실뿐 아니라 욕실과 널찍한 거실까지 독차지했고, 밤 9시에 보들리언 도서관이 문을 닫은 뒤에는 자연스레 그곳이 넷이 모여 숙제를 마무리하는 장소가 되었다. 그날 밤, 그들은 공부 대신 카드놀이를 하고 있었다. 크래프트 교수가 런던의 학회에 참석 중이어서 그날 저녁은 휴강이었다. 하지만 카드놀이는 곧 뒷전이 되었다. 갑자기 배가 썩는 지독한 냄새가 방에 퍼졌기 때문이다. 누구도 영문을 몰랐다. 그들은 배를 먹지 않았고, 빅투아르도 방에 숨겨놓은 배는 없다고 맹세했다.

레티가 계속 "배가 어디 있는 거야? 어디야, 빅투아르? 배가 어디 있어?"라고 절규하는 통에 빅투아르는 바닥을 뒹굴며 웃고 비명을 질렀다. 라미가 에스파냐 종교재판에 대한 농담을 하자, 레티가 장단을 맞추며 빅투아르에게 외투 주머니를 다 뒤집어서 먹다 남은 배를 숨기지 않았음을 증명할 것을 명했다. 빅투아르가 명령에 따랐지만 아무것도 나오지 않았고, 이에 그들은 또 한 번 숨넘어가게 웃었다. 로빈은 탁자 앞에 앉아 웃는 얼굴로 그들을 바라보며 카드 게임이 재개되기를 기다렸다. 하지만 곧 카드 게임은 물 건너갔다는 것을 깨달았다. 그들 모두 웃느라 정신없었고, 게다가 라미의 카드는 앞면을 드러낸 채 바닥에 흩어져 있었다. 게임을 계속하는 것은 무의미했다. 그때였다. 로빈은 눈을 깜박였다. 그 순간 이 지극히 일상적이면서도 특별한 순간의 의미를 인지했기 때문에. 불과 몇 주 만에 그들은 로빈이 햄프스테드에서는 결코 찾지 못했던 것, 광둥을 떠나며 다시는 갖지 못할 거라고 생각했던 그것이 되어 있었다. 그들은 그에게 생각만 해도 가슴이 저릴 만큼 사랑하는 사람들이 되어 있었다.

가족.

그는 자신이 그들을, 그리고 옥스퍼드를 이토록 사랑한다는 것에 죄책감을 느꼈다.

그는 이곳이 못 견디게 좋았다. 정말 그랬다. 매일 겪는 크고 작은 모욕에도 캠퍼스를 걷는 것이 즐거웠다. 그는 그리핀처럼 부단히 의심하거나 저항하는 태도를 유지할 수 없었다. 그리핀처럼 이곳에 대한 증오를 키울 수 없었다.

내게도 행복할 권리가 있지 않나? 지금껏 가슴에 이런 따뜻함을 느껴본 적이 없었다. 지금처럼 아침에 일어나는 것이 기다려진 적이 없었다. 바벨, 친구들, 그리고 옥스퍼드. 그들이 잠겨 있던 그의 일부를 해제했다. 다시는 느낄 수 없을 거라고 생각했던 행복과 소속감의 장소를 열었다. 세상이 더는 그렇게 어둡지 않았다.

그는 애정에 굶주린 아이였지만, 이제는 애정으로 넘쳤다. 가진 것을 붙잡으려는 것이 그렇게 잘못된 일일까?

그는 아직 헤르메스에 온전히 헌신할 준비가 되지 않았다. 하지만 맹세컨대 동기들을 위해서라면 살인도 불사할 수 있었다.

훗날 로빈은 생각했다. 동기들을 그렇게 믿었으면서 왜 나는 그때 그들 중 누구에게라도 헤르메스 협회에 관해 털어놓을 생각을 하지 않았을까? 신기한 일이었다. 미카엘마스 학기가 끝날 무렵에는 목숨을 맡길 만큼 신뢰하게 된 친구들인데. 자신이 얼어붙은 아이시스강에 빠지면 그들 중 누구라도 구하러 강에 뛰어들 것을 믿어 의심치 않았는데. 하지만 그리핀과 헤르메스 협회는 악몽과 어둠에 속해 있는 반면 그의 동기 집단은 태양, 따뜻함, 웃음이었다. 이 두 세계를 하나로 엮는 것은 상상조차 하기 어려웠다.

딱 한 번 그가 발설의 유혹을 느낀 적이 있었다. 어느 날 점심 시간이었다. 라미와 레티가 영국의 인도 지배를 두고 또다시 언쟁을 벌였다. 라미는 벵골 점령을 지속적이고 치졸한 침탈로 여겼다. 레티는 영국군의 플라시 전투 승리는 벵골 태수 시라지 우드 다울라가 인질을 학대한 만행에 대한 정당한 보복이라고 했다. 그녀는 무굴제국 토후들이 포학한 통치자들이며, 그렇지 않다면 애초에 영국이 개입할 필요가 없었다고 주장했다.

"그리고 인도인에게 나쁜 일만도 아니었어." 레티가 말했다. "민간 행정부에 인도인도 많아. 적격자이기만 하면—"

"그래, 여기서 '적격자'란 영어를 쓰고 영국인에게 아첨하는 엘리트층을 의미하지." 라미가 말했다. "우린 통치를 받는 게 아니라 학정을 당하고 있어. 지금 내 나라에서 벌어지는 일은 강도짓과 다름없어. 이건 공개 무역이 아냐. 재정 출혈이고, 약탈이고, 갈취야. 우린 그들의 도움이 필요했던 적이 없어. 그건 단지 그들의 그릇된 우월의식이 지어낸 허황된 서사에 불과해."

"그렇게 생각하면서 넌 영국에 왜 있는 건데?" 레티가 도발했다.

라미가 그녀를 미친 사람 보듯 쳐다봤다. "배우러 왔지, 이 여자야."

"아하, 제국을 무너뜨릴 무기를 얻으러?" 레티가 비웃었다. "은막대 몇 개를 집에 가져가서 혁명이라도 일으키려고? 그럼 우리, 바벨로 쳐들어가서 네 결의를 선언해볼까?"

이번만큼은 라미가 즉각 응수하지 못했다. "그렇게 단순한 문제가 아냐." 그는 잠시 후 말했다.

"아, 그래?" 레티는 상대의 아픈 곳을 찾았다. 이제 그녀는 뼈를 문 개였고, 뼈를 놓을 마음이 없었다. "내가 보기엔 네가 여기에 영국 교육의 수혜자로 있다는 사실 자체가 영국인의 우월성을 증명하는 것 같은데? 캘커타에 더 좋은 언어기관이 없다는 뜻 아냐?"

"인도에도 훌륭한 마드라사[이슬람 교육기관]가 많아." 라미가 받아쳤다. "영국이 우월한 건 총 때문이야. 총과 그걸 무고한 사람들에게 사용할 의지."

"그래서 넌 은을 세포이 반란군에게 도로 실어 보내러 여기 온 거야?"

어쩌면 그래야 할지도. 로빈은 이렇게 말할 뻔했다. *어쩌면 딱 그게 세상에 필요한 일일지 몰라.*

하지만 로빈은 입을 열기 전에 말을 삼켰다. 그리핀과의 약속을 깨는 것이 두려워서가 아니었다. 이 고백으로 동기들과 쌓아온 삶이 박살 나는 것을 감당할 수 없었다. 또한 바벨의 부가 어떤 불의에 기반하는지 나날이 분명해지는 이때에 정작 자신은 바벨에서 성공하고 싶은 마음이 간절하다는 내적 모순도 해소하기 힘든 문제였다. 그가 이곳에서 누리는 행복을 정당화하면서 두 세계의 경계를 계속 넘나들 수 있는 유일한 방법은 밤마다 그리핀의 연락에 대기하는 것이었다. 즉 그 은밀하고 조용한

모반의 주목적은 이곳의 황금빛 영화에는 반드시 대가가 따른
다는 사실에 대한 그의 죄의식을 무마하는 데 있었다.

8

11월 말, 로빈은 헤르메스 협회의 절도 세 건을 추가로 도왔다. 세 번 모두 첫 번의 효율적이고 정확한 루틴을 그대로 따랐다. 창턱의 쪽지, 비 오는 밤, 자정의 만남, 공범들과는 잠깐의 일별과 끄덕임뿐인 최소한의 접촉. 그는 요원들을 자세히 보지 못했다. 매번 같은 사람들인지조차 알지 못했다. 그들이 무엇을 훔치는지, 그것을 어디에 쓰는지도 아는 바 없었다. 그가 아는 것은, 그리핀의 말에 따르면, 그의 참여는 제국과의 싸움이라는 모호한 목적을 돕는 일이라는 것뿐이었다. 그리고 그가 할 수 있는 것은 그리핀의 말을 믿는 것뿐이었다.

로빈은 그리핀에게서 트위스티드 루트 밖에서 만나자는 연락이 또 오지 않을까 연신 기대했다. 하지만 이복형은 로빈이 미미하게 관여할 뿐인 국제조직을 이끄느라 몹시 바쁜 모양이었다.

로빈은 네 번째 절도 중에 잡힐 뻔했다. 그가 현관 안에서 대기하고 있을 때 캐시 오닐이라는 3학년 학생이 밖에서 들어왔다. 불행히도 캐시는 수다스러운 상급생 중 하나였다. 그녀는 게일어 전공이었는데, 학생이 본인 포함 두 명뿐인 하위 분야 전공자의 외로움 때문인지 학부의 모두와 친해지려 애썼다.

"로빈!" 그를 보자 캐시가 활짝 웃었다. "이렇게 늦은 시간에 여기서 뭐 해?"

"드라이든 책을 깜빡해서요." 그는 방금 책을 챙겨 넣은 것처럼 주머니를 두드리며 거짓말했다. "로비에 놓고 왔더라고요."

"아, 드라이든. 정말 지루하지. 1학년 때 플레이페어 교수가 몇 주나 토론시켰던 기억이 나. 철저하지만 딱딱해."

"지독하게 딱딱해요." 그는 그녀가 어서 지나가주기를 미친 듯이 바랐다. 이미 12시 5분이었다.

"지금도 플레이페어 교수가 수업에서 번역을 비교하게 해? 한번은 교수가 '사과 같은' 대신 '붉은'으로 번역한 내 단어 선택을 두고 거의 30분이나 닦달했어. 어찌나 식은땀이 나던지 끝났을 때는 셔츠가 다 젖었다니까."

6분이 지났다. 로빈의 눈은 다급히 계단을 향했다가 캐시에게 돌아왔다가 다시 계단을 향했다.

"아참," 그는 눈을 깜박였다. "드라이든 말이 나와서 말인데요. 제가 좀 급해서 —"

"이런, 미안. 1학년은 정말 고달프지. 내가 괜히 붙잡고 있었네."

"어쨌든 반가웠어요."

"뭐든 도움이 필요하면 말해." 그녀가 명랑하게 말했다. "처음엔 헉헉대지만 학기마다 점점 나아져. 믿어도 좋아."

"그럼요. 믿어요 — 안녕히 가세요."

로빈은 퉁명스레 대한 것이 미안했다. 캐시는 참 친절했고, 특히 상급생이 그런 제안을 하다니 정말 관대한 일이었다. 하지만 그때 그의 머릿속에는 공범들이 위층에 있고, 그들이 계단을 내려올 때 캐시가 올라가면 큰일 난다는 생각뿐이었다.

"그럼 행운을 빌어." 캐시가 그에게 손을 살래살래 흔들고 로비로 향했다. 로빈은 현관으로 돌아가며 그녀가 돌아보지 않기를 기도했다.

영겁 같은 시간이 흘렀다. 반대편 계단에서 검은 옷의 두 형체가 서둘러 내려왔다.

"쟤가 뭐래?" 그중 한 명이 속삭였다. 남자의 목소리가 이상하게 귀에 익었지만, 로빈은 누구 목소리인지 생각할 정신이 없었다.

"그냥 인사요." 로빈은 문을 열고 두 사람과 함께 부리나케 차가운 밤공기 속으로 나갔다. "다들 괜찮아요?"

하지만 대답은 없었다. 그들은 이미 떠났다. 로빈만 어둠과 빗속에 남았다.

더 신중한 성격이었다면 그때 헤르메스를 그만두었을 것이다. 그런 간발의 가능성들에 자신의 미래 전체를 걸지 않았을 것이다. 하지만 로빈은 그 일을 멈추지 않았다. 그는 다섯 번째 절도도 도왔고, 여섯 번째도 도왔다. 미카엘마스 학기가 끝나고, 겨울방학이 쏜살같이 지나가고, 힐러리 학기[옥스퍼드대학교의 제2학기, 1~3월]가 시작되었다. 자정에 탑으로 갈 때 이제 더는 심장박동 소리가 그의 귀를 때리지 않았다. 입장과 퇴장 사이의 몇 분도 더는 연옥처럼 느껴지지 않았다. 모든 것이 쉬워지기 시작했다. 문을 두 번 여는 단순한 행위일 뿐이었다. 너무 쉬워서, 일곱 번째 때는 자신이 위험한 일을 하고 있다는 의식조차 희박해져 있었다.

"너, 꽤 유능하더라." 그리핀이 말했다. "동지들이 너와 일하는 걸 좋아해. 넌 지시 사항에 충실하고 살을 붙이지 않으니까."

힐러리 학기가 시작된 지 일주일 만에 그리핀이 몸소 로빈을 만나주었다. 이번에도 그들은 옥스퍼드를 이리저리 빠르게 걸었다. 이번에는 템스강을 따라 케닝턴을 향해 남쪽으로 걸었다. 이 만남은 혹독하고 좀처럼 만나기 힘든 지도교수에게 중간 성적 점검을 받는 느낌이었고, 로빈은 칭찬에 절로 으쓱해졌다. 그는 들뜬 꼬마 동생처럼 보이지 않으려 애썼지만 실패했다.

"그럼 나 잘하고 있는 거야?"

"아주 잘하고 있어. 아주 뿌듯해."

"그럼 이제 헤르메스에 대해 더 말해줄래? 아니면 최소한 그 은 막대들이 어디로 가는지 알려줘. 그걸로 무슨 일을 하는 거야?"

그리핀이 낄낄 웃었다. "인내심을 가져."

그들은 한동안 말없이 걸었다. 그날 아침 폭풍우가 있었다. 아이시스강이 안개 자욱한 시커먼 하늘 아래서 빠르고 요란하게 흘렀다. 세상에서 색이 빠져나간 듯한 저녁이었다. 세상이 회색과 그림자로만 존재하는, 아직은 스케치에 불과한 미완성 그림처럼 보였다.

"그럼 다른 질문을 할게. 헤르메스에 대해 많이 말할 수 없다는 건 이제 알겠어. 하지만 최소한 이 일이 어떻게 끝날지는 말해줘."

"뭐가 어떻게 끝나?"

"그러니까, 내 상황 말이야. 지금 일은 무리 없어 보여. 내가 들키지만 않으면. 하지만 어쩐지 지속 가능해 보이진 않아."

"당연히 지속 가능하지 않지. 넌 열심히 공부해서 졸업할 것이고, 그다음엔 저들이 제국을 위해 너한테 온갖 더러운 일을 시키겠지. 아니면 네 말처럼 들키거나. 결국에는 닥칠 일이야. 우리에게 그랬던 것처럼."

"헤르메스에 가담한 사람은 모두 바벨을 떠나?"

"바벨에 남은 사람은 거의 없어."

로빈은 이 말에 심란했다. 그는 자주 바벨 이후의 삶에 대한 공상에 잠기곤 했다. 멋들어진 도서관들과 전액 보조금이 보장된 연구 생활. 안락한 칼리지 주택에 살고, 원한다면 부자 학부생에게 라틴어 개인지도를 하며 추가로 용돈을 버는 삶. 또는 도서 수입상과 동시통역사와 함께 해외를 여행하며 흥미로운 커리어를 쌓을 수도 있을 것이다. 그가 막 차크라바르티 교수와 함께 번역한 『장자』에 탄투坦途라는 말이 있었다. 직역하면 '평탄한 길'이고, 비유적으로는 '평온한 삶'을 의미한다. 이것이 바로 그가 원하는 것이었다. 뜻밖의 일이 없는 미래를 향한, 굴곡 없이 잔잔한 경로.

유일한 장애물은 물론 그의 양심이었다.

"넌 능력이 허락하는 한 바벨에 남아 있으면 돼." 그리핀이 말했다. "아니, 그래줘야 해. 우리에겐 내부 조력자가 많을수록 좋거든. 그런데 그게 갈수록 힘들어질 거야. 네 윤리 의식과 저들이 너한테 요구하는 일이 양립하기 어렵다는 걸 알게 될 거야. 저들이 너를 군사 연구에 투입하면 어떡할래? 저들이 너를 뉴질랜드 변방이나 케이프 식민지로 보내면?"

"그런 임무는 그냥 피하면 안 돼?"

그리핀이 웃었다. "군사 계약이 작업 발주의 절반 이상을 차지해. 종신교수 지원 요건에 꼭 포함되는 일이야. 거기다 보수도 높아. 고위직 교수의 대부분이 나폴레옹 전쟁 때 부자가 됐어. 우리의 사랑하는 아버지가 어떻게 집을 세 채나 갖게 됐을까? 환상을 떠받치는 것이 폭력이야."

"그럼 그다음엔? 난 어떻게 떠나?"

"간단해. 죽음을 가장한 다음 지하로 숨는 거지."

"형도 그렇게 한 거야?"

"그래, 5년 전쯤에. 너도 결국엔 그렇게 될 거야. 한때는 자유롭게 다니던 캠퍼스에서 그림자처럼 숨어 살게 되겠지. 한때는 네 집처럼 드나들던 도서관에 들어가기 위해 다음번 양심 있는 신입생이 나타나 도와주길 기다리는 처지가 될 거야." 그리핀이 그를 곁눈으로 봤다. "이 대답이 마음에 들지 않나 봐?"

로빈은 대답을 망설였다. 불편한 마음을 형언할 방법이 떠오르지 않았다. 사실 헤르메스를 위해 옥스퍼드의 삶을 포기하는 것이 영 싫은 건 아니었다. 그도 그리핀이 하는 일을 하고 싶었다. 헤르메스의 내막에 접근하고 싶었고, 훔친 은막대들이 어디로 가고 무슨 일에 쓰이는지 알고 싶었다. 숨겨진 세계를 보고 싶었다.

하지만 그 길은 한 번 발을 디디면 다시는 돌아올 수 없는 길이었다.

"엄청 힘든 일일 것 같아. 모든 것과 연을 끊는 게."

"로마인들이 어떻게 식용 겨울잠쥐를 살찌웠는지 알아?"

로빈은 한숨을 쉬었다. "형."

"가정교사들이 너한테 마르쿠스 바로를 읽게 했지? 『레스 루스티카』에 바로가 글리라리움이란 장치를 설명하는 대목이 나와. 아주 품격 있는 사육 장치지. 일단 항아리를 만들어. 항아리에 점점이 숨구멍을 내고, 겨울잠쥐들이 탈출하지 못하게 표면을 매끄럽게 다듬어. 겨울잠쥐들이 지루하지 않게 항아리 안에 받침과 통로들을 만들고, 움푹한 곳마다 먹이를 넣어놓지. 가장 중요한 것은 어둡게 유지하는 거야. 그래야 겨울잠쥐들이 늘 동면할 때라고 생각하니까. 항아리 안에서 겨울잠쥐들이 하는 일이라곤 잠자고 살찌는 것뿐이야."

"알았어." 로빈은 참지 못하고 말했다. "알았어. 무슨 말인지 알겠어."

"어려운 일인 거 알아. 신분에 따라붙는 것들을 포기하기란 쉽지 않지. 딱 봐도 넌 여전히 너의 급료와 학생 가운과 와인 파티를 사랑해."

“와인 파티 때문이 아냐. 난― 와인 파티에 가지 않아. 그리고 급료 때문도, 멍청한 가운 때문도 아니야. 그냥… 모르겠어. 너무 극적인 변화잖아.”

그것을 어떻게 설명할 수 있을까? 바벨은 물질적 안락함 그 이상을 대변했다. 바벨은 그가 영국에 속한 이유, 그가 광둥 거리에서 구걸하고 있지 않은 이유였다. 바벨은 그의 재능이 가치를 발하는 유일한 장소였다. 바벨은 안전망이었다. 도덕적으로 떳떳지 못한 것이라 한들 살아남고 싶은 욕망이 그렇게 잘못된 것일까?

“골치 썩일 필요 없어.” 그리핀이 말했다. “아무도 너한테 당장 옥스퍼드를 떠나라고 요구하지 않으니까. 전략적으로 그건 신중하지 않아. 나를 봐. 난 겉으로는 자유롭고 행복하지만, 탑에 들어갈 수 없어. 우린 권력기구들과 공생 관계로 묶여 있어. 우린 그들의 은이 필요해. 그들의 도구가 필요해. 그리고 인정하기 싫지만 우린 그들의 연구 덕도 보고 있어.”

그러고는 로빈을 툭 밀었다. 형제애의 몸짓을 의도한 듯한데, 둘 중 누구도 거기에 노련하지 않은 탓에 그리핀의 의도보다 위협적인 모양새가 되었다.

“넌 네 공부를 하면서 내부에 남아 있어. 자기모순에 시달리지 마. 당분간은 죄책감 느낄 필요 없어. 꼬마 겨울잠쥐야, 너의 글리라리움을 즐기렴.”

그리핀은 우드스톡 모퉁이에 로빈을 두고 떠났다. 로빈은 그의 홀쭉한 체구가 거리 속으로 사라지는 것을 바라봤다. 그의 외투가 거대한 새의 날개처럼 펄럭였다. 로빈은 누군가를 이처럼 동경하는 동시에 원망할 수 있다는 것이 믿기지 않았다.

문언문에서 二心은 불충이나 역심을 일컫는다. 문자 그대로 직역하면 '두 개의 마음'이다. 로빈은 자신이 사랑하는 것을 배신하는 부조리한 입장에 놓인 것을 깨달았다. 그것도 두 번이나.

그는 옥스퍼드와 옥스퍼드의 삶을 사랑했다. 옥스퍼드 학생 중에서도 여러모로 최고의 특권을 누리는 바블러 집단에 속한 것이 너무나 좋았다. 그들은 바벨 소속을 내세워 옥스퍼드의 모든 도서관에 들어갈 수 있었다. 장려하기 그지없는 코드링턴 도서관도 그중 하나였다. 사실 코드링턴에는 그들이 참고할 법한 서적이 없었지만 그들은 이에 상관없이 뻔질나게 드나들었다. 높다란 벽과 대리석 바닥이 가슴까지 웅장해지는 기분을 주기 때문이었다. 그들은 생활비를 전액 지원받았다. 학비를 면제받는 학부생들과 달리 그들에겐 홀에서 음식을 나르거나 교수들의 처소를 청소할 의무가 없었다. 그들의 하숙비, 식비, 학비 모두 바벨이 직접 납부했기 때문에 그들은 청구서를 보는 일조차 없었다. 그뿐 아니라 매달 20실링씩 급료를 받았고, 판공비를 이용해 무엇이든 학업에 필요한 교재를 구입할 수 있었다. 엉성한 논리로라도 금장 만년필이 학업에 도움이 된다고 주장하면 바벨이 그 값도 지불했다.

자신이 누리는 특혜가 얼마나 대단한 것인지 로빈이 처음 자각한 날이 있었다. 어느 날 저녁, 그는 휴게실에서 우연히 빌 제임슨을 만났다. 제임슨은 처량한 얼굴로 폐지에 숫자를 끼적였다.

"이달 치 기숙사비야." 그가 설명했다. "집에서 보내준 돈은 이미 다 썼어. 늘 돈이 모자라."

로빈은 종이에 적힌 숫자들을 보고 놀랐다. 옥스퍼드의 학비가 이렇게 비싼 줄은 상상도 못 했다.

"어떻게 할 거야?"

"전당포에 몇 가지 맡기고 그걸로 차액을 메워서 다음 달까지 버텨야지. 아니면 그때까지 끼니를 좀 거르든가." 제임슨이 눈을 들었다. 그는 절박하고 난처해 보였다. "저기, 이런 부탁 하기 정말 싫지만, 혹시—"

"물론이지." 로빈은 서둘러 대답했다. "얼마가 필요해?"

"이러긴 싫지만, 이번 학기엔 비용이 많이 들어서— 해부학 실습에 쓰는 시체 비용이 우리한테 청구되거든. 정말 미안해."

"신경 쓰지 마." 로빈은 주머니에서 지갑을 꺼내 동전을 세기 시작했다. 그는 돈을 세면서 지독히 허세를 떠는 기분이 들었다. 하필 그날 아침 회계부에서 급료를 수령해 온 참이었다. "그거면 적어도 식비는 해결되겠지?"

"넌 천사야, 스위프트. 다음 달에 제일 먼저 갚을게." 제임슨이 한숨을 쉬며 고개를 내저었다. "바벨. 거긴 다 지원해주지?"

사실이었다. 바벨은 매우 부유할 뿐 아니라 존경받는 기관이었다. 옥스퍼드에서 가장 명망 높은 교수진은 단연 바벨의 교수진이었다. 신입생이 친척에게 캠퍼스를 구경시키며 자랑하는 곳도 바벨이었다. 매년 최고의 라틴어 운문 작품에 수여하는 옥스퍼드 총장상을 받는 학생도 예외 없이 바벨 학생이었다. 케니컷 히브리어 장학금도 그들의 차지였다. 바벨 학부생들은 후원자와 고객들(정치인, 귀족, 상상을 초월하는 부자들)과의 특별 리셉션*에도 초대받았다. 한번은 빅토리아 공주가 몸소 학부의 연례 가든파티에 참석할 거라는 소문이 돌았다. 이는 헛소문으로 판명 났지만, 일주일 후 공주가 하사한 대리석 분수가 잔디밭에 설치되었고, 플레이페어 교수가 매치페어 마법을 걸어 물이 온종일 반짝이는 아치를 그리며 높이 솟구치게 했다.

힐러리 학기 중반쯤 되자, 바벨의 선배들이 모두 그랬듯, 4인방 역시 자신들이 캠퍼스의 실세임을 아는 연구생 특유의 밉살맞은 우월의식을 장착했다. 그들은 홀에서 자신을 깔보거나 무시하던 외부 학생들이 번역원 학생임을 아는 순간 꼬리를 내리고 아첨하는 모습에서 참기 힘든 희열을 느꼈다. 그들은 여느 학부생은 출입할 수 없는 멋들어진 교수 휴게실을 이용할 수 있었고 그 사실을 은근히 언급하고 다녔다. 하지만 실제로는 그곳에 거의 가지 않았다. 늙은 교수가 구석에서 코를 고는 곳에서 대화다운 대화를 나누기란 쉽지 않았다.

옥스퍼드에서 여성의 존재가 노골적 금기보다 공공연한 비밀에 가깝다는 것을 알게 된 빅투아르와 레티는 서서히 머리를 기

---

* 이런 리셉션은 처음에는 즐거웠지만 실상을 아는 순간 고역이 되었다. 바벨 연구생들은 그곳에 귀빈이라기보다 동물원 동물처럼 전시되었다. 그들은 부유한 기부자들을 위한 장기자랑 공연에 동원된 셈이었다. 로빈, 빅투아르, 라미는 그들의 출신지로 여겨지는 나라의 국가대표로 취급받았다. 로빈은 중국의 수목원과 칠기에 관한 고통스러운 잡담을 참고 견뎌야 했고, 라미는 무슨 뜻인지 모를 '힌두 인종'의 내부 작용을 설명해야 할 압박을 느꼈고, 빅투아르는 기이하게도 항상 남아프리카에 대한 투자 조언을 요청받았다.

르기 시작했다. 어느 날 저녁 식사 때 레티는 심지어 바지 대신 치마를 입고 홀에 나타났다. 유니브 남학생들이 손가락질하며 야유했지만 직원들은 아무 말 하지 않았고, 그녀는 아무 문제 없이 코스 식사와 와인을 제공받았다.

하지만 그들을 인정하지 않는 방식들이 여전히 건재했다. 자주 가는 펍이어도 라미만 먼저 도착하는 경우 아무도 그에게 손님 대접을 하지 않았다. 레티와 빅투아르는 남학생이 동반해서 보증을 서지 않으면 도서관에서 책을 대출할 수 없었다. 상점에 가면 빅투아르는 레티나 로빈의 하녀로 취급받았다. 네 명 모두 수위들에게서 잔디밭은 출입 금지이니 밟지 말라는 요청을 수시로 들었지만, 주위의 다른 남학생들은 이른바 "여린" 잔디를 마음껏 밟고 다녔다.

더욱이 옥스퍼드식으로 말하는 데도 몇 달이 걸렸다. 옥스퍼드 영어는 런던 영어와 달랐다. 대개는 뭐든 변질과 축약을 일삼는 학부생들의 성향이 낳은 결과였다. 매그덜린Magdalene은 모들린으로 발음되었고, 세인트 올데이트는 세인트 올드로 불렸다. 마그나 바카티오[8~10월의 하계휴가]는 롱 베케이션이 되었다가 롱으로 줄었다. 뉴 칼리지는 뉴, 세인트 에드먼드 홀은 테디로 불렸다. 로빈이 유니버시티 칼리지를 아무렇지 않게 유니브로 부르기까지 몇 달이나 걸렸다. 스프레드는 하객 수가 많은 파티를 뜻했고, 피진홀을 줄인 피지는 학생들의 칸막이 우편함을 부르는 말이었다.

유창하게 말하려면 사회 상규와 암묵적 관습에도 능통해야 했다. 하지만 그건 로빈이 평생 배워도 다 알지 못할 만큼 많고 복잡했다. 예컨대 넷 중 누구도 명함 에티켓을 자세히 이해하지 못했다. 애초에 그들은 대학의 사회생태계에 끼어들 방법도, 그 사회생태계의 여러 층위들이 분리되고 겹쳐가며 작동하는 방식*도 제대로 알지 못했다. 난잡한 파티, 난장판이 된 한밤의 펍, 비밀 사교 모임, 아무개가 지도교수에게 지독한 무례를 범했다거나 아무개가 누군가의 누이를 모욕했다는 다과회. 소문은 끊이지 않았고, 그들도 소문을 끝없이 들었지만, 정작 그 현장을 직접 본 적은 한 번도 없었다.

"우린 왜 와인 파티에 초대받지 못할까?" 라미가 물었다. "우리도 재밌는 애들인데."

"넌 와인을 마시지도 않잖아." 빅투아르가 지적했다.

"나도 분위기를 낼 수는 있거든?"

"그건 넌 한 번도 와인 파티를 열지 않기 때문이야." 레티가 말했다. "그건 주고받는 경제야. 너희 중에 명함을 전달해본 사람 있어?"

"난 명함을 본 적도 없는 것 같아." 로빈이 말했다. "명함을 주는 데도 법도가 있어?"

"어, 별로 안 어려워." 라미가 말했다. "*지옥의 야수 펜데니스 씨 귀하, 오늘 밤 제가 귀하에게 술을 진탕 먹여드리려 합니다.*

---

* 콜린 손힐과 샤프 형제를 통해 로빈은 한량(fast men), 샌님(slow men), 먹물(reading men), 신사(gentlemen), 양아치(cads), 탕아(sinners), 가식쟁이(smilers), 성인군자(saints) 등 다양한 인간 '부류'가 존재한다는 사실에 눈떴다. 그는 자신이 '먹물'에 해당하지 않을까 생각했다. 그저 '양아치'가 아니기를 바랄 뿐이었다.

빌어먹을 자식인 귀하의 적 미르자 드림. 어때?"

"아주 정중하네." 레티가 코웃음을 쳤다. "네가 대학 왕족이 아닌 게 전혀 놀랍지 않다."

분명 그들은 대학 왕족이 아니었다. 심지어 백인 바블러 선배들도 대학 왕족이 아니었다. 바벨의 수업과 과제를 소화하려면 너무 바빠서 사교 생활은 엄두도 내지 못하기 때문이었다. 그런 명칭은 유니브의 엘턴 펜데니스라는 2학년생과 그의 패거리에게나 해당되는 것이었다. 그들은 모두 신사 자비생이었다. 즉 학교에 더 많은 학비를 내고 입학시험을 면제받고 칼리지 대학원생급의 특권을 누리는 학생들이었다. 그들은 홀에서 상석에 앉았고, 맥파이 레인의 기숙사보다 훨씬 좋은 아파트에 살았고, 내킬 때마다 교수 휴게실에서 당구 게임을 했다. 주말에는 사냥, 테니스, 당구를 즐겼고, 매달 디너파티와 무도회를 위해 사륜마차를 타고 런던으로 향했다. 그들은 절대 하이 스트리트에서 쇼핑하지 않았다. 판매원들이 최신 패션과 시가와 액세서리를 런던에서 곧장 그들의 숙소로 날랐다. 판매원들은 구태여 가격을 말할 필요도 느끼지 않았다.

펜데니스 같은 남자애들 사이에서 자란 레티는 펜데니스와 그의 패거리를 마르지 않는 독설의 표적으로 삼았다. "아버지 돈으로 공부하는 부잣집 애들. 저 애들 중에 평생 교재를 펴본 애가 있기나 할까? 엘턴은 자기가 잘생긴 줄 아는데 난 그 이유를 모르겠어. 여자애 같은 입술인데 뽀로통하니까 더 가관이야. 보라색 더블버튼 재킷도 꼴사납기 짝이 없고. 엘턴이 클라라 릴리와

239

약조된 사이인 양 말하고 다니는 이유도 모르겠어. 내가 알기로 클라라는 울컷 가의 장남과 약혼한 거나 다름없는데 말이야…."

그럼에도 로빈은 그 소년들이 부러웠다. 이 세계에 태어나 이 세계의 암호가 모국어인 소년들. 그는 웃어대며 잔디밭을 지나는 엘턴 펜데니스와 그의 패거리를 볼 때면 저들의 일원인 느낌은 어떤 느낌일지 잠시나마 상상해보곤 했다. 그는 펜데니스의 삶을 원했다. 와인, 시가, 옷, 디너 같은 물질적 쾌락을 원한다기보다 그것이 대변하는 것, 즉 자신이 영국에서 언제나 환영받는 존재라는 확신을 원했다. 그는 생각했다. 펜데니스의 유창성을 가질 수 있다면, 아니면 적어도 그것을 모방할 수 있다면 나도 이 목가적 캠퍼스 생활의 풍경에 녹아들 수 있을 텐데. 그러면 매 순간 자기 발음을 의식하는 외국인이 아니라, 소속을 의심받거나 철회당할 일이 없는 현지인이 될 수 있을 텐데.

어느 날 밤 로빈은 우편함에서 엠보싱 명함을 발견하고 크게 놀랐다. 명함에는 이렇게 적혀 있었다.

로빈 스위프트—
다음 주 금요일 술자리에 귀하가 동석한다면 기쁘겠습니다. 시작을 함께하고 싶다면 7시에, 혹은 그 이후 적당한 시간에 오시면 됩니다. 우리는 까다롭지 않거든요.

명함에 몹시 화려한 필체의 서명이 있었는데, 로빈은 그것을 해독하는 데 잠시 애를 먹었다. 엘턴 펜데니스.

"크게 의미 둘 거 없어." 로빈이 명함을 보여주자 라미가 말했다. "설마 정말로 갈 건 아니지?"

"무례한 사람이 되긴 싫어." 로빈은 풀이 죽어서 말했다.

"펜데니스가 너를 무례한 사람으로 본들 무슨 상관이야? 걔가 너를 흠잡을 데 없는 매너 때문에 초대했다고 생각해? 걔는 그저 바벨의 누군가와 친해지고 싶을 뿐이야."

"고맙다, 라미."

라미는 아랑곳하지 않았다. "문제는 하필 왜 너냐는 거야. 내가 이루 말할 수 없이 더 매력적인데."

"넌 고상하지 않잖아." 빅투아르가 말했다. "고상함은 로빈이지."

"대체 고상하다는 게 뭔데?" 라미가 따졌다. "사람들은 걸핏하면 명문가나 부잣집 태생을 두고 고상함을 들먹이는데, 고상함의 실제 의미가 뭐야? 그저 엄청 부자면 고상한 거야?"

"난 매너의 맥락에서 말한 거야." 빅투아르가 말했다.

"그러셔?" 라미가 말했다. "하지만 여기서 쟁점은 매너가 아닐걸. 쟁점은 로빈은 백인처럼 보이고 우린 그렇지 않다는 거야."

로빈은 친구의 무례하고 야박한 반응이 믿기지 않았다. "그들이 그저 순수하게 내 동참을 원하는 건 불가능해?"

"불가능하진 않아. 가능성이 희박할 뿐이지. 넌 끔찍하게 숫기가 없잖아."

"그렇지 않아."

"넌 그래. 넌 항상 입을 꾹 닫고 구석으로 숨잖아. 누가 너를 쏘기라도 할 것처럼." 라미가 팔짱을 끼고 고개를 갸웃했다. "대체 왜 개들과 디너를 하고 싶은 건데?"

"모르겠어. 그냥 와인 파티일 뿐이야."

"와인 파티 다음은? 개들이 너를 자기들 패거리에 끼워줄 거라고 생각해? 개들이 너를 불링던 클럽에 데려가주길 바라?"

불링던 그린에 있는 클럽은 젊은이들이 사냥이나 크리켓을 하며 오후를 보내는 회원 전용 시설이었다. 부와 사회적 영향력과 밀접한 관계가 있어 보인다는 점 외에, 회원 자격은 비밀에 싸여 있었다. 바벨의 명성에도 불구하고 로빈이 아는 어떤 바벨 학생도 그곳에 초대받으리란 기대는 하지 않았다.

"한 번쯤은," 로빈은 반박을 위한 반박으로 말했다. "구경해보는 것도 나쁘지 않겠지."

"너, 신났구나." 라미가 힐난했다. "개들이 너를 좋아하길 바라지?"

"질투가 나면 질투 난다고 해도 돼."

"개들이 네 셔츠에 와인을 들이붓고 욕지거리를 해도 울면서 오지 마."

로빈은 빙그레 웃었다. "내 명예를 위해 싸워주진 않을 거야?"

라미가 그의 어깨를 툭 때렸다. "재떨이나 하나 훔쳐 와. 그걸 전당포에 잡히고 제임슨의 기숙사비나 갚아주게."

무슨 까닭인지 로빈이 펜데니스의 초대를 수락하는 것에 가장 강하게 반발한 사람은 레티였다. 대화가 다른 것으로 흐른지 한참 후 그들이 커피숍을 나와 도서관으로 향할 때였다. 레티가 로빈의 팔꿈치를 잡아당겼다. 둘은 라미와 빅투아르를 앞세우고 몇 걸음 처졌다.

"그 남자애들, 쓰레기야." 레티가 말했다. "주정뱅이들에 게을러터졌어. 악영향을 끼치는 인간들이야."

로빈은 웃었다. "고작 와인 파티일 뿐이야, 레티."

"그런데 왜 가려고 해? 넌 술도 잘 안 마시잖아."

그는 레티가 왜 이렇게 유난을 떠는지 의아했다. "그냥 호기심. 그뿐이야. 보나 마나 끔찍하겠지."

"그러니까 가지 마. 명함은 그냥 버려."

"안 돼. 그건 예의가 아니지. 그리고 나, 그날 저녁에 딱히 할 일도 없어."

"우리랑 있으면 되잖아. 라미가 뭔가 요리할 거래."

"라미는 항상 뭔가 요리하지만 항상 맛이 없잖아."

"혹시 너, 걔들이 너를 한패로 받아주길 원해?" 레티가 눈썹을 치켜올렸다. "스위프트와 펜데니스. 절친 관계. 이게 네가 원하는 거야?"

로빈은 갑자기 짜증이 일었다. "내가 다른 친구를 만드는 게 그렇게 못마땅한 일이야? 나를 믿어, 레티샤. 누구도 너희를 능가할 순 없어."

"알겠어." 놀랍게도 그녀의 목소리가 갈라졌다. 그는 그녀의 눈이 빨개진 것을 알아차렸다. 울려는 건가? 대체 뭐가 문제지? "결국 그거였어."

"와인 파티일 뿐이야. 대체 왜 그래, 레티?"

"신경 꺼." 그녀는 이렇게 말하고 걸음을 빨리했다. "누구랑 술을 마시든 맘대로 해."

"그럴 거야."

하지만 그녀는 이미 훌쩍 앞서가버렸다.

다음 금요일 6시 50분, 로빈은 하나 있는 재킷을 꺼내 입고, 침대 밑에서 테일러스에서 사온 포트와인을 꺼내 들고, 머턴 스트리트에 있는 아파트로 걸어갔다. 엘턴 펜데니스의 숙소를 찾는 것은 어렵지 않았다. 길을 내려가기도 전에 창밖으로 흘러나오는 왁자지껄한 말소리와 다소 리듬이 맞지 않는 피아노 음악이 들렸다.

로빈이 문을 몇 번 두드린 다음에야 문이 벌컥 열리더니 담황색 머리의 청년이 나타났다. 로빈은 어렴풋이 기억났다. 세인트 클라우드라는 이름의 학생이었다.

"어?" 세인트 클라우드가 반쯤 감긴 눈으로 로빈을 위아래로 훑었다. 꽤 취한 듯했다. "왔네."

"초대를 받았으니, 오는 게 예의인 듯해서요?" 로빈은 자기 목소리가 질문처럼 기어 올라가는 것이 싫었다.

세인트 클라우드가 눈을 껌뻑대더니 몸을 돌리고 건성으로 안을 가리켰다. "음, 들어와."

거실 안락의자에 세 명의 청년이 앉아 있었다. 방은 시가 연기로 자욱했다. 로빈은 들어서자마자 기침을 터뜨렸다.

청년들은 꽃을 둘러싼 이파리들처럼 엘턴 펜데니스를 중심으로 모여 있었다. 가까이서 보니 펜데니스의 잘생긴 외모에 대한 소문은 전혀 과장이 아니었다. 이때껏 로빈이 본 사람 중 가장 잘생긴 남자였다. 그는 바이런이 노래한 영웅의 화신 같았다. 살짝 감긴 듯한 눈이 짙고 검은 속눈썹에 둘러싸였고, 통통한 입술이 레티가 흉본 대로 여성스러울 뻔했지만 강하게 각진 턱이 그런 느낌을 상쇄했다.

"문제는 사람이 아니라 권태야." 펜데니스가 말하는 중이었다. "런던은 한 시즌만 재밌어. 그다음부턴 매년 같은 얼굴들을 보고 또 보는 거지. 여자애들은 예뻐질 일은 없고 나이만 들어가고, 무도회는 한 번 가봤다면 다 가본 거나 다름없어. 언젠가 아버지 친구 중 한 분이 지인 모임에 활기를 불어넣겠다고 약속했어. 그분은 공들여 디너파티를 준비한 다음, 하인들에게 밖에 나가 거지와 부랑자들에게 초대장을 주라고 했지. 지인들이 파티에 도착해 보니 이 잡다한 낙오자들이 인사불성으로 취해서 탁자 위마다 춤을 추고 있더래. 얼마나 웃겼을까. 나도 초대받았다면 좋았을 텐데."

농담이 이렇게 마무리되자 청년들이 때맞춰 웃음을 터뜨렸다. 독백을 마친 펜데니스가 고개를 들었다. "아, 안녕. 로빈 스위프트 맞지?"

좋은 시간이 될지 모른다는 로빈의 한 줄기 기대는 이쯤에서 모두 증발했다. 몸에서 기운이 빠져나간 느낌이었다. "맞아요."

"엘턴 펜데니스." 펜데니스가 손을 뻗어 로빈과 악수했다. "잘

왔어."

그러고는 시가를 든 손으로 주위를 가리켰다. 친구들을 소개하는 그의 손을 따라 시가 연기가 이리저리 퍼졌다. "여긴 빈시 울콤." 펜데니스 옆자리의 붉은 머리 청년이 로빈에게 손을 흔들었다. "여긴 밀턴 세인트 클라우드. 우리한테 음악적인 여흥을 제공하는 중이었지." 다시 피아노 앞에 자리 잡은 담황색 머리에 주근깨가 있는 세인트 클라우드가 느릿느릿 고개를 끄덕인 뒤 가락 없는 음계를 뚱땅대기 시작했다. "그리고 콜린 손힐. 콜린과는 구면이지?"

"우린 맥파이 레인의 이웃이야." 콜린이 냉큼 대답했다. "로빈은 7호실, 난 3호실—"

"그래, 네가 말했잖아." 펜데니스가 말했다. "그것도 여러 번."

콜린이 입을 다물었다. 로빈은 라미가 이 장면을 보지 못한 것이 한이었다. 눈길 한 번에 콜린의 입을 틀어막을 수 있는 사람은 지금껏 처음이었다.

"술 할래?" 펜데니스가 물었다. 탁자에 갖가지 술병이 잔뜩 모여 있었다. 로빈은 보기만 해도 어질어질했다. "원하는 걸로 맘껏 마셔. 우리 술 취향이 중구난방이라서 말이야. 포트와인과 셰리주는 저기서 디캔팅 중이야. 뭐 가져왔구나. 그냥 탁자에 올려놔." 그는 로빈이 가져온 병을 쳐다보지도 않았다. "이건 압생트, 저건 럼— 아참, 진은 조금밖에 안 남았어. 네가 병을 마저 비워도 돼. 맛이 별로더라. 디저트는 새들러에서 주문한 거야. 제발 맘껏 축내. 아니면 저렇게 쌓인 채로 썩을 판이야."

"와인이면 돼요. 있다면."

로빈의 동기들은 함께 있을 때 라미를 배려해서 술을 잘 마시지 않았다. 따라서 로빈은 술의 종류와 브랜드에 대해, 술 선택에 드러나는 그 사람의 성격에 대해 자세히 알 기회가 없었다. 다만 러벌 교수가 저녁 식사 때 늘 와인을 마셨기 때문에 와인이 무난해 보였다.

"물론. 클라레 와인도 있고, 더 독한 걸 원하면 포트와인과 마데이라도 있어. 시가 할래?"

"아, 아뇨. 시가는 됐고, 마데이라는 좋아요. 감사합니다." 로빈은 술을 가득 부은 잔을 들고 비어 있는 자리에 앉았다.

"바블러라며?" 펜데니스가 도로 기대앉으며 말했다.

로빈은 와인을 홀짝이며 펜데니스의 나른한 분위기를 내보려 했다. 저렇게 느긋하면서도 우아한 자세는 어떻게 가능한 걸까?

"사람들이 우리를 그렇게 부르죠."

"네가 하는 건? 중국어?"

"만다린어 전공이에요. 하지만 일본어와 비교 연구도 해요. 그리고 산스크리트어―"

"그러니까 중국인인 거지? 긴가민가했거든. 내 눈엔 네가 영국인처럼 보이는데, 콜린은 동양인이라고 박박 우기더라구."

"광둥에서 태어났어요." 로빈은 참을성 있게 말했다. "하지만 난 영국인이기도 해요."

"나, 중국 알아." 울콤이 끼어들었다. "쿠빌라이 칸."

잠시 정적이 흘렀다.

"그래요." 로빈은 울콤의 발언이 무슨 의미인지, 의미가 있기는 한지 알 수 없었다.

"콜리지의 시 말이야." 울콤이 해명했다. "매우 동양적인 문학 작품이지. 그러면서도 매우 낭만적이고."

"흥미롭네요." 로빈은 최대한 예의를 차려 말했다. "읽어봐야겠어요."

다시 정적이 깔렸다. 로빈은 대화를 이어가야 한다는 모종의 압박을 느꼈다. 그래서 질문을 돌렸다. "그래서 말인데, 무슨 일을 할 계획이세요? 그러니까, 학위를 딴 다음에."

그들이 웃음을 터뜨렸다. 펜데니스가 손으로 턱을 괴었다. "일이라." 그는 느릿느릿 말했다. "정말이지 프롤레타리아적인 단어야. 난 지적인 삶을 선호해."

"이 친구 말 듣지 마." 울콤이 말했다. "이 친구는 유산으로 놀고먹으면서 죽을 때까지 자기 손님들에게 철학적 고찰이나 늘어놓을 예정이니까. 난 성직자, 콜린은 변호사가 될 거야. 밀턴은 강의에 들어갈 마음이 생기면 의사가 될 거고."

"그럼 여기서 준비하는 직업은 없나요?" 로빈은 펜데니스에게 물었다.

"난 글을 써." 펜데니스가 일부러 심드렁하게 말했다. 자만이 심한 사람이 매혹의 불씨로 삼을 요량으로 정보 부스러기를 툭툭 던질 때 쓰는, 다분히 의도적인 말투였다. "시를 써. 아직 많이 쓰진 못했지만—"

"보여줘." 콜린이 기다렸다는 듯이 외쳤다. "로빈에게 보여줘.

로빈, 한번 들어봐. 얼마나 심오한지 몰라."

"알았어." 펜데니스가 마지못한 척 몸을 기울여 종이 뭉치로 손을 뻗었다. 그제야 로빈은 커피 테이블에 내내 보란 듯이 놓여 있던 원고를 발견했다. "이건 셀리의 「오지만디아스」에 대한 일종의 답가야.* 알다시피 셀리의 시는 위대한 제국들과 그들의 유산을 가차 없이 파괴하는 시간의 힘을 읊었어. 이에 대해 내 시는 현대에는 건축 유산의 유지가 가능하며, 실제로 옥스퍼드에 그런 기념비적인 일을 수행할 대가들이 있다고 주장하지." 그러고는 목청을 가다듬었다. "시작은 셀리의 첫 행과 같아― 나는 고대의 땅에서 온 한 여행자를 만났지…."

로빈은 뒤로 기대앉아 마데이라 잔을 마저 비웠다. 그는 몇 초가 지나서야 시가 끝났으며 이제 자신이 감상을 말할 차례라는 것을 깨달았다.

"바벨에도 시를 번역하는 번역사들이 있어요." 그는 마땅히 할 말이 떠오르지 않아서 무난하게 말했다.

"그것과는 전혀 다르지." 펜데니스가 말했다. "시 번역은 창작 열정이 없는 사람들이나 하는 거야. 그들은 남의 작품을 베끼면서 찌꺼기 같은 명성을 좇을 뿐이야."

로빈은 코웃음을 쳤다. "그건 사실이 아니에요."

"네가 뭘 알아." 펜데니스가 말했다. "넌 시인이 아니잖아."

＊　유니버시티 칼리지의 낭만주의자 학부생들은 스스로를 퍼시 비시 셀리의 후계자로 자처했다. 셀리는 옥스퍼드 재학 중 강의에 거의 참석하지 않았고, 「무신론의 필요성」이라는 팸플릿의 저자임을 인정하지 않아 퇴학당했으며, 메리라는 좋은 여자와 결혼했고, 후에 이탈리아 라스페차만에서 폭풍을 만나 익사했다.

“사실,” 로빈은 술잔 다리를 잠시 만지작대다가 결심한 듯 말을 이었다. “여러 면에서 번역이 창작보다 훨씬 어려울 수 있어요. 시인은 하고 싶은 말을 맘껏 할 수 있어요. 시인은 자기가 쓰는 언어의 여러 기교 중 어느 것이나 선택할 수 있죠. 단어 선택, 어순, 운율— 시에서는 이 모든 것이 중요해요. 그중 하나라도 빠지면 전체가 무너져요. 이것이 바로 셸리가 시 번역은 도가니에 제비꽃을 던지는 것처럼 어리석은 일*이라고 말한 이유죠. 따라서 번역사는 번역사인 동시에 문학평론가이자 시인이어야 해요. 번역사는 원문을 면밀히 읽고, 거기 작동하는 문예적 장치를 모두 파악해서, 그 의미를 최대한 정확히 전달해야 해요. 그 다음에는 번역한 의미를 목표 언어에서도 미학적으로 만족스러운 구조로 재구성해야 해요. 자기 판단에 원작과 맞먹을 때까지요. 시인이 구속 없이 초원을 달린다면, 번역사는 족쇄를 차고 춤을 춰야 해요.”

로빈이 말을 마쳤을 때 펜데니스와 그의 친구들은 입을 헤벌린 채 얼빠진 눈으로 로빈을 보고 있었다. 정체 모를 존재를 보는 표정이었다.

“족쇄를 차고 춤을 춘다.” 울콤이 침묵을 깼다. “멋진 표현이야.”

“하지만 난 시인이 아니에요.” 로빈의 어조는 의도보다 조금

---

* 로빈은 전반적으로 셸리를 싫어했다. 그럼에도 셸리의 번역에 대한 고찰을 읽었고, 속은 쓰리지만 그 견해를 존경할 수밖에 없었다. “그러므로 번역의 허황됨이여, 시인의 창작물을 한 언어에서 다른 언어로 옮겨 담으려는 것은 제비꽃을 도가니에 던져서 그 색과 향의 공식을 알아내려는 것과 같다. 식물은 반드시 그 씨앗에서 다시 싹터야 하며, 그렇지 않으면 어떤 꽃도 맺지 못한다. 이것이 바벨의 저주가 우리에게 부과한 짐이다.”

더 사악했다. "내가 뭘 알겠어요?"

그의 불안감은 완전히 사라졌다. 더는 자신이 어때 보이는지, 재킷 단추는 제대로 잠겼는지, 입가에 부스러기가 남진 않았는지 걱정되지 않았다. 그는 펜데니스의 인정을 원하지 않았다. 이들 중 누구의 인정도 관심 없었다.

이 만남의 본질이 너무나 명확해서 웃음이 터질 지경이었다. 이들은 그의 회원 자격을 감정하려던 게 아니었다. 그의 기를 꺾을 생각이었다. 그의 기를 꺾어서 자신들의 우월성을 과시하고, 한낱 바블러의 위상은 엘턴 펜데니스의 친구라는 위상에 대면 아무것도 아님을 입증할 심산이었다.

하지만 로빈은 주눅 들지 않았다. 고작 이게 옥스퍼드 사회의 정점이란 건가? 이 따위가? 그는 이들에게 깊은 연민을 느꼈다. 이들은 심미주의자를 자처하며 자기 삶이 어느 탐구적 삶보다 진귀하다고 여긴다. 하지만 이들은 은에 단어를 새기고 그 의미의 무게가 손끝에서 진동하는 느낌을 결코 알지 못한다. 이들은 단지 소원하는 것만으로 세상의 구조를 바꾸는 일을 결코 하지 못한다.

"그게 바벨에서 가르치는 거야?" 울콤의 표정에 흠칫 경외심이 묻어났다. 이제껏 엘턴 펜데니스에게 말대꾸하는 사람은 없었던 모양이었다.

"그건 기본이고 더 많은 걸 배워요." 로빈은 말할 때마다 신명과 흥분을 느꼈다. 이들은 아무것도 아니었다. 원하면 말 한마디로 이들을 박살 내거나 소파에 뛰어올라 와인을 커튼에 뿌릴 수도 있었다. 잘 보일 필요가 없으니 뒷감당을 걱정할 필요도 없

251

었다. 이런 의기양양함은 그에게 전적으로 생소한 기분이었지만 몹시 짜릿했다. "바벨의 진짜 목적은 실버워킹이에요. 시론詩論은 기초 이론일 뿐이죠."

그는 이제 즉흥적으로 떠들고 있었다. 그가 실버워킹의 기저 이론에 대해 아는 것은 아직 모호하고 막연했지만, 입에서 나오는 족족 그럴듯했고, 청중에 대한 효과는 더 좋았다.

"실버워킹 해봤어?" 세인트 클라우드가 물었다. 펜데니스가 그에게 짜증 섞인 눈길을 던졌지만, 세인트 클라우드는 멈추지 않았다. "그거 어려워?"

"난 아직 기초를 배우는 중이에요." 로빈이 말했다. "2년 동안 이론을 배우고, 분야를 정해서 1년 수습 과정을 밟은 다음, 혼자서 인각 작업을 하게 돼요."

"우리한테 보여줄 수 있어?" 펜데니스가 물었다. "나도 할 수 있을까?"

"여러분은 못 하죠."

"왜 못 해? 나도 라틴어와 그리스어를 알아."

"충분히 알진 못하죠. 그저 가끔씩 텍스트를 해독하는 수준이 아니라 해당 언어로 살아가고 호흡해야 해요. 영어 말고 다른 언어로 꿈꾼 적 있어요?"

"넌 그래?"

"당연하죠. 어쨌든 난 중국인이니까요."

방 안이 다시 어색한 침묵에 빠졌다. 로빈은 이들을 고통에서 풀어주기로 했다. "초대 고마웠어요." 그러고는 일어섰다. "이만 도서관에 가야 해서요."

"물론." 펜데니스가 말했다. "거긴 엄청 바쁘겠지."

로빈이 외투를 가져오는 동안 아무도 말하지 않았다. 펜데니스는 그를 반쯤 감긴 눈으로 나른하게 쳐다보며 마데이라를 홀짝였다. 콜린은 눈을 빠르게 깜박였다. 한두 번 입을 열었지만 아무 말도 하지 못했다. 밀턴은 일어나 문까지 배웅하려는 시늉을 하다가 로빈이 손사래를 치자 다시 앉았다.

"나가는 길 알지?" 펜데니스가 물었다.

"문제없어요." 로빈은 방을 나서며 어깨 너머로 외쳤다. "집이 그렇게 크진 않아서요."

다음 날 아침 그는 동기들에게 자초지종을 말했고, 모두 배꼽 잡고 웃었다.

"그자의 시를 다시 읊어봐." 빅투아르가 간청했다. "제발."

"다는 기억 안 나. 가만 있자— 잠깐만, 맞아, 이런 행이 있었어. *그의 고귀한 뺨에는 민족의 피가 흘렀다*—"

"웩— 뭐야—"

"그리고 *그의 아내의 모자챙에는 워털루의 정신이*—"

"너희들 다 왜 이리 야박해?" 라미가 말했다. "그만하면 천재 시인이야."

레티만 웃지 않았다. "좋은 시간이 되지 못했다니 유감이다." 그녀는 차갑게 말했다.

"네 말이 맞았어." 로빈은 너그럽게 말했다. "걔들은 얼간이들

이야. 다정하고 냉철한 레티, 친애하는 레티, 네 곁을 떠난 내가
바보였어. 넌 언제나 옳아."

레티는 대답하지 않았다. 그녀는 책을 집어 들고, 바지의 먼지
를 털고, 성난 걸음으로 학생식당을 나갔다. 빅투아르가 쫓아갈
듯 반쯤 일어서다가 한숨과 함께 고개를 젓고는 다시 앉았다.

"놔둬." 라미가 말했다. "좋은 오후를 망치지 말자."

"레티는 항상 이래?" 로빈이 물었다. "넌 어떻게 참고 같이 사
는지 궁금하다."

"너희가 레티 화를 돋우잖아." 빅투아르가 말했다.

"감싸지 마."

"맞잖아. 너희 둘 다 그러잖아. 아닌 척하지 마. 너희가 걸핏하
면 레티 심사를 긁잖아."

"레티는 항상 자기만 잘났잖아." 라미가 비꼬았다. "레티가 너
한테는 전혀 다른 사람인 거야, 아니면 네가 그냥 적응한 거야?"

빅투아르는 두 사람을 번갈아 살폈다. 무슨 결정을 내리는 눈
치였다. 이윽고 그녀가 물었다. "너희, 레티한테 오빠가 있었다
는 거 알아?"

"누구? 캘커타의 나봅이야?" 라미가 물었다.

"죽었어." 빅투아르가 답했다. "1년 전에."

"아," 라미가 눈을 깜박였다. "저런."

"레티 오빠 이름은 링컨이었어. 링컨과 레티 프라이스. 어렸
을 때 남매 사이가 워낙 가까워서 가족과 친지 모두 쌍둥이라
고 불렀대. 오빠가 몇 년 앞서 옥스퍼드에 왔는데, 오빠는 레티의

절반도 공부에 관심이 없었나 봐. 그래서 아들이 교육을 낭비하는 걸 두고 휴일마다 부자가 대판 싸우곤 했대. 무슨 뜻인지 알겠어? 링컨은 우리보다 펜데니스와 훨씬 비슷한 사람이었어. 어느 날 밤 그가 술 마시러 나갔는데, 다음 날 아침 경찰이 집에 와서 링컨의 시신이 마차 아래서 발견됐다고 알렸어. 그는 길가에서 잠이 들었고, 마부는 몇 시간이 지나서야 그가 바퀴 밑에 있는 걸 알았대. 정확한 시간은 몰라도 동트기 전에 죽었을 거래.”

라미와 로빈은 말을 잃었다. 둘 다 할 말이 떠오르지 않았다. 그들은 빅투아르가 엄한 가정교사인 것처럼, 그녀에게 야단맞는 학동인 것처럼 앉아 있었다.

“몇 달 후에 레티가 옥스퍼드에 온 거야.” 빅투아르가 말을 이었다. “바벨에 특별 추천이 없는 지원자를 위한 일반 입학시험이 있는 거 알아? 레티는 그 시험을 치렀고 합격했어. 옥스퍼드에서 여자를 받는 학부는 바벨이 유일해. 레티는 바벨에 오려고 평생 공부했어. 하지만 아버지가 딸이 대학에 가는 걸 계속 반대했어. 링컨이 죽고 나서야 딸이 아들 자리를 대신하도록 허락한 거지. 옥스퍼드에 딸이 있는 것도 나쁘지만, 옥스퍼드에 아무 자식도 없는 건 더 나쁘니까. 끔찍하지 않아?”

“몰랐어.” 로빈이 무안해져서 말했다.

“여기서 여자로 사는 게 얼마나 힘든지 너희가 알 거라곤 생각 안 해. 여기 사람들은 말로는 엄청 진보적이지만, 실은 우리를 사람 취급도 안 해. 우리 집주인은 우리가 나가면 애인을 들인 증거라도 찾는 건지 우리 물건을 샅샅이 뒤져. 우리가 내보이는 약점 하나하나가 우리를 둘러싼 악의적인 가설들을 입증하는 증거가 돼. 우리가 나약하고, 히스테릭하고, 맡은 일을 감당하기엔 선천적으로 의지박약이라는 증거."

"그럼 우린 레티가 회초리를 휘두르고 다녀도 용서해야 한다는 뜻?" 라미가 중얼거렸다.

빅투아르가 비꼬는 눈살을 날렸다. "레티가 가끔 참을 수 없게 구는 거 맞아. 하지만 레티가 일부러 잔인하게 구는 건 아냐. 레티에겐 여기가 자기 자리가 아니라는 두려움, 자기가 링컨이 아닌 걸 모두가 못마땅해한다는 두려움이 있어. 조금만 잘못해도 집으로 쫓겨나지 않을까 걱정해. 무엇보다 레티는 너희 중 하나라도 링컨의 길로 빠질까 봐 두려워해. 너희라도 레티를 봐줘. 너희는 몰라. 레티 행동의 얼마만큼이 두려움에서 나오는지."

"레티의 행동은," 라미가 말했다. "자기도취에서 나오는 거야."

"그렇다 해도 난 레티와 함께 살아야 해." 빅투아르의 얼굴이 굳어졌다. 둘에게 몹시 짜증 난 기색이었다. "그러니 내가 평화 유지에 나서도 부디 양해해주길."

레티는 오래 부루퉁해 있지 않았다. 그녀는 곧 암묵적인 용서를 표했다. 다음 날 그들이 줄지어 플레이페어 교수실에 들어갈 때 레티는 로빈의 멋쩍은 미소를 미소로 받았다. 로빈이 빅투아르를 흘깃 보자 그녀도 고개를 끄덕였다. 그들 모두 이심전심이었다. 레티는 로빈과 라미가 알고 있다는 것을 알았고, 그들이 미안해하는 것을 알았고, 그녀 자신도 너무 유난 떤 것이 미안해서 적잖이 민망해하고 있었다. 더 이상 말은 필요 없었다.

한편 보다 흥미로운 논쟁거리가 그들을 기다리고 있었다. 이번 학기 플레이페어 교수 수업에서 그들은 충실성 개념을 중점적으로 논했다.

"번역사들은 항상 불충실을 이유로 비난받지." 교수가 우렁차게 말했다. "그렇다면 충실함의 조건은 무엇일까? 누구에 대한 충실? 텍스트? 독자? 저자? 충실성은 문체와는 별개인가? 아름다움과는? 드라이든이 『아이네이스』를 번역할 때 했던 말로 시작해볼까? 나는 베르길리우스에게 그가 현시대의 영국에서 태어났다면 썼을 법한 영어를 부여하려 애썼다." 그러고는 강의실을 둘러봤다. "이것을 충실성이라고 생각하는 사람?"

"저는 아니에요." 라미가 말했다. "저는 그게 옳은 번역이 될 수 없다고 생각해요. 베르길리우스는 특정 시대와 특정 장소에 속한 사람이에요. 그걸 모두 벗겨내고 그의 말을 길거리에 흔한 영국인의 말처럼 들리게 하는 건 오히려 불충실한 처사 아닌가요?"

교수가 어깨를 으쓱했다. "베르길리우스를 기꺼이 대화하고 싶은 남자가 아니라 답답한 외국인으로 만드는 것도 불충실한 처사 아닐까? 또는 거스리가 그랬듯 키케로를 영국 의회의 일원처럼 만든다면? 하지만 솔직히 이런 방법은 문제가 있어. 도가 지나치면 포프의 『일리아드』 번역 같은 결과물이 나오거든."

"저는 포프를 당대 최고 시인 중 한 명으로 생각하는데요." 레티가 말했다.

"자기 작품에서는 그럴지 모르지. 하지만 포프는 텍스트에 영국식 표현을 너무 많이 주입해서 호메로스를 마치 18세기 영국 귀족처럼 만들었어. 트로이전쟁 당시의 그리스인과 트로이인 이미지와는 거리가 멀어도 한참 멀지."

"영국식 오만함의 전형이죠." 라미가 말했다.

"그런데 이런 번역을 하는 것이 영국인만은 아니야. 기억해 봐. 헤르더는 프랑스 신고전주의자들이 호메로스를 포로로 잡아서 프랑스 옷을 입고 프랑스 풍습을 따르며 프랑스 눈치를 보게 만들었다고 맹비난했어. 저명한 페르시아 번역사들 역시 단어 대 단어의 직역보다는 번역의 '정신'을 선호했어. 심지어 유럽 이름을 페르시아 이름으로 바꾸고, 원문의 격언을 페르시아의 시구와 속담으로 대체했지. 그게 잘못일까? 어떻게 생각하나? 그게 불충일까?"

라미는 반박할 말을 찾지 못했다.

교수가 말을 이었다. "물론 정답은 없어. 자네들 이전의 어떤 이론가도 풀지 못한 문제야. 우리 분야에서 현재진행 중인 논쟁이지. 슐라이어마허는 외국어 텍스트인 것이 확연히 드러날 만큼 번역이 부자연스러워야 한다고 주장했어. 그는 번역사에겐 두 가지 선택지가 있다고 했어. 저자를 가만히 두고 독자를 저자 쪽으로 옮기거나, 독자를 가만히 두고 저자를 독자 쪽으로 옮기거나. 슐라이어마허는 그중 전자를 택했지. 반면 지금 영국에서 지배적인 경향은 후자야. 즉 영국 독자가 번역인지 모를 정도로 번역이 자연스러워야 한다는 거지. 자네들은 어느 쪽이 옳다고 생각하나? 번역사로서 우리는 우리의 존재를 숨기는 데 최선을 다해야 할까? 아니면 우리 독자에게 그들이 읽는 것이 모국어 텍스트가 아니라는 걸 상기시켜야 할까?"

"답이 없는 문제네요." 빅투아르가 말했다. "텍스트를 원래 시간과 장소에 놓든, 현재의 이곳으로 가져오든, 무언가를 포기해야 하는 건 같아요."

"그럼 충실한 번역이란 불가능한 건가? 시간과 공간을 넘어선 진정성 있는 소통은 결국 불가능한 건가?"

"아마도요." 빅투아르가 마지못해 말했다.

"그럼 충실성의 반대는 뭐지?" 교수는 이 변증법의 끝에 다다르고 있었다. 이제 그에게 남은 것은 마무리 한 방뿐이었다. "배신. 번역은 원문에 대한 폭력 행사를 의미해. 애초에 작가가 겨냥하지 않았던 외국 독자들을 위해 원문을 비틀고 왜곡하는 것을 의미해. 그렇다면 우리에게 남은 결론은? 번역 행위는 예외 없이, 필연적으로, 배신행위라는 걸 인정하는 것 외에 우리가 어떤 결론을 내릴 수 있을까?"

플레이페어 교수는 늘 그렇듯 학생들을 차례차례 응시하는 것으로 이 심오한 언명을 마무리했다. 교수의 눈을 마주했을 때 로빈은 뱃속 깊은 곳에서 시큼한 죄책감이 꿈틀대는 것을 느꼈다.

9

바벨 학생들은 3학년 말에 자격시험을 치르기 때문에, 트리니티 학기[옥스퍼드대학교의 제3학기이자 마지막 학기, 4~6월]도 이전 두 학기와 마찬가지로 심각한 스트레스 없이 빠르게 지나갔다. 시험과 강독, 그리고 완벽한 감자 커리를 향한 라미의 시도가 끝없이 불발되는 심야의 모임. 이것들이 뒤섞인 소동 속에 그들의 첫 학년이 끝났다.

2학년으로 올라가는 학생들은 여름 동안 해외에서 언어 몰입 교육을 받는 것이 관례였다. 라미는 6월과 7월을 마드리드에서 에스파냐어를 배우고 우마이야왕조 고문서를 연구하며 보냈다. 레티는 프랑크푸르트에 갔는데, 듣자 하니 불가해한 독일 철학만 읽다가 온 모양이었다. 빅투아르는 스트라스부르에 갔고, 음식과 고급 식당에 대한 들어주기 아니꼬운 의견만 잔뜩 얻어서 돌아왔다.[*] 로빈은 일본에 갈 기회가 되지 않을까 기대했지만,

대신 만다린어 유지를 위해 말라카의 영화英華학당에 파견되었
다. 개신교 선교사들이 운영하는 이 학당은 기도, 고전 강독, 의
학과 도덕철학과 논리학 강의의 빡빡하기 짝이 없는 일정을 강요
했다. 학당을 벗어날 틈조차 없었다. 근처의 중국인 거주지인 혜
이런 거리에도 나가보지 못했다. 그곳에 있었던 몇 주는 태양, 모
래, 그리고 백인 개신교도와 함께하는 성경 공부의 연속이었다.

로빈은 여름방학이 끝나는 것이 몹시 기뻤다. 그들 모두 햇볕
에 그을린 피부로 옥스퍼드에 돌아왔다. 학기 때보다 잘 먹어서
그런지 최소 6킬로그램씩 불어 있었다. 그렇지만 그들 중 누구
도 방학을 연장하고픈 마음은 없었다. 그들은 서로가 그리웠고,
궂은비와 끔찍한 음식에도 옥스퍼드가 그리웠다. 바벨의 학문
적 난도도 그리웠다. 새로운 소리와 단어들로 강화된 그들의 마
음은 팽팽하게 당겨지길 기다리는 날렵한 근육 같았다.

그들은 마법을 만들 준비가 되어 있었다.

이번 해에 드디어 그들의 실버워킹 학과 출입이 허용되었다. 4학
년이 될 때까지 인각 작업은 허락되지 않지만, 이번 학기에 어원
학이라고 부르는 예비 이론 과정이 시작될 참이었다. 로빈은 이
소식에 바싹 긴장했다. 담당 교수가 바로 러벌 교수이기 때문이
었다.

<hr>

* 예를 들면 이런 식이었다. "프랑스인들이 불행한 상황을 어떻게 표현하는지 알아? Triste comme
  un repas sans fromage. 치즈 없는 식사처럼 슬프다. 이게 바로 모든 영국 치즈의 상태 아니겠
  어?"

학기 첫날, 그들은 플레이페어 교수가 주관하는 특별 입문 세미나를 위해 8층으로 올라갔다.

"귀환을 환영하네." 평소에는 평범한 정장을 입고 강의하는 그가 오늘은 발목에서 술들이 드라마틱하게 물결치는 검정 교수 가운을 떨쳐입었다. "지난번에 자네들이 이 층에 올라왔을 때는 우리가 여기서 창출하는 마법의 규모를 봤을 거야. 오늘은 그 신비를 파헤쳐보기로 하지. 다들 앉아."

그들은 근처의 작업대로 가서 나란히 앉았다. 레티가 시야를 더 확보하기 위해 자기 자리에 있던 책 더미를 옆으로 옮겼다. 그때였다. 갑자기 플레이페어 교수가 부르짖었다. "그거 건드리지 마."

레티가 흠칫 놀랐다. "네?"

"거긴 이비의 책상이야." 교수가 말했다. "명판 안 보여?"

정말이었다. 책상 앞쪽에 작은 청동 명판이 붙어 있었다. 그들은 목을 빼고 명판을 읽었다. 이블린 브룩의 책상. 손대지 마시오.

레티가 자기 물건을 챙겨서 라미의 옆자리로 옮겼다. "죄송해요." 그녀는 빨개진 얼굴로 중얼거렸다.

그들은 머쓱해져서 잠시 말없이 앉아 있었다. 플레이페어 교수가 그렇게 역정을 내는 것은 처음 봤다. 하지만 교수의 얼굴은 불쑥 화냈던 것 못지않게 후딱 평소의 온화한 표정으로 돌아왔다. 그는 살짝 깡충 뛰며 아무 일 없었다는 듯 강의를 시작했다.

"실버워킹의 기저를 이루는 핵심 원리는 번역 불가능성이야. 특정 단어나 문구를 두고 번역이 불가능하다고 말할 때, 그건 다른 언어에는 정확히 상응하는 단어나 문구가 없다는 뜻이야. 해당 의미가 여러 단어나 문구를 통해 부분적으로 포착될 수는 있어도, 여전히 무언가는 유실돼. 그 무언가는 의미론적 공백에 빠져버려. 그건 체험과 문화 차이로 생겨난 구멍들이지. 중국어의 따오道 개념을 예로 들어볼까. 이 개념을 우리는 길, 이치 또는 도리로 번역하지. 하지만 그중 어느 것도 따오의 의미를 제대로 압축하지 못해. 이 짧은 말을 제대로 설명하려면 철학책 한 권 분량이 필요해. 여기까지 잘 알아듣고 있나?"

그들은 고개를 끄덕였다. 이 설명은 플레이페어 교수가 지난 학기 내내 그들의 머리에 주입해온 논지와 전혀 다르지 않았다. 즉 모든 번역은 어느 정도의 왜곡과 변형을 수반한다는 것이었다. 장차 그들이 할 일은 결국 이 왜곡으로 하는 일인 듯했다.

"어떤 번역도 원문의 의미를 완벽하게 전달할 수는 없어. 그런데 의미란 무엇일까? 의미란 우리가 세상을 표현하기 위해 사용하는 단어들을 초월하는 어떤 것일까? 직관적으로 생각해보면, 맞아. 그렇지 않다면 번역의 정확성과 부정확성을 논할 근거가 없지 않겠어? 우리에게 번역이 무엇을 놓쳤는지에 대한 형언 불가의 감각이 없다면, 번역 비판 자체가 불가능해. 예컨대 훔볼트*는 단어와 단어가 일컫는 개념 사이에 보이지도 않고 만질 수도 없는 연결 고리가 있다고 했어. 즉 단어와 개념 사이에 의

---

* 카를 빌헬름 폰 훔볼트는 1836년에 쓴 「인간 언어들의 구조적 차이와 그것이 인류의 지적 발달에 미치는 영향」이라는 글로 가장 유명하다. 이 글에서 훔볼트는 한 문화의 언어는 그 언중의 정신적 역량과 특성에 깊이 결부되어 있으며, 이것이 라틴어와 그리스어가 가령 아랍어보다 정교한 지적 추론에 적합한 이유라고 주장했다.

미와 발상이라는 신비의 영역이 있다고 주장했어. 그 영역은 순수한 정신 에너지에서 나오고, 이 에너지는 우리가 그것에 불완전한 기표를 부여할 때 비로소 형태를 가지게 된다고 했지.”

플레이페어 교수가 책상을 탁탁 쳤다. 책상 위에는 은막대 여러 개가 가지런히 놓여 있었다. 빈 것도 있었고, 새긴 것도 있었다. “그 순수한 의미의 영역. 그것이 무엇이든, 그것이 어디에 존재하든, 그것이 우리가 다루는 기술의 핵심이야. 실버워킹의 기본 원리는 아주 간단해. 한쪽 면에 한 언어로 단어나 문구를 새기고, 반대 면에 다른 언어로 해당 단어나 문구를 새기면 돼. 완벽한 번역이란 없기 때문에 이때 필연적으로 왜곡이 발생해. 다시 말해 번역 과정에서 의미의 유실이나 변형이 일어나게 돼. 바로 이 왜곡을 은이 포착해서 발현시키는 거야. 친애하는 학생 여러분, 이거야말로 자연과학 영역에서 마법에 가장 가까운 현상이라고 할 수 있지.” 교수는 그들의 반응을 살폈다. “다들 여전히 잘 알아듣고 있나?”

이번에는 그들의 표정에 확신이 없었다.

“저기, 교수님,” 빅투아르가 말했다. “예를 하나 들어주시면….”

“물론이지.” 교수가 맨 오른쪽에 있는 은막대를 집어 들었다. “우리가 이 막대를 어부들에게 꽤 많이 팔았지. 그리스어 카라보스*kárabos*에는 배, 게, 딱정벌레를 비롯한 여러 의미가 있어. 이 의미들 사이에 어떤 연관성이 있다고 생각하나?”

“기능?” 라미가 도전했다. “그 배들이 게잡이 배였나요?”

“시도는 가상하지만 아니야.”

"모양이요." 로빈이 도전했다. 말해놓고 보니 말이 되는 듯했다. "노가 줄지어 달린 갤리선을 생각해보세요. 총총대는 작은 다리들처럼 보이지 않나요? 잠깐만요, 스커틀[scuttle, 총총대며 가다], 스컬러[sculler, 노 젓는 사람]⋯."

"너무 나갔어, 스위프트 군. 하지만 방향은 맞아. 지금은 카라보스에 집중하자고. 카라보스에서 유래한 단어가 캐러벨caravel이야. 작고 가벼운 범선을 부르는 말이지. 두 단어 모두 '배'를 의미하지만, 그리스어 카라보스만 해양생물과 연관 있어. 내 말 잘 알아듣고 있나?"

그들은 고개를 끄덕였다.

교수가 은막대의 양 끝을 톡톡 두드렸다. 한쪽에는 *카라보스*, 반대쪽에는 *캐러벨*이 새겨져 있었다. "이것을 어선에 부착하면 동종의 다른 배들보다 고기잡이 실적이 좋아져. 이 막대들이 지난 세기에 꽤 인기를 끌었어. 그러다 막대의 남용으로 인해 어획량이 이전 수준으로 떨어졌지. 은막대가 현실을 어느 정도 왜곡할 수는 있지만, 물고기를 새로 만들어내지는 못해. 그걸 위해서는 다른 단어가 필요하겠지. 이제 이해되기 시작했나?"

그들은 다시 고개를 끄덕였다.

"이제, 가장 많이 팔리는 은막대 중 하나를 보여주지. 영국 전역의 의사 가방에 하나씩은 있는 막대야." 교수가 오른쪽에서 두 번째 막대를 집었다. "*트리아클과 트리클*."

로빈은 흠칫 놀랐다. 러벌 교수가 광둥에서 자신을 살릴 때 사용한 바로 그 막대, 또는 그 막대의 사본이었다. 그가 처음으로 만져본 마법의 은이었다.

"이 막대는 주로 민간 치료에 이용돼. 각종 독을 해독하고, 맛까지 달콤해. 이비 브룩이라는 학생의 기발한 발명이지. 맞아, 바로 그 이비. 이비는 트리클이란 단어가 17세기 기록에 처음 등장한다는 것을 알게 됐어. 약의 쓴맛을 누르기 위해 설탕을 많이 사용한 점에 관한 기록이었지. 이비는 트리클의 유래를 추적했고, 그것이 '해독제' 또는 '뱀에 물린 상처 치료제'를 뜻하는 고대 프랑스어 트리아클에서 왔다는 걸 알아냈어. 이 단어는 다시 라틴어 테리아카를 거쳐 그리스어 테리아케까지 거슬러 올라가는데, 둘 다 '해독제'라는 뜻이었지."

"그런데 매치페어에 있는 건 프랑스어와 영어뿐이잖아요." 빅투아르가 말했다. "어떻게—"

"데이지체인 기법." 교수가 막대를 돌려 측면에 새겨진 라틴어와 그리스어를 보여주었다. "옛 어원들을 길잡이로 소환하는 기법이지. 의미가 이역만리와 수 세기를 무사히 통과할 길을 내는 거야. 텐트를 칠 때 말뚝을 추가로 더 박는다고 생각하면 돼. 전체 구조에 안정성을 주고, 우리가 포착하려는 왜곡을 정확히 식별하도록 돕는 기법이지. 하지만 상당히 고급한 기법이니까 지금은 몰라도 돼."

교수가 오른쪽에서 세 번째 막대를 들었다. "이건 내가 최근에 웰링턴 공작의 의뢰로 고안한 건데 말이야," 그는 이 말에 자부심을 숨기지 않았다. "그리스어 이디오테스idiótes는 멍청이를 의미해. 하지만 세속에서 떨어져 혼자 사는 사람이란 뜻도 있지.

이때의 멍청함은 선천적 능력 부족이 아니라 무지와 교육의 부재에 기인하는 멍청함이야. 이디오테스를 멍청이idiot로 번역하면 지식을 제거하는 효과를 얻게 돼. 따라서 이 막대는 자기가 알아냈다고 생각하는 것들을 순식간에 망각하게 만들어. 적의 첩자가 본 것을 잊게 하는 데 아주 유용하지."*

교수가 막대를 내려놓았다. "어때? 일단 기본 원리를 이해하면 아주 쉬워. 우린 번역으로 없어지는 것을 포착해. 번역하면 항상 무언가가 사라지니까. 은막대가 그 손실된 의미를 잡아서 발현시키는 거야. 어때, 간단하지?"

"간단하지만 기막히게 강력해요." 레티가 말했다. "은막대로 못 할 게 없겠어요. 신과 다를 게 없—"

"딱히 그렇진 못해, 프라이스 양. 언어의 자연 진화에 따른 제약이 발생하거든. 의미가 분화한 단어들도 여전히 밀접히 연결돼 있어. 이것이 은막대가 만드는 변화의 규모를 제한해. 예컨대 막대를 써서 죽은 사람을 되살리진 못해. 삶과 죽음이 서로 반대말이 아닌 언어에서 마땅한 매치페어를 찾지 못했기 때문이지. 그 밖에도 심각한 제약이 한 가지 더 있어. 이 제약이 영국의 소작농들이 막대를 부적처럼 휘두르고 다니지 못하는 이유이기도 해. 그게 어떤 제약인지 짐작이 가는 사람?"

빅투아르가 손을 들었다. "해당 언어에 유창한 화자가 필요해요."

* 플레이페어 교수의 말과 달리, 이 매치페어의 군사적 활용성은 사실 그리 높지 않았다. 상대에게서 어떤 지식을 제거할지 지정하는 것이 불가능했다. 대개는 적병들이 군화 끈 묶는 방법을 잊거나 그나마 단편적으로 알던 영어마저 까먹게 만드는 결과를 낼 뿐이었다. 웰링턴 공작은 전혀 흡족해하지 않았다.

"맞아. 단어는 그걸 이해하는 사람이 있어야만 의미를 갖게 돼. 이해의 수준이 피상적이어도 안 돼. 농부에게 트리아클이 프랑스어로 무슨 뜻인지 알려주고 막대가 작동하기를 기대할 수는 없어. 그 언어로 생각할 수 있어야 해. 그 언어로 살고 호흡해야 해. 단지 종이 위의 문자들로, 겉핥기식으로 이해하는 수준으로는 안 돼. 이것이 인공 언어들[*]이 작동하지 않는 이유이자 고대 영어 같은 옛말들이 효과를 잃은 이유이기도 해. 아니면 고대 영어가 실버워크의 꿈이게? 우리에게 방대한 사전들이 있고, 어원도 명확하게 추적할 수 있으니, 신효한 막대들이 얼마나 많이 나오겠어? 하지만 문제는 이제 고대 영어로 생각하는 사람은 없다는 거야. 아무도 고대 영어로 살지도, 호흡하지도 않아. 이게 옥스퍼드가 고전 교육에 심혈을 기울이는 이유 중 하나지. 라틴어와 그리스어 유창성이 여전히 많은 학위의 필수 조건이야. 개혁가들이 이 요건을 없앨 것을 수년 전부터 요구하고 있지만, 안 될 말. 저들의 요구대로 됐다가는 옥스퍼드에 있는 은 막대 중 절반이 작동을 멈추게 될걸."

"그게 우리가 여기 있는 이유군요." 라미가 말했다. "우린 이미 유창하니까요."

---

[*] 18세기 후반, 인공 언어들의 실버워킹 잠재성을 실험하는 열풍이 짧게 불었다. 대상이 된 언어들의 예를 들자면 다음과 같다. 수녀원장 힐데가르트 폰 빙겐이 만든 신비주의 언어 '링구아 이그노타(미지의 언어)'는 천 개 이상의 단어로 이루어진 어휘집을 보유했다. 존 윌킨스의 '진리의 언어'는 우주 만물에 대한 정교한 분류를 꾀했다. 토머스 어커트 경의 '보편 언어'는 세상을 전적으로 합리적이고 산술적인 표현으로 환원하려 했다. 하지만 이 시도들 모두 같은 장애물에 걸려 좌초했다. 후에 바벨은 이 기준을 기본 진리로 채택했다. 그 기본 진리는 이러했다. '언어란 단순한 암호 이상의 것이며, 반드시 자신의 생각을 타인에게 표현하는 데 쓰여야 한다.'

"그게 자네들이 여기 있는 이유지." 교수가 동의했다. "프삼메 티쿠스 왕의 소년들. 외국 태생이라는 이유만으로 그런 힘을 쥐 다니 놀랍지 않나? 나도 언어를 배우는 데 능하지만, 자네처럼 우르두어를 주저 없이 구사하려면 몇 년도 더 걸려."

"해당 언어에 능통한 사람이 반드시 있어야 하는데, 막대들이 어떻게 작동하죠?" 빅투아르가 물었다. "그럼 번역사가 방을 나 가자마자 효과를 잃어야 하는 거 아닌가요?"

"아주 좋은 질문이야." 교수가 첫 번째와 두 번째 막대를 들었 다. 나란히 갖다 대니 두 번째 막대가 첫 번째보다 확실히 더 길 었다. "방금 자네가 제기한 것이 지속성 문제야. 은막대 효과의 지속성에 영향을 미치는 것이 몇 가지 있어. 그 첫 번째는 은의 농도와 양이야. 이 두 막대 모두 은 함량이 90퍼센트가 넘어. 나 머지는 동전에 쓰는 구리 합금이지. 다만 트리아클 막대가 20퍼 센트 정도 더 커. 이 막대가 사용 빈도와 강도에 따라 몇 달 더 지속될 수 있다는 뜻이지."

교수가 막대들을 내려놓았다. "런던에서 흔히 보는 저렴한 막 대들은 오래가지 못해. 그중 실제로 속까지 은인 것은 극소수거 든. 대개는 나무나 값싼 금속에다 은을 얇게 칠한 것에 불과해. 그런 것은 몇 주 만에 소진되고, 그후엔 다시 손봐야 해. 우린 그 걸 손질이라고 부르지."

"유료겠죠?" 로빈이 물었다.

교수가 웃으며 고개를 끄덕였다. "자네들 급료가 어디서 나온 다고 생각하나?"

“은막대의 기능 유지에 필요한 게 그뿐인가요?” 레티가 물었다. “번역사가 매치페어 단어들을 다시 읊어주는 것?”

“그보다는 훨씬 복잡해. 다시 새겨야 할 때도 있고, 막대를 교체해야 할 때도 있거든.”

“그런 서비스에 얼마를 받나요?” 이번에도 레티가 나섰다. “12실링이라고 들었는데. 약간의 손질을 받는 데 그렇게 비싼가요?”

교수의 미소가 더 커졌다. 파이를 맛보려고 손가락을 찔러 넣다가 들킨 아이 같은 표정이었다. “일반 대중이 마법으로 여기는 일을 하면 돈이 잘 벌리는 법이지. 그렇지 않나?”

“그러니까 그 비용은 모두 고의적인 거네요?” 로빈이 물었다.

이 말이 본의 아니게 날카롭게 나왔다. 그 순간 로빈은 런던을 휩쓸었던 콜레라를 떠올리고 있었다. 파이퍼 부인이 당시 가난한 사람들은 속수무책이라고 했던 것도 생각났다. 실버워크가 끔찍이도 비싸기 때문이었다.

“그래, 맞아.” 교수는 이 상황이 더없이 즐겁다는 표정이었다. “우린 비밀을 쥐고 있고, 따라서 원하는 대로 조건을 책정할 수 있어. 남들보다 똑똑하면 이래서 좋은 거야. 자, 수업을 마치기 전에 마지막으로 한 가지 더.” 그러고는 탁자 반대편에서 빈 은막대 하나를 집었다. “이건 경고야. 절대로, 절대로 시도해서는 안 될 매치페어가 하나 있어. 그게 뭔지 짐작이 가는 사람?”

“선과 악.” 레티가 말했다.

“추측은 좋았지만, 아니야.”

“하느님의 이름들.” 라미가 말했다.

"자네들이 그런 시도를 할 만큼 어리석으리라곤 생각지 않아. 오답. 이번 문제는 좀 어려워."

로빈과 빅투아르는 떠오르는 답이 없었다.

"그건 번역이야." 교수가 말했다. "다시 말해 번역 자체를 뜻하는 단어들."

교수는 이 말과 함께 빈 막대의 한 면에 단어 하나를 빠르게 새긴 후 그들에게 보여주었다. 그가 새긴 것은 번역하다였다.

"번역하다라는 동사는 언어마다 함의가 조금씩 달라. 영어 translate, 에스파냐어 traducir, 프랑스어 traduire 모두 '나르다'라는 뜻의 라틴어 트란슬라트translat에서 유래했어. 하지만 로망스어군을 벗어나면 얘기가 달라지지."

교수가 막대의 반대 면에 다른 문자들을 새기기 시작했다. "예를 들어 중국어 팡이翻譯의 첫 번째 문자는 뒤집기를 뜻하고, 두 번째 문자는 변화와 교환을 뜻해. 아랍어 타르자마tarjama는 번역을 의미하는 동시에 전기傳記를 의미하지. 산스크리트어에서 번역을 뜻하는 아누바드anuvad에는 '말을 따라 하거나 반복하다'라는 의미도 있어. 여기서 차이는 라틴어는 공간적 이동 개념을 담은 데 비해, 이들은 시간적 반복 개념을 담고 있다는 거야. 나이지리아 이보어에는 번역을 뜻하는 단어가 두 가지야. 타피아tapia와 코와kowa. 두 가지 모두 서술, 해체, 재구성을 시사해. 즉 조각내기를 통한 형태 변화를 의미하지. 예를 들자면 끝도 없어. 이처럼 번역의 함의는 언어마다 달라. 번역의 뜻이 정확히 일치하는 언어들은 존재하지 않아."

교수가 막대의 반대 면에 새긴 것을 보여주었다. 이탈리아어 트라두레였다. 그는 막대를 탁자에 내려놓았다.

"번역하다." 교수가 말했다. "트라두레."

교수가 막대에서 손을 떼는 순간 막대가 떨기 시작했다.

그들은 놀란 눈으로 점점 더 사납게 요동치는 막대를 바라봤다. 무시무시한 광경이었다. 막대는 살아 있는 존재가 된 듯했다. 필사적으로 탈출하려는, 또는 적어도 자기 분열을 시도하는 악령에 사로잡힌 듯했다. 막대는 요란하게 탁자를 두드리는 소리 외에 아무 소리도 내지 않았지만, 로빈의 머릿속에는 고문당하는 비명이 함께 들렸다.

"번역 매치페어는 역설을 만들어내지." 막대가 격렬하게 요동치다 못해 탁자에서 몇 센티미터나 튀어 오르는 것을 보며 교수가 덤덤하게 말했다. "이 매치페어는 보다 순수한 번역을 위해, 즉 각 단어에 담긴 비유들에 부합하는 것을 만들어내기 위해 발버둥 치지만, 당연히 그건 불가능해. 완벽한 번역이란 가능하지 않으니까."

막대에 균열이 생겼다. 가느다란 금이 나뉘고, 갈라지고, 넓어졌다.

"이 발현은 막대 자체 외에는 갈 데가 없어. 그래서 무한 순환이 생성되고, 결국 막대가 부서지게 돼. 지금… 이렇게 말이지."

막대가 공중으로 높이 튀어 오르더니 수백 개로 산산조각 나서 탁자들과 의자들과 바닥에 흩어졌다. 4인방은 놀라서 뒤로 물러났다. 하지만 교수는 눈 하나 깜짝하지 않았다. "그러니 시

도할 생각도 하지 말게. 호기심으로라도 하지 마. 이 은은," 교수
가 떨어진 파편 하나를 발로 툭 찼다. "재사용할 수 없어. 녹여서
새로 주조해도 소용없어. 이것이 단 1온스라도 포함된 막대는
불능이야. 더한 해악은 이 효과가 전염된다는 거야. 막대가 은
더미 위에서 활성화되면 막대와 접촉한 모든 은으로 퍼져. 조심
하지 않으면 은 수십 파운드를 한순간에 날리게 돼." 그러고는
인각용 펜을 다시 작업대에 놓았다. "이해됐나?"

그들은 고개를 끄덕였다.

"좋아. 이 점을 명심하게. 궁극의 번역이란 몹시 흥미로운 철
학적 질문이야. 어쨌거나 그것이 바벨탑 신화의 핵심이잖나. 하
지만 그런 이론적 질문은 교실의 논제로나 삼는 게 좋아. 탑을
무너뜨릴지 모를 실험의 대상으로는 적합하지 않아."

"앤서니 선배의 말이 맞았어." 빅투아르가 말했다. "실버워킹이
있는데 누가 문학과 따위에 흥미를 두겠어?"

그들은 학생식당에서 늘 앉는 탁자에 둘러앉았다. 힘에 도취
한 현기증이 밀려왔다. 그들은 수업이 끝난 이래 실버워킹에 대
해 같은 감탄을 반복했다. 해도 해도 질리지 않았다. 모든 것이
믿기지 않을 만큼 신기했다. 탑에서 나왔을 때 세상이 달라 보
였다. 그들은 마법사의 집에 들어갔고, 마법사가 묘약을 제조하
고 주문을 거는 것을 봤다. 이제 직접 해보는 일 외에는 어떤 것
도 그들을 만족시킬 수 없었다.

"내 이름이 들리던데?" 앤서니가 로빈의 맞은편 자리에 슬며

시 들어와 앉았다. 그는 그들의 얼굴을 둘러보더니 의미심장한 미소를 지었다. "아하, 이 표정 기억나. 플레이페어 교수가 오늘 시연을 했구나?"

"선배가 온종일 하는 일이 그건가요?" 빅투아르가 격앙된 어조로 물었다. "매치페어를 손보는 거?"

"그런 셈이지." 앤서니가 말했다. "손보는 일 자체보다 어원사전들을 뒤적일 때가 훨씬 많지만, 일단 될 만한 것을 찾아내면 그때부터 일이 정말 재밌어져. 지금 난 빵집에 유용할 것 같은 매치페어 하나를 실험 중이야. 밀가루flour와 꽃flower."

"그건 전혀 다른 단어들이잖아요?" 레티가 물었다.

"그렇게 생각할 수도 있지만, 13세기 앵글로-프랑스어로 거슬러 올라가면 그 둘이 원래는 같은 단어였다는 걸 알게 돼. flower는 곡물 가루의 가장 고운 부분을 일컫는 말이었어. 시간이 흐르면서 flower와 flour로 갈라져 각기 다른 사물을 대변하게 된 거지. 만약 이 막대가 제대로 작동한다면 제분기에 설치해서 밀가루를 보다 효율적으로 정제할 수 있을 거야." 앤서니가 한숨을 쉬었다. "작동할지 확신은 못 해. 하지만 잘만 되면 볼츠에서 평생 무료로 스콘을 먹게 될지도 몰라."

"인세를 받나요?" 빅투아르가 물었다. "선배의 막대를 복제할 때마다?"

"아니. 난 소정의 사례금을 받을 뿐이고, 모든 수익은 탑으로 가. 하지만 매치페어 원장에 내 이름이 추가돼. 지금까지 내 이름이 여섯 번 올랐어. 제국 전역에서 사용 중인 현역 매치페어는 대략 1,200개에 불과하다는 걸 감안할 때 이는 최고의 학문적 월계관이라 할 수 있지. 다른 데서 논문을 발표하는 것보다 나아.”

“잠깐만요.” 라미가 말했다. “1,200개라니, 그것밖에 안 된다고요? 매치페어는 로마제국 때부터 사용됐잖아요. 그런데 왜—”

“그런데 왜 있는 매치페어를 모두 동원해서 전국을 은으로 뒤덮지 않았냐고?”

“맞아요.” 라미가 말했다. “아니면 적어도 1,200개보다는 많아야 하지 않나요?”

“한번 생각해봐. 뻔한 문제야. 언어들은 서로 영향을 미치고, 서로에게 새로운 의미를 주입해. 그리고 댐의 물처럼, 방벽에 구멍이 많을수록 힘이 약해져. 런던에 동력을 공급하는 은막대는 대부분 라틴어, 프랑스어, 독일어의 번역이야. 그런데 그 막대들의 효과가 점점 떨어지고 있어. 언어들이 유럽 전역으로 퍼지면서, 가령 소트saute와 그라탱gratin 같은 프랑스어 단어들이 영어 어휘로 정식 편입되면서 의미 왜곡이 힘을 잃는 거야.”

“러벌 교수님도 비슷한 얘기를 했어요.” 로빈이 기억을 더듬었다. “러벌 교수님은 시간이 지날수록 로망스어의 벌이가 줄어들 거랬어요.”

“맞는 말이야. 금세기에 너무 많은 것들이 다른 유럽어에서 영어로, 영어에서 다른 유럽어로 번역됐어. 영국은 독일 철학자들과 이탈리아 시인들에 대한 중독을 도저히 끊을 수 없나 봐. 그 결과 로망스어군은 학부에서 가장 위태로운 분야가 됐어. 아직도 자기들이 탑을 지배하는 척하지만 말이야. 고전학 역시 전망이 어두워. 라틴어와 그리스어는 좀 더 버티겠지. 여전히 엘리트의 전유물이니까. 하지만 라틴어는 생각보다 더 일상화되고 있어. 8층 어딘가에 맹크스어와 콘월어의 부활에 힘쓰는 박사후 연구원이 있다는데, 아무도 그 연구가 성공할 거라곤 생각하지 않아. 게일어도 마찬가지야. 캐시에겐 말하지 마. 그렇기 때문에 너희 셋이 소중한 거야." 앤서니가 레티를 제외한 세 사람을 차례로 가리켰다. "너희는 아직 고갈 위기까지 뽑아 먹히지 않은 언어들이니까."

"나는요?" 레티가 발끈해서 말했다.

"음, 너도 나름 괜찮아. 하지만 그건 영국이 프랑스와 대조되는 국가정체성을 개발한 덕분일 뿐이야. 프랑스인은 미신을 믿는 이교도지만 우리는 개신교도고, 프랑스인은 나막신을 신지만 우리는 가죽구두를 신지. 우리는 우리 언어에 대한 프랑스어의 침입에 저항해. 하지만 진짜 광맥은 식민지와 반식민지야. 로빈과 중국. 라미와 인도. 너희는 미지의 영역이야. 모두가 그걸 차지하려고 싸우지."

"언어를 자원처럼 말하네요." 라미가 말했다.

"자원이고말고. 언어는 금과 은 같은 자원이야. 사람들은 그라마티카를 놓고 싸우고 죽어왔어."

"말도 안 돼요." 레티가 말했다. "언어는 그저 말이고 생각일 뿐이에요. 언어 사용을 제한할 방법은 없어요."

"과연 그럴까?" 앤서니가 물었다. "중국에서는 외국인에게 만다린어를 가르치면 사형에 처해지는 거 몰라?"

레티가 로빈을 봤다. "정말이야?"

"그럴걸." 로빈이 말했다. "차크라바르티 교수님도 나한테 같은 말을 했어. 청 조정은— 그들은 두려워해. 외세를 두려워해."

"알겠지?" 앤서니가 말했다. "언어는 그저 말이 아니야. 언어는 세상을 보는 방식이야. 언어는 문명의 열쇠야. 따라서 목숨 걸 가치가 있는 지식이지."

"단어에는 사연이 있다." 러벌 교수는 이 말로 첫 수업을 시작했다. 수업은 그날 오후 탑 5층의 창문 없는 작은 방에서 열렸다. "특히 단어의 역사, 단어가 처음 사용된 경위와 의미의 변천 과정은 한 민족에 대해 다른 어떤 역사적 유물보다 많은 것을 알려주지. 건달[knave, 트럼프 카드의 '잭'을 의미한다]이라는 단어를 예로 들어볼까? 이 단어가 어디서 왔을까?"

"카드놀이 아닌가요? 킹 카드, 퀸 카드…" 레티가 말을 시작했다가 자신이 순환논법에 빠졌음을 깨닫고 말을 멈췄다. "앗, 죄송해요."

러벌 교수가 고개를 저었다. "고대 영어 크나파cnafa에서 왔어. 소년 하인 또는 젊은 남자 하인을 뜻하는 말이었지. 동족어인 독일어 크나베Knabe도 마찬가지로 소년을 뜻하는 옛말이야. 다시 말해 원래 건달은 기사의 시중을 드는 젊은이였어. 그러다 16세기 말 기사제도가 붕괴하고 영주들이 더 싸고 더 나은 직업군인을 고용하면서 수백 명의 건달이 일자리를 잃었지. 그들은 불운한 젊은 남자들이 으레 하는 일을 했어. 도적 떼에 합류

해 노상강도를 일삼으며 하류 불한당, 즉 오늘날 우리가 건달로 부르는 부류가 된 거야. 이처럼 단어의 역사는 언어상의 변화뿐 아니라 사회질서 자체의 변화를 반영하지."

러벌 교수는 열정적인 강연자도, 타고난 공연자도 아니었다. 그는 청중 앞에서 불안해 보였다. 움직임은 부자연스럽고 갑작스러웠으며, 말투는 딱딱하고 침울하고 직설적이었다. 그럼에도 그의 입에서 나오는 말은 모두 시의적절하고, 신중하고, 흥미로웠다.

이 강의 전까지 로빈은 후견인의 수업을 듣는 것이 두려웠다. 그런데 뜻밖에도 어색하거나 민망하지 않았다. 러벌 교수는 그를 햄프스테드 손님들 앞에서 대했던 것과 똑같이 대했다. 냉담하고 사무적이었다. 교수의 눈길은 로빈의 얼굴에 내려앉는 법 없이 스쳐 갔다. 마치 로빈이 존재하는 공간이 보이지 않는 것처럼.

"어원학etymology의 어원은 그리스어 에티몬étymon이야." 교수가 말을 이었다. "단어의 '진정한 의미'를 뜻하지. 이 에티몬은 진실 또는 사실이라는 뜻의 에투모스에서 왔어. 따라서 어원학은 단어가 그 뿌리에서 얼마나 멀리 벗어났는지 추적하는 일이라고 볼 수 있어. 단어들은 말 그대로나 비유적으로나 기막히게 먼 거리를 여행하니까." 그의 눈길이 갑자기 로빈을 향했다. "만다린어로 큰 폭풍을 뭐라고 하지?"

로빈은 흠칫 놀랐다. "음? 펑바오風暴?"

"아니, 더 큰 거."

"타이펑颱風?"

"좋아." 교수가 이번에는 빅투아르를 가리켰다. "그럼 카리브 해를 수시로 지나가는 기후 패턴을 뭐라고 하지?"

"타이푼." 빅투아르가 대답한 뒤 놀라서 눈을 깜박였다. "타이 펑? 타이푼? 어떻게—"

"그리스-라틴어로 시작해볼까." 러벌 교수가 말했다. "그리스 신화에서 티폰은 가이아와 타르타로스의 아들 중 하나로, 백 개의 뱀 머리를 가진 파괴적인 괴물이었어. 어느 시점에서 이 괴물이 맹풍과 연결됐어. 아랍인들이 맹풍을 동반한 악천후를 투판이라고 부르기 시작하면서부터였지. 이 아랍어 단어가 포르투갈어로 넘어갔고, 이것이 탐험선에 실려 중국에 전해진 거야."

"하지만 타이펑은 단순한 차용어가 아니에요." 로빈이 말했다. "중국어로도 의미가 있어요. 타이는 거대함, 펑은 바람—"

"중국인들이 비슷한 뜻의 한자를 가지고 음역했을 가능성이 높아. 늘 있는 일이지. 음운 차용은 종종 의미 차용과 함께 일어나. 단어는 퍼지기 마련이고, 우리는 발음이 섬뜩할 만큼 비슷한 단어들을 통해 인류사의 접점들을 추적할 수 있어. 언어는 상징의 집합이고, 이 상징들은 끊임없이 변해. 상호 소통이 가능할 만큼 안정적이지만, 사회 변화를 반영할 만큼 유동적이지. 우리가 은에 단어를 소환하는 행위는 사실 그 변화하는 역사를 상기하는 일이야."

레티가 손을 들었다. "방법에 대해 질문 있어요."

"해."

"역사 연구는 가능해요." 레티가 말했다. "유물과 문헌 등을 들여다보면 되니까요. 그런데 단어의 역사는 어떻게 연구하죠? 단어들이 얼마나 멀리 여행했는지 어떻게 알 수 있어요?"

러벌 교수가 이 질문에 매우 흡족한 표정을 지었다. "읽기. 다른 방법은 없어. 손에 넣을 수 있는 모든 자료를 취합한 다음, 자리에 앉아 퍼즐을 풀어야 해. 패턴과 변칙을 찾는 거야. 예컨대 우리는 고대 라틴어에서는 단어 끝의 m이 발음되지 않았다는 것을 알고 있어. 어떻게 알게 됐을까? 폼페이의 명문銘文에 m이 빠져 있는 방식의 철자 오기가 있거든. 이것이 우리가 음운 변화를 파악하는 방법이야. 이런 방식으로 우리는 단어들이 어떻게 진화했을지 예측해. 만약 단어가 예측과 맞지 않으면, 그건 어쩌면 기원에 대한 우리의 가설이 잘못된 거겠지. 어원학은 수세기를 뒤지는 탐정 일이고, 건초 더미에서 바늘 찾기처럼 지난한 작업이야. 하지만 우리가 찾는 바늘들은 수색할 만한 가치가 다분해."

그해, 4인방은 영어를 예제로 삼아 언어들이 어떻게 성장하고, 변화하고, 변형되고, 증식하고, 분기하고, 수렴하는지에 대한 연구를 시작했다. 그들은 음운 변화를 연구했다. 독일어 무릎Knie의 k는 발음되는데 영어 무릎knee의 k는 묵음인 이유는? 라틴어, 그리스어, 산스크리트어의 파열음들이 게르만어군의 자음들과 규칙적으로 대응하는 이유는? 그들은 프란츠 보프, 그림 형제, 라스무스 라스크의 저서를 번역본으로 읽었다. 성 이시도루스의 저작 『어원학』도 읽었다. 의미 변이, 구문 변화, 방언 분화, 차용어를 공부했고, 일견 관련 없어 보이는 언어들의 관계를 짜맞추기 위한 재구성법들을 연구했다. 그들은 공동의 유산과 왜곡된 의미라는 귀한 금맥을 찾아 언어들을 광산처럼 파헤쳤다.

이것이 그들이 말하는 방식을 바꿨다. 그들은 걸핏하면 문장 중간에서 말을 멈췄다. 흔한 문구와 경구를 말할 때조차 그 단어들이 어디서 왔을지 궁금한 마음에 말을 잇지 못했다. 이런 질의들이 모든 대화에 빠짐없이 스며들었고, 그들이 서로와 만물을 이해하는 기본 방식이 되었다.[*] 그들은 이제 세상을 볼 때 수 세기 분량의 퇴적물처럼 도처에 겹겹이 쌓인 이야기와 역사를 봤다.

다른 언어들이 영어에 미친 영향은 생각보다 훨씬 깊고 다양했다. 전표chit는 '편지'나 '쪽지'를 뜻하는 마라티어 치티에서 유래했고, 커피는 아랍어 카와에서 시작해 튀르키예어 카베, 네덜란드어 코피를 거쳐 영어에 유입되었다. 태비(줄무늬 고양이)는 바그다드의 아타비야 지역이 원산지인 줄무늬 비단의 이름을 딴 것이었다. 흔한 옷감들의 명칭도 다 유래가 있었다. 다마스크는 다마스쿠스에서 만든 직물에서, 깅엄은 '줄무늬'라는 뜻의 말레이어 겡강에서 왔다. 캘리코(옥양목)는 인도 케랄라 캘리컷의 지명을 딴 것이고, 태피터(호박단)는 라미의 설명에 따르면

---

[*] "어색해(Awkward)." 빅투아르가 로빈을 가리키며 말했다. "이 단어는 고대 노르드어 Aufgr에서 왔어. '거북이를 엎어놓듯 앞뒤가 뒤집혔다'는 뜻이지." 그러면 로빈은 이렇게 응수했다. "아무래도 빅투아르는 빅토리아가 아니라 사악하다(vicious)에서 파생한 게 분명해. 넌 사악함을 빼면 시체니까."

'반짝이는 천'을 뜻하는 페르시아어 타프타가 뿌리였다. 하지만 영어 단어가 모두 그렇게 멀고 고귀한 기원을 가진 것은 아니었다. 그들이 오래지 않아 깨달은 어원학의 흥미로운 점은, 세속적 부유층의 소비 습관부터 가난한 하층민의 소위 비속어에 이르기까지 무엇이든 언어에 영향을 미친다는 사실이었다. 한때는 도둑, 부랑자, 외국인의 저속한 은어였을 용어들이 지금은 bilk(사취하다), booty(노획물), bauble(싸구려 장신구) 같은 지극히 일반적인 어휘들이 되었다.

영어는 다른 언어들에서 단어들만 차용한 것이 아니었다. 영어는 외래의 영향들로 꽉꽉 차 있었다. 영어는 언어계의 프랑켄슈타인이었다. 로빈은 믿을 수 없었다. 이 나라 시민들은 자기들이 세상 어느 나라보다 잘났다고 자부하지만, 빌려온 것들 없이는 애프터눈 티도 마시기 어려운 사람들이었다.

그해에 그들은 어원학과 더불어 각자 새로운 언어를 하나씩 배우기 시작했다. 목적은 해당 언어를 유창하게 구사하는 데 있지 않았다. 새로운 언어 습득 과정을 통해 각자의 주력 언어에 대한 이해를 심화하는 데 있었다. 레티와 라미는 드브리스 교수와 함께 인도유럽조어를 공부하기 시작했다. 빅투아르는 배우고 싶은 서아프리카 언어들을 자문위원회에 제안했지만, 바벨에는 그 언어들을 제대로 교육할 자료나 자원이 미비하다는 이유로 거부당했다. 빅투아르는 결국 에스파냐어를 공부하게 되었다. 아이티와 도미니카가 접경해 있는 만큼 에스파냐어를 아는 것이 좋다는 플레이페어 교수의 주장에 따른 결정이었는데,

빅투아르는 이 결정이 썩 흡족하지 않았다.

로빈은 차크라바르티 교수에게 산스크리트어를 배우기 시작했다. 첫 시간에 차크라바르티 교수는 산스크리트어에 대한 지식이 전혀 없다며 로빈을 질책하는 것으로 수업을 시작했다. "중국인 연구생에겐 처음부터 산스크리트어를 가르쳐야 해. 산스크리트어는 불교 경전을 통해 중국에 전해졌고, 이것이 폭발적인 언어 혁신을 일으켰지. 불교는 중국어에 없던 수십 가지 개념들을 중국어에 도입했어. 이때 산스크리트어 비크슈니가 비츄니比丘尼로, 니르바나가 니에판涅槃으로 음역됐지. 나락, 의식, 아수라장 같은 전통 개념들도 알고 보면 산스크리트어에서 유래한 거야. 불교에 대한 이해 없이는 오늘날의 중국어를 이해할 수 없고, 산스크리트어에 대한 이해 없이는 불교를 이해할 수 없어. 그건 숫자 쓰는 법도 모르면서 곱셈을 배우려는 것과 같아."

로빈은 태어나면서부터 써 온 언어를 두고 순서대로 배우지 않았다고 비난받는 것이 다소 부당하다는 생각이 들었지만, 동조하는 척했다. "그럼 어디서부터 시작할까요?"

"문자." 차크라바르티 교수가 명랑하게 말했다. "기본 구성 요소로 돌아가야지. 펜을 꺼내서 이 문자들을 근육이 기억할 때까지 베껴 써. 30분 정도면 될 거야. 시작해."

라틴어, 번역 이론, 어원학, 주력 언어들, 그리고 새로운 연구 언어까지. 수업량이 터무니없이 많았다. 게다가 교수마다 다른 과목들은 존재하지 않는 것처럼 과제를 내주었다. 교수진은 동정심이라곤 눈곱만큼도 없었다. "독일어에 지츠플라이시 Sitzfleisch라는 사랑스러운 단어가 있지." 플레이페어 교수가 상냥하게 말했다. 읽을거리가 주당 40시간을 읽어도 다 못 읽을 정도라고 라미가 항변했을 때였다. "직역하면 '앉는 살'이야. 때로는 엉덩이가 무거운 사람이 성공한다는 뜻이라네."

그럼에도 즐거운 순간들은 끊이지 않았다. 옥스퍼드가 이제 집처럼 느껴지기 시작했고, 그들은 거기에 그들만의 영역을 만들어갔다. 그들은 어느 커피하우스가 자신들에게 불평 없이 서비스를 제공할지, 어디가 라미를 없는 사람 취급하거나 더럽다며 착석을 막을지 파악했다. 해가 진 후에 괴롭힘 없이 드나들 수 있는 펍들도 확보했다. 연합 토론회의 청중석에 앉아 콜린 손힐과 엘턴 펜데니스 같은 자들이 정의, 자유, 평등을 얼굴이 벌게지도록 외치는 것을 볼 때는 웃음을 참느라 겨드랑이가 결릴 지경이었다.

로빈은 앤서니의 집요한 권유에 따라 조정을 시작했다. "종일 도서관에 틀어박혀 있으면 좋지 않아." 앤서니는 이렇게 말했다. "근육을 펴줘야 뇌도 제대로 작동해. 피를 돌게 해. 해봐. 너 좋으라고 하는 말이야."

일단 시작하자 로빈은 조정에 빠져들었다. 그는 두 손으로 노를 잡고 끊임없이 물을 밀어내는 리드미컬한 근육운동에서 엄청난 즐거움을 얻었다. 팔에 점점 힘이 붙었고, 다리도 왠지 더 길어진 듯했다. 갈대처럼 구부정했던 자세가 사라지고 옹골진

인상이 생겼으며, 그것이 매일 아침 거울을 볼 때마다 그에게 깊은 뿌듯함을 주었다. 그는 아이시스강의 차가운 아침을 사랑하게 되었다. 타운이 아직 깨어나기 전이었고, 사방에 들리는 것은 새들이 지저귀는 소리와 노가 기분 좋게 물살을 가르는 소리뿐이었다.

레티와 빅투아르는 보트 클럽에 몰래 들어가려다가 실패했다. 그들은 노 젓기 좋을 만큼 키가 크지 않았고, 키잡이는 고함을 쳐야 해서 남자인 척하기 힘들었다. 그런데 그게 끝이 아니었다. 몇 주 후 유니브 펜싱 팀에 괴물 같은 신입이 둘이나 들어왔다는 소문이 돌기 시작했다. 소문을 들은 로빈이 추궁하자 레티와 빅투아르는 처음에는 모르는 일이라고 잡아뗐다.

"공격적인 스포츠라 끌렸어." 빅투아르가 마침내 자백했다. "보기만 해도 웃기더라. 남자애들은 앞으로 죽어라 내지르기만 하고 도대체 전략이란 게 없어."

레티도 동의했다. "맞아. 침착을 유지하면서 걔들이 방심하는 곳들을 찔러대면 끝이야. 너무 간단해."

겨울이 왔고 아이시스강이 얼어붙었다. 그들은 스케이트를 타러 갔다. 레티를 제외하면 아무도 스케이트를 타본 적이 없었다. 그들은 스케이트 끈을 최대한 단단히 묶었다. "더 조여." 레티가 말했다. "부츠가 뒤뚱대면 안 돼. 그러면 발목 부러져." 그들은 휘청대며 얼음에 올라섰다. 서로를 붙잡고 균형을 유지하면서 비틀비틀 앞으로 나아갔다. 하지만 한 명이 넘어지면 모두가 넘어질 수 있었다. 그러다 라미가 몸을 앞으로 숙이고 무릎을 굽히면 얼음을 더 빨리 지칠 수 있다는 요령을 익혔고, 사흘째는 친구들 주위를 빙빙 돌았다. 심지어 레티도 앞질렀다. 레티는 라미가 자신의 경로에서 활주하자 화난 척했지만, 그럼에도 웃음을 멈추지 못했다.

그들의 우정은 이제 견고하고 항구적인 것이 되어 있었다. 더 이상 넘어지지 않으려고 서로에게 매달리던 어리바리 겁먹은 신입생이 아니었다. 이제 그들은 시련으로 맺어진 역전의 용사들, 무슨 일에나 서로 기댈 수 있는 불굴의 전사들이었다. 꼼꼼한 레티는 늘 투덜대면서도 늦은 밤이든 이른 아침이든 번역문의 교정을 마다하지 않았다. 빅투아르는 금고 같았다. 그녀는 누구의 불평이나 하소연도 묵묵히 들을 뿐 누구에게도 말을 옮기지 않았다. 그리고 로빈은 언제든 라미의 방문을 두드렸다. 차한 잔이나 웃을 거리나 함께 울어줄 사람이 필요할 때마다. 낮이든 밤이든 언제나.

그해 가을 바벨에 신입생들─여학생은 없고, 앳된 얼굴의 남학생만 네 명─이 들어왔을 때도 그들은 후배들에게 관심을 두지 않았다. 부지불식간에 그들은 자신들이 첫 학기 때 그렇게 선망했던 상급생들과 똑같아져 있었다. 그들이 우월의식과 오만함으로 인식했던 것은 알고 보니 그저 기진맥진이었다. 선배들은 신입생들을 괴롭힐 의도가 없었다. 그들에겐 그럴 시간이 없었다.

그들은 첫해부터 염원하던 것이 되어 있었다. 냉담하고, 명석하고, 뼛속까지 피곤한 사람들. 그들은 항상 뚱했다. 잠이 너무 부족했고, 너무 부실하게 먹었고, 너무 많이 읽었다. 그들은 옥스퍼드나 바벨 밖의 문제들에서 완전히 단절되었다. 그들은 세속의 삶을 무시했다. 오직 학구적 삶만 살았다. 그들은 그 삶을 사랑했다.

그래서 로빈은 아무리 힘들어도, 그리핀이 예언한 날이 절대 오지 않기를, 자신이 이 아찔한 균형에 영원히 매달려 살 수 있기를 바랐다. 지금보다 행복한 적이 없었기 때문이다. 할 일이 너무 많아서, 그때그때 닥치는 일들에 열중하느라, 전체가 어떻게 맞물려 돌아가는지 신경 쓸 겨를이 없었다.

미카엘마스 학기 말에 루이 자크 망데 다게르라는 프랑스 화학자가 신기한 물건을 가지고 바벨을 찾아왔다. 그는 그 물건을 헬리오그래피 카메라 옵스큐라로 소개했다. 빛에 노출된 동판과 감광물질을 이용해서 정지 이미지를 복제하는 장치인데, 그는 그 메커니즘을 제대로 실행하는 데 애를 먹고 있었다. 혹시 바블러들이 장치를 살펴보고 개선점을 찾을 수 있지 않을까?

다게르의 카메라 문제가 탑의 화제가 되었다. 교수진은 이를 경합으로 만들었다. 실버워킹 자격이 있는 학생 가운데 다게르의 문제를 해결한 사람은 그의 특허에 이름을 올릴 자격과 함께, 특허에 따를 수익의 일부를 받을 수 있었다. 2주 동안 8층은 무언의 광란으로 들끓었다. 4학년생과 대학원생들이 어원사전을 뒤지며 빛과 색과 이미지와 복제에 관한 적절한 의미 결합을 만들어줄 단어들을 찾기 위해 분투했다.

드디어 수수께끼를 푼 사람은 앤서니 리벤이었다. 다게르와의 계약 조건에 따라 특허를 받은 매치페어는 비밀에 붙여졌지만, 앤서니가 라틴어 단어 이마고imago를 활용했다는 소문이 돌았다. 이 단어는 유사성과 모방을 의미하는 동시에 유령이나 환영을 의미하기도 했다. 다른 소문도 있었다. 앤서니가 은막대를 용해해서 얻은 수은 연기를 이용했다는 소문이었다. 어떤 방법이었는지 앤서니는 발설할 수 없었지만 자신의 노력에 대해 두둑한 보상을 받았다.

카메라는 마법 같았다. 피사체의 정확한 모습이 놀랍도록 짧은 시간 만에 종이에 복제되었다. 다게르의 장치, 이른바 다게레오타이프가 지역에 선풍을 일으켰다. 모두가 사진을 찍고 싶어 했다. 다게르와 바벨 교수진은 탑 로비에서 사흘간 전시를 열었고, 열성적인 관중이 탑을 빙 둘러 줄을 섰다.

로빈은 다음 날 제출해야 하는 산스크리트어 번역이 걱정이었지만, 레티가 다 함께 사진을 찍어야 한다고 우겼다. "우리 모습을 기념하고 싶지 않아?" 레티가 물었다. "지금 이 순간을 영원히 보존하고 싶지 않아?"

로빈은 어깨를 으쓱했다. "별로."

"난 원해." 레티가 고집스럽게 말했다. "난 지금, 올해, 1837년의 우리 모습을 정확히 기억하고 싶어. 절대 잊고 싶지 않아."

그들은 카메라 앞에 모였다. 레티와 빅투아르는 의자에 앉아 양손을 무릎 위에 뻣뻣하게 포겠다. 로빈과 라미는 그들 뒤에 서서 손을 어디다 둘지 고민했다. 레티와 빅투아르의 어깨에 올려야 할까? 아니면 의자에?

"팔을 옆으로 붙여요." 사진사가 말했다. "그리고 최대한 가만히 있어요. 아니— 먼저, 더 바짝 붙어보세요. 좋아요, 갑니다."

로빈은 미소를 지었다. 그랬다가 입을 넓게 늘린 상태로 오래 버틸 수 없다는 것을 깨닫고 얼른 입꼬리를 내렸다.

다음 날, 그들은 로비 직원에게서 완성된 초상을 수령했다.

"이게 뭐야." 빅투아르가 말했다. "전혀 우리 같지 않잖아."

하지만 레티는 신이 났다. 그녀는 액자를 사러 가자고 졸랐다. "내 방 벽난로 위에 걸어두자. 어떻게 생각해?"

"그냥 버리는 게 낫겠어." 라미가 말했다. "소름 끼쳐."

"그렇지 않아." 레티가 실제 마법을 본 것처럼 홀린 눈으로 사진을 뜯어봤다. "우리야. 시간이 지나도 변치 않을 우리 모습. 평생 다시는 돌아가지 못할 순간을 포착한 거야. 정말 놀라워."

로빈 역시 사진이 기괴하다고 생각했지만, 그 생각을 말하지는 않았다. 네 명 모두 표정이 가면처럼 작위적이었다. 약간씩 심기가 불편해 보였다. 카메라는 그들을 결속하는 정신을 납작하게 일그러뜨렸다. 사진에는 그들 사이의 보이지 않는 정감과 동지애는 없고 과장되고 억지스러운 친분만 있었다. 로빈이 생각하기에 사진술도 일종의 번역이며, 그것으로 무언가를 잃었다. 기술을 거친 결과는 실제에 훨씬 못 미쳤다.

도가니에 던져진 제비꽃. 정말 그랬다.

10

그해 미카엘마스 학기가 끝나갈 무렵, 그리핀이 평소보다 자주 모습을 드러냈다. 말라카에서 돌아온 이후로는 한 달에 두 번 있던 지령이 한 번으로 줄더니 아예 없어진 터라, 마침 로빈이 그의 행방을 궁금해하던 참이었다. 그러다 12월이 되자 트위스티드 루트 밖에서 만나자는 쪽지가 며칠에 한 번씩 도착했다. 둘은 만나면 늘 하던 대로 도시를 미친 듯이 걸어 다녔다. 이런 만남은 대개 계획된 절도의 서곡이었다. 하지만 그리핀의 의중에 수다를 떠는 것 외에는 아무것도 없는 듯한 때도 있었다. 로빈은 이런 대화를 간절히 기다렸다. 형이 수수께끼보다는 뼈와 살이 있는 사람처럼 느껴지는 유일한 때였다. 하지만 그리핀은 로빈이 정말로 논하고 싶은 질문들에는 묵묵부답이었다. 로빈의 도움으로 훔치는 재료들로 헤르메스가 무엇을 하는지, 혁명이 사실이라면 어떻게 진행되고 있는지 같은 질문들은 언제나

논외였다. "난 아직 너를 믿지 않아." 그리핀이 말했다. "넌 아직 너무 신참이야."

나도 형을 믿지 않아. 로빈은 생각했다. 하지만 말하지는 않았다. 대신 우회적으로 찔러봤다. "헤르메스는 언제부터 있었어?"

그리핀이 비꼬는 눈살을 날렸다. "무슨 수작인지 알아."

"그냥 궁금해서 그래. 최근에 생긴 단체인지, 아니면—"

"나도 몰라. 알 수 없지. 적어도 수십 년? 어쩌면 더 오래? 나도 알아낸 적이 없어. 정말로 알고 싶은 걸 물어보지 그래?"

"말해주지 않을 거잖아."

"물어나 봐."

"좋아. 만약 오래전부터 있던 단체라면, 이해가 안 돼…."

"왜 우리가 여태껏 승리하지 못했는지? 그거야?"

"그래. 이래봤자 무슨 차이를 만들지 모르겠어. 바벨은— 바벨이야. 그리고 형네는 그냥—"

"몇몇 중퇴자 무리가 거대 조직에 깐족댄다는 뜻? 속말을 해 봐, 동생. 머무적대지 말고."

"수적으로 압도적 열세인 이상주의자들이라고 말하려던 참이었어. 하지만 그래. 생각해봐, 내가 하는 일이 어떤 영향을 미치는지 불분명하면 믿음을 지키기가 어렵지 않겠어?"

그리핀이 걸음을 늦췄다. 그는 몇 초간 말없이 생각하다가 입을 열었다. "내가 그림을 딱 그려줄게. 은은 어디서 오지?"

"형, 제발—"

"일단 들어봐."

"10분 후에 수업이야."

"간단히 답할 문제가 아냐. 한 번 지각했다고 크래프트 교수가 너를 내쫓지는 않아. 은은 어디서 오지?"

"몰라. 광산?"

그리핀이 땅이 꺼져라 한숨을 쉬었다. "학교에서 아무것도 안 가르쳐줘?"

"형—"

"내 말 들어봐. 은은 언제나 존재했어. 아테네인들은 아티카에서 은을 채굴했고, 로마인들은 은의 잠재력을 깨달은 후 그걸 이용해 제국을 확장했어. 하지만 은이 국제통화가 되고 대륙을 잇는 무역망의 기초가 된 건 훨씬 나중의 일이야. 당시엔 은이 그 정도로 많지 않았거든. 그러다 16세기에 최초의 진정한 세계 제국인 합스부르크 왕가가 안데스산맥에서 막대한 매장량의 은광을 발견했어. 에스파냐는 원주민 광부들을 동원해 산에서 은을 캐냈어. 이때 광부들이 노동에 대한 정당한 보상을 받지 못한 건 말해봤자 입만 아픈 일이지.* 에스파냐는 여기서 채굴한 은으로 은화를 주조했고, 이를 통해 세비야와 마드리드에 부가 흘러들었어.

그들은 은으로 부자가 됐어. 인도에서 사라사 면포를 사들이

---

* 이것은 절제된 표현이다. 1545년 볼리비아 남부 고산지대의 포토시에서 은광이 '발견된' 지 불과 수십 년 만에 이 은의 도시는 죽음의 덫이 되었다. 노예로 끌려온 아프리카인들과 징발된 원주민 노동자들은 수은 증기, 오염된 물, 유독 폐기물 속에서 일하다 무수히 죽어갔다. 에스파냐의 '산들의 왕이자 왕들의 부러움'은 사실 질병, 강행군, 영양실조, 과로, 오염 환경으로 죽어간 시체들 위에 세워진 피라미드였다.

고, 그걸 아프리카 노예와 교환해서 식민지 농장의 노동력으로 투입했어. 이렇게 에스파냐는 점점 더 부유해졌고, 가는 곳마다 뒤에 죽음, 노예제, 빈곤을 남겼어. 어때, 여기까지 패턴이 보여?"

연설할 때의 그리핀은 러벌 교수와 기묘하게 비슷했다. 두 사람 다 장황한 비판 중에 말을 멈추는 대신 구두점을 찍듯 손으로 베는 시늉을 했고, 두 사람 다 또렷한 발성과 리듬감 있는 말투로 말했다. 그리고 둘 다 소크라테스식 질문을 좋아했다. "거기서 200년 후로 넘어가봐. 뭐가 보여?"

로빈은 한숨이 나왔지만 장단을 맞췄다. "모든 은과 모든 권력이 신세계에서 유럽으로 흐르는 그림."

"맞아." 그리핀이 말했다. "은은 이미 사용되는 곳에 더 누적됐어. 에스파냐가 오랫동안 선두를 지켰고 네덜란드, 영국, 프랑스가 그 뒤를 바싹 쫓았지. 한 세기 더 앞으로 와봐. 이제 에스파냐는 과거의 그림자가 됐고, 프랑스는 나폴레옹 전쟁으로 국력이 다했고, 이제 영국이 영예의 정상에 있었어. 유럽 최대의 은 보유고. 단연코 세계 최고의 번역기관. 트라팔가르해전 이후 공고해진 세계 최강의 해군력. 모든 것이 이 섬나라가 세계를 지배하는 방향을 가리키고 있었어. 그런데 지난 세기에 재미있는 일이 일어났지. 영국 의회와 영국 무역상사들에게 골칫거리가 생긴 거야. 그게 뭔지 맞혀볼래?"

"설마 은이 부족해진 건 아니겠지?"

그리핀이 빙그레 웃었다. "맞아. 은이 바닥나고 있었어. 그 은이 지금은 어디로 흐르고 있는지 맞혀볼래?"

이건 로빈이 답을 아는 문제였다. 햄프스테드 시절 러벌 교수와 그의 친구들이 저녁 모임에서 불평하는 소리를 몇 년이나 들었기 때문이다. "중국."

"그래, 중국. 이 나라는 동양 수입품을 끝도 없이 탐해. 중국의 도자기, 칠기 가구, 비단에 환장하지. 그리고 차. 매년 중국에서 영국으로 수출되는 차의 양이 얼만지 알아? 최소 3천만 파운드어치야. 영국인들의 차 사랑이 어찌나 대단한지, 의회가 공급 부족에 대비해 1년 치 재고를 상시 유지할 것을 동인도회사에 요구했을 정도야. 우린 매년 중국에서 차를 수입하는 데 막대한 돈을 쓰고, 그 대금을 은으로 지불하고 있어.

문제는 중국은 영국 상품에 관심이 없다는 거야. 매카트니 경이 바친 영국 제조품들을 본 건륭제의 반응이 어땠는지 알아? *짐은 해괴하고 비싼 물건에 관심이 없도다.* 중국은 우리가 파는 무엇도 필요로 하지 않아. 필요한 것 모두 자체 생산이 가능하거든. 따라서 은이 계속 중국으로 흘러가지만 영국으로서는 손쓸 방법이 없어. 이 수요와 공급을 바꿀 수가 없으니까. 우리에게 번역 인재가 얼마나 있든 조만간 허사가 될 거야. 인재들이 사용할 은이 없을 테니까. 대영제국은 결국 탐욕 때문에 붕괴하고, 은은 새로운 권력의 중심들에 축적되겠지. 지금까지 자원을 약탈당하고 착취당했던 곳들에 말이야. 그들은 원자재를 보유하게 될 거고, 그때 그들에게 필요한 건 실버워킹 장인들일 테고, 재능은 일자리가 있는 곳으로 흘러가기 마련이야. 그게 이치야. 따라서 제국을 소진시킬 방법은 간단해. 나머지는 역사의 순환이 알아서 처리할 거야. 넌 그저 우리가 거기에 속도를 붙이는 일을 도우면 돼."

"하지만 그건…" 로빈은 말을 흐리며 반대 의견을 개진할 말을 찾으려 애썼다. "그건 너무 추상적이고, 너무 단순해. 그렇게 쉬울 리가― 내 말은, 역사를 그렇게 쉽게 넓은 획으로 예측할 수는 없어."

"예측 가능한 것도 꽤 많아." 그리핀이 로빈을 곁눈으로 응시했다. "그게 바로 바벨 교육의 문제점이지. 저들은 너희에게 언어와 번역을 가르칠 뿐, 역사나 과학이나 국제정치는 절대 가르치지 않아. 저들은 언어 뒤에 포진한 군대에 대해서는 말하지 않아."

"그럼 그게 어떤 양상으로 일어나는데?" 로빈은 끈질기게 물었다. "형이 말하는 일, 그런 일이 어떻게 일어난다는 건데? 세계 전쟁이 일어나? 경제가 서서히 쇠퇴해? 결국 세상이 완전히 달라질 때까지?"

"나도 몰라. 미래가 정확히 어떻게 될지는 아무도 몰라. 권력의 중심이 중국으로 이동할지, 아메리카 대륙으로 갈지, 아니면 영국이 제자리를 지키기 위해 필사적으로 싸울지― 그건 예측할 수 없어."

"그럼 형이 하는 일이 효과가 있을지 없을지 어떻게 알아?"

"개개의 사건이 어떻게 전개될지는 나도 몰라." 그리핀이 딱 잘라 말했다. "하지만 이건 알아. 영국의 부는 강압적 추출에 의존해. 영국이 팽창하면서 남은 선택지는 두 가지뿐이야. 영국의 강압 메커니즘이 엄청나게 더 잔학해지거나, 아니면 그냥 붕괴하거나. 전자일 가능성이 더 높지만, 그게 후자를 초래할 수도 있어."

"하지만 너무 기울어진 싸움이야." 로빈은 무력하게 말했다. "한쪽은 형네가 있고, 다른 쪽에는 제국 전체가 있어."

"제국이 불가피하다고 보면 그렇겠지. 하지만 제국은 불가피하지 않아. 지금 이 순간을 봐. 우린 대서양 시대 위기의 막판에 있어. 군주제 제국들이 차례로 몰락했어. 영국과 프랑스는 아메리카에서 패퇴한 후 서로 전쟁을 벌였지만 아무에게도 득이 되지 못했지. 이제 우리 눈앞에 새로운 힘의 통합이 일어나고 있어. 사실이야. 영국은 벵골을 차지했고, 네덜란드령 자바와 케이프 식민지도 손에 넣었어. 만약 중국에서도 원하는 것을 얻고 지금의 무역 불균형을 뒤집는다면 무엇도 영국을 막을 수 없게 돼.

하지만 세상에 돌에 새긴 듯 확정적인 건 없어. 은에 새겨도 마찬가지야. 너무나 많은 것이 만일의 경우들에 달려 있어. 이런 전환점들이 바로 우리가 개입할 시점이야. 개개의 선택이, 심지어 아주 작은 저항 세력도 차이를 만들 수 있어. 바베이도스의 경우를 봐. 자메이카를 봐. 우리가 그곳의 봉기에 은을 보냈어."

"그 노예 반란들은 진압됐어."

"하지만 노예제는 폐지됐잖아? 적어도 영국 식민지에서는 폐지됐어. 그래, 전부 좋아지고 전부 해결되진 않았지. 노예제 폐지법의 공이 다 우리에게 있다는 말도 아니야. 그랬다간 폐지론자들이 노발대발하겠지. 다만 내 말은, 1833년의 노예제 폐지법이 영국인들의 도덕적 감수성 때문에 통과됐다고 생각한다면 그건 착각이라는 거야. 영국이 그 법안을 통과시킨 건 손실을 계속 버틸 수 없었기 때문이야."

그리핀이 손을 내둘러 보이지 않는 지도를 가리켰다. "그런 시점이 우리가 영향을 미칠 기회야. 우리가 적소를 찌르면, 우리가 제국이 감당하지 못할 손실을 만들면, 상황을 한계점으로 몰고 갈 수 있어. 그러면 미래가 유동적으로 변하고, 변화가 가능해져. 역사는 우리가 당할 수밖에 없게 미리 짜놓은 판이 아니야. 출구 없이 닫힌 세계가 아니야. 우리가 역사를 형성할 수 있어. 만들 수 있어. 우리가 만들기로 선택만 하면."

"정말로 그렇게 믿는구나." 로빈은 그리핀의 믿음에 경악했다. 관념적 추론이 로빈에겐 현실 세계에서 물러나 사어死語와 책이라는 안전함 속에 숨을 핑계였지만, 그리핀에겐 소집 명령이었다.

"믿어야만 해." 그리핀이 말했다. "믿지 않으면, 네 말대로 돼. 믿지 않으면 우리에겐 아무것도 없어."

그 대화 이후 그리핀은 로빈이 헤르메스 협회를 배신하지 않을 것으로 판단한 듯했다. 로빈에게 지령이 떨어지는 빈도가 급격히 늘었다. 모든 미션이 절도 보조는 아니었다. 그보다는 자료 조달이었다. 그리핀은 어원학 편람, 그라마티카 일부, 철자법 도표 등 쉽게 입수해서 복사하고 눈에 띄지 않게 돌려놓을 수 있는 자료들을 요청할 때가 더 많았다. 그렇다 해도, 자신의 주력 분야와 무관한 자료를 계속 몰래 들고 나가면 의심을 살 수 있기 때문에, 언제 어떻게 책을 빼낼지 영리하게 정해야 했다. 한번은 일본 출신 상급생 일스가 로빈에게 고대 독일어 그라마티카를 가지고 뭐 하냐고 물었다. 그는 중국어 단어의 히타이트어 기원을 추적하던 중에 우연히 그 책을 뽑았다는 정황을 더듬대며 지어내야 했다. 그가 있던 곳은 완전히 엉뚱한 서가였는데도 일스는 로빈이 그냥 멍청해서 일어난 일로 여기는 듯했다.

그리핀이 요청하는 일은 대체로 부담스럽지 않았다. 일은 로빈이 상상했던 것처럼, 어쩌면 기대한 것만큼 낭만적이지 않았다. 아슬아슬한 모험도, 다리 위의 암호 교신도 없었다. 모든 것이 매우 일상적이었다. 알고 보니 헤르메스 협회의 최대 업적은 효과적인 잠행 능력과 회원끼리도 정보를 완벽히 숨기는 능력이었다. 이러다 어느 날 그리핀이 사라지면 로빈은 헤르메스 협회가 상상의 산물이 아닌 실존 조직이라는 것을 누구에게도 증명하기 어려울 판이었다. 그는 자신이 비밀결사의 일원이 아니라, 절묘한 협응력으로 작동하는 지루한 거대 관료조직의 일원인 느낌이 들었다.

도둑질조차 점점 일상이 되어갔다. 바벨의 교수들은 뭐가 도난당하고 있는지 전혀 모르는 듯했다. 헤르메스는 은을 약간의 회계 조작으로 은폐가 가능한 만큼만, 아주 소량씩만 가져갔다. 그리핀의 말에 따르면 인문학부의 미덕은 구성원 모두가 숫자에 약하다는 점이었다.

"플레이페어는 확인하는 사람이 없으면 은이 궤짝째로 없어져도 모를걸?" 그리핀이 말했다. "플레이페어가 장부 정리를 제대로 할 것 같아? 두 자릿수 덧셈도 겨우 하는 인간이야."

어떤 날은 그리핀이 헤르메스를 전혀 언급하지 않았다. 대신 포트 메도우까지 걸어갔다가 돌아오는 내내 로빈의 옥스퍼드 생활에 대해 물었다. 로빈의 조정 전적, 그가 좋아하는 서점, 홀과 학생식당의 음식에 대한 생각.

로빈은 조심스럽게 답하며 올 것이 오기를 기다렸다. 그리핀이 대화를 논쟁으로 몰아넣을 때를, 플레인 스콘을 선호하는 자신의 입맛이 유산계급에 대한 선망의 증거로 몰릴 때를 기다렸다. 그런데 그리핀은 계속 묻기만 했다. 로빈은 어쩌면 그리핀이 그저 학창 시절을 그리워하는 것일지 모른다는 생각이 들었다.

"난 크리스마스 무렵의 캠퍼스가 정말 좋아." 어느 날 밤 그리핀이 말했다. "옥스퍼드가 스스로의 마법에 가장 깊이 빠져드는 계절이지."

해가 넘어갔다. 기분 좋게 싸늘하던 공기가 뼈를 에듯 추워졌지만 도시는 크리스마스 촛불로 휘황했고, 그들을 둘러싸고 가볍게 눈발이 날렸다. 아름다웠다. 로빈은 그 장면을 음미하고 싶어서 걸음을 늦췄다. 그러다 그리핀이 미친 듯이 떨고 있는 것을 알아차렸다.

"형, 저기…" 로빈은 망설였다. 기분 나쁘지 않게 물어볼 방법이 떠오르지 않았다. "있는 외투가 그것뿐이야?"

그리핀이 목털이 곤두선 개처럼 흠칫댔다. "왜?"

"그냥─ 나한테 급료가 나오니까, 혹시 따뜻한 옷을 사고 싶다면—"

"까불지 마." 로빈은 말을 꺼낸 것을 즉시 후회했다. 그리핀은 자존심이 장난 아니었다. 그는 어떤 자선도 받을 마음이 없었다. 연민조차 허락하지 않았다. "네 돈 따윈 필요 없어."

"좋을 대로 해." 로빈은 상처를 받았다.

그들은 침묵 속에 한 블록 더 걸었다. 그러다 그리핀이 물었다. 화해를 청하려는 의도가 보였다. "크리스마스 때는 뭐 해?"

"일단 홀에서 디너가 있어."

"끝없는 라틴어 기도, 고무 같은 거위 고기, 돼지 사료와 구분 안 되는 크리스마스 푸딩. 진짜 계획은?"

로빈은 빙긋 웃었다. "제리코에 있는 파이퍼 부인이 파이를 구워주시겠대."

"스테이크 앤드 키드니?"

"치킨 앤드 리크 파이. 내가 제일 좋아하는 거. 그리고 레티를 위한 레몬 타르트. 라미와 빅투아르에겐 초콜릿 피칸 파이—"

"파이퍼 부인에게 축복을. 내가 교수와 살 때는 피터하우스 부인이라는 쌀쌀맞은 노파가 있었어. 요리는 죽어라 못 하면서 내가 근처에 있을 때마다 혼혈이 어쩌고저쩌고 했지. 그런데 교수도 그 소리가 듣기 싫었던 모양이야. 노파를 내보낸 걸 보면."

그들은 왼편의 콘마켓 스트리트로 꺾어졌다. 이제 탑이 지척이었다. 그리핀이 부쩍 안절부절못했다. 로빈은 헤어질 때가 되었음을 느꼈다.

"까먹기 전에." 그리핀이 외투에서 포장한 꾸러미를 꺼내 로빈에게 던졌다. "뭐 하나 가져왔어."

로빈은 놀라서 꾸러미 끈을 풀었다. "도구?"

"그냥 선물이야. 메리크리스마스."

로빈은 포장지를 찢었다. 안에는 갓 찍어낸 멋진 책이 있었다.

"디킨스 좋아한다며." 그리핀이 말했다. "최근 연재소설이 막 단행본으로 나왔더라. 벌써 읽었겠지만, 책으로 묶은 걸 좋아할 것 같아서."

선물은 세 권짜리 『올리버 트위스트』 세트였다. 로빈은 잠시 아무 말도 나오지 않았다. 선물을 주고받을 생각은 하지 못했다. 그는 그리핀을 위해 준비한 게 없었다. 하지만 그리핀은 이 말에 손사래를 쳤다. "괜찮아. 내가 형이잖아. 괜히 무안하게 하지 마."

로빈은 나중에야, 그리핀이 발목까지 내려온 외투 자락을 펄럭이며 브로드 스트리트를 따라 사라진 후에야 이 선물이 그리핀 나름의 유머라는 것을 깨달았다.

나랑 같이 가. 헤어질 때 로빈은 이렇게 말할 뻔했다. 같이 돌아가서 크리스마스 디너에 가자.

하지만 그것은 불가능했다. 로빈의 삶은 둘로 쪼개져 있었고, 그리핀은 눈길에서 숨은 그림자 세계에 존재했다. 로빈이 그를 맥파이 레인으로 다시 데려올 방법은 없었다. 그를 친구들에게 소개할 수 없었다. 낮에는 그를 결코 형으로 부를 수 없었다.

"그럼," 그리핀이 목을 가다듬었다. "다음에 보자."

"그게 언젠데?"

"아직 몰라." 그는 이미 떠나가고 있었다. 눈이 그의 발자국을 채웠다. "창문 잘 봐."

힐러리 학기 첫날, 무장 경찰 네 명이 바벨 정문을 막고 있었다. 내부의 누군가 또는 무언가와 대치 중인 듯한데, 정확한 사정은 두려움에 떠는 연구생 무리에 막혀 보이지 않았다.

"무슨 일이야?" 라미가 물었다.

"침입이 있었대." 빅투아르가 말했다. "누군가 은을 빼돌리려고 했나 봐."

"그런데? 경찰이 마침 그때 여기 있었던 거야?" 로빈이 물었다.

"범인이 문을 통과할 때 경보가 울렸고," 레티가 말했다. "그래서 경찰이 즉각 출동한 것 같아."

다섯 번째와 여섯 번째 경관이 나타났다. 그들은 도둑으로 추정되는 남자를 건물 밖으로 끌고 나왔다. 남자는 중년이었고, 검은 머리에 수염을 길렀고, 옷이 몹시 더러웠다. 헤르메스는 아니었다. 로빈은 속으로 안도했다. 도둑의 얼굴이 고통으로 일그러져 있었다. 경찰이 계단 아래에 대기 중인 삯마차로 범인을 끌고 내려올 때 남자의 신음이 군중 위로 퍼졌다. 그들이 지나간 돌길에 길게 핏자국이 남았다.

"도둑 몸에 총알이 다섯 발은 박혔어." 앤서니 리벤이 그들 옆에 나타났다. 토할 것 같은 얼굴이었다. "그래도 결계가 잘 작동하니 다행이라고 해야 하나."

로빈은 흠칫 놀랐다. "결계가 한 거예요?"

"이 탑은 이 나라에서 가장 정교한 보안 시스템으로 보호받아." 앤서니가 말했다. "보호 대상이 그라마티카만은 아니야. 이 건물에는 50만 파운드 상당의 은이 있고, 그걸 지키는 사람은 말라깽이 교수들밖에 없어. 문에 결계가 있는 건 당연해."

로빈의 심장이 빠르게 뛰었다. 심장 소리가 귀청을 울릴 정도였다. "어떤 결계?"

"우리에겐 방호용 매치페어를 절대 알려주지 않아. 극비거든. 플레이페어 교수가 몇 달에 한 번씩 바꿔. 절도 시도의 발생 빈도와 비슷하지. 솔직히 난 이번 세트가 훨씬 나은 것 같아. 저번 것은 옛날 칼들로 침입자의 팔다리를 찢었어. 알렉산드리아에서 들여온 칼이라는 소문이 있는데, 카펫을 온통 피범벅으로 만들어놨지. 지금도 자세히 보면 갈색 자국이 보여. 플레이페어 교수가 어떤 단어들을 썼을지 우리가 몇 주나 궁리했지만 아무도 알아내지 못했어."

빅투아르의 눈길이 떠나는 마차를 따라갔다. "저 사람은 어떻게 될까요?"

"아마 호주행 첫 배편에 실리겠지." 앤서니가 말했다. "경찰서로 가는 길에 과다 출혈로 죽지 않으면 말이야."

"일상적인 회수 작업이야." 그리핀이 말했다. "들어갔다 나오면 끝. 넌 우리가 있는 것조차 보지 못해. 다만 타이밍을 좀 봐야 하니까 밤새 대기하고 있어." 그러고는 로빈의 어깨를 툭 밀었다. "왜 그래?"

로빈은 눈을 깜박이며 위를 봤다. "어?"

"겁먹은 얼굴이야."

"그냥…" 로빈은 잠시 고민하다 불쑥 말했다. "결계에 대해 알지?"

"뭐?"

"오늘 아침에 어떤 남자가 침입했어. 결계가 발동해서 총이 발사됐고, 남자를 집중 사격해서ㅡ"

"당연하지." 그리핀이 의아한 표정을 지었다. "설마 몰랐어? 바벨에는 엄청난 결계 마법이 걸려 있어. 입학 첫 주부터 귀에 못이 박히게 듣지 않았어?"

"그런데 결계가 진화했어. 내가 말하려는 건 그거야. 이젠 도둑이 다니는 걸 감지해."

"그 막대들이 그렇게까지 정교하진 않아." 그리핀은 별일 아니라는 투였다. "그저 번역원 학생, 방문객, 낯선 사람을 구분할 뿐이지. 생각해봐. 은막대를 지참하고 퇴근해야 하는 번역사에게 덫이 작동하면 어떻게 되겠어? 또는 미리 플레이페어의 승인을 받지 않고 아내를 데려오는 교수가 있다면? 넌 전적으로 안전해."

"형이 어떻게 알아?" 로빈의 말이 의도한 것보다 더 심통 사납게 나왔다. 그는 목을 가다듬은 뒤, 너무 티 나지 않게 목소리를 깔았다. "형은 내가 본 걸 보지 못했고, 새로운 매치페어가 뭔지도 몰라."

"넌 위험하지 않아. 자, 걱정되면 이걸 가져가." 그리핀이 주머니를 뒤져서 로빈에게 막대 하나를 던졌다. 막대에는 우싱이라고 쓰여 있었다. 무형. 그리핀을 처음 만났던 밤 그가 사용한 막대였다.

"긴급 대피용으로 써. 일이 정말 꼬였을 때. 뭐, 네가 동지들에게 사용해야 할 수도 있지만— 큰 궤짝을 도시 밖으로 몰래 반출하는 건 쉽지 않거든."

로빈은 막대를 안주머니에 넣었다. "이 일을 가볍게 여기지 말아줄래?"

그리핀이 입을 삐죽였다. "뭐야, 이제 와서 겁먹은 거야?"

"그냥…" 로빈은 잠시 고민하다가 고개를 내저으며 말하기로 결정했다. "그냥 내가 느끼기엔— 위험을 무릅쓰는 건 항상 나고, 형은 그냥—"

"그냥 뭐?" 그리핀이 날카롭게 물었다.

로빈은 자신이 위험지대로 들어섰음을 느꼈다. 그는 그리핀의 눈에 번득이는 빛을 보며 자신이 아픈 상처에 너무 접근했다는 것을 알았다. 한 달 전이었다면, 둘의 관계가 더 기약 없던 때라면 화제를 바꿨을지 모른다. 하지만 이제 더는 침묵을 참을 수가 없었다. 로빈은 그 순간 짜증과 모멸감을 느꼈고, 그래서 상처를 주고 싶은 충동이 뜨겁게 일었다.

"형은 이번에 왜 안 와? 왜 직접 이 막대를 사용하지 못해?"

그리핀이 느리게 눈을 깜박였다. 그러다가 너무 덤덤해서 억지로 덤덤한 척하는 게 확연한 어조로 말했다. "난 못 해. 너도 알잖아."

"왜 못 해?"

"난 중국어로 꿈을 꾸지 않으니까." 표정도 바뀌지 않았고, 어조도 그대로였지만, 그리핀의 말에서 경멸 섞인 분노가 묻어 나왔다. 그가 말하는 모습을 보며 로빈은 소름이 돋았다. 그리핀은 그들의 아버지와 섬뜩하게 닮아 있었다. "알다시피 난 너의 실패한 전임자야. 친애하는 부친께서 나를 그 나라에서 너무 일찍 데려왔거든. 난 성조를 듣는 귀는 있지만 거기까지야. 내 유창성은 대부분 인위적으로 습득된 거야. 난 중국어에 대한 기억이 없어. 난 중국어로 꿈을 꾸지 않아. 기억력도 좋고 언어능력도 있지만 막대를 확실히 작동시키지는 못 해. 시도의 절반은 실패해. 아무 일도 일어나지 않아." 그의 목울대가 움찔거렸다. "우리 부친이 넌 시기를 잘 맞췄어. 네가 글을 읽고 쓸 때까지 거기서 발효하게 놔뒀지. 하지만 난 연상과 기억이 충분히 형성되기 전에 여기로 왔어. 더구나 난 원래 광둥어를 하는 애였어. 내가 만다린어로 대화해본 사람은 교수가 유일해. 이제 내 중국어는 사라졌어. 난 중국어로 생각하지도 않고, 당연히 중국어로 꿈을 꾸지도 않아."

로빈은 그날 밤의 도둑들을 떠올렸다. 골목에서 그들을 사라지게 하려고 절박하게 중국어 단어를 속삭이던 그리핀을 떠올렸다. 만약 나도 중국어를 잃으면 어떻게 될까? 그 생각만으로도 로빈은 공포에 휩싸였다.

"이제 알겠지?" 그리핀이 로빈의 반응을 보며 말했다. "넌 모국어가 빠져나가는 느낌이 어떤지 알아. 넌 그걸 제때 붙잡았지. 난 그러지 못했어."

"미안해. 몰랐어."

"미안해할 필요 없어." 그리핀이 비꼬듯 말했다. "내 인생을 네가 망친 건 아니니까."

로빈의 눈에 그리핀이 봤던 옥스퍼드가 보였다. 그를 중하게 여기는 법 없이 그저 그를 배척하고 비하했던 기관. 로빈은 바벨에서 러벌 교수의 인정을 받으려고 필사적으로 노력했지만 결국 은을 일관적으로 작동시키는 데 실패한 그리핀을 그려봤다. 기억조차 희미한 전생의 빈약한 중국어를 잡으려고 버둥대던 마음이, 그것만이 유일하게 자신에게 여기 있을 가치를 부여한다는 것을 알기에 더 뼈아팠을 상실이 얼마나 끔찍했을지 상상했다.

그리핀이 분노할 만했다. 그가 바벨을 그렇게 격렬히 미워하는 것은 이상한 일이 아니었다. 그리핀은 모든 것을 강탈당했다. 모국어, 고향, 가족.

"그래서 난 네가 필요해, 사랑하는 동생아." 그리핀이 손을 뻗어 로빈의 머리를 헝클었다. 손길이 너무 세서 아플 정도였다. "넌 진짜야. 넌 없어서는 안 될 존재야."

로빈은 여기에 토를 달 만큼 눈치가 없지 않았다.

"창문 잘 봐." 그리핀의 눈에 온기란 없었다. "일이 빠르게 진행되고 있어. 이번 일은 중요해."

로빈은 반박을 삼키고 고개를 끄덕였다. "알았어."

일주일 후 러벌 교수와의 저녁 식사에서 돌아온 로빈은 창문 아래에 두려워하던 종잇조각이 있는 것을 봤다.

오늘 밤. 쪽지에는 이렇게 적혀 있었다. *11시.*

이미 10시 45분이었다. 로빈은 방금 걸어놓은 외투를 서둘러 걸치고, 서랍에서 우싱 막대를 꺼내 들고 다시 빗속으로 뛰쳐나 갔다.

그는 걸어가면서 다른 내용이 있는지 쪽지 뒷면을 확인했지 만, 그리핀은 어떤 추가 지시도 남기지 않았다. 딱히 문제 될 것 은 없었다. 누가 됐든 공범들이 탑에 들어가고 나가는 것만 도 와주면 그만이었다. 로빈은 그 뜻으로 받아들였다. 다만 시간이 너무 이른 게 이상했다. 그는 자신이 밤늦게 탑에 가는 것을 정 당화할 무엇도 챙겨 오지 않았다는 것을 뒤늦게 깨달았다. 그는 책도, 책가방도, 심지어 우산도 없이 나왔다.

하지만 가지 않을 수는 없었다. 종이 11시를 울렸다. 그는 황 급히 잔디밭을 가로질러 문을 잡아당겼다. 이미 여러 번 해본 일이었다. 열려라 참깨, 닫혀라 참깨, 비켜 서 있기. 로빈의 피가 저 돌벽 안에 저장되어 있는 한 결계가 작동할 리 없었다.

헤르메스 요원 두 명이 그의 뒤를 따라 들어와 계단 위로 사라 졌다. 로빈은 언제나처럼 현관을 어정대며 야행성 연구생들을 경계하는 한편 초를 세며 떠날 시간이 될 때를 기다렸다. 11시 5분에 헤르메스 요원들이 급히 계단을 내려왔다. 한 명은 인각 도구 세트를, 다른 한 명은 은막대 궤짝을 들고 있었다.

"잘했어." 그중 하나가 속삭였다. "가자."

로빈은 고개를 끄덕인 뒤 그들을 내보내려고 문을 열었다. 그들의 발이 문턱을 넘는 순간 끔찍한 소음이 공기를 갈랐다. 비명 같기도 하고 울부짖음 같기도 한, 보이지 않는 메커니즘의 금속 기어들이 끽끽 갈리는 소리였다. 그것은 위협이자 경고였다. 유혈 사태를 부르는 고대의 마법과 현대의 무기가 결합한 소리였다. 그들이 나가자 문의 목판들이 움직이면서 숨어 있던 검은 구멍을 드러냈다.

한마디 말 없이 헤르메스 요원들이 잔디밭으로 돌진했다.

로빈은 망설였다. 따라갈지 결정해야 했다. 도망이 가능해 보였다. 덫의 소리는 요란했지만 느리게 작동하는 듯했다. 아래를 내려다보니 자신의 두 발이 학교 문장을 정확히 밟고 서 있었다. 혹시 내가 발을 떼야만 결계가 작동하는 거라면?

알아내는 방법은 하나뿐이었다. 그는 숨을 깊이 들이마시고 계단 아래로 내달렸다. 탕 소리가 들렸고, 다음 순간 그는 왼팔에 타는 듯한 통증을 느꼈다. 어디를 맞았는지 분간이 가지 않았다. 통증이 온갖 군데에서 오는 것 같았다. 하나의 상처가 아니었다. 타는 듯한 고통이 팔 전체로 번졌다. 팔이 불타고 있었고, 폭발하고 있었다. 팔 전체가 떨어져 나갈 것 같았다. 그는 계속 달렸다. 그의 뒤에서 총알들이 허공으로 발사되었다. 그는 몸을 숙이고 마구잡이로 뛰었다. 어딘가에서 이것이 총알을 피하는 방법이라고 읽었는데 사실인지는 알 수 없었다. 총성이 더 들렸지만 그에 상응하는 고통의 폭발은 없었다. 그는 잔디밭을 따라가다가 왼편으로 꺾어 브로드 스트리트로 나갔다. 이제는 시야도, 사정거리도 벗어났다.

그러자 고통과 공포가 그를 덮쳤다. 무릎이 후들거렸다. 그는 두 걸음 더 걸어가서 벽에 기대 쓰러졌다. 그는 구토를 억눌렀다. 머리가 빙빙 돌았다. 경찰이 따라온다 해도 따돌릴 길이 없었다. 이런 몰골로, 이렇게 팔에서 피가 뚝뚝 떨어지고, 시야 가장자리가 점점 검어지는 상태로 더 이상의 도망은 불가능했다. *집중하자.* 그는 은막대를 찾아 주머니를 더듬었다. 왼손이 피에 젖어 검게 번들거렸다. 그것을 보자 다시 현기증의 파도가 일었다.

"우싱." 그는 다급히 속삭였다. 집중하려 애썼다. 안간힘을 다해 세상을 중국어로 생각했다. 나는 아무것도 아니다. 나는 형체가 없다. "무형."

막대가 작동하지 않았다. 그는 막대를 작동시킬 수 없었다. 끔찍한 고통 때문에 다른 생각은 전혀 할 수 없었다. 이런 때 사고를 중국어로 전환하는 건 불가능했다.

"거기 너! 멈춰!"

플레이페어 교수였다. 로빈은 움찔했다. 그는 최악의 상황을 각오했다. 그런데 교수의 얼굴이 주름지더니 따뜻하고 걱정스러운 미소가 떠올랐다. "이게 누구야, 스위프트 군. 자네인지 몰랐어. 괜찮나? 탑에서 소동이 벌어졌어."

"교수님, 저는…" 로빈은 무슨 말을 해야 할지 깜깜했고, 그래서 그냥 횡설수설하는 것이 상책이라고 판단했다. "모르겠어요— 근처에 있었는데, 대체 무슨 일…."

"누구 못 봤나?" 플레이페어 교수가 물었다. "결계는 침입자를 쏘도록 설정돼 있어. 그런데 지난번 이후로 기어가 고장 난 모양이야. 그래도 놈을 맞혔을지 몰라. 절뚝거리는 놈, 어디 다친 것 같아 보이는 놈, 못 봤어?"

"못 봤어요— 제가 잔디밭에 거의 다 왔을 때 경보가 울렸어요. 하지만 모퉁이를 돌기 전이라서." 플레이페어 교수가 연민에 찬 눈으로 고개를 끄덕였다. 이게 생시인가? 로빈은 자신의 행운을 믿을 수가 없었다. "그럼— 도둑이 든 건가요?"

"아닐 거야. 걱정하지 말게." 교수가 손을 뻗어 로빈의 어깨를 두드렸다. 그 타격감이 그의 상체 전체에 또다시 끔찍한 고통의 파도를 보냈다. 그는 이를 악물고 비명을 참았다. "결계가 때로 말썽을 부려. 아무래도 교체할 때가 됐나 봐. 이번 버전이 마음에 들었는데 말이야. 자네 괜찮나?"

로빈은 고개를 끄덕이고 눈을 깜박이며 죽을힘을 다해 목소리를 차분히 유지했다. "그냥 겁이 나서요. 특히 지난주에 본 것도 있고…."

"그래, 맞아. 꽤 끔찍했지? 그래도 내 아이디어가 효과 있다는 걸 알게 돼 기뻤어. 걔들에게라도 사전 테스트를 하고 싶었는데 허가가 나지 않았거든. 오작동 대상이 자네가 아니어서 다행이야." 교수가 웃음을 터뜨렸다. "자칫하면 자네가 벌집이 될 뻔했어."

"맞아요." 로빈은 힘없이 말했다. "정말… 다행이에요."

"괜찮을 거야. 뜨거운 물에 위스키를 타서 마시게나. 놀란 가슴에 도움이 될 거야."

"네, 저도… 그게… 좋을 것 같아요." 로빈은 돌아섰다.

"탑에 들어가던 중이라고 하지 않았나?" 교수가 물었다.

로빈은 준비해둔 거짓말을 했다. "제가 조바심이 났거든요. 그래서 러벌 교수님께 제출할 논문을 미리 시작할까 했는데, 제가 충격을 좀 먹어서 지금 시작해도 제대로 글이 나올 것 같지 않아요. 오늘은 그냥 자는 게 나을 것 같아요."

"아무렴." 교수가 다시 그의 어깨를 두드렸다. 이번에는 타격감이 더 컸다. 로빈은 눈이 튀어나올 판이었다. "러벌 같으면 자네한테 나태하다고 하겠지만, 난 이해해. 자넨 아직 2학년이야. 아직은 게으를 여유가 있지. 집에 가서 자."

플레이페어 교수는 마지막으로 흥겹게 고갯짓을 한 뒤, 아직도 사방이 떠나가라 경보음이 울리는 탑을 향해 유유자적 걸어갔다. 로빈은 심호흡을 하고 비척비척 걸었다. 그는 길에 쓰러지지 않으려고 사력을 다했다.

로빈은 가까스로 맥파이 레인에 돌아왔다. 피가 여전히 멈추지 않았지만 젖은 수건으로 팔을 닦아보니 천만다행으로 총알이 팔에 박히지는 않았다. 총알이 팔꿈치 위의 살을 파내며 지나갔을 뿐이었다. 피를 닦아내니 상처가 생각보다 작았다. 일단 안심했지만 그는 상처 처치 방법을 알지 못했다. 막연히 상처를 꿰매야 한다는 생각만 들었다. 하지만 이 시간에 학교 의무실을 찾아가는 것은 어리석은 짓이었다.

그는 이를 악물고 고통을 참으며 모험소설에서 읽은 유용한 조언들을 떠올렸다. 알코올. 상처를 소독해야 했다. 그는 선반을 뒤져서 반쯤 비어 있는 브랜디 병을 찾아냈다. 빅투아르가 크리스마스 선물로 준 것이었다. 그는 팔에 술을 천천히 부었다. 따가운 통증에 신음하다가 술을 몇 모금 꿀꺽꿀꺽 마셨다. 다음에는 깨끗한 셔츠를 꺼내 찢어서 붕대를 만들었다. 그는 붕대를 이로 물고 팔에 단단히 감았다. 압력이 지혈에 도움이 된다는 걸 읽은 기억이 났다. 무엇을 더 해야 할지는 알 수 없었다. 이제 상처가 알아서 아물 때까지 기다리면 되나?

머리가 빙빙 돌았다. 출혈 때문에 어지러운 걸까, 아니면 그저 브랜디 때문일까?

라미를 찾자. 그는 생각했다. *라미를 부르자. 라미가 도와줄 거야.*

안 돼. 라미를 부르면 라미까지 연루돼. 라미를 위험하게 하느니 죽는 게 나아.

그는 벽에 기대앉아 머리를 뒤로 젖히고 몇 번 심호흡했다. 어떻게든 이 밤을 넘겨야 했다. 셔츠 몇 장이 더 들었다. 나중에 양복점에 가서 세탁하다 망쳤다고 둘러대며 셔츠를 더 사야 한다. 하지만 덕분에 출혈이 멈추었다. 그는 결국 기진해서 쓰러져 잠들었다.

다음 날, 로빈은 세 시간의 수업을 이를 악물고 버틴 후 의학 도서관에 갔다. 그는 서가를 뒤져 야전 부상 치료법 편람을 찾아냈다. 그리고 콘마켓에서 바늘과 실을 산 다음, 서둘러 집에 돌아와 상처 봉합에 착수했다.

그는 촛불을 켜고 바늘을 불에 살균한 뒤, 여러 번의 실패 끝에 겨우 바늘에 실을 꿰었다. 그런 다음 자리에 앉아 바늘 끝을 찢어진 살에 갖다 댔다.

차마 할 수가 없었다. 바늘을 상처로 가져갔다가 예상되는 고통이 무서워 다시 떼기를 반복했다. 그는 브랜디로 손을 뻗어 세 번 벌컥벌컥 마셨다. 그런 뒤 알코올이 위장에 퍼지고 사지가 기분 좋게 얼얼해질 때까지 몇 분 기다렸다. 바로 이런 상태가 필요했다. 고통을 무시할 만큼 둔하고, 자기 상처를 꿰맬 만큼은 정신이 있는 상태. 그는 다시 시도했다. 이번에는 좀 수월했다. 그래도 비명을 막기 위해 중간에 멈추고 입을 헝겊 뭉치로 틀어막아야 했다. 마침내 그는 마지막 바늘땀을 떴다. 이마에서 땀이 뚝뚝 떨어지고, 뺨을 타고 눈물이 줄줄 흘렀다. 그는 남은 힘을 다해 실을 자르고, 이로 실을 물고 봉합 부위를 묶고, 피묻은 바늘을 개수대에 던져 넣었다. 그런 뒤 침대로 쓰러졌다. 그는 옆으로 웅크린 채 술병을 마저 비웠다.

그날 밤 그리핀은 연락이 없었다.

연락을 기대하는 것이 멍청한 짓이란 것은 알고 있었다. 그리핀은 상황을 알게 되자마자 잠적했을 것이고, 그게 당연했다. 학기 내내 그리핀의 연락을 받지 못한다 해도 놀랄 일은 아니었다. 그럼에도 로빈은 검은 분노가 해일처럼 밀려오는 것을 느꼈다.

그는 그리핀에게 이런 일이 일어날 거라고 말했다. 경고했다. 그는 자신이 본 것을 정확히 전달했다. 이 일은 전적으로 피할 수 있는 것이었다.

그는 다음번 만남이 빨리 성사되기를 바랐다. 그래야 그리핀에게 고함칠 수 있으니까. 내가 말했지 않냐고, 왜 내 말을 듣지 않았냐고 악을 쓸 수 있으니까. 그리핀의 오만이 아니었다면 동생의 팔에 엉망진창으로 꿰맨 상처가 생기지 않았을 것이다. 하지만 기별은 오지 않았다. 그리핀은 다음 날 밤에도, 그다음 날 밤에도 창문에 쪽지를 남기지 않았다. 그리핀은 옥스퍼드에서 자취를 감춘 듯했고, 로빈 쪽에서 그리핀이나 헤르메스와 연락할 방법은 전혀 없었다.

그리핀에게 따질 길이 없었다. 빅투아르나 레티나 라미에게 비밀을 털어놓을 수도 없었다. 그날 밤 그는 완전히 혼자였다. 그는 빈 술병을 앞에 놓고, 욱신대는 팔을 부여잡고 비참하게 울었다. 옥스퍼드에 온 이후 처음으로 그는 정말로 외로웠다.

11

그러나 우리는 여전히 노예이고, 남의 농장에서 일한다.
포도원은 우리가 가꾸지만, 포도주는 주인의 것이다.
— 존 드라이든, 『아이네이스』 영역본 헌정사에서

남은 힐러리 학기와 트리니티 학기 내내 로빈은 그리핀의 그림자도 보지 못했다. 사실 거기에 신경 쓸 틈도 없었다. 2학년 과정은 매주 더 어려워졌고, 그는 분노를 곱씹을 틈이 없었다.

여름이 왔지만, 방학은 아니었다. 일종의 선행 학기였다. 그는 매일 산스크리트어 어휘를 미친 듯이 머리에 쑤셔 넣었다. 미카엘마스 학기가 시작되기 전주에 평가 시험이 있었다. 그게 끝나면 그들은 3학년이었다. 이제 바벨에서 새로울 것은 하나도 없었다. 그저 고된 일과만 있었다. 그해 9월을 기해 옥스퍼드는 매력을 잃었다. 황금빛 석양과 청명한 하늘을 끝없는 한기와 안개가 대체했다. 비가 지겹게 많이 왔고, 폭풍도 예년에 비해 유난히 사나웠다. 우산은 계속 부러졌고, 양말은 늘 젖었다. 이번 학기에는 조정 경기도 취소되었다.[*]

차라리 잘된 일이었다. 4인방 중 누구도 더는 스포츠를 즐길 시간이 없었다. 바벨의 3학년은 전통적으로 '시베리아 겨울'로 불렸다. 그 이유는 강의 목록을 받았을 때 바로 이해할 수 있었다. 그들 모두 제3외국어와 라틴어 수업을 계속 들어야 했다. 라틴어는 타키투스가 커리큘럼에 들어오면 지옥처럼 어려워진다는 흉문이 있었다. 플레이페어 교수의 번역 이론과 러벌 교수의 어원학 강의도 계속 이어졌다. 차이가 있다면 과목당 과제량이 두 배로 늘어난 점이었다. 그들은 매주 과목당 다섯 페이지 분량의 논문을 내야 했다.

무엇보다 각자 독립 연구 프로젝트를 함께할 지도교수를 배정받았다. 독립 연구는 그들의 학위논문 초안 작업에 해당하는 것이었다. 성공적으로 완성될 경우, 그들의 첫 번째 저작이자 진정한 학술적 기여로서 바벨의 서가에 보존된다는 뜻이었다.

라미와 빅투아르는 이내 지도교수에 대한 불만을 토로했다. 라미는 조지프 하딩 교수로부터 페르시아어 그라마티카의 편집 감수에 참여할 것을 권유받았다. 이는 명목상 큰 영광이었다.[**] 하지만 라미는 그런 프로젝트에서 설렘을 찾을 수 없었다.

---

[*] 미카엘마스 학기 2주 차에 베일리얼 신입생 몇 명이 펀트배를 여러 척 빌려 술에 취해 흥청대다가 처웰강 한복판에 교통체증을 야기했고, 설상가상으로 바지선 세 척과 집배 한 척이 연쇄 충돌하는 사고까지 일어나 막대한 금전적 피해가 발생했다. 이에 대한 처벌로 대학 당국은 다음 해까지 모든 경기를 중단했다.

[**] 그라마티카에 무엇이든 보태기 위해서는 엄격하고 철저한 검토가 필요했다. 옥스퍼드는 조르주 살마나자르라는 프랑스인 방문 강사로 인해 뼈아픈 수치를 겪은 적이 있었고, 그 상처는 아직도 쓰렸다. 살마나자르는 포르모사[지금의 타이완] 사람으로 행세하면서, 자신의 창백한 피부에 대해 포르모사인들은 지하에 살기 때문이라고 둘러댔다. 그는 수십 년간 포르모사의 언어에 대해 가르치고 책을 썼지만 결국 사기꾼으로 드러났다. 그가 포르모사에 대해 말한 것은 모두 허구였다.

"처음에 난 이븐 할둔의 필사본을 번역하겠다고 했어." 라미가 말했다. "실베스트르 드 사시가 입수한 원고 말이야. 그런데 하딩 교수가 프랑스 동양학자들이 이미 번역을 진행하고 있고, 파리에서 이번 학기에 나한테 자료를 빌려줄 리도 없다고 반대했어. 그래서 난 그럼 오마르 이븐 사이드의 아랍어 에세이를 영어로 번역하면 어떻겠냐고 했지. 그건 이곳 컬렉션에서 거의 10년이나 방치되고 있는 거니까. 그랬더니 하딩 교수가 영국에서는 노예제 폐지법이 이미 통과됐기 때문에 그 일은 불필요하다는 거야. 이게 말이 돼?* 마치 미국은 존재하지 않는 것처럼 말하더라. 결국 하딩 교수는 권위 있는 일을 하고 싶다면 페르시아어 그라마티카의 인용문을 편집하라면서 나한테 슐레겔의 책을 읽게 하고 있어. 『인도의 언어와 지혜에 관하여』 말이야. 그런데 너희, 그거 알아? 슐레겔은 그 책을 쓸 때 인도에 있지도 않았어. 그는 그걸 모두 파리에서 썼어. 파리에서 인도의 '언어와 지혜'에 대한 글을 써봤자 얼마나 대단한 글을 썼겠냐고. 이게 말이 돼?"**

하지만 라미의 원통함은 빅투아르가 겪는 일에 비하면 사소해 보였다. 빅투아르는 위고 르블랑 교수에게 배정되었다. 지난

---

* 오마르 이븐 사이드는 1807년에 노예로 잡혀간 서아프리카의 무슬림 학자다. 그가 1831년 자전적 에세이를 쓸 당시에도 그는 여전히 노스캐롤라이나에서 미국 정치인 제임스 오언의 노예로 있었고, 이후에도 죽는 날까지 노예 상태를 벗어나지 못했다.
** 이는 프리드리히 슐레겔의 저술이 지닌 여러 결함 중 단지 시작에 불과했다. 그는 이슬람교를 "죽어 버린 공허한 유신론"으로 여겼다. 또한 그는 이집트인을 인도인의 후손으로 가정했고, 어미 변화가 적다는 이유로 중국어와 히브리어가 독일어와 산스크리트어보다 열등하다고 주장했다.

2년간 아무 탈 없이 함께 프랑스어를 연구한 교수였지만, 지금
은 그녀에게 끝없는 자괴감의 원천이 되었다.

"이게 말이 돼?" 빅투아르가 말했다. "난 크레욜어를 연구하
고 싶어. 크레욜어를 퇴화한 언어로 취급해서 그렇지, 르블랑 교
수가 그걸 전적으로 반대하는 건 아니야. 문제는 교수가 알고
싶어 하는 게 부두교뿐이라는 거야."

"그 이교?" 레티가 물었다.

빅투아르가 레티를 따갑게 흘겼다. "그래, 그 종교. 교수는 부
두교 주문과 시에 대해 계속 물어. 크레욜어로 돼 있어서 당연
히 교수는 읽지 못하거든."

레티가 이해가 안 된다는 표정을 지었다. "그런데 그거, 프랑
스어랑 같은 거 아냐?"

"천만에. 전혀." 빅투아르가 말했다. "프랑스어 어휘에 기반한
것은 맞지만 크레욜어는 독자적인 문법 규칙을 가진 독자적인
언어야. 프랑스어와 크레욜어는 서로 통하지 않아. 프랑스어를
10년 공부해도 크레욜어 시를 사전 없이 해독하는 건 불가능해.
그런데 크레욜어는 사전이 아예 없어. 아직은. 그러니까 내가 차
선책인 셈이지."

"그런데 뭐가 문제야?" 라미가 물었다. "들어보니 너한테 꽤
괜찮은 프로젝트일 것 같은데."

빅투아르는 왠지 불편한 기색이었다. "교수가 번역을 원하는
텍스트들은 ─ 뭐랄까, 특별한 텍스트들이야. 의미 있는 텍스트."

"너무 특별해서 번역도 해선 안 되는 텍스트라는 거야?" 레티

가 물었다.

"그것들은 유산이야." 빅투아르가 주장했다. "신성한 믿음—"

"너의 믿음은 아니잖아."

"그럴지도." 빅투아르가 말했다. "내겐… 잘 모르겠어. 하지만 그것들은 원래 공유를 위한 게 아니야. 너라면, 백인 남자가 몇 시간씩 네 옆에 붙어 앉아서 모든 은유, 모든 신의 이름에 얽힌 사연을 하나하나 캐물으면 좋겠어? 은막대에 불이 들어오게 할 매치 페어를 찾겠다고 네 민족의 신앙을 들쑤시고 뒤지면 좋겠어?"

레티는 납득한 표정이 아니었다. "하지만 부두교 신앙은 진짜가 아니잖아?"

"왜 진짜가 아니야?"

"왜 이래, 빅투아르."

"넌 절대 알 수 없는 방식으로 진짜야." 빅투아르가 점점 흥분했다. "아이티 출신만 알 수 있는 방식으로 진짜야. 르블랑 교수가 상상하는 방식이 아니라."

레티가 한숨을 쉬었다. "그럼 교수에게 그렇게 말해봐."

"내가 안 해봤을 것 같아?" 빅투아르가 쏘아붙였다. "바벨의 교수에게 뭔가를 포기하라고 설득해본 적 있어? 그게 가능할까?"

"그러는 넌," 약이 오른 레티가 잔인하게 말했다. "부두교에 대해 얼마나 안다고 그래? 넌 프랑스에서 자랐잖아?"

이것은 레티가 할 수 있는 최악의 반박이었다. 빅투아르는 입을 다물고 눈길을 돌렸다. 대화는 죽었다. 어색한 침묵이 내려앉았고, 빅투아르도 레티도 그것을 깨려는 어떤 시도도 하지 않았다. 로빈과 라미는 대책 없고 바보 같은 눈빛만 교환했다. 무언가 크게 잘못되었고, 금기가 침범당했다. 하지만 그게 정확히 무엇인지 파고들 용기는 누구에게도 없었다.

노력과 시간을 잡아먹는 일이었지만 로빈과 레티는 자기 프로젝트에 그럭저럭 만족했다. 로빈은 차크라바르티 교수와 중국어 어휘 중 산스크리트 차용어들을 집성하는 일을 맡았고, 레티는 르블랑 교수와 프랑스 과학 논문을 훑으며 수학과 공학의 영역에서 이용 가능하고 번역이 불가한 은유들을 찾는 일에 착수했다. 그들은 라미와 빅투아르가 있는 곳에서 프로젝트를 자세히 논하는 일을 일부러 피했다. 그들 사이에는 상투적인 말만 오갔다. 로빈과 레티는 항상 "진도가 잘 나가고 있는" 반면 라미와 빅투아르는 언제나 "악전고투 중"이었다.

하지만 레티의 속내는 그다지 관대하지 않았다. 르블랑 교수 문제는 레티와 빅투아르 사이에 걸림돌이 되었다. 빅투아르는 레티의 공감 부족에 질리고 상처받았고, 레티는 빅투아르가 매사에 너무 예민하게 군다고 생각했다.

"빅투아르가 자초한 거야." 레티가 불평했다. "그냥 연구만 하면 되잖아. 그게 그렇게 힘든 일이야? 내 말은, 지금껏 3학년 프로젝트로 아이티 크레올어를 다룬 사람이 없고 심지어 그라마티카도 변변히 없으니, 빅투아르가 최초가 될 수 있잖아!"

레티가 이런 기분일 때는 논쟁이 불가능했다. 그녀가 원하는 것은 그저 분통을 터뜨릴 청중이었다. 그래도 어쨌든 로빈은 시도했다. "빅투아르에겐 중요한 문제인가 보지."

"그렇지 않아. 그렇지 않다는 걸 내가 알아! 빅투아르는 신앙과는 거리가 멀어. 빅투아르는 개화된―"

로빈은 휘파람을 불었다. "그거 굉장히 위험한 말이야, 레티."

"내 말 무슨 말인지 알잖아." 레티가 씩씩댔다. "빅투아르는 아이티인이 아니야. 프랑스인이지. 빅투아르가 왜 저리 까탈을 부리는지 알다가도 모르겠어."

미카엘마스 학기 중반이 되자 두 소녀는 서로 말도 하지 않았다. 둘은 항상 몇 분 간격으로 수업에 들어왔다. 로빈은 긴 통학 길에 마주치지 않게 출발 간격을 두는 기술이라도 있는지 궁금했다.

균열을 겪는 이들이 두 소녀만은 아니었다. 이 시기의 분위기는 숨 막히게 답답했다. 그들 모두의 사이에서 무언가가 부서진 것 같았다. 아니, '부서졌다'는 어쩌면 너무 센 표현이었다. 그들은 여전히 서로밖에 의지할 데가 없었고, 서로 강하게 결속되어 있었다. 하지만 그들의 유대는 확실히 상처를 주는 방향으로 틀어졌다. 그들은 여전히 거의 모든 시간을 함께했지만, 동시에 함께 있는 것을 두려워했다. 모든 언사가 의도치 않은 모욕이나 고의적 공격이 되었다. 로빈이 산스크리트어에 대해 불평하면, 그것은 하딩 교수가 산스크리트어를 라미의 언어로 간주하는 부당한 현실을 배려하지 않은 무신경한 언행이었다. 라미가 하딩 교수와 마침내 연구 방향에 합의를 봤다고 기뻐하면, 그것은 르블랑 교수와 교착 상태에 있는 빅투아르의 가슴에 못을 박는 말이었다. 그들은 전에는 결속에서 위안을 찾았지만, 이제는 서로가 자신의 고통을 상기시키는 존재가 되고 말았다.

로빈의 관점에서 최악은 레티와 라미 사이였다. 둘 사이에 무언가 갑작스럽고 불가해한 변화가 생겼다. 둘의 상호작용은 어느 때보다 격했다. 라미는 쉬지 않고 놀렸고, 레티는 쉬지 않고 발끈했다. 그런데 이제 레티의 응수는 묘하게 피해자의 어조를 띠었다. 그녀는 아주 사소하고 종종 인식하기 어려운 무시에도 발칵 화를 냈고, 라미는 라미대로 딱 꼬집어 말하기 어려운 방식으로 더 잔인하고 더 신랄해졌다. 로빈은 어떻게 대처해야 할지 갑갑했고, 대체 무슨 내막인지 감도 오지 않았다. 다만 둘의 말싸움을 볼 때마다 가슴 한구석이 이상하게 저려올 뿐이었다.

"레티가 레티처럼 구는 것일 뿐이야." 이유를 물으면 라미는 이렇게 말했다. "레티는 관심을 원해. 성질을 부리는 게 그 방법이라고 생각하는 거야."

"네가 화나게 하는 건 아니고?" 로빈이 물었다.

"난 그렇게 생각 안 해." 라미는 그 문제라면 지겹다는 듯이 말했다. "이 번역이나 계속하자. 다 괜찮아, 버디. 내 말 믿어."

하지만 상황은 전혀 괜찮지 않았다. 사실 몹시 기이했다. 라미와 레티는 서로를 못 견뎌 하면서도 동시에 서로에게 끌려서 공전했다. 둘은 입만 열었다 하면 불같이 대립했고 자기들이 대화의 주인공으로 득세해야 직성이 풀렸다. 라미가 커피를 원하면 레티는 차를 원했다. 라미가 벽을 장식한 그림을 예쁘다고 생각하면, 갑자기 레티에겐 그 그림이 예술적 인습에 대한 왕립아카데미의 집착을 보여주는 최악의 사례인 열두 가지 이유가 생겼다.

로빈은 이 상황을 참을 수 없었다. 어느 날 밤 그는 선잠에 들고 나기를 반복하던 중 레티를 처웰강에 밀어 넣는 폭력적인 판타지에 빠졌다. 그는 잠에서 깬 후 마음속에서 죄책감의 기미를 찾으려 했지만 찾지 못했다. 레티가 물에 빠져 허우적대는 상상은, 아침의 맑은 정신에서도 변함없이 사악한 짜릿함을 주었다.

그나마 머리를 식힐 만한 일은 3학년 수습 활동이었다. 그들은 각각 지도교수의 조수가 되어 학기 내내 교수의 실버워킹 작업을 도왔다. "이론theory은 보는 것, 즉 관조를 뜻하는 그리스어 단어 테오리아theōria에서 왔어. 이 어원에서 극장theatre이라는 단어도 나왔지." 플레이페어 교수는 그들을 각자의 지도교수에게 보내기 전에 이렇게 당부했다. "하지만 작업을 구경하는 것만으로는 충분치 않아. 손을 더럽혀야 해. 은이 어떻게 노래하는지 이해해야 해."

수습 활동은 사실상 무급 허드렛일이었다. 로빈은 실망했다. 흥미로운 연구가 일어나는 곳은 8층이지만 수습생들이 그곳에서 보내는 시간은 거의 없었다. 대신 그는 일주일에 세 번씩 차크라바르티 교수를 따라 옥스퍼드 일대를 돌아다니며 실버워크의 설치와 유지보수를 도왔다. 그는 은을 광이 나도록 닦는 방법(산화와 변색은 매치페어 효과 약화의 주범이었다), 인각을 원래의 선명도로 복원할 때 다양한 크기의 인각용 펜 중에서 적당한 것을 선택하는 방법, 용접해놓은 고정 장치에 은막대를 삽입하고 분리하는 요령을 익혔다. 하필 이때 그리핀이 지하로 숨은 것이 안타까울 정도였다. 수습 활동 덕분에 탑의 인각 재료와 도구에 제한 없이 접근할 수 있었다. 굳이 한밤중에 도둑들을 들여보낼 필요가 없었다. 로빈은 인각 도구가 가득한 서랍들과 작업에 정신 팔려 아무것도 눈치채지 못할 교수들 한가운데에 있었고, 무엇이든 원하는 것을 탑에서 빼낼 수 있었다.

"이 작업을 얼마나 자주 해야 하나요?" 로빈이 물었다.

"아, 이 일은 끝이 없어." 차크라바르티 교수가 말했다. "이게 우리가 돈 버는 방법이니까. 막대 자체도 비싸게 팔리지만 진짜 수입원은 유지보수야. 다만 중국학자가 너무 적다 보니 나와 러벌 교수가 작업량을 감당하기 벅차서 탈이지."

그날 오후, 그들은 울버코트의 한 저택으로 출장을 나갔다. 그곳 뒷마당에 설치한 실버워크가 12개월 품질 보증 기간 중에 작동을 멈추었다. 그들은 저택 대문을 통과하는 데 애를 먹었다. 가정부는 그들을 바벨 학자로 믿지 못하는 눈치였고, 심지어 저택을 털러 온 강도로 의심했다. 그들은 라틴어 기도문 암송을 비롯해 다양한 신원 증명을 제공한 다음에야 들어갈 수 있었다.

"한 달에 두 번쯤 있는 일이야." 차크라바르티 교수가 말했다. 하지만 신물 난 표정이었다. "자네도 익숙해질 거야. 러벌 교수는 겪을 일 없는 고충이지."*

---

* 바벨 고객 중 다수는 실버워크에 외국어가 쓰인다는 것을 알면서도 그것의 유지보수에 외국 태생의 학자가 관여하는 것은 좀처럼 받아들이지 못했다. 이 때문에 차크라바르티 교수가 단지 대문 통과를 위해 백인 4학년생을 자신과 로빈의 출장에 데려간 적도 여러 번 있었다.

가정부는 두 사람을 사유지 뒤편 정원으로 안내했다. 개울이 굽이굽이 흐르고 거석이 이리저리 놓이고 초목이 울창한 아름다운 곳이었다. 중국식으로 꾸민 정원이었다. 가정부의 말에 따르면 윌리엄 체임버스가 동양식 조경을 왕립식물원 큐가든에 처음 선보인 후 중국풍 정원이 인기를 끌었다. 로빈은 광둥에서 이런 것을 본 기억이 없었지만, 가정부가 물러갈 때까지 동조하는 척 연신 고개를 끄덕였다.

"음, 뭐가 문젠지 안 봐도 알겠어." 차크라바르티 교수가 관목을 옆으로 밀어서 울타리 모퉁이에 설치된 실버워크를 드러냈다. "여기 사람들이 막대 위로 손수레를 밀고 다닌 거야. 그 바람에 새긴 것이 반은 닳아 없어졌어. 이건 고객 과실이야. 품질 보증에 해당되지 않아."

교수는 로빈에게 고정 장치에서 막대를 분리하게 한 다음, 막대를 돌려가며 인각을 보여주었다. 막대의 한 면에는 '정원'이, 다른 면에는 한자 齋[재]가 새겨져 있었다. 이 한자는 조경 정원을 뜻할 수도 있지만, 일반적으로는 정화 의식, 재계, 베풂, 도교적 참회를 내포하고 속세에서 벗어나 은둔하는 곳을 상징하는 말이었다.

"이 막대의 용도는 옥스퍼드의 소란에서 벗어난 운치 있는 정원을 만드는 거야. 하층민의 접근도 막고 말이지. 솔직히 효과는 미미해. 충분한 테스트를 거친 것도 아냐. 하지만 부유층이 돈을 낭비하는 방법에는 한계가 없거든." 교수가 막대를 깎으며 말했다. "흠, 효과가 있을지 한번 볼까."

교수는 로빈에게 막대를 다시 설치하게 한 후, 허리를 굽히고 작업 결과를 점검했다. 그런 뒤 흡족한 듯 몸을 펴고 바지에 손을 문질렀다. "자네가 활성화해보겠나?"

"그냥― 단어들을 말하면 되나요?" 그는 교수들이 그렇게 하는 것을 여러 번 봤지만, 그렇게 단순한 일만은 아닐 것 같았다. 그러다 문득, 자신이 첫 시도 만에 우싱 막대를 작동시킨 일이 떠올랐다.

"음, 특정 종류의 마음 상태가 필요해. 단어들을 말하는 걸 넘어서, 머릿속에 두 가지 의미를 동시에 담아야 해. 두 가지 언어 세계에 동시에 존재하는 거지. 그리고 두 세계를 넘나드는 상상을 하는 거야. 감이 오나?"

"이해는 되는데요," 로빈은 인상을 쓰며 막대를 봤다. "정말 그게 다인가요?"

"아, 내가 경솔했군. 4학년에 올라가서 정신 휴리스틱을 배우고, 이론 세미나도 들어야 해. 하지만 결국 중요한 건 느낌이거든." 교수는 따분한 표정이었다. 이 집이 아직도 꽤씸한지 후딱 떠나고 싶은 눈치였다. "자, 해보게."

"그럼, 알겠습니다." 로빈은 막대에 손을 얹었다. "짜이. 정원."

그는 손끝 아래서 미세한 진동을 느꼈다. 정원이 더 고요하고 평온해 보였다. 다만 그것이 막대의 작용인지, 그의 상상인지는 알 수 없었다. "된 건가요?"

"뭐, 그러길 바라야지." 교수가 도구 가방을 어깨에 둘러멨다. 확인해보기도 귀찮은 모양이었다. "이제 가서 돈이나 받자고."

"매치페어를 작동시키려면 꼭 단어를 말해야 해요?" 캠퍼스로 돌아가는 길에 로빈이 물었다. "불가능한 방법이에요. 막대는 너무 많고, 번역사는 너무 적잖아요."

"글쎄, 여러 가지에 달려 있지." 차크라바르티 교수가 말했다. "우선, 효과의 성격에 따라 달라. 어떤 막대들은 일시적 발현을 위한 거야. 짧고 극심한 물리적 효과가 필요할 때 쓰지. 군사용 막대의 대다수가 이 방식으로 작동해. 그런 막대는 사용할 때마다 작동시켜야 하고, 애초에 효과가 오래 지속되지 않게 설계됐어. 한편 어떤 막대들은 지속적으로 효과를 내야 해. 예를 들어 탑의 결계나 선박과 마차에 부착된 막대들 말이야."

"어떻게 해야 효과가 오래 가죠?"

"우선, 은의 순도. 순도가 높아야 지속성이 높아져. 합금 비중이 높으면 효과 지속 시간이 짧아. 그 밖에 제련 방식과 인각 방식의 미묘한 차이들도 영향을 미치지. 자네도 곧 배우게 될 거야." 교수가 로빈을 보며 씩 웃었다. "시작하고 싶어서 안달이 났군?"

"정말 흥미로워요, 교수님."

"그것도 한때야. 타운을 돌아다니며 같은 말을 주절대다 보면 얼마 안 가 마법사가 아니라 앵무새가 된 기분이 들거든."

어느 오후, 두 사람은 아무리 주문을 외워도 활성화되지 않는 은막대를 고치러 애시몰리언 박물관에 도착했다. 막대의 영어 면에는 '입증하다'가, 중국어 면에는 參[참]이 새겨져 있었다. 이 한자는 '입증하다' 외에 '병치하다', '비교하다'라는 뜻도 있었다. 박물관에서는 이 막대를 가짜 유물을 실제 유물과 비교하는 데 이용해왔다. 최근 직원이 새로 입수한 유물들을 감정하기에 앞서 현명하게도 여러 번 테스트를 수행했는데 막대가 제대로 작동하지 않았다.

박물관 측은 소형 현미경으로 막대를 꼼꼼히 살폈지만 한자와 영문자 어디에서도 부식의 흔적은 보이지 않았다. 차크라바르티 교수가 가장 작은 인각용 펜을 이용해서 막대 전체를 점검한 후에도 막대는 활성화되지 않았다.

교수가 한숨을 쉬었다. "이걸 싸서 내 가방에 넣어주겠나?"

로빈은 시키는 대로 했다. "뭐가 문제예요?"

"공명 링크가 작동을 멈췄어. 가끔 있는 일이지. 오래된 매치 페어인 경우 특히 그래."

"공명 링크가 뭔데요?"

"탑으로 가세." 교수는 이미 걸어 나가고 있었다. "무슨 말인지 보여줄 테니."

바벨로 돌아온 차크라바르티 교수는 로빈을 데리고 8층으로 올라가 작업대들을 지나 남관으로 갔다. 로빈이 처음 와보는 구역이었다. 8층에 오더라도 그는 항상 작업장에만 있었다. 두꺼운 방화문 안으로 들어서면 눈에 보이는 공간 대부분이 작업장이었다. 하지만 남쪽은 다른 문들로 막혔고 자물쇠 세 개로 굳게 잠겨 있었다. 차크라바르티 교수가 짤랑대는 열쇠 꾸러미를 꺼내 문들을 열었다.

"아직은 자네한테 보여주면 안 되는데." 교수가 로빈에게 눈을 찡긋했다. "기밀 정보라서 말이야. 하지만 달리 설명할 방법이 없으니."

교수가 마지막 자물쇠를 풀었다. 그들은 문을 통과했다.

놀이공원 도깨비집에, 또는 거대한 피아노의 내부에 들어온 것 같았다. 다양한 높이와 길이의 거대한 은봉들이 바닥 전체에 빽빽하게 수직으로 서 있었다. 어떤 것들은 허리 높이였고, 어떤 것들은 로빈의 머리 위까지 솟았고, 어떤 것들은 바닥에서 천장까지 뻗어 있었다. 봉 사이의 간격은 한 사람이 건드리지 않고 겨우 지나갈 정도였다. 이 봉들은 로빈에게 교회 오르간을 연상시켰다. 그는 망치로 이 봉들을 한꺼번에 후려치고 싶은 야릇한 충동을 느꼈다.

"공명은 일종의 비용 절감 방법이야." 교수가 설명했다. "순도 높은 은은 내구성이 필요한 막대들, 가령 해군에 쓰이거나 상선을 보호하는 막대들에 써야 해. 그래서 국내에서 가동하는 막대들에는 은을 아끼려고 합금 비중이 높은 은을 써. 그런 막대들의 경우 공명을 통해 동력을 공급하지."

로빈은 놀라서 사방을 둘러봤다. "어떤 원리로 작동하는데요?"

"바벨을 중심부로, 공명에 의존하는 영국의 모든 은막대들을 주변부로 생각하면 쉬워. 주변은 중심에서 에너지를 흡수하지." 교수가 주변을 아우르는 몸짓을 했다. 그러고 보니 각각의 봉이 매우 높은 주파수로 진동하고 있었다. 그런데 이상했다. 그러면 탑이 불협화음으로 떠나갈 듯 울려야 하는데 공기는 여전히 차분하고 고요했다. "이 봉들에는 널리 사용되는 매치페어들이 새겨져 있어서 전국에 있는 해당 막대들을 유지시켜. 즉 발현의 힘이 이 봉들에서 나오기 때문에 바깥의 막대들을 일일이 계속 재활성화하지 않아도 되지."

"식민지의 영국 전초기지들이 본국에 병력과 물자를 요청하는 것처럼 말이죠."

"적절한 비유야. 맞아."

"여기 은봉들이 영국의 모든 막대와 공명하나요?" 로빈은 머릿속에 그려봤다. 전국에 퍼져서 실버워크를 꺼지지 않게 유지하는 무형의 의미 그물망. 생각만 해도 무시무시했다. "그럼 더 많아야 할 것 같은데요."

"그렇진 않아. 전국에 소규모 공명 센터들이 있어. 가령 에든버러에 하나, 케임브리지에 하나. 거리가 멀수록 공명 효과도 약해지긴 해. 하지만 은봉의 대다수는 옥스퍼드에 있지. 센터가 여러 군데면 번역원이 운용하기 쉽지 않거든. 유지보수에 숙련된 번역사가 필요하니까."

로빈은 허리를 굽히고 가장 가까운 은봉 하나를 자세히 살폈다. 봉 꼭대기에 큼직하게 쓰여 있는 매치페어 외에도 의미를 알 수 없는 일련의 문자와 기호가 있었다. "그럼 공명 링크는 어떻게 만들어요?"

"과정이 복잡해." 교수가 로빈을 남쪽 창가의 가느다란 은봉으로 데려갔다. 그는 바닥에 무릎을 대고 앉아 가방에서 애시몰리언 막대를 꺼내 봉에 갖다 댔다. 로빈은 봉의 측면에 다수의 에칭이 있고, 그것들이 애시몰리언 막대의 에칭과 일치하는 것을 발견했다. "일단 같은 원료에서 제련해야 해. 그다음엔 상당량의 어원학적 상징화 작업이 필요하지. 자네가 실버워킹을 전공하면 전체 과정을 4학년 때 배우게 될 거야. 사실 우리는 17세기 프라하의 어느 연금술사가 발견한 필사본을 바탕으로 만든 문자를 암호처럼 사용해.* 외부인이 우리 과정을 복제하지 못하게 막기 위해서지. 일단 자네는 이 조율 작업을 연결성 강화 조치로 생각하면 돼."

"가짜 언어는 막대 활성화 효과가 없다고 배웠는데요."

"의미를 발현하는 데는 효과가 없어. 하지만 링크 메커니즘으로는 잘 작동해. 기본 숫자로도 할 수 있지만, 플레이페어 교수가 워낙 기밀을 좋아해서 말이야. 독점 유지에 좋다나."

로빈은 한동안 말없이 서서 차크라바르티 교수가 애시몰리언 막대의 에칭을 섬세한 인각 펜으로 조정한 다음 렌즈로 확인하고, 공명봉에도 상응하는 조정 작업을 하는 모습을 지켜봤다. 이 모든 과정에 15분 정도 걸렸다. 이윽고 교수가 애시몰리언 막대를 다시 벨벳에 싸서 가방에 넣고 일어섰다. "이제 작동할 거야.

---

* 문제의 필사본은 이를 처음 대중에게 알린 연금술사의 이름을 따서 바레스 문서로 불린다. 이 문서는 피지를 끈으로 묶은 코덱스 형태이며 마법, 과학, 식물학 등의 내용을 담고 있을 것으로 추정된다. 라틴어 기호들과 생소한 기호들을 결합하여 만든 문자로 적혀 있는데, 이 문자는 대문자와 구두점을 전혀 사용하지 않는다. 텍스트가 라틴어와 비슷해 보이고, 실제로 라틴어 축약형을 사용한다. 하지만 필사본의 목적과 자세한 내용은 발견 이래 지금까지 해독되지 못하고 수수께끼로 남아 있다. 이 필사본을 18세기 중반 바벨이 입수해서 여러 바벨 학자가 번역을 시도했으나 역시 실패했다. 공명 링크에 사용되는 문자는 이 필사본의 기호에서 영감을 받은 것일 뿐, 필사본의 해독에는 어떤 기여도 하지 않았다.

우린 내일 박물관에 돌려주면 돼.”

공명봉들을 읽고 있던 로빈은 그중 상당수가 중국어 매치페어를 사용하는 것에 주목했다. “교수님과 러벌 교수님이 이걸 모두 관리하시나요?”

“그렇지. 그걸 할 수 있는 사람이 우리 둘뿐이니까. 자네가 졸업하면 셋이 되겠군.”

로빈은 놀라울 따름이었다. 제국 전체의 기능이 고작 몇 사람의 손에 달려 있다고 생각하니 기분이 묘했다.

“우리가 절실히 필요하지. 우리 상황에서는 좋은 일이야. 필요한 존재인 것이.”

두 사람은 함께 창가에 섰다. 옥스퍼드를 내다보며 로빈은 도시 전체가 정교하게 조율된 뮤직박스 같다는 인상을 받았다. 전적으로 은색 톱니바퀴들에 의지해서 움직이는 거대 장치. 만약 은이 바닥나면, 만약 이 공명봉들이 붕괴하면, 옥스퍼드 전체가 일시에 정지할 것이다. 로빈은 종탑들이 침묵하고, 마차들이 도로에 정지하고, 거리 사람들은 팔다리가 공중에 들리고 입은 말하다 벌어진 상태로 얼어붙은 도시를 상상했다.

하지만 은이 동나는 상상은 되지 않았다. 런던과 바벨은 날마다 더 부유해지고 있었다. 장기 지속형 실버워크로 동력을 공급받는 선박들이 그 대가로 은을 바라바리 실어다주기 때문이었다. 지구상에 영국의 침투를 버텨낼 시장은 없었다. 극동도 마찬가지였다. 은의 유입을 교란할 유일한 것은 세계 경제 전체의 붕괴뿐인데, 그것은 허황된 일이기에 실버 시티의 번영과 옥스퍼드의 기쁨은 영원해 보였다.

1월 중순의 어느 날이었다. 4인방이 탑에 와보니 상급생과 대학원생 전원이 가운 안에 검은 옷을 입고 있었다.

"앤서니 리벤을 위한 거야." 그들이 세미나에 착석하자 플레이페어 교수가 설명했다. 그는 연보라색 셔츠를 입고 있었다.

"앤서니 선배가 왜요?" 레티가 물었다.

"저런." 교수의 얼굴이 굳었다. "자네들은 아직 소식을 못 들었군."

"무슨 소식이요?"

"앤서니는 지난여름 바베이도스 연구 원정 중에 실종됐어. 브리스틀로 출항하기 전날 밤에 사라졌고, 이후로 연락 두절이야. 우린 그 친구가 죽은 걸로 추정해. 8층 동료들이 꽤 상심했지. 내 생각에 이번 주 내내 상복을 입을 모양이야. 혹시 자네들도 동참하고 싶으면 해. 다른 학년과 대학원생도 일부 참여했더군."

플레이페어 교수는 이 말을 마치 그날 오후에 뱃놀이할 의사를 묻듯 태연하고 무심하게 했다. 로빈은 교수를 보며 벌어진 입을 다물지 못했다. "선배에게 — 선배에게 가족은 없나요? 가족에게 알려야 하지 않나요?"

교수가 칠판에 그날 강의의 개요를 쓱쓱 쓰며 답했다. "앤서니에겐 후원자 외에 가족이 없어. 폴웰 씨에게 우편으로 통보했는데, 크게 상심했다고 들었어."

"세상에," 레티가 말했다. "끔찍해요."

그녀는 그렇게 말하며 그들 중 앤서니와 가장 친했던 빅투아르를 걱정스레 쳐다봤다. 하지만 놀랍게도 빅투아르는 크게 동요한 기색이 없었다. 그녀는 충격을 받았거나 슬프다기보다 어딘지 불편한 기색이었다. 그저 어서 빨리 화제가 바뀌기를 바라는 눈치였다. 플레이페어 교수가 이에 기꺼이 응했다.

"자, 본론으로 들어가서, 지난 금요일에 독일 낭만주의 혁신에 대해 말하다 말았지…."

바벨은 앤서니를 애도하지 않았다. 학부는 추도식조차 열지 않았다. 로빈이 실버워킹 층에 올라갔을 때, 처음 보는 밀짚색 머리의 대학원생이 이미 앤서니의 작업대 자리를 차지하고 있었다.

"역겨워." 레티가 말했다. "믿어져? 바벨 졸업생이 죽었는데, 다들 그가 여기 존재한 적 없는 사람인 양 행동하는 건 뭐지?"

레티의 분개에는 더 깊은 공포가 숨어 있었다. 로빈도 같은 공포를 느꼈다. 그것은 앤서니가 소모품이었다는 공포였다. 그들 모두 소모품이었다. 이 탑, 그들이 처음으로 소속감을 느낀 이곳은 그들이 살아 있고 유용할 때만 그들을 소중히 여기고 사랑할 뿐, 사실은 그들에게 일절 신경 쓰지 않았다. 결국 그들은 그들의 언어를 담는 그릇에 불과했다.

아무도 그것을 입 밖에 내지 않았다. 말하는 순간 마법이 깨질 것 같았다.

로빈은 자신들 중 빅투아르가 가장 참담할 것으로 생각했다. 빅투아르와 앤서니는 지난 3년 동안 꽤 가깝게 지냈다. 두 사람

335

은 탑에서 몇 안 되는 흑인 연구생이었고, 둘 다 서인도제도에서 태어났다. 로빈은 두 사람이 탑에서 학생식당으로 함께 걸으며 머리를 맞대고 대화하는 모습을 여러 번 봤다.

하지만 그해 겨울 로빈은 빅투아르가 우는 것을 한 번도 보지 못했다. 그녀를 위로하고 싶었지만 방법을 알지 못했다. 그녀와 앤서니 얘기를 하는 것 자체가 불가능해 보였다. 앤서니가 화제에 오를 때마다 빅투아르는 흠칫 놀랐고, 눈을 빠르게 깜박였고, 화제를 바꾸려 애썼다.

"앤서니가 노예였다는 거 알고 있었어?" 어느 날 저녁, 홀에서 레티가 물었다. 빅투아르와 달리 레티는 어떻게든 이 얘기를 꺼내지 못해 안달이었다. 사실 레티는 보기 거북할 정도로 가식적인 의분을 앞세워 앤서니의 죽음에 집착했다. "아니, 노예가 될 뻔했다는 거. 폐지법이 발효됐을 때 주인이 그를 풀어주기 싫어서 아메리카로 데려가려고 했대. 그런데 바벨이 그의 자유를 돈 주고 샀기 때문에 그가 옥스퍼드에 있게 된 거래. 샀다니. 믿어져?"

로빈은 빅투아르를 힐끔 봤다. 하지만 그녀의 표정에는 어떤 변화도 없었다.

"레티," 빅투아르가 몹시도 차분하게 말했다. "나, 먹는 중이야."

12

힐러리 학기가 시작된 지 한참 후에야 그리핀이 다시 모습을 드러냈다. 몇 달이 지났기에 이때는 로빈이 창문을 열심히 확인하는 습관도 버린 후였다. 까치가 유리창 아래서 쪽지를 꺼내려고 용쓰는 것을 우연히 보지 못했다면 연락을 놓칠 뻔했다.

로빈은 쪽지의 지시대로 다음 날 2시 30분에 트위스티드 루트로 갔다. 하지만 그리핀은 거의 한 시간이나 늦었다. 그리핀이 왔을 때 로빈은 그의 초췌한 모습에 깜짝 놀랐다. 그리핀은 펍으로 걸어 들어오는 것조차 버거워 보였다. 그는 자리에 앉자 파크스 로드를 내내 뛰어온 사람처럼 거친 숨을 몰아쉬었다. 옷도 며칠이나 갈아입지 않은 것이 분명했다. 그의 냄새가 주위의 눈총을 샀다. 그는 살짝 절뚝였고, 팔을 들 때마다 셔츠 아래로 붕대가 보였다.

로빈은 이 상황에 어떻게 반응해야 할지 난처했다. 이 만남에서 퍼부을 독설을 잔뜩 준비했지만 막상 몰골이 말이 아닌 형을 보자 별렀던 말이 다 죽어버렸다. 그는 그리핀이 셰퍼드 파이와 에일맥주 두 잔을 주문하는 동안 말없이 앉아 있었다.

"학기는 별일 없고?" 그리핀이 물었다.

"별일 없어. 지금 독립 프로젝트 중이야."

"누구와?"

로빈은 셔츠 칼라를 긁적였다. 이런 화제 자체가 생뚱맞게 느껴졌다. "차크라바르티 교수."

"좋아." 에일맥주가 왔다. 그리핀은 잔을 쭉 비우고 내려놓으며 인상을 썼다. "잘됐네."

"하지만 내 동기들은 프로젝트 과제에 불만이 많아."

"당연히 그렇겠지." 그리핀이 콧방귀를 뀌었다. "바벨은 너희가 마땅히 해야 할 연구를 하게 놔두지 않아. 돈궤를 채우는 연구만 시킬 뿐이지."

긴 침묵이 흘렀다. 로빈은 막연한 죄책감을 느꼈다. 그럴 만한 이유는 없었다. 그런데도 불편함이 벌레처럼 그의 내장에 매 순간 더 깊이 파고들었다. 음식이 왔다. 접시에서 김이 모락모락 났지만 그리핀은 굶주린 사람처럼 허겁지겁 먹어치웠다. 아니, 실제로 굶주린 듯했다. 접시로 몸을 숙일 때 보이는 쇄골이 보기 딱할 만큼 푹 패어 있었다.

"저기…" 로빈은 목을 가다듬었다. 어떻게 물어야 할지 난처했다. "형, 무슨 일―"

"미안." 그리핀이 포크를 내려놓았다. "어젯밤 옥스퍼드에 막

돌아왔거든. 피곤해서 그래.”

로빈은 한숨을 쉬었다. “그래.”

“그건 그렇고, 여기 도서관에서 가져올 문헌 목록이 있어.” 그리핀이 앞주머니에서 구겨진 쪽지를 꺼냈다. “아랍어 책들은 찾기 어려울 수도 있어. 내가 제목을 로마자로 적어놨으니까, 그걸 보면 어느 서가로 갈지 알 수 있어. 그다음엔 네가 알아서 찾아야 해. 하지만 책들이 있는 데가 탑이 아니라 보들리언 도서관이니 걱정할 거 없어. 거긴 네가 뭐 하는지 의심할 사람이 없을 테니까.”

로빈은 쪽지를 받았다. “이게 다야?”

“다야.”

“그래?” 로빈은 더는 참을 수 없었다. 그리핀의 무신경은 각오했지만 이렇게 대놓고 모른 척할 줄은 몰랐다. 인내심과 함께 연민도 증발했다. 1년 동안 속에서 끓이며 눌러왔던 분노가 한꺼번에 치솟았다. “확실해?”

그리핀이 경계의 눈길을 던졌다. “왜 이래?”

“지난번 얘기는 안 할 거야?”

“지난번?”

“경보가 작동했고, 우리가 덫에 걸렸고, 총이 발사됐고—”

“넌 무사했잖아.”

“나, 총 맞았어.” 로빈은 숨죽여 부르짖었다. “어떻게 된 거야? 누군가 일을 망쳤어. 그게 내가 아닌 건 알아. 난 정확히 내가 있을 곳에 있었으니까. 형이 경보를 오판했다는 뜻이지.”

"늘 있는 일이야." 그리핀이 어깨를 으쓱했다. "다행인 건 아무도 잡히지 않았다는 거야."

"내가 팔에 총을 맞았다고."

"알아들었어." 그리핀이 로빈의 셔츠 소매 아래로 상처가 보이기라도 하는 듯 테이블 너머로 눈길을 던졌다. "그런데 멀쩡해 보이는데."

"내 손으로 상처를 꿰맸어."

"잘했어. 학교 의무실엔 안 갔지?"

"그걸 말이라고 해?"

"목소리 낮춰."

"내 목소리―"

"그때 일을 따져서 뭐 해? 내가 실수했고, 넌 도망쳤고, 다시는 그런 일 없을 거야. 네가 사람들과 함께 들어가는 방식은 이제 중단하기로 했어. 대신 이제부턴 너 혼자 반출품을 밖에 내놓으면 돼."

"그게 요점이 아니라고." 로빈은 다시 낮게 부르짖었다. "형은 나를 다치게 놔뒀어. 그리고 나를 내버리고 갔어."

"제발 법석 떨지 마." 그리핀이 한숨을 쉬었다. "사고는 일어나기 마련이야. 그리고 넌 무사해." 그러고는 잠시 말을 끊었다가 더 나지막이 말했다. "이걸로 네 기분이 나아질지 모르겠지만, 세인트 올데이트 스트리트에 우리가 잠시 숨을 때 쓰는 은신처가 있어. 교회 옆에 지하실 문이 있는데, 녹슬어 붙은 것처럼 보이지만 막대가 설치된 곳을 찾아서 단어를 말하면 열려.

문은 교회를 개조할 때 누락된 터널로 이어져.”

로빈은 팔을 휘저으며 말을 끊었다. “은신처가 이걸 해결해줘?”

“다음번엔 더 조심할 거야. 그땐 내 실수였고, 우리도 조정 중이야. 그러니까 누가 듣기 전에 진정해.” 그리핀이 다시 기대앉았다. “자, 난 몇 달 타운을 떠나 있었으니까, 그동안 탑에서 무슨 일이 있었는지 들어야겠어. 간략하게 정리해주면 고맙겠다.”

로빈은 순간 그를 칠 뻔했다. 보는 사람들이 없었다면, 그리핀이 다친 몸인 것이 그렇게 확연하지 않았다면 그렇게 했을 것이다.

형에게서 얻어낼 게 아무것도 없다는 것을 로빈도 알고 있었다. 그리핀은 러벌 교수처럼 놀랄 만큼 외골수였다. 그들은 자신에게 맞지 않는 것은 아예 인정하지 않았다. 인정받으려는 시도는 더한 좌절만 부를 뿐이었다. 로빈은 순간 그대로 자리를 박차고 나가버리고 싶은 충동을 느꼈다. 그렇게 하면 그리핀이 어떤 표정일지 보고 싶었다. 하지만 그래봤자 만족도 순간일 게 분명했다. 그랬다가 다시 돌아오면 그리핀의 조롱을 살 것이고, 계속 걸어 나가면 자기 손으로 헤르메스와의 연을 끊는 일이 될 것이었다. 그래서 로빈은 아버지와 형에게 언제나 해왔던 대로 했다. 그는 좌절감을 삼켰고, 체념했고, 대화의 조건을 정할 권한을 그리핀에게 넘겼다.

“별일 없었어.” 로빈은 숨을 가다듬은 뒤 말했다. “최근에 해외여행을 한 교수도 없고, 내가 알기로 결계도 지난번 그대로야. 참, 끔찍한 일이 있었어. 대학원생 한 명이, 앤서니 리벤이—”

“알지, 앤서니.” 그리핀이 말하다 말고 목을 가다듬었다. “알았지, 예전에. 동기였어."

"그럼 들었어?"

"뭘?"

"앤서니가 죽은 거."

"뭐? 아니." 그리핀의 목소리는 이상하게 덤덤했다. "앤서니가 죽었어?"

"서인도제도에서 돌아오는 항해 중에 실종됐대."

"심하네." 그리핀이 무덤덤하게 말했다. "정말 끔찍하다."

"그게 다야?"

"내가 뭐라고 해야 하는데?"

"동기였다며!"

"이런 말 하기 싫지만, 이런 사건이 드문 일은 아니야. 항해는 위험해. 몇 년마다 한 명씩 실종돼."

"아무리 그래도… 이건 아니지. 학부는 추도식을 할 생각도 없어. 아무 일 없었던 것처럼 하던 일만 한다는 게 말이 되냐고…" 로빈은 말을 잇지 못했다. 갑자기 눈물이 났다. 이 말을 꺼낸 자신이 바보로 느껴졌다. 무엇을 바란 건지 알 수 없었다. 앤서니의 삶은 중요했으며, 따라서 그가 이렇게 쉽게 잊히지 않을 거라는 확인? 어쩌면. 하지만 그리핀은 위로를 구할 대상으로는 최악이었고, 여태 그걸 몰랐다면 바보가 맞았다.

그리핀은 한동안 말이 없었다. 그는 궁리하듯 미간을 찌푸리고 창밖을 응시했다. 로빈의 말은 전혀 듣고 있는 것 같지 않았다. 고개를 갸웃하며 입을 열었다가 다시 닫았고, 이윽고 다시 열었다. "놀랄 일은 아니야. 그게 바벨이 학생들, 특히 외국에서 모집한 학생들을 취급하는 방식이니까. 너희는 그들에게 자산일 뿐이야. 딱 그뿐이지. 번역 기계. 한 번 실패하면 그대로 버림받는."

"하지만 앤서니는 실패한 게 아냐. 그는 죽었어."

"같은 거야." 그리핀이 자리에서 일어나 외투를 집어 들었다. "됐고, 그 책들을 일주일 안에 갖다놔. 어디다 갖다놓을지 메모 남길게."

"얘기 끝난 거야?" 로빈은 놀라서 물었다. 다시 실망감이 덮쳤다. 자신이 그리핀에게 원하는 게 무엇인지, 그리핀이 그것을 줄 수 있는지는 알 수 없었다. 그래도 이보다는 많은 것을 바랐다.

"가볼 데가 많아." 그리핀이 돌아보지도 않고 말했다. 그는 이미 나가는 중이었다. "창문 잘 봐."

모든 면에서 끔찍한 해였다.

무언가가 옥스퍼드를 오염시켰고, 로빈에게 기쁨을 주던 모든 것을 빨아먹었다. 밤은 더 추워졌고, 비는 더 거세졌다. 탑은 이제 낙원이 아닌 감옥으로 느껴졌다. 수업은 고문이었다. 4인방은 공부에 신명을 잃었다. 그들에겐 1학년 때의 짜릿한 발견도 없었고, 4학년이 되면 느낄 실버워킹 실무의 성취감도 아직 없었다.

선배들은 항상 있는 일이라고, 3년 차 슬럼프는 정상적이고 불가피한 것이라고 했다. 하지만 그해는 다른 면에서도 유난히 흉흉했다. 우선, 탑에 대한 공격 횟수가 무섭게 늘었다. 전에는 1

년에 두세 차례의 침입 시도가 있었고, 그때마다 플레이페어 교수의 결계가 이번에는 어떤 잔혹한 결과를 불렀을지 구경하러 학생들이 문으로 몰려들었다. 하지만 그해 2월경에는 절도 시도가 거의 매주 발생했고, 학생들은 경찰이 불구가 된 범인을 끌고 내려가는 광경에 질리기 시작했다.

탑을 범하는 것이 도둑만은 아니었다. 탑의 기저부는 항상 오줌과 깨진 병과 쏟은 술로 더러웠다. 밤새 시뻘건 페인트로 대문짝만 하게 비뚤비뚤 쓴 낙서가 벽에 출현한 적도 두 번 있었다. 한 번은 **사탄의 혀**가 뒷벽을 덮었고, 한 번은 1층 창문 아래에 **악마의 은**이 있었다.

어느 날 아침, 4인방이 탑에 도착했을 때 타운 사람들 수십 명이 잔디밭에 몰려와 정문을 드나드는 연구생들에게 악다구니를 쓰고 있었다. 그들은 조심스럽게 다가갔다. 군중이 위협적이긴 해도 통과하지 못할 정도로 빽빽하지는 않았다. 그들은 수업을 놓치기보다 폭도를 무릅쓰는 편을 택했다. 하지만 별 탈 없이 지나갈 수 있을 거라는 기대는 금세 깨졌다. 거구의 남자가 빅투아르의 앞을 막아서서 거친 북부 사투리로 알아들을 수 없는 말을 으르렁대기 시작했다.

"저는 아저씨를 몰라요." 빅투아르가 겁에 질려 말했다. "무슨 말씀인지—"

"젠장!" 라미가 총에 맞은 사람처럼 앞으로 휘청거렸다. 빅투아르가 비명을 질렀다. 로빈은 심장이 멎는 듯했다. 다행히 날아온 것은 달걀이었다. 빅투아르를 겨냥한 것인데 라미가 그녀를 보호하려고 나서다가 자빠질 뻔한 것이었다. 빅투아르가 두 팔로 얼굴을 감싸며 움츠렸고, 라미가 빅투아르의 어깨를 감싸 안고 정문 계단을 올라갔다.

"대체 왜 이래요!" 레티가 악을 썼다.

달걀을 던진 남자가 대답으로 알아듣지 못할 말을 외쳤다. 로빈은 서둘러 레티의 손을 잡아끌고 라미와 빅투아르의 뒤를 따라 문을 통과했다.

"괜찮아?" 로빈이 물었다.

빅투아르는 몸을 심하게 떠느라 말도 제대로 못 했다. "난 괜찮아. 라미, 잠깐만, 손수건 줄게…."

"됐어." 라미가 재킷을 훌훌 벗었다. "닦아봤자 소용없어. 새로 살 거야."

로비에서는 학생들과 고객들이 창가에 모여 군중을 구경하고 있었다. 로빈은 처음에는 이게 헤르메스의 공작이 아닐까 의심했다. 하지만 그 가능성은 희박했다. 그리핀의 절도는 치밀하게 계획적이었고. 성난 폭도에 비할 수 없는 정교한 조직력을 구사했다.

"무슨 일인지 아세요?" 로빈이 캐시 오닐에게 물었다.

"공장노동자들인 것 같아." 캐시가 말했다. "바벨이 옥스퍼드 북쪽에 있는 공장들과 막 계약을 맺었는데 그 때문에 이 사람들이 전부 일자리를 잃었대."

"이 사람들 전부요?" 라미가 물었다. "고작 은막대 몇 개로?"

"노동자들이 수백 명이나 해고됐어." 대화를 들은 비말이 끼어들었다. "끝내주는 매치페어인가 봐. 플레이페어 교수가 고안했는데, 로비 동관을 몽땅 개조하고도 남을 돈을 벌어들였대. 저 사람들 모두가 할 일을 혼자 해내는 막대라면 그러고도 남지."

"하지만 슬픈 일이야." 캐시가 생각에 잠겨 말했다. "저 사람들은 이제 어떻게 될까."

"무슨 뜻이에요?" 로빈이 물었다.

캐시가 창문을 가리켰다. "저 사람들, 앞으로 가족을 어떻게 부양하겠어?"

로빈은 거기까지 생각해보지 못한 것이 부끄러웠다.

어원학 수업에서 러벌 교수는 훨씬 냉혹한 의견을 피력했다. "저들 걱정은 할 것 없어. 흔한 부랑배일 뿐이니까. 북부에서 온 주정뱅이와 불평분자들. 의사 표현 방법이라곤 길에서 악쓰는 것밖에 없는 하층민들. 곱게 편지나 쓰면 좋으련만 저 중에서 글을 읽을 줄 아는 사람이 절반이나 될지 의문이야."

"저 사람들이 실직한 게 사실인가요?" 빅투아르가 물었다.

"당연하지. 저들이 하는 종류의 노동은 이제 불필요해. 진즉에 없어졌어야 마땅해. 직조, 방적, 소면, 조방. 이런 공정들 모두 기계화하지 못할 이유가 없어. 이런 게 인간의 진보라는 거야."

"저 사람들은 그 점에 화가 난 것 같던데요." 라미가 말했다.

"아, 영락없이 화가 났지." 러벌 교수가 말했다. "이유는 뻔해. 지난 10년 동안 실버워킹이 이 나라를 위해 한 것을 생각해봐. 농업과 산업 생산성을 상상 불허의 수준으로 높였어. 공장을 노동자의 4분의 1로도 돌아갈 만큼 효율적으로 만들었어. 섬유산업만 해도 존 케이의 플라잉 셔틀, 아크라이트의 수력 방적기, 크롬프턴의 뮬 방적기, 카트라이트의 직조기 모두 실버워킹 덕분에 가능해진 거야. 실버워킹 덕분에 영국은 다른 나라들을 크게 앞질렀고, 그 과정에서 노동자들을 대거 정리했어. 그런데 저들은 실제로 유용할 기술을 찾아 배우는 데 머리를 쓰기보다 우리 정문 계단에서 징징대기로 결정한 거야. 바깥의 시위들은 전혀 새로운 일이 아니야. 이 나라의 고질병이지.” 교수의 말투가 갑자기 험하고 격해졌다. “러다이트 운동으로 시작된 병. 기술 발전에 적응하느니 기계를 부수는 편이 낫다고 생각한 노팅엄의 멍청한 노동자들이 벌인 짓 말이야. 이게 영국 전역으로 퍼졌어. 우리를 죽이려 드는 사람들이 전국에 깔렸어. 이런 공격을 받는 곳이 바벨만은 아니야. 남보다 우수한 보안 덕분에 우린 최악은 구경도 못 했어. 북쪽에서는 방화가 일어나고, 건물주들이 돌에 맞고, 공장장들이 염산 테러를 당해. 랭커셔에서는 지금도 직조기를 때려 부수지 못해 난리야. 맞아, 우리 교수진이 살해 위협을 받은 게 이번이 처음은 아니야. 저들이 감히 옥스퍼드까지 내려온 것이 처음일 뿐이지.”

“살해 위협을 받으신다고요?” 레티가 놀라서 물었다.

“물론. 매년 늘어나.”

“겁나지 않으세요?”

러벌 교수가 코웃음 쳤다. “전혀. 난 저들을 보면서 사람 사이의 엄청난 차이를 실감해. 난 지식과 과학의 발전을 믿고 그걸 나한테 유리하게 사용했기에 이 자리에 있는 거야. 저들은 미래로 나아가는 걸 고집스레 거부한 탓에 저 자리에 있는 것이고. 난 저들 따윈 무섭지 않아. 그저 우스울 뿐이지.”

“1년 내내 이럴까요?” 빅투아르가 작은 소리로 물었다. “저렇게 잔디밭 위에서요.”

“오래가지 못해.” 교수가 장담했다. “당장 오늘 저녁이면 흩어지고 없을걸. 저런 사람들은 끈기가 없어. 배가 고프거나 술 생각이 나면 해가 지기 무섭게 사라질 거야. 남아 있는다 해도 결계와 경찰이 쫓아버리겠지.”

하지만 러벌 교수의 예상은 틀렸다. 그들은 고립된 소수 불평분자가 아니었다. 하룻밤 만에 사라지지도 않았다. 아침에 경찰이 군중을 해산시켰지만 그들은 작은 규모로 계속 돌아왔다. 일주일에 몇 번씩 열두어 명의 남자들이 나타나 탑에 들어가는 연구생들을 괴롭혔다. 어느 날 아침에는 재깍대는 소리가 나는 소포가 플레이페어 교수실에 배달되는 바람에 탑 내의 모든 사람이 대피하는 일이 있었다. 소포는 폭약에 연결된 시계로 밝혀졌다. 다행히 비가 소포에 스며들어 도화선이 부식되어 있었다.

“그럼 비가 안 올 때는?” 라미가 물었다.

아무도 시원하게 대답하지 못했다.

탑의 보안이 하룻밤 새 두 배로 강화되었다. 우편물은 이제 옥스퍼드 반대편에 있는 처리 센터에서 새로 고용된 사무원들이 접수하고 분류했다. 경찰이 교대로 탑 출입구를 밤낮없이 지켰다. 플레이페어 교수는 정문 위에 은막대를 새로 설치했는데, 언제나처럼 어떤 매치페어를 새겼는지, 발동되면 무슨 일이 생기는지에 대해서는 함구했다.

이 시위들은 사소한 소란의 징후가 아니었다. 영국 전역에서 무언가 일어나고 있었는데, 그 변화의 여파를 그들은 아직 짐작만 할 뿐이었다. 옥스퍼드는 영국의 주요 도시들보다 꾸준히 1세기가량 뒤처져 있었다. 오랫동안 변화에 면역이 있는 척했지만, 이제는 더 이상 바깥세상의 우여곡절을 무시할 수 없었다. 이는 공장노동자들만의 문제가 아니었다. 개혁, 사회불안, 불평등이 최근 10년간의 키워드였다. 불과 6년 전 피터 개스켈이 만든 용어인 이른바 '은산업혁명'의 영향이 이제 전국적으로 체감되고 있었다. 윌리엄 블레이크가 "어두운 사탄의 맷돌들"이라고 부른 은 구동 기계들이 장인의 노동을 급속히 대체하고 있었는데, 이것이 경제 침체를 야기하고 빈부의 격차를 넓혔으며, 이는 곧 디즈레일리와 디킨스의 소설의 소재가 되었다. 농촌이 몰락하면서 남자, 여자, 아동이 대거 도시로 이주해 공장노동자가 되었는데, 그곳에서 상상 불가의 장시간 노동에 허덕이고 끔찍한 사고로 팔다리와 목숨을 잃었다. 이 와중에 빈민 구제 비용을 줄이는 데 중점을 두고 제정된 1834년의 신구빈법은 그 설계부터 근본적으로 잔인하고 처벌적이었다. 이 법은 구빈원에 들어가지 않은 신청자에 대한 재정 지원을 막았는데, 당시 구빈원은 아무도 들어가려 하지 않을 만큼 환경과 처우가 처참했다. 러벌 교수가 말한 진보와 계몽의 미래는 가난과 고통만을 불러온 듯했다. 러벌 교수가 실직 노동자들이 새로이 헌신해야 한다고 말한 일자리는 결코 실현되지 않았다. 실제로, 은산업혁명으로 이득을 보는 이들은 이미 부자인 사람들과 부자가 될 간계와 운을 겸비한 소수의 선택된 사람들뿐이었다.

이런 흐름이 지속 가능할 수는 없었다. 영국에서 역사의 톱니바퀴가 빠르게 돌아갔다. 세상은 점점 더 작아지고, 기계화되고, 불평등해졌다. 그 끝이 어디로 향할지, 그것이 바벨이나 제국 자체에 어떤 의미가 될지는 아직 불확실했다.

그 와중에도 4인방은 연구생의 본업을 이어갔다. 그들은 책에 머리를 파묻고 오직 연구에만 매진했다. 시위대는 런던에서 파견된 군대가 주동자들을 뉴게이트 감옥으로 끌고 간 후 결국 해산했다. 연구생들은 이제 탑의 정문 계단을 오를 때마다 숨죽일 필요가 없었다. 그들은 경찰이 우글대는 상황에 적응했고, 새 책과 서신이 도착하는 데 전보다 두 배나 오래 걸리는 현실도 받아들였다. 그들은 『옥스퍼드 크로니클』의 사설을 더 이상 읽지 않았다. 최근에 창간된 친개혁 급진 성향의 이 신문은 그들의 명성을 파괴하는 것이 목적인 듯했다.

하지만 탑으로 향하는 길목마다 신문팔이들이 외쳐대는 신문 헤드라인까지 무시할 수는 없었다.

바벨은 국가 경제에 대한 위협?

외국산 은막대, 수십 명을 구빈원으로 내몰다

은을 거부하라!

괴로운 상황이어야 마땅했다. 하지만 사실 로빈은 외면하는 데 익숙해지면 어떤 수준의 사회 혼란도 그렇게 괴롭지 않다는 것을 깨달았다.

비가 험하게 내리는 어느 날 저녁, 로빈은 러벌 교수 집에서의 저녁 식사에 가던 길에 우드스톡 로드 모퉁이에 앉아 깡통을 내밀고 구걸하는 가족을 봤다. 옥스퍼드 외곽에서 거지를 보는 일은 흔했지만, 온 가족이 함께 구걸하는 경우는 드물었다. 로빈이 다가오자 어린아이 둘이 조그맣게 손을 흔들었다. 아이들의 비에 젖은 창백한 얼굴을 보자 그는 죄책감을 누를 수 없었다. 그는 걸음을 멈추고 주머니에서 몇 페니를 꺼냈다.

"고맙습니다." 아이들의 아버지가 중얼거렸다. "신의 가호가 있기를."

남자의 수염이 덥수룩하고 옷은 누더기로 변했지만 로빈은 그를 알아봤다. 분명했다. 그는 몇 주 전 탑으로 들어갈 때 로빈에게 욕설을 퍼부었던 시위자 중 한 명이었다. 그와 로빈의 눈이 마주쳤다. 그도 로빈을 알아봤는지는 확실치 않았다. 그가 입을 열어 무슨 말인지 하려 했다. 하지만 로빈은 걸음을 재촉했다. 남자가 뒤에서 외친 말이 무엇이든 그 소리는 바람과 비에 묻혀 들리지 않았다.

로빈은 파이퍼 부인이나 러벌 교수에게 길에서 본 가족을 언급하지 않았다. 그 가족이 대변하는 어떤 것도 곱씹고 싶지 않았다. 혁명에 대한 충성, 평등에 대한 헌신, 가난한 사람들을 돕겠다는 다짐을 공언해왔지만, 사실 그는 자신이 진정한 빈곤을 경험한 적이 없다는 사실에 대해 생각하고 싶지 않았다. 광둥에서 몹시 어렵게 살긴 했지만 다음 끼니는 어떻게 해결할지, 그날 밤은 어디서 잘지 막막했던 적은 없었다. 가족의 연명을 걱정해본 적도 없었다. 불쌍한 고아 올리버 트위스트에게 감정이입을 하면서 쓰라린 자기 연민에 빠져 살았지만, 그가 영국 땅에 발을 디딘 이후 단 한 번도 고픈 배로 잠든 적이 없다는 사실은 변하지 않았다.

그날 밤 그는 저녁을 먹으며 파이퍼 부인의 칭찬에 웃었고, 러벌 교수와 와인 한 병을 비웠다. 칼리지로 돌아갈 때는 다른 길로 걸었다. 다음 달에는 깜빡하고 우회로로 가지 않았지만, 상관없었다. 그때쯤 그 작은 가족은 사라진 후였다.

다가오는 시험이 끔찍한 해를 더 끔찍하게 만들었다. 바벨 연구생들은 시험을 두 차례 치렀다. 3학년 말에 한 번, 4학년 때 한 번. 시험 일정은 학년에 따라 달랐다. 4학년은 힐러리 학기 중반에 시험을 보고, 3학년은 트리니티 학기에 봤다. 이 때문에 겨울방학 이후로 탑의 분위기가 돌변했다. 도서관과 스터디 룸은 신경쇠약 직전의 4학년생들로 밤늦게까지 꽉꽉 찼다. 그들은 숨소리만 나도 흠칫했고, 누군가 속삭이기만 해도 눈에서 살기를 뿜었다.

시험이 끝나면 4학년생들의 성적을 공개 발표하는 것이 바벨의 전통이었다. 그 주 금요일 정오, 탑 전체에 종이 세 번 울렸다. 모두가 자리에서 일어나 서둘러 로비로 내려갔고, 그날 오후의 고객들은 안내에 따라 건물 밖으로 나갔다. 플레이페어 교수가 로비 중앙의 탁자 위에 서 있었다. 그는 보라색으로 끝단을 두른 화려한 가운을 입고서, 로빈이 중세 필사본 삽화에서나 봤던 형태의 두루마리를 치켜들고 있었다. 학부에 속하지 않은 사람들이 모두 탑에서 나가자 플레이페어 교수가 목청을 가다듬고 읊조리기 시작했다. "다음의 학위 후보자들은 뛰어난 성적으로 자격시험을 통과했습니다. 매튜 하운슬로―"

뒤편 구석의 누군가가 요란한 탄성을 내질렀다.

"애덤 무어헤드."

앞줄에 있던 한 학생이 양손으로 입을 막은 채 로비 바닥에 털썩 주저앉았다.

"비인간적이야." 라미가 속삭였다.

"잔인하고 비정해." 로빈도 동의했다. 하지만 이 의식에서 눈을 뗄 수 없었다. 아직 시험 대상은 아니지만 그의 차례가 코앞에 닥쳤기에 그의 심장은 공포로 쿵쿵 뛰었다. 누가 탁월함을 증명하거나 증명하지 못했는지를 공개하는 것이 끔찍한 처사이긴 했지만, 동시에 흥미진진하기도 했다.

매튜와 애덤만 최우수 합격의 영예를 안았다. 플레이페어 교수는 이어서 우수 합격자(제임스 페어필드)와 합격자(루크 맥커프리)를 호명한 후, 몹시도 침울한 목소리로 이렇게 말했다. "다음 후보자는 자격시험에 낙방했으므로 왕립번역원은 그를 대학원 연구원으로 발탁하지 않을 것이며, 학위도 수여하지 않습니다. 필립 라이트."

라이트는 로빈이 1학년일 때 학부 회식에서 로빈 옆에 앉았던 프랑스어와 독일어 전공자였다. 그는 몇 년 사이에 야위고 초췌해져 있었다. 며칠 동안 목욕도 면도도 하지 않은 채 도서관을 떠돌며 공황과 혼란이 뒤섞인 눈으로 앞에 쌓인 논문 더미를 망연자실 쳐다보던 학생들 중 한 명이었다.

"자네는 모든 선처를 받았어." 교수가 말했다. "자네에게 제공된 편의는 과할 정도였지. 이제 이곳에서 자네의 시간이 끝났음을 인정할 때가 됐네, 라이트 군."

라이트가 플레이페어 교수에게 다가갈 듯 움직였지만 대학원생 두 명이 그의 팔을 잡고 끌어당겼다. 그는 횡설수설 애원하기 시작했다. 자신의 시험 답안에 오해가 있었으며, 한 번만 더 기회를 준다면 모든 것을 해명하겠다는 말이었다. 플레이페어 교수는 뒷짐을 지고 태연히 서서 듣는 척도 하지 않았다.

"무슨 일이에요?" 로빈이 비말에게 물었다.

"진짜 어원이 아닌 민간 어원을 제시했대." 비말이 고개를 설레설레 저었다. "유언비어canard를 카나리아와 연결하려 했나 봐. 하지만 카나리아는 프랑스어 오리canard와 아무 상관 없어. 카나리아는 카나리아제도에서 이름을 딴 것이고, 카나리아제도는 거기 많이 살던 견종의 이름을 딴 거거든."

비말의 나머지 설명은 로빈의 귀에 들어오지 않았다.

플레이페어 교수가 안주머니에서 작은 유리 약병을 꺼냈다. 로빈의 짐작대로 라이트의 혈액이 든 약병이었다. 교수가 약병을 탁자에 내려놓더니 발로 밟았다. 유리 파편과 함께 갈색 액체가 바닥에 튀었다. 라이트가 울부짖기 시작했다. 약병 파기가 라이트에게 물리적 타격을 주었는지는 분명치 않았다. 로빈의 눈에 그의 사지는 멀쩡해 보였고, 피를 흘리지도 않았다. 그런데도 라이트는 마치 창에 관통당한 사람처럼 몸통을 부여잡고 바닥에 쓰러졌다.

"끔찍해." 레티가 경악했다.

"중세 시대가 따로 없어." 빅투아르가 동의했다.

그들은 이제껏 실패를 목격한 적이 없었다. 그들은 그 광경에서 눈을 뗄 수 없었다.

라이트를 일으켜 정문으로 끌고 가는 데는 대학원생이 한 명 더 필요했다. 세 사람은 그를 인정사정없이 계단 아래로 팽개쳤다. 나머지 학생들은 모두 입을 벌린 채 지켜봤다. 현대의 학술 기관에 어울리지 않는 엽기적인 의식이었다. 하지만 동시에 전적으로 적절했다. 옥스퍼드는, 나아가 바벨은, 그 뿌리가 고대 종교 기관에 있었다. 현대의 세련미를 입었다 해도 대학 생활을 구성하는 의식들은 여전히 중세 신비주의에 기초하고 있었다. 옥스퍼드는 성공회였고, 성공회는 기독교였고, 기독교는 피와 살과 흙을 뜻했다.[*]

---

[*] 이 시험 의식도 18세기 후반의 방식에 비하면 많이 순화된 것이었다. 당시에는 4학년생들이 '도어 테스트'라는 것을 받아야 했다. 채점이 끝난 다음 날 아침에 수험생들이 줄지어 출입문을 지나갈 때, 시험에 합격한 학생은 아무 문제 없이 문을 통과했지만, 시험에 떨어진 학생은 탑이 무단침입자로 인식했고, 당시 결계에 내장된 폭력적 처벌을 당했다. 이 관행은 신체 훼손이 성적 부진에 대한 처벌로 적절치 않다는 판단하에 결국 폐지되었지만, 플레이페어 교수는 이 의식을 부활시키기 위해 매년 로비를 벌였다.

문이 쾅 닫혔다. 플레이페어 교수가 가운의 먼지를 털었다. 그런 뒤 탁자에서 훌쩍 뛰어내려 학생들을 마주했다.

"자, 처리됐군." 그가 환히 웃었다. "시험을 즐기게. 모두 축하하네."

이틀 후, 그리핀이 로빈에게 이플리에 있는 선술집에서 만나자고 연락했다. 이플리는 칼리지에서 도보로 거의 한 시간 거리였다. 그가 말한 술집은 어둑하고 시끄러웠다. 로빈은 잠시 형을 찾지 못하다가 술집 뒷벽 근처에 구부정하게 앉아 있는 그리핀을 발견했다. 마지막 만남 이후 그가 무슨 일을 하고 다녔는지 몰라도, 제대로 먹고 다니지 않은 것이 분명했다. 그는 김이 모락모락 나는 셰퍼드 파이 두 개를 앞에 놓고, 뜨겁지도 않은지 허겁지겁 먹고 있었다.

"여긴 뭐야?"

"내가 가끔 저녁을 먹는 데야." 그리핀이 말했다. "맛은 형편없지만 양이 많아. 더 중요한 건 대학 인간들은 아무도 얼씬대지 않는다는 거야. 여기는―플레이페어 교수가 뭐랬더라? 현지인들과 너무 가깝거든."

그리핀은 이번 학기에 본 어느 때보다 안색이 나빴다. 지친 기색이 역력했고, 뺨은 움푹 팼고, 몸은 뼈만 앙상했다. 난파선 생존자 같았다. 머나먼 여행길에서 목숨만 겨우 붙어 돌아온 사람의 형색이었다. 하지만 당연히 그동안 어디에 있었는지는 말하지 않았다. 그의 의자 뒤에 늘어져 있는 검정 외투에서 악취가

풍겼다.

"괜찮아?" 로빈은 그리핀의 왼팔을 가리켰다. 붕대가 감겨 있었지만, 붕대 안의 상처는 아직 아물지 않은 것이 분명했다. 로빈이 앉은 후로도 팔뚝의 어두운 얼룩이 눈에 띄게 번져 있었다.

"아, 이거." 그리핀이 자기 팔을 힐끗 봤다. "별거 아냐. 아무는 데 시간이 오래 걸릴 뿐이야."

"그럼 별거지."

"흥."

"상처가 심해 보여." 로빈은 쓰게 웃었다. 그다음 말은 그의 의도보다 더 씁쓸하게 나왔다. "봉합하는 게 좋아. 브랜디가 도움 돼."

"하하. 아니, 해줄 사람이 있어. 나중에 부탁하지 뭐." 그리핀이 소매를 당겨 붕대를 덮었다. "그건 그렇고, 다음 주에 대기하고 있어. 상황이 아주 유동적이야. 언제가 될지 정확한 날짜나 시간은 아직 모르지만 큰 건이야. 매그니악 & 스미스에서 은이 대량으로 들어올 예정인데, 하역 중에 한 상자 빼돌릴 생각이야. 당연히 교란책을 왕창 써야 하지 않겠어? 신속한 접근을 위해 네 방에 폭약을 좀 보관해야 할지도 몰라."

로빈은 풀쩍 놀랐다. "폭약?"

"네가 쉽게 겁먹는 걸 깜빡했네." 그리핀이 손을 저었다. "괜찮아. 당일 전에 폭약 터뜨리는 방법을 알려줄게. 네가 잘만 하면 아무도 다치지 않아."

"아니, 안 해. 끝났어. 난 그만할래. 이건 말도 안 돼. 난 안 해."

그리핀이 눈썹을 치켜올렸다. "갑자기 왜 이래?"

"방금 누가 내쫓기는 걸 봤거든."

"아하." 그리핀이 웃었다. "올해는 누구였냐?"

"라이트. 플레이페어 교수가 그의 혈액병을 박살 냈어. 그를 탑 밖으로 내던지고, 문을 잠가버리고, 모든 것과 모든 사람에게서 차단시켰어."

"하지만 너한테는 일어나지 않을 일이야. 넌 너무 똑똑하거든. 내가 네 시험공부를 막기라도 해?"

"문을 열어주는 것과 폭발물을 설치하는 건 전혀 다른 문제야."

"괜찮을 거야. 나만 믿어."

"못 믿어." 로빈의 심장이 미친 듯이 뛰었지만, 이제 와서 침묵을 지키기엔 너무 늦었다. 한 번에 모두 말해버려야 했다. 올라오는 말을 영원히 삼키고 있을 수는 없었다. "난 형을 믿지 않아. 형은 점점 엉망진창이 되고 있어."

그리핀의 눈썹이 치솟았다. "엉망진창?"

"몇 주씩이나 나타나지 않고, 나타날 때도 걸핏하면 늦고, 형의 지시 사항은 하도 긁어내고 고쳐 써서 무슨 말인지 알아보는 데도 기술이 필요할 지경이야. 바벨의 보안은 그동안 세 배나 강화됐는데, 형은 대응책을 찾는 것 따윈 관심도 없어 보여. 그리고 지난번 일에 대해서도 아직 설명이 없잖아. 결계를 피할 새로운 방안이 있기는 해? 그때 내가 팔에 총을 맞았는데 관심이나 있었어?"

"그건 미안하다고 했잖아." 그리핀이 피곤하다는 듯 말했다. "다시는 그런 일 없을 거야."

"내가 왜 형을 믿어야 하지?"

"왜냐면 이번 일은 중요하니까." 그리핀이 몸을 앞으로 숙였다. "이번 일로 모든 걸 바꿀 수 있어. 판세가 뒤집힐 수 있어."

"그럼 방법을 말해봐. 자세히 말해봐. 나한테 매사 비밀로 하면서 일이 되길 바라지 마."

"야, 난 너한테 세인트 올데이트에 대해서도 말했어." 그리핀은 답답한 표정이었다. "더는 말할 수 없어. 넌 아직 너무 신참이고, 이 일의 위험을 몰라."

"위험? 위험을 무릅쓰는 게 누군데? 난 내 미래 전체를 걸었어."

"재밌네. 난 헤르메스 협회가 네 미래인 줄 알았는데."

"무슨 말인지 알잖아."

"알지. 아주 분명하게." 그리핀이 입을 삐죽거렸다. 그 순간 그는 아버지를 빼닮은 모습이었다. "넌 자유를 너무 무서워해, 동생아. 그게 너를 속박하고 있어. 넌 식민주의자들과의 동일시가 너무 심해서 그들에 대한 위협을 곧 너에 대한 위협으로 받아들여. 언제쯤이면 네가 그들 중 한 명이 될 수 없다는 걸 깨달을래?"

"말 돌리지 마. 형은 항상 논지를 흐리더라. 내가 말하는 내 미래라는 게 놀고먹을 자리를 말하는 게 아니잖아. 난 생존을 말하는 거야. 그러니 이 일이 왜 중요한지 말해봐. 왜 지금인지, 왜 이 일인지."

"로빈—"

"형은 나한테 보이지 않는 것에 목숨을 바칠 것을 요구하고 있어. 하지만 내가 요구하는 건 고작 이유 하나야.”

그리핀은 잠시 말이 없었다. 그는 손가락으로 테이블을 두드리며 주위를 둘러보다가 아주 작게 말했다. “아프가니스탄.”

“아프가니스탄에 무슨 일이 있는데?”

“뉴스 안 읽어? 영국이 아프가니스탄을 영향권에 넣으려 해. 그걸 막을 계획이 가동 중이야. 어떤 계획인지는 정말로 말 못 해, 동생아.”

로빈은 웃음이 났다. “아프가니스탄? 정말?”

“이게 웃겨?”

“형은 말뿐이야.” 로빈은 기가 찼다. 그 순간 그의 마음속 무언가가 부서졌다. 그것은 그리핀을 존경해야 한다는 환상, 헤르메스가 중요하다는 환상이었다. “그러면 거물이 된 기분이지? 자기가 세상에 대해 영향력이 있는 것처럼 굴면? 내가 정말로 세상을 주무르는 남자들을 본 적이 있는데 말이야, 형과는 전혀 달라. 그들은 권력을 얻기 위해 아등바등하지 않아. 그들은 그걸 얻겠다고 멍청한 심야 강도짓을 벌이지도 않고, 동생을 위험천만한 행각에 몰아넣지도 않아. 그들은 이미 그걸 가졌거든.”

그리핀의 눈이 가늘어졌다. “무슨 뜻이야?”

“실제로 하는 게 뭐야? 도대체 지금까지 형네가 한 게 뭐냐고? 제국은 여전히 건재하고, 바벨도 그대로 있어. 해가 계속 뜨고, 영국은 여전히 세상 곳곳에 발톱을 박고 있어. 은이 끝없이 흘러들고 있어. 이 일은 아무 의미가 없어.”

“설마 그게 네 진심은 아니겠지?”

"아니, 난 그저―" 죄책감이 로빈의 마음을 찔렀다. 말이 너무 심하게 나온 것 같았다. 하지만 논지만큼은 타당하다고 생각했다. "난 그저 이 일로 얻는 게 뭔지 모르겠다는 거야. 그런데 형은 그 대가로 나한테 너무 많은 걸 포기하라고 하잖아. 나도 형을 돕고 싶어. 하지만 살아남고 싶기도 해."

그리핀은 한동안 아무 대답이 없었다. 로빈은 점점 불편해지는 심정으로 그가 차분히 셰퍼드 파이를 마저 먹는 것을 지켜봤다. 그는 한 조각도 남김없이 다 먹은 다음, 포크를 내려놓고 냅킨으로 입을 꼼꼼히 닦았다.

"아프가니스탄에 대해 재밌는 사실 하나 알려줄까?" 그리핀의 목소리는 매우 부드러웠다. "영국은 아프가니스탄을 영국군으로 침공하지 않을 거야. 벵골과 봄베이의 병력을 투입할 거야. 이라와디에서 세포이 용병들이 영국 대신 싸우다 죽은 것처럼, 이번에도 세포이로 아프가니스탄 원정을 치를 생각이지. 이게 어떻게 가능할까? 인도 군대도 너 같은 논리를 가지고 있기 때문이야. 제국에 저항하는 것보다 제국의 하인이 되어 악랄한 강압을 견디는 게 더 낫다는 논리. 그게 안전하니까. 그게 안정적이고, 그래야 살아남을 수 있으니까. 이게 영국이 승리하는 방법이야. 그들은 우리를 서로 겨누게 해. 그들은 우리를 찢어놔."

"내가 영원히 빠지겠다는 건 아니야." 로빈은 서둘러 말했다. "난 그저― 올해가 끝날 때까지만, 또는 상황이 잠잠해질 때까지만―"

"이 일에 그런 건 없어. 하거나 빠지거나, 둘 중 하나야. 아프가니스탄은 기다려주지 않아."

로빈은 떨리는 숨을 삼켰다. "그럼 난 빠질래."

"좋아." 그리핀이 냅킨을 놓고 일어섰다. "입만 잘 다물고 있어, 알았지? 그렇지 않으면 내가 와서 뒤처리를 해야 하는데, 난 지저분한 게 싫거든."

"아무에게도 말 안 해. 약속할게."

"난 네 약속 따윈 관심 없어. 하지만 네가 자는 곳은 알지."

로빈은 아무 대꾸도 하지 못했다. 그리핀의 말이 빈말이 아니란 걸 알고 있었다. 또한 그리핀이 정말로 의심한다면 자신이 살아서 칼리지에 돌아가지 못하리란 것도 알았다. 둘은 한동안 말없이 서로를 보기만 했다.

마침내 그리핀이 고개를 흔들며 입을 열었다. "넌 길을 잃었어. 넌 낯익은 해안을 찾아 표류하는 배야. 네가 원하는 게 뭔지 이해해. 나도 한때 그곳을 찾아 헤맸으니까. 하지만 고국은 없어. 고국은 사라졌어." 그러고는 문으로 향하며 로빈 옆에 잠시 멈췄다. 그의 손가락이 올라와 로빈의 어깨를 아플 만큼 틀어쥐었다. "하지만 이건 알아둬. 네겐 누구의 깃발도 걸려 있지 않아. 넌 자유롭게 너만의 항구를 찾을 수 있어. 그리고 넌 선혜엄보다 훨씬 더 많은 걸 할 수 있는 녀석이야."

3부

13

온 산이 그렇게 산통을 하더니 정작 낳은 것은
가소로운 생쥐 한 마리.
— 호라티우스, 『시론』, E. C. 위컴 옮김

그리핀은 약속을 지켰다. 그는 더 이상 로빈에게 쪽지를 남기지 않았다. 로빈은 처음에는 그리핀이 잠시 삐쳐 있다가 사소하고 통상적인 심부름들로 다시 귀찮게 할 줄 알았다. 그런데 일주일이 한 달이 되고 한 학기가 다 가도록 소식이 없었다. 로빈은 그리핀이 더 앙심을 보일 줄 알았다. 최소한 비난조의 절연 편지는 남길 것으로 기대했다. 그리핀과 결별한 후 처음 며칠은 길에서 낯선 사람이 자기 쪽에 눈길만 던져도 움찔했다. 헤르메스 협회가 변절자의 뒤처리에 나선 건 아닌지 무서웠다.

하지만 그리핀은 그를 완전히 잘라냈다.

로빈은 양심의 가책을 받지 않으려고 애썼다. 헤르메스는 어디 가지 않는다. 싸울 전투는 언제나 있을 것이다. 다시 합류할 준비가 되었을 때 그들 모두 여전히 거기서 나를 기다리고 있을 것이다. 그는 그렇게 믿었다. 또한 내가 바벨의 생태계에 단단히 자리 잡고 있지 않으면 헤르메스를 위해 아무것도 할 수 없다. 그리핀도 그렇게 말하지 않았던가? 그들에겐 내부자가 많이 필요하다고. 이것이 내가 지금의 자리에 남아 있어야 할 충분한 이유가 되지 않을까?

어느덧 3학년 시험이 다가왔다. 학년말 시험은 옥스퍼드에서 매우 중요한 의식이었다. 지난 세기 말까지만 해도 구술시험—말이 구술시험이지 관중 앞에서 공개적으로 치러지는 문초에 가까운 질의—이 일반적이었다. 그러다 1830년대 초에 이르러 구두 답변은 객관적 평가가 어렵고 불필요하게 가혹하다는 이유에서 일반 학사학위 요건이 필기시험 다섯 번과 구술시험 한 번으로 완화되었다. 1836년에는 구술시험의 방청도 불허되면서 타운 사람들은 매년 있던 큰 구경거리 하나를 잃었다.

4인방은 각자의 연구 언어에 대한 세 시간짜리 논술시험, 세 시간짜리 어원학 논술시험, 번역 이론 구술시험, 실버워킹 실기시험을 준비하라는 지시를 받았다. 언어나 이론 시험에서 낙방하면 바벨에 남을 수 없고, 실버워킹 실기시험에서 탈락하면 향후 8층에서 일할 수 없었다.[*]

구술시험은 교수 세 명으로 구성된 심사진 앞에서 진행되는

---

[*] 많은 바벨 졸업생이 문학과나 법학과에서 일하는 것에 감지덕지했다. 하지만 외국 출신 연구생의 경우, 실버워킹 시험에 사활을 걸 수밖에 없었다. 그들은 비유럽어에 능통한 사람이 최우선시되는 8층이 아닌 다른 곳에서는 좋은 자리를 차지하기 어려웠기 때문이다. 그리핀은 실버워킹 실기시험에서 탈락한 후 법학과의 연구원 과정을 제안받았다. 하지만 러벌 교수는 실버워킹 외에 어떤 것도 중요하지 않으며, 다른 모든 학부는 상상력과 재능이 결핍된 바보들이나 가는 곳이라는 신념을 한 시도 굽히지 않았다. 안타깝게도, 러벌 교수의 냉소적이고 냉혹한 가르침 아래 자란 그리핀 역시 같은 생각이었다.

데, 심사진의 수장은 깐깐한 시험관으로 악명 높은 플레이페어 교수였다. 매년 최소 두 명의 학생이 그 때문에 눈물을 쏟는다는 소문이 돌았다. "허튼소리balderdash는 본래," 플레이페어 교수는 느릿하게 말하곤 했다. "밤이 깊어 술이 바닥났을 때 바텐더들이 남은 걸 섞어서 만드는 저주받은 혼합물을 일컫던 말이었어. 에일맥주, 와인, 사과주, 우유― 그들은 뭐든 다 때려 넣었어. 어차피 취하는 게 목표인 손님들이니 신경 쓰지 않을 거라고 생각한 거지. 하지만 여기는 옥스퍼드대학이야. 한밤의 터프 태번이 아니라. 따라서 우리는 술주정보다는 좀 더 계몽적인 것을 원해. 다시 한번 해보겠나?"

1학년과 2학년 때는 영겁 같던 시간이 이제는 모래시계에서 모래 떨어지듯 빠르게 흘렀다. 나중에 해치울 시간이 있을 거라고 생각하며 강독 숙제를 미루고 강가에서 노닥거릴 여유가 없었다. 시험이 5주, 4주, 3주 앞으로 점점 다가왔다. 트리니티 학기가 끝났다. 원래라면 황금빛 오후, 디저트와 엘더플라워 시럽, 처웰강의 뱃놀이로 대미를 장식해야 할 종강 날이었지만, 그들은 오후 4시에 종이 울리기 무섭게 책을 챙겨 들고 크래프트 교수의 강의실에서 5층 스터디 룸으로 직행했다. 다음 13일 동안 매일 그곳에 틀어박혀 관자놀이가 욱신거릴 때까지 사전과 번역문과 어휘 목록을 들이팔 작정이었다.

　아량인지 가학증인지 알 수 없는 의도로, 바벨 교수진은 수험생들에게 학습 도구로 쓸 은막대를 제공했다. 이 막대에는 영어 단어 meticulous(세심한, 소심한)와 '공포, 두려움'을 뜻하는 라틴어 단어 metus의 매치페어가 새겨져 있었다. meticulous가 지금의 의미를 갖게 된 것은 불과 수십 년 전 프랑스에서 이 단어가 실수에 대한 두려움을 뜻하는 말로 쓰이면서부터였다. 따라서 이 막대의 효과는 사용자가 실수를 범할 때마다 오싹한 불안감을 유발하는 것이었다.

라미는 이 막대를 싫어해서 사용을 거부했다. "어디가 틀렸는지는 알려주지 않으면서 쓸데없이 속만 울렁거리게 만들 뿐이야."

"넌 좀 조심할 필요가 있어." 레티가 라미의 작문을 교정해서 돌려주며 타박했다. "이 페이지에서만 최소 열두 개의 오류가 났어. 그리고 넌 문장이 너무 길어."

"너무 길지 않아. 키케로 풍이야."

"나쁜 글쓰기를 다 키케로 풍으로 둘러댈 순 없어."

라미가 걱정 말라는 듯 손을 휘저었다. "괜찮아, 레티. 그거 10분 만에 뚝딱 한 거야."

"속도가 문제가 아니야. 정확성이 중요해."

"더 많이 할수록 시험 출제에 대비하는 범위가 넓어지잖아. 시험지 앞에서 머리가 하얘지고 싶어?"

근거 있는 우려였다. 스트레스는 학생들의 머리에서 수년간 공부해온 것들을 싹 지워버리는 신비한 능력을 발했다. 소문에 따르면 지난해 4학년 시험 중에 한 수험생이 피해망상을 일으켜 자기는 시험을 마칠 수 없을 뿐 아니라 프랑스어에 능통하다는 것도 다 거짓말이라고 우겼다. (프랑스어는 심지어 그 학생의 모국어였다.) 4인방 모두 자기는 그런 바보짓을 할 리 없다고 생각했다. 적어도 시험을 일주일 앞둔 어느 날까지는 그랬다. 그날 레티가 갑자기 울음을 터뜨리며 자기는 독일어를 한 마디도, 단 한 마디도 모르고, 이때껏 바벨에서 해낸 모든 것이 사기 행각이었다고 선언했다. 하지만 그들 중 누구도 이 선언의 내용을 곧바로 알아듣지 못했다. 레티가 그 말을 독일어로 했기 때문이다.

기억상실 증세는 시작에 불과했다. 성적에 대한 근심이 몸까지 축냈다. 로빈은 이렇게까지 아파본 적이 없었다. 처음에는 욱신대는 두통이 집요하게 이어졌고, 다음에는 일어서거나 움직일 때마다 구토가 올라왔다. 예고 없는 오한이 파도처럼 계속 덮쳤다. 손이 심하게 떨려 펜을 잡기 어려울 정도였다. 한번은 모의시험 도중 시야가 캄캄해지면서 생각이 마비되었고, 단어 하나 기억나지 않았고, 심지어 앞도 보이지 않았다. 이 증상에서 회복되는 데 거의 10분이 걸렸다. 그는 음식을 넘길 수 없었고, 항상 기진맥진했지만 동시에 신경이 곤두서서 잠을 이루지 못했다.

옥스퍼드 상급생들이 그랬듯 그도 미쳐가는 자신을 느꼈다. 학자들의 도시에 오래 갇혀 지내며 이미 너덜대던 현실감각이 더 붕괴했다. 장시간의 시험공부가 기호와 상징을 해석하는 능력을 방해했고, 현실과 비현실을 구분하는 감각마저 해체했다. 추상적인 개념이 실질과 요점이 되었고, 죽과 달걀 같은 일상사가 오히려 의심의 영역이 되었다. 일상 대화는 고역이었고, 잡담은 공포였다. 그는 기본 인사말에 대한 이해력을 잃었다. 수위가 좋은 하루였는지 물었을 때 그는 30초나 말문이 막힌 채 서 있었다. '좋은' 것이 뭐고 '하루'가 무엇인지 이해할 수 없었다.

"히야, 나도 그래." 로빈이 이 얘기를 꺼내자 라미가 명랑하게 말했다. "끔찍해. 이젠 기본 대화도 어려워. 저 말들이 실제로 무슨 의미인지 계속 궁리하게 된다니까."

"사방에서 벽을 들이받는 기분이야." 빅투아르가 말했다. "세상이 계속 사라져. 내가 인식할 수 있는 건 어휘 목록뿐이야."

"난 찻잎이 문제야." 레티가 말했다. "찻잎이 자꾸 상형문자로 보여. 어느 날은 정말로 해석하고 앉았던 적도 있어. 심지어 종이에 베껴 쓰기 시작했다니까?"

로빈은 자기만 헛것을 보는 게 아니라는 사실에 안도했다. 그렇지 않아도 환각 증세가 걱정이던 참이었다. 이제는 숫제 없는 사람들이 보이기 시작했다. 라틴어 강독 목록에 있는 시집을 찾아 손튼 서점의 서가를 뒤지고 있을 때였다. 그는 눈을 돌리다가 문가에서 낯익은 옆모습을 본 것 같아 가까이 다가갔다. 잘못 본 것이 아니었다. 앤서니 리벤이 더없이 건강하고 팔팔한 모습으로 포장한 책 꾸러미의 값을 치르고 있었다.

"앤서니 선배?"

앤서니가 눈을 들고 로빈을 봤다. 그의 눈이 커졌다. 로빈은 어리둥절하면서도 신이 나서 다가갔다. 하지만 앤서니는 동전 몇 개를 다급히 서점 주인에게 건네고는 부리나케 서점을 나갔다. 로빈이 그를 따라 모들린 스트리트로 나왔을 때 앤서니는 이미 사라지고 없었다. 로빈은 몇 초간 사방을 둘러보다가 서점으로 돌아갔다. 내가 낯선 사람을 앤서니로 착각한 걸까. 하지만 옥스퍼드에 젊은 흑인 남자는 많지 않았다. 둘 중 하나였다. 앤서니가 죽었다는 말이 거짓말이거나, 즉 바벨 교수진 전체가 교묘한 속임수에 가담한 것이거나, 아니면 자기가 있지도 않은 허상을 본 것이거나. 현재 상태를 감안할 때 후자일 가능성이 높았다.

모두에게 가장 두려운 시험은 실버워킹 실기시험이었다. 트리니티 학기 마지막 주에 그들은 시험 방법을 통보받았다. 새로운 매치페어를 고안해 와서 그것을 시험관 앞에서 새겨야 했다. 수습 과정을 마치고 4학년이 되면 매치페어 설계, 인각 기술, 효과의 규모와 지속성 실험뿐 아니라 공명 링크와 구술 구현의 세부 사항까지 제대로 배울 예정이었다. 하지만 지금은 매치페어의 기본 작동 원리만 깨친 수준이라서, 어떤 효과든 일으키기만 하면 통과였다. 완벽할 필요는 없었다. 사실 첫 시도가 완벽할 수는 없었다. 다만 그들은 뭔가를 해내야 했다. 자신에게 번역사를 실버워커로 만드는 그 정의하기 어려운 재능, '의미'에 대한 모방 불가의 직감이 있다는 것을 증명해야 했다.

시험 준비에 대학원생의 도움은 원칙적으로 금지였다. 하지만 어느 날 오후 도서관에서 캐시 오닐이 겁먹고 넋이 나간 로빈을 봤고, 상냥하고 친절한 캐시는 그에게 매치페어 연구의 기초에 관한 누렇게 바랜 소책자 한 권을 스리슬쩍 건넸다.

"그냥 공개 서가에 있는 거야." 캐시가 동정 어린 목소리로 말했다. "우리 모두 봤던 거거든. 한 번 쭉 읽어봐. 감이 잡힐 거야."

그 소책자는 꽤 오래된 것이었다. 1798년에 쓰였고, 옛날 철자가 많았다. 하지만 간략하고 쉽게 이해되는 팁도 많았다. 첫 번째 팁은 '종교는 피하라'였다. 이는 수많은 괴담을 통해 그들도 이미 익히 아는 것이었다. 애초에 옥스퍼드가 동양어에 관심을 갖게 된 계기가 신학이었다. 히브리어, 아랍어, 시리아어가 처음에 학문적 연구 대상이 된 것도 오직 경전 번역을 위해서였다. 하지만 신의 말씀은 은판에서는 종잡을 수도 없고 자비롭지도 않은 것으로 판명 났다. 8층 북관에 아무도 범접하지 않는 책상이 있었다. 보이지 않는 원천에서 여전히 수시로 연기가 뿜어져 나오기 때문이었다. 어느 어리석은 대학원생이 하느님의 이름을 은판에 번역하려다 망한 흔적이라는 소문이 있었다.

두 번째 팁이 더 유용했다. '동족어를 집중 공략하라'는 것이었다. 동족어란 언어는 다르지만 어원이 같고 종종 의미도 유사한 단어들을 뜻한다.[*] 어원 나무에서 인접한 가지에 있다 보니 생산적인 매치페어를 찾는 데 최고의 단서일 때가 많았다. 하지만 단점도 있었다. 동족어는 의미가 너무 가까운 탓에 번역에서 일어나는 왜곡이 미미하고, 따라서 은막대가 발현하는 효과 또한 미미했다. 예컨대 초콜릿은 영어로도, 에스파냐어로도 초콜릿일 뿐 유의미한 차이는 없었다. 또한 동족어를 찾을 때 '가짜 친구', 즉 동족어처럼 보이지만 기원과 의미가 전혀 다른 단어들을 조심해야 했다. 예컨대 영어 have는 라틴어 habere(잡다, 소

<* 예컨대 영어 night와 에스파냐어 noche는 모두 라틴어 nox에서 유래했으며, 모두 '밤'을 뜻한다.>

유하다)에서 온 것이 아니라 라틴어 capere(찾다)에서 왔다. 이탈리아어 cognato는 영어 cognate(동족어)와 비슷하게 생겼지만 의외로 '매형, 처남'을 의미한다.

철자가 비슷할 뿐 아니라 의미마저 연관 있어 보이는 '가짜 친구'의 경우는 특히나 속기 쉬웠다. 유럽인을 뜻하는 페르시아어 farang은 영어 foreign과 비슷하게 생겨서 동족어로 생각되기 십상이다. 하지만 farang은 원래 프랑크족을 지칭하는 말이었다가 서유럽인 전체를 부르는 말이 된 반면, 영어 foreign은 '문'을 뜻하는 라틴어 fores에서 유래했다. 따라서 farang과 foreign을 엮어봤자 아무 효과도 없었다.[*]

소책자는 세 번째 팁으로 데이지체인이라는 기법을 소개했다. 전에 플레이페어 교수의 시범에서 들은 것이었다. 매치페어는 보통 두 단어로 이루어지는데, 두 단어의 의미가 너무 동떨어지게 진화해서 번역이 성립하지 않는 경우, 세 번째 또는 심지어 네 번째 단어를 중계어로 추가하는 방법이었다. 여러 단어를 진화 순서대로 새기면 설계자가 의도하는 의미 왜곡을 보다 정확하게 유도할 수 있었다. 이와 관련된 기법이 2차 어원 적용이었다. 말 그대로, 의미 진화에 관여했을 법한 또 다른 어원을 찾는 것이었다. 예컨대 프랑스어 fermer(닫다, 잠그다)는 누가 봐도 라틴어 firmāre(굳히다, 강화하다)의 소생이지만, '쇠'를 뜻하는 라틴

---

[*] '가짜 친구'만큼 위험한 함정이 있으니, 바로 부정확한 민간 어원이다. 기원이 다른 단어들을 동족어처럼 엮는 통념이 잘못된 민간 어원을 낳는다. 예컨대 handiron이라는 옛 영어 단어는 벽난로 안의 장작 받침쇠를 지칭하는데, hand와 iron이 결합한 단어라고 생각하기 쉽다. 하지만 handiron은 프랑스어 andier에서 유래한 것으로, andier가 영어로 넘어오며 andire로 변했다.

373

어 ferrum의 영향도 받았다. 따라서 fermer, firmāre, ferrum을 묶으면 가령 깰 수 없는 자물쇠를 만들 수 있었다.

이 기법들 모두 이론은 쉽지만 실제 적용은 전혀 쉽지 않았다. 가장 어려운 부분은 역시 애초에 적합한 매치페어를 생각해내는 것이었다. 영감을 얻기 위해 그들은 그해 제국 전역에서 가동 중인 매치페어를 망라한 목록인 『현행 대장臺帳』을 가져왔다. 그리고 아이디어를 찾아 훑기 시작했다.

"여기 봐." 레티가 첫 페이지의 한 줄을 짚었다. "트램이 운전수 없이 달리는 방법이 이거였어."

"무슨 트램?" 라미가 물었다.

"런던에 돌아다니는 거 못 봤어?" 레티가 답했다. "운전하는 사람이 없는데 저절로 움직이는 트램 말이야."

"난 무슨 내부 메커니즘이 있을 거라고 생각했는데." 로빈이 말했다. "엔진이나 뭐 그런 거—"

"대형 트램은 그렇겠지." 레티가 말했다. "하지만 소형 화물 트램은 그 정도로 크지 않잖아. 그것들이 혼자 움직이는 거 눈치 못 챘어?" 그러고는 흥분해서 페이지를 탁탁 찔렀다. "트랙에 은막대를 심은 거야. 트랙은 중세 네덜란드어 트레켄과 친척인데, 끌어당긴다는 의미래. 프랑스어를 거치면 그 의미가 더 살아나게 돼. 다시 말해, 트랙에 해당하는 단어가 두 개 있는데, 그중 하나에만 운동력의 의미가 있어. 그 결과 수레를 앞으로 끌어당기는 트랙이 생긴 거야. 정말 기발해."

"오, 좋아." 라미가 말했다. "시험에서 교통 인프라를 혁신하기만 하면 되네. 준비 끝."

그들은 시간 가는 줄 모르고 대장을 읽었다. 대장에는 무한히 흥미롭고 놀랍도록 기발한 혁신들로 가득했다. 로빈은 그중 상당수가 러벌 교수의 착안이라는 것을 발견했다. 그중 특히 뛰어난 것 하나는 '오래된' 또는 '연로한'이라는 뜻의 한자 古[고]와 영어 old를 묶은 발상이었다. 한자 古에는 내구성과 강인함이라는 함의가 있었다. 그것이 古가 '단단한, 강한, 견고한'을 뜻하는 한자 固[고]에도 들어 있는 이유였다. 즉 러벌 교수는 내구성과 오래됨의 개념을 연결해서 기계가 시간이 지나며 부식하는 것을 막았다. 막았을 뿐 아니라 오래 사용할수록 더 믿을 만한 기계로 만들었다.

"이블린 브룩이 누구지?" 대장 끝부분의 최신 항목을 훑어보던 라미가 물었다.

"이블린 브룩?" 로빈이 되풀이했다. "어디서 들어본 이름인데?"

"누군지 몰라도 천재야." 라미가 한 페이지를 가리켰다. "봐, 1833년 한 해에만 열두 건의 매치페어를 성사시켰어. 대학원생 대부분이 다섯 건을 못 넘겼는데 말이야."

"잠깐," 레티가 말했다. "이비 말이야?"

라미가 인상을 썼다. "이비?"

"그 책상." 레티가 말했다. "기억 안 나? 플레이페어 교수가 앉으면 안 될 자리에 앉았다며 나한테 화냈을 때. 그때 그게 이비의 자리라고 했어."

"엄청 깐깐한 선배인가 보네." 빅투아르가 말했다. "남들이 자기 물건 건드리는 걸 못 참는 사람인가 봐."

"그런데 그날 이후로 아무도 이비 물건에 손대지 않았어." 레티가 말했다. "내가 봤거든. 몇 달이 지났는데도 책이며 펜이며 있던 자리에 그대로 있었어. 이비가 자기 물건에 소름 돋게 까탈스럽거나, 그 책상에 돌아온 적이 없거나, 둘 중 하나야."

그런데 대장을 훑을수록 제3의 가설이 강하게 부상했다. 이비는 1833년과 1834년 사이에 엄청난 양의 성과를 냈지만, 1835년 이후로는 연구 실적이 전무했다. 지난 5년 동안 단 한 건의 혁신도 없었다. 그들도 학부의 파티나 디너에서 이비를 만난 적이 없었다. 이비가 강의나 세미나를 한 적도 없었다. 그녀가 누구든, 얼마나 뛰어났든, 이젠 바벨에 없는 것이 분명했다.

"잠깐," 빅투아르가 말했다. "만약 이비가 1833년에 졸업했다면? 그럼 스털링 존스와 같은 해에 졸업했다는 건데. 그리고 앤서니 리벤도."

그리고 그리핀도. 로빈은 생각했다. 하지만 입 밖에 내지는 않았다.

"혹시 이비도 바다에서 실종된 걸까?" 레티가 말했다.

"저주받은 학년이네." 라미가 평했다.

방이 갑자기 써늘해졌다.

"우리 다시 시험공부나 하자." 빅투아르가 제안했다. 아무도 반대하지 않았다.

밤이 깊고, 책을 너무 오래 들여다본 탓에 더는 멀쩡한 생각을 못 할 지경이 되면 그들은 시험 연습 삼아 '가당찮은 매치페어 만들기' 게임을 시작했다.

어느 날 밤 로빈은 지신鷄心으로 우승했다. "광둥에서는 어머니들이 과거 시험을 보러 떠나는 아들에게 아침으로 닭의 심장을 요리해 먹였어." 로빈은 이렇게 설명했다. "닭의 심장을 뜻하는 지신이 기억력을 뜻하는 지싱記性과 발음이 비슷하거든."

"그걸로 어떤 효과를 만들게?" 라미가 코웃음 쳤다. "시험지에다 닭의 피와 살점을 뿌리는 효과?"

"아니면 심장을 닭의 심장 크기로 줄이는 효과?" 빅투아르가 말했다. "생각해봐. 정상 크기였던 심장이 갑자기 골무보다 작아지면 필요한 피를 다 퍼올리지 못해 죽기밖에 더 하겠—"

"맙소사, 빅투아르," 로빈이 말을 잘랐다. "소름 끼친다."

"아니, 해볼 만해." 레티가 말했다. "이건 희생의 은유야. 요점은 거래야. 닭의 피, 즉 닭의 심장은 기억을 지탱해주는 거야. 그러니까 신들에게 닭 한 마리를 제물로 바치기만 하면 넌 합격이야."

그들은 멀거니 서로를 봤다. 매우 늦은 시간이었고, 넷 중 누구도 충분히 자지 못했다. 지금 그들은 몹시 겁먹고 동시에 몹시 결연한 사람들 특유의 광기에 사로잡혀 있었다. 학문의 세계를 전쟁터만큼 위험하게 만드는 광기였다.

만약 레티가 당장 닭장을 털자고 제안했다면 모두 주저 없이 따랐을 것이다.

운명의 주일이 왔다. 그들은 최선을 다해 준비했다. 바벨은 할

377

일을 다 한 사람에게 공정한 시험이 될 것을 약속했고, 그들은 할 일을 다 했다. 당연히 두려웠지만 신중한 자신감도 있었다. 어쨌거나 이 시험들은 그들이 지난 2년 반 동안 훈련해온 것이었다. 그 이상도 이하도 아니었다.

차크라바르티 교수의 시험이 가장 쉬웠다. 로빈은 차크라바르티 교수가 500자 분량으로 편집한 처음 보는 문언문 단락을 번역해야 했다. 뽕밭에서 염소를 잃었지만 다른 염소를 얻게 된 덕망 있는 남자에 대한 매력적인 우화였다. 시험이 끝난 후 로빈은 '연애사'를 뜻하는 옌시를 밋밋하게 '다채로운 이야기'로 잘못 번역했다는 것을 깨달았다.* 이 탓에 본문의 어감을 다소 놓쳤지만, 부수로 쓰인 色자에 '색정'과 '색채'의 뜻이 공존한다는 점이 자신의 실수를 무마해주기를 바랐다.

크래프트 교수는 키케로의 저술에 나오는 인테르프레테스 interpretes의 유동적 역할에 관한 지독히 어려운 논술 문제를 냈다. 인테르프레테스는 단순히 통역사interpreter만을 지칭하지 않으며 중개인, 중재자, 때로는 뇌물 제공자 등 여러 역할을 했다. 4인방은 이 맥락에서 언어 사용에 대해 논하라는 지시를 받았다. 로빈은 키케로의 인테르프레테스라는 용어는 헤로도토스가 통역사의 의미로 사용한 헤르메네우스hermeneus에 비해 궁극적으로 가치중립적이라는 내용의 여덟 페이지 분량의 논문을 써냈다. 헤르메네우스 중 한 명은 그리스어를 페르시아를 위해 사

---

* 합리적인 실수다. 옌시는 한자로 艶史[염사]다. 史는 '역사'를 의미한다. 艶에는 '다채로운'과 '성적인, 낭만적인'의 두 가지 뜻이 있다.

용했다는 이유로 아테네 영웅 테미스토클레스에게 처형당한 바 있었다. 로빈은 언어 사용의 적절성과 충성심에 대한 논평으로 논문을 끝맺었다. 시험장을 나올 때는 시험을 어떻게 봤는지 아무 확신이 없었다. 마지막 문장에 마침표를 찍자마자 자신의 논지를 하얗게 까먹는 해괴한 현상이 일어났다. 하지만 눈앞의 잉크 글씨는 제법 탄탄해 보였고 자신이 어쨌든 주장을 하긴 했다는 것을 보여주었다.

러벌 교수의 시험 문제는 두 가지였다. 첫 번째는 세 페이지 분량의 난센스 알파벳 동요—'A는 살구apricot, 살구를 먹은 것은 곰Bear'—를 각자 선택한 언어로 번역하는 것이었다. 로빈은 로마자 표기법에 따라 정렬한 한자를 시에 대입하려고 15분 동안 낑낑대다가 결국 포기하고 그냥 전부 라틴어로 번역하는 쉬운 길을 택했다. 두 번째로는 상형문자로 된 고대 이집트 우화와 그것의 영어 번역문이 보기로 제시되어 있고, 기점 언어에 대한 사전 지식 없이 그것을 목표 언어로 옮기는 어려움을 최대한 논하라는 지시가 있었다. 이 문제에서는 한자의 회화적 특성에 익숙한 로빈이 꽤 유리했다. 그는 표의문자의 장점과 미묘한 시각적 함의에 대한 설명을 시간이 다 되기 전에 무사히 마무리할 수 있었다.

구술시험은 상상만큼 끔찍하지 않았다. 플레이페어 교수가 엄포대로 가혹하게 굴었지만 그의 고질적 쇼맨십은 어디 가지 않았다. 플레이페어 교수의 오만한 호통과 분개가 연극적 장치일 뿐임을 깨닫자 로빈은 긴장이 눈 녹듯 풀렸다. "1803년, 슐레겔은 독일어가 문명 세계의 공용어가 될 날이 머지않았다고 썼다." 교수가 말했다. "논하라." 다행히 로빈은 슐레겔의 해당 글을 번역문으로 읽은 적이 있었고, 그 글에서 슐레겔이 독일어 특유의 복합적 유연성을 강점으로 내세웠다는 것을 알고 있었다. 그는 슐레겔의 주장은 영어를 비롯한 서양어(슐레겔은 같은 글에서 영어를 '단음절의 간결성'이라는 말로 욕했다)를 과소평가한 소치라고 평했다. 그리고 "또한 슐레겔의 주장은 날로 강성해지는 프랑스에 대항하기 어렵다는 것을 자각한 어느 독일 지식인의 자격지심이자, 대신 문화적, 지적 패권에서 위로를 구하고자 했던 객기 어린 시도에 불과하다"라는 말을 답변 시간 종료 직전에 생각해내서 다급히 덧붙였다. 로빈의 답변은 특별히 뛰어나거나 독창적이지는 않았지만 맞는 말이었다. 플레이페어 교수는 몇 가지 세부 사항만 지적한 뒤 로빈을 방에서 내보냈다.

실버워킹 실기시험은 마지막 날이었다. 그들은 30분 간격으로 8층으로 오라는 지시를 받았다. 레티가 정오에 제일 먼저 가고, 다음이 로빈, 그다음이 라미, 마지막으로 빅투아르가 1시 반에 가게 되었다.

로빈은 12시 반에 탑의 일곱 층을 걸어 올라가 남관 뒤편 창문 없는 방 밖에 대기했다. 입이 바싹 말랐다. 5월의 햇살이 따스한 오후였지만 무릎이 떨리는 것을 멈출 수 없었다.

간단한 거야. 그는 스스로에게 말했다. 단어 두 개야. 단어 두 개만 쓰면 돼. 그러면 끝나. 겁먹을 이유 없어.

하지만 공포란 원래 비이성적인 것이다. 그의 상상은 일어나선 안 될 수천 가지 것들로 사납게 들끓었다. 막대를 바닥에 떨어뜨리면? 문을 통과하는 순간 기억이 끊기면? 수백 번 써봤는데도 한자의 획을 까먹거나 영어 단어의 철자를 틀린다면? 또는 막대가 작동하지 않는다면? 아무 효과도 일어나지 않으면, 8층에 내가 있을 자리는 영영 없을 것이다. 모든 것이 허사가 될 것이다. 그렇게나 순식간에.

문이 홀쩍 열렸다. 레티가 창백한 얼굴로 벌벌 떨면서 나왔다. 어땠는지 묻고 싶었지만, 레티는 그를 획 지나쳐 급히 계단을 내려갔다.

"로빈." 차크라바르티 교수가 문밖으로 머리를 내밀었다. "들어와."

로빈은 숨을 깊이 마시고 걸음을 내디뎠다.

방에 있던 의자, 책, 서가 등 값나거나 부서지는 것들은 모두 치워져 있었다. 남아 있는 것은 구석의 책상 하나뿐이었고, 책상 위에는 빈 은막대와 인각용 펜이 하나씩 놓여 있었다.

"자, 로빈." 차크라바르티 교수가 뒷짐 지고 말했다. "무엇을 보여주겠나?"

로빈은 너무 떨려서 이가 딱딱거리는 통에 말을 할 수가 없었다. 이렇게 심신쇠약이 올 정도로 떨릴 줄은 몰랐다. 필기시험 때도 오한과 구토가 났지만, 막상 펜이 종이에 닿으면 평상심이 돌아왔다. 필기시험은 지난 3년간 항상 해온 모든 것의 집약일 뿐, 그 이상도 이하도 아니었다. 하지만 이번에는 전혀 달랐다.

어떤 결과가 기다리고 있을지 예측 불허였다.

"괜찮아, 로빈." 교수가 부드럽게 말했다. "잘될 거야. 집중만 하면 돼. 앞으로 자네 커리어에서 골백번 하게 될 일이야."

로빈은 숨을 깊이 들이쉬고 내쉬었다. "아주 기본적인 거예요. 제 말은 이론적으로, 비유적으로요. 좀 엉성해서 효과가 있을지는 모르겠지만—"

"그럼 먼저 이론을 설명해주겠나? 그런 다음 어찌 될지 보자고."

"밍바이明白." 로빈은 불쑥 말했다. "만다린어예요. 뜻은… '이해하다'죠. 그렇긴 한데, 이 한자들에는 이미지가 담겨 있어요. 밍은 밝음, 빛, 분명함. 바이는 흰색. 따라서 이 단어에는 '이해하다'나 '깨닫다'라는 의미뿐 아니라, 빛을 비추듯 분명히 밝힌다는 시각적 요소가 있어요." 그러고는 말을 멈추고 목청을 가다듬었다. 이젠 그다지 긴장되지 않았다. 준비해 온 매치페어를 소리 내어 말하니 생각보다 괜찮았다. 사실 제법 그럴싸해 보였다. "그런데— 이 부분이 자신 없는 부분인데요. '빛'은 무엇과 연결될지 모르겠어요. 하지만 상황을 밝히고 드러내는 방식을 말한다고 생각해요."

교수가 그에게 격려의 미소를 던졌다. "자, 그럼 어떻게 될지 볼까?"

로빈은 떨리는 손으로 은막대를 잡고, 펜의 뾰족한 끝을 막대의 매끈한 빈 표면에 댔다. 펜으로 선을 또렷이 새기는 데 예상보다 많은 힘이 들었다. 이것이 묘하게 진정 효과를 가져왔다.

덕분에 그는 수천 가지 실수를 미리 걱정하는 대신 압력을 일정
하게 유지하는 데 집중할 수 있었다.

그는 글자를 다 새겼다.

"*밍바이.*" 로빈은 교수가 볼 수 있게 막대를 들었다. 그리고 막
대를 뒤집었다. "이해하다."

은막대 안에서 무언가가 맥동했다. 무언가 살아 있는 것, 강하
고 대담한 것. 일진강풍. 충격파. 찰나의 순간 로빈은 그 힘의 근
원을 느꼈다. 그곳은 너무 숭고해서 이름을 붙일 수 없는 곳, 의
미가 생성되는 장소였다. 그곳은 단어들이 다가가기만 할 뿐 결
코 명확히 닿을 수 없는 곳이고, 불완전하게 소환될 뿐이지만
그럼에도 존재감을 발하는 곳이었다. 밝고 따뜻한 빛의 구체가
막대에서 퍼져 나오더니 점점 커져서 두 사람을 에워쌌다. 로빈
은 이 빛이 어떤 종류의 이해를 나타낼지 정해놓지 않았다. 그
정도까지는 계획하지 않았다. 하지만 그 순간 로빈은 완벽하게
이해했다. 지도교수의 표정을 보니 그도 마찬가지였다.

로빈은 막대를 떨어뜨렸다. 막대에서 빛이 사라졌다. 막대는
두 사람 사이 책상 위에 비활성 상태로 놓여 있었다. 완벽하게
평범한 금속 덩어리로.

"잘했어." 차크라바르티 교수의 논평은 이게 다였다. "미르자
군을 불러주겠나?"

레티가 탑 밖에서 로빈을 기다리고 있었다. 지금은 꽤 진정된
모습이었다. 뺨에 핏기가 돌아왔고, 눈에도 더는 놀라 허둥대는

기색이 없었다. 손에 구겨진 종이 봉지가 들려 있는 것을 보니 빵집부터 다녀온 모양이었다.

"레몬 비스킷 먹을래?" 로빈이 다가가자 레티가 물었다.

로빈은 자기가 허기로 죽을 지경이란 것을 깨달았다. "그래, 고마워."

레티가 봉지를 건넸다. "어땠어?"

"괜찮았어. 내가 딱 원했던 결과는 아니지만 뭐가 되긴 했어." 로빈은 비스킷을 입에 가져가다 멈칫했다. 레티가 실기에 실패했을지도 모르는데 그 앞에서 좋아하거나 떠벌리고 싶지 않았다.

레티가 활짝 웃었다. "나도 그래. 그저 뭐라도 일어나길 바랐는데 바란 대로 됐어. 기분 끝내주더라―"

"세상을 다시 쓰는 기분."

"신의 손으로 그리는 기분." 레티가 말했다. "한 번도 느껴보지 못한 기분이었어."

둘은 마주 보며 빙그레 웃었다. 로빈은 입안에서 녹는 비스킷의 맛을 음미했다. 레티가 왜 이 비스킷에 사족을 못 쓰는지 알 것 같았다. 버터가 듬뿍 들어서 바로 녹았고, 레몬 맛 달콤함이 혀에 꿀처럼 퍼졌다. 그들은 해냈다. 모두 잘 끝났다. 세상이 계속 돌아갈 수 있게 되었다. 다른 것은 중요하지 않았다. 그들이 해냈으니까.

1시를 알리는 종이 울렸다. 문이 다시 열렸다. 라미가 싱글대며 걸어 나왔다.

"너희도 잘됐구나?" 라미는 알아서 비스킷을 집어 먹었다.

"어떻게 알아?" 로빈이 물었다.

"레티가 먹고 있으니까. 둘 중 하나라도 망했으면 레티가 비스킷을 주먹으로 빻고 있었을 텐데."

빅투아르가 가장 오래 걸렸다. 그녀는 한 시간이 지난 후에야 우거지상으로 탑에서 나왔다. 라미가 후딱 빅투아르 곁으로 가서 팔을 그녀의 어깨에 둘렀다. "무슨 일이야? 괜찮아?"

"난 크레욜어와 프랑스어 매치페어를 제출했어." 빅투아르가 말했다. "그리고 잘 작동했어. 마법처럼 작동했는데, 르블랑 교수가『현행 대장』에는 넣을 수 없다는 거야. 크레욜어를 쓰지 않는 사람들에게 크레욜어 매치페어가 무슨 쓸모일지 모르겠다면서. 내가 아이티 사람들에겐 큰 도움이 될 거라고 했더니 웃어대지 뭐야."

"어머나," 레티가 빅투아르의 어깨를 문질렀다. "다른 걸로 다시 하게 해줬어?"

잘못된 질문이었다. 로빈은 빅투아르의 눈에서 짜증의 섬광을 봤다. 하지만 그것은 즉시 사라졌다. 그녀는 한숨을 쉬며 끄덕였다. "응. 프랑스어와 영어 매치페어는 그다지 성공적이지 않았어. 내가 너무 당황해서 글씨가 엇나간 모양이야. 효과가 어느 정도 나타나긴 했지만."

레티가 동정 어린 목소리로 말했다. "너도 분명히 통과할 거야."

빅투아르가 비스킷으로 손을 뻗었다. "아, 나 통과했어."

"어떻게 알아?"

오히려 빅투아르가 레티를 황당하다는 눈으로 쳐다봤다. "물어봤으니까. 르블랑 교수가 합격이라고 했어. 우리 다 통과했대. 아무도 몰랐어?"

그들은 놀라서 잠시 그녀를 멍하니 봤다. 그러다 동시에 박장대소했다.

로빈은 생각했다. 기억 전체를 은에 새길 수 있다면, 그래서 앞으로도 오래도록 몇 번이고 다시 발현하게 할 수 있다면 얼마나 좋을까. 다게레오타이프의 잔인한 왜곡이 아닌, 감정과 감각의 순수한 정제가 가능하다면. 그런 불가능이 가능하다면. 단지 종이와 잉크로는 이 황금빛 오후를, 모든 다툼을 잊고 모든 잘못을 사한 막역한 우정의 따스함을, 싸늘한 교실의 기억을 녹이는 햇살을, 그들의 혀에 닿은 끈적한 레몬 맛과 놀랍고 기뻤던 안도감을 표현할 수가 없었다.

14

오늘 밤 우리 모두 꿈을 꾸네—
미소 짓고 한숨짓고, 사랑하고 변하기 위해

오, 우리 마음 깊은 곳에서 우리는
기이하기 짝이 없는 환상의 옷을 입네
—윈스럽 맥워스 프레이드, 「무도회」

그리고 마침내 자유였다. 오래갈 자유는 아니었다. 그들은 여름 동안 쉬었다가 가을에 돌아와 방금 끝낸 고난을 다시 반복해야 했다. 4학년의 시험은 두 배로 고통스러울 예정이었다. 그러나 9월은 너무 멀게 느껴졌다. 아직 5월이었고, 여름 전체가 그들 앞에 놓여 있었다. 지금은 세상의 모든 시간을 가진 기분이었고, 이 시간에 할 일은 행복을 누리는 것밖에 없었다. 그게 어떻게 하는 건지 기억난다면.

유니버시티 칼리지는 3년마다 기념 무도회를 열었다. 이런 무도회들이 옥스퍼드 사교 생활의 정점이었다. 칼리지들이 각자의 아름다운 캠퍼스와 거창한 와인 저장고를 뽐낼 기회였다. 부유한 칼리지는 기부금을 과시하고, 가난한 칼리지는 명망의 사다리를 기를 쓰고 올라갈 기회였다. 칼리지들은 웬일인지 어려운 학생들에겐 할당하지 않는 잉여 자산을 부유한 동문을 위한 호화판 행사에는 쏟아부었다. 그 대표적인 행사가 무도회였다. 부가 부를 끌어들이기 마련이며, 홀을 보수할 기부금을 모으는 데는 동문들에게 즐거운 자리를 제공하는 것보다 좋은 방법이 없다는 것이 그들의 비용 정당화 논리였다. 그랬다. 무도회보다 즐거운 것은 따로 없었다. 칼리지들은 매년 향락과 장관의 기록을 깨기 위해 경쟁했다. 와인이 밤새 흘렀고, 음악이 한시도 멈추지 않았으며, 새벽까지 춤을 춘 사람들은 해가 뜨면 은쟁반에 차린 아침 식사를 받았다.

레티가 무도회 티켓을 사자고 졸랐다. "이게 딱 우리한테 필요한 거야. 그 악몽을 겪었으니 우린 호사를 누릴 자격이 있어. 빅투아르, 너도 나랑 같이 런던에 가서 드레스를 맞추자."

"어림없는 소리." 빅투아르가 말했다.

"왜? 우리, 돈도 있잖아. 넌 에메랄드색으로 입으면 눈부실 거야. 아니면 흰색 실크—"

"재단사들이 나한테 옷을 입혀줄 리 없어. 내가 네 하녀인 척하지 않으면 나를 가게에 들이지도 않을걸."

레티는 한 방 맞은 표정이었지만 잠시뿐이었다. 그녀는 곧바로 표정을 정비하고 억지 미소를 지었다. 로빈도 알고 있었다. 레티는 빅투아르와 우호 관계를 회복한 것에 안도했고, 그 관계를 유지하기 위해 무엇이든 할 마음이었다. "문제없어. 내 드레스 중 하나를 입으면 돼. 네가 나보다 조금 크지만 밑단을 늘리면 돼. 그리고 나한테 보석도 넘쳐나니까 빌려줄게. 브라이턴에 편지를 써서 엄마 물건을 좀 보내달라고 할게. 엄마한테 정말 예쁜

핀들이 많거든. 네 머리를 꾸며줄 생각 하면 벌써 신난다.”

“이해하지 못한 모양인데,” 빅투아르가 나직하지만 단호하게 말했다. “난 가기 싫어.”

“제발, 친구야. 너 없으면 무슨 재미야. 내가 네 티켓도 살게.”

“안 돼. 너한테 빚지고 싶지 않아.”

“그럼 우리 티켓을 사줘.” 라미가 끼어들었다.

레티가 눈을 부라렸다. “너희 돈으로 사.”

“글쎄다, 레티. 3파운드? 너무 비싸.”

“실버 교대근무 신청해. 한 시간만 하면 돼.”

“버디는 붐비는 장소를 안 좋아해.”

“맞아.” 로빈도 뚝심 있게 말했다. “그런 데는 너무 긴장돼. 숨 쉬기도 힘들어.”

“웃기지 마.” 레티가 비웃었다. “무도회가 얼마나 근사한데. 그런 거 본 적도 없으면서. 난 링컨 오빠가 베일리얼 무도회에 데려간 적 있어. 세상에, 완전 별천지로 변했더라. 런던에서도 볼 수 없는 무대 공연을 봤어. 그리고 이 무도회는 3년에 한 번만 열려. 이번이 아니면 우리가 학부생으로 참여할 기회가 없단 말이야. 그때의 기분을 다시 느낄 수 있다면 천만금도 아깝지 않아.”

그들은 난감한 눈으로 서로를 봤다. 죽은 오빠가 나오니 더 이상의 왈가왈부가 힘들었다. 레티는 이 결과를 예상했고, 그래서 링컨 소환을 주저하지 않은 것이었다.

결국 로빈과 라미는 무도회 일자리를 신청했다. 유니버시티 칼리지는 티켓값을 감당하기 어려운 학생들을 위해 노동으로 입장료를 대신하는 제도를 마련했다. 바벨 학생은 특히 운이 좋았다. 그들은 음료를 나르거나 코트를 받아주는 일 대신 실버 교대근무를 하면 됐다. 사실 이 일은 장식, 조명, 음악을 강화하기 위해 발주한 은막대들이 임시 설치대에서 제거되거나 빠지지 않았는지 주기적으로 확인하는 것이 다였다. 하지만 칼리지 측은 이를 모르는 듯했고, 바벨 측도 굳이 알려줄 이유가 없었다.

무도회 당일, 로빈과 라미는 프록코트와 정장 조끼를 캔버스 가방에 욱여넣고, 칼리지를 빙 둘러 길게 늘어선 티켓 줄을 지나 건물 뒤편의 주방 출입구로 갔다.

　유니버시티 칼리지는 이번 해 무도회에 모든 것을 건 듯했다. 눈 돌아가게 하는 것들이 너무 많아서 눈이 아플 지경이었다. 한꺼번에 다 볼 수도 없었다. 거대한 얼음 피라미드 위에 쌓인 굴, 온갖 종류의 케이크와 비스킷과 타르트로 뒤덮인 긴 테이블, 아슬아슬하게 균형을 잡고 돌아다니는 쟁반 위의 샴페인 잔들. 공중에 늘어져 깜박이는 색색의 꼬마전구들. 밤사이에 칼리지의 사각 안뜰마다 무대가 세워졌고, 그 위에서 하프 연주자, 배우, 피아니스트의 공연이 다양하게 펼쳐졌다. 홀에서 공연할 오페라 가수는 이탈리아에서 데려왔다는 소문이었다. 때때로 가수의 고음이 소음을 뚫고 로빈이 있는 곳까지 들렸다. 잔디밭에서는 곡예사들이 길게 드리운 비단 천을 오르내리고, 손목과 발목으로 은색 고리를 돌리며 재주를 부렸다. 그들은 어딘지 외국

풍이 나는 의상을 입고 있었다. 로빈은 어디서 온 사람들인지 궁금해서 그들의 얼굴을 유심히 살폈다. 요상하기 짝이 없었다. 그들의 눈과 입술은 과장된 동양풍으로 화장돼 있었지만, 그 화장을 제외하면 런던 거리에서 흔히 볼 법한 얼굴이었다.

"성공회 원칙은 개뿔." 라미가 말했다. "이건 뭐 바쿠스 축제가 따로 없네."

"굴이 다 떨어지진 않겠지?" 로빈은 굴을 한 번도 먹어보지 못했다. 러벌 교수는 굴을 먹으면 배탈이 나는 사람이라서 파이퍼 부인은 절대 굴을 사지 않았다. 미끄덩대는 살과 반짝이는 껍데기가 역겨우면서도 유혹적이었다. "맛이 어떤지 궁금해."

"내가 하나 갖다줄게. 근데 저 조명이 빠지려고 해. 네가 해봐— 그렇지, 잘했어."

라미가 사람들 속으로 사라졌다. 로빈은 사다리 꼭대기에 걸터앉아 일하는 척했다. 솔직히 그는 이 일이 고마웠다. 춤추는 학우들 사이에서 검은색 하인 복장을 하고 있는 것이 굴욕적이긴 했지만, 적어도 이 밤의 광란 속에 서서히 스며들기엔 좋은 방법이었다. 그는 손에 할 일을 들고 구석에 안전히 숨어 있는 편이 좋았다. 이런 식이면 무도회도 그리 부담스럽지 않았다. 무엇보다 바벨이 무도회에 제공한 기발한 매치페어들을 구경하는 재미가 쏠쏠했다. 그중 러벌 교수가 고안한 게 분명해 보이는 것도 있었다. 중국어 사자성어 百卉千葩[백훼천파]와 그것의 영어 번역 '백 가지 풀과 천 가지 꽃'을 연결한 매치페어였다. 이 사자성어의 비유적 의미—풍성, 황홀, 다채로움—가 장미꽃은 더 붉게, 제비꽃은 더 만발하게 했다.

"굴은 없더라." 라미가 말했다. "대신 이 트러플이란 걸 가져 왔어. 뭔지는 정확히 모르지만 사람들이 계속 접시에서 집어 가 더라구." 그는 초콜릿색 트러플 하나를 사다리 위로 건네고 다 른 하나는 자기 입에 넣었다. "우웩. 관둬. 먹지 마."

"이게 대체 뭐지?" 로빈은 트러플을 눈앞에 들고 살폈다. "이 허연 곤죽 같은 부분은 치즈인가?"

"치즈가 아니면 무엇일지 생각하기도 싫다."

"있잖아, 중국어에 시엔鮮이란 문자가 있어. '희귀하다, 신선 하다, 맛있다'라는 뜻이지만, '빈약하다, 부족하다'라는 뜻도 돼."

라미가 트러플을 냅킨에 뱉었다. "요점은?"

"때로는 희귀하고 비싼 게 더 별로일 수도 있다는 거지."

"그 말, 영국인들에겐 하지 마. 그들의 미감을 박살 내는 말이 니까." 라미가 군중을 훑었다. "헐, 저게 누구야?"

레티가 군중을 헤치고 다가왔다. 그 뒤에 빅투아르가 끌려오 고 있었다.

"너희— 우와." 로빈은 급히 사다리를 내려왔다. "너희, 끝내 준다."

진심이었다. 빅투아르와 레티는 못 알아볼 정도였다. 로빈은 두 소녀의 평소 셔츠와 바지 차림에 너무 익숙한 나머지 때로 둘이 여자라는 것조차 까먹곤 했다. 하지만 오늘 밤 그녀들은 다른 차원의 존재처럼 보였다. 레티는 자기 눈빛과 어울리는 하 늘하늘한 하늘색 드레스를 입었다. 드레스 소매가 엄청나게 풍성해서 양 다리 하나쯤 너끈히 숨길 수 있을 정도였다. 그것이 올해의 유행인 듯했다. 그러고 보니 칼리지 캠퍼스가 색색으로 펄럭이는 소매들로 가득했다. 로빈이 이때껏 알아차리지 못했을 뿐, 사실 레티는 꽤 미인이었다. 은은한 꼬마전구 불빛 아래서는 그녀의 아치형 눈썹과 예리하게 각진 턱도 차갑고 엄해 보이지 않았다. 오히려 기품 있고 우아해 보였다.

"그 머리는 어떻게 한 거야?" 라미가 물었다.

연한 금발의 탄력 있는 곱슬머리가 중력을 거스르며 레티의 머리를 감싸고 있었다. "뭐가 어떻게야, 컬 페이퍼로 말았지."

"마술이겠지. 비현실적이야."

레티가 비웃었다. "생전 여자를 한 번도 못 봤나 보지?"

"어디서? 옥스퍼드 강의실에서?"

레티가 웃음을 터뜨렸다.

하지만 진정한 변신의 주인공은 빅투아르였다. 그녀는 짙은 에메랄드색 드레스 안에서 빛을 발했다. 빅투아르의 소매도 풍성하게 부푼 모양이었지만 오히려 보호용 구름처럼 귀여웠다. 머리를 우아하게 틀어 올려 산호핀 두 개로 정수리에 고정했고, 역시 산호로 만든 구슬목걸이가 목을 감싸며 별자리처럼 빛났다. 그녀는 사랑스러웠다. 스스로도 그것을 알고 있었다. 로빈의 표정을 본 그녀의 얼굴에 미소가 피어올랐다.

"내 솜씨 어때? 괜찮지?" 레티가 뿌듯한 눈으로 빅투아르를 점검했다. "오기 싫어했던 애 같지 않지?"

"별빛 같아."

로빈의 말에 빅투아르의 얼굴이 붉어졌다.

"어이, 안녕." 콜린 손힐이 그들에게 다가왔다. 꽤 취한 듯했다. 눈에 멍하니 초점이 없었다. "바블러들까지 납셨네."

"안녕하세요." 로빈이 경계하며 말했다.

"멋진 파티지? 오페라 여가수는 음정이 좀 불안했지만, 아마 예배당 음향 문제겠지. 여기가 제대로 된 공연장은 아니니까. 공간이 더 넓어야 해. 그래야 소리가 끊어지지 않지." 콜린이 빅투아르를 보지도 않은 채 그녀의 눈앞에 자기 와인잔을 내밀었다. "이거 치우고 버건디 한 잔 가져올래?"

빅투아르가 기가 막혀서 그에게 눈을 깜박였다. "직접 가져와요."

"뭐? 이런 일 하는 애 아니었어?"

"빅투아르는 학생이에요." 라미가 쏘아붙였다. "전에 만난 적도 있잖아요?"

"내가?" 콜린은 심하게 취해 있었다. 계속 비틀댔고 평소 허옇던 뺨이 벌겠다. 와인잔이 그의 손끝에 위태롭게 걸려 있었다. 당장이라도 떨어져 박살 날 것 같았다. "음, 내 눈엔 다 똑같아 보이는데."

"웨이터들은 검은 옷에 쟁반을 들고 다녀요." 빅투아르가 참을성 있게 말했다. 로빈은 그녀의 자제력에 놀랐다. 로빈이었으면 콜린의 손에서 잔을 쳐냈을 텐데 그녀는 참았다. "물이나 마시지 그래요."

콜린이 더 자세히 보려는 듯 빅투아르를 향해 눈을 가늘게 떴다. 로빈은 긴장했다. 다행히 콜린은 그저 낄낄대며 웅얼대기만 했다. 이런 말로 들렸다. "트러기어* 같아." 그렇게 말하고 그는 자리를 떴다.

"또라이." 라미가 내뱉었다.

"나, 정말 서빙하는 사람처럼 보여?" 빅투아르가 걱정스럽게 물었다. "그리고 트러기어가 뭐야?"

"신경 쓰지 마." 로빈이 서둘러 말했다. "콜린은ㅡ 그냥 무시해. 원래 멍청해."

"넌 환상적이야." 레티가 장담했다. "우리 모두 너무 긴장했어. 자, 긴장 풀어." 그러고는 라미에게 팔을 뻗었다. "너희 교대 근무는 이제 끝나지 않았어? 나랑 춤추자."

라미가 웃었다. "절대 안 돼."

"어서." 레티가 라미의 양손을 잡고 춤추는 사람들 쪽으로 끌어당겼다. "이 왈츠는 어렵지 않아. 내가 스텝을 가르쳐줄게."

"안 돼. 진짜 그만해." 라미가 레티의 손에서 억지로 손을 뺐다.

레티가 팔짱을 꼈다. "여기 앉아만 있으면 무슨 재미야."

"우리가 여기 앉아 있는 건 우린 용납되지 않는 존재이기 때문이고, 우리가 너무 빨리 움직이거나 너무 크게 떠들지 않는 이상, 배경에 묻혀 있거나 최소한 서빙하는 사람인 척할 수 있기 때문이야. 여기가 원래 이래, 레티. 옥스퍼드 무도회의 갈색

---

* 가브리엘 샤이어 트러기어는 런던에서 활동하던 인쇄물 판매업자이자 열혈 인종차별주의자로, 1830년대에 '트러기어의 흑인 농담'이라는 풍자만화 시리즈를 발행했다. 이 만화의 목적은 트러기어가 생각하기에, 흑인이 있으면 안 되는 사회적 상황에 흑인이 있는 것을 조롱하는 것이었다.

피부 남자는 얌전히 앉아서 누구의 기분도 건드리지 않으면 웃긴 구경거리일 뿐이지만, 만약 내가 너랑 춤추면 누군가 나를 구타하거나 더한 일이 일어나게 돼."

레티가 씩씩거렸다. "과장하지 마."

"난 그저 신중한 거야, 레티."

마침 그때 샤프 형제 중 한 명이 지나가다가 레티에게 손을 내밀었다. 다소 성의 없고 형식적인 제스처로 보였지만 레티는 아무 말 없이 그의 손을 잡고 자리를 떴다. 그녀는 유유히 걸어가며 어깨 너머로 라미에게 심술 난 눈빛을 던졌다.

"잘됐다." 라미가 중얼댔다. "후련해."

로빈은 빅투아르에게 눈을 돌렸다. "기분 괜찮아?"

"잘 모르겠어." 그녀는 좌불안석이었다. "기분이— 뭐랄까, 노출된 느낌이야. 전시된 기분. 안 그래도 레티한테 말했거든. 사람들이 나를 서빙하는 사람으로 볼 거라고—"

"콜린 따윈 신경 쓰지 마. 원래 얼간이야."

그녀는 설득된 기색이 아니었다. "하지만 사람들 다 콜린 같지 않아?"

"안녕?" 보라색 조끼 차림의 붉은 머리 청년이 그들 앞에 불쑥 다가왔다. 빈시 울콤이었다. 로빈은 그가 펜데니스 패거리 중 그나마 착했던 게 기억났다. 로빈이 인사하려고 입을 열었지만 울콤의 눈은 로빈을 완전히 건너뛰었다. 그의 눈길이 빅투아르에게 향했다. "우리 칼리지에 있는 학생 맞지?"

빅투아르는 주위를 둘러보며 울콤이 말을 거는 상대가 자기가 맞는지 확인했다. "맞아요, 난—"

"너, 빅투아르지? 빅투아르 데그라브?"

"맞아요." 그녀가 몸을 더 꼿꼿이 세우며 말했다. "내 이름을 어떻게 알아요?"

"너희 학년에는 너희 둘뿐이니까. 여자 번역사가. 바벨에 있으니 얼마나 명석하겠어. 당연히 이름을 알지, 왜 몰라."

빅투아르가 입을 열었지만, 말은 하지 않았다. 울콤이 자기를 놀리는 건지 뭔지 판단이 서지 않는 표정이었다.

"J'ai entendu dire que tu venais de Paris[파리에서 왔다고 들었어]." 울콤이 고개를 조금 숙여 인사했다. "Les parisiennes sont les plus belles[파리 여자들이 가장 아름답지]."

빅투아르가 놀라 미소를 지었다. "Ton français est assez bon[프랑스어를 꽤 하네요]."

로빈은 이 대화를 들으며 감명받았다. 어쩌면 울콤은 그렇게 나쁜 인간이 아니며, 어쩌면 그저 펜데니스 패거리에 끼어 있어서 얼간이 같았던 거라는 생각이 들었다. 로빈 역시 울콤이 빅투아르를 놀릴 작정인 건지 잠시 의심했다. 하지만 주위에 음흉하게 구경하는 패거리도 없었고, 웃음을 참으며 어깨 너머로 몰래 힐끔대는 치들도 없었다.

"여름마다 마르세유에서 보내거든." 울콤이 말했다. "어머니가 프랑스 혈통이라 나도 배우게 하셨지. 들어줄 만해?"

"모음을 좀 과하게 발음하지만," 빅투아르가 진지하게 말했다. "그 외엔 나쁘지 않아요."

착하게도 울콤은 기분 상한 기색이 없었다. "다행이야. 춤출래?"

빅투아르는 손을 들다 말고 의견을 묻듯이 로빈과 라미를 힐끔 돌아봤다.

"가." 라미가 말했다. "즐겨."

빅투아르는 울콤의 손을 잡았고, 그는 그녀를 휘익 돌리며 데려갔다.

그렇게 해서 로빈과 라미만 남았다. 둘의 교대근무는 끝났다. 11시를 알리는 종이 울린 지 이미 몇 분이 지났다. 둘은 연미복을 꺼내 입었다. 이드 & 레이븐스크로프트에서 막판에 똑같이 구입한 검정 정장이었다. 하지만 옷을 갈아입은 후에도 그들은 안전하게 뒷벽 근처에 머물렀다. 로빈은 형식적으로나마 사교에 끼어보려고 시도했지만, 금세 황망히 후퇴했다. 그가 아는 사람들 모두 이미 삼삼오오 공고한 대화 그룹을 이루고 있었다. 그들은 그가 다가가도 본척만척하며 어줍은 얼뜨기처럼 만들거나, 그의 접근에 응하더라도 바벨의 일에 대해서만 물었다. 결국 그게 그들이 아는 전부였다. 이 경우 그는 사방에서 질문 공세를 받았는데 전부 중국과 동양과 실버워킹에 관한 것이었다. 그는 다시 차갑고 조용한 벽 근처로 탈출했고, 너무 질리고 지쳐서 다시 나설 엄두가 나지 않았다.

라미는 어느 때보다 충실히 로빈의 곁에 머물렀다. 둘은 잠시 말없이 동태만 살폈다. 로빈은 지나가는 웨이터의 쟁반에서 클라레 와인 한 잔을 낚아채 소음과 군중에 대한 공포를 잠재울 요량으로 급히 들이켰다.

이윽고 라미가 물었다. "춤 신청할 거야?"

"어떻게 하는지 몰라." 로빈은 군중을 살폈지만 그의 눈에는 화려한 풍선 소매의 소녀들이 모두 똑같아 보였다.

"춤추는 거? 아니면 신청하는 거?"

"음, 둘 다. 특히 후자. 먼저 친분을 쌓는 게 순서 아닐까?"

"너, 나름 잘생겼잖아. 그리고 넌 바블러잖아. 저 중 한 명은 분명히 네 춤 신청을 받아줄 거야."

로빈은 와인 때문에 머리가 빙빙 돌았다. 그게 아니었다면 이 말을 하지 않았을 것이다. "왜 레티랑 춤추지 않는 거야?"

"괜한 말썽 일으키고 싶지 않아."

"아니, 진짜 이유."

"그만하자, 버디." 라미가 한숨을 쉬었다. "너도 알잖아."

"레티는 너를 원해." 로빈도 방금 깨달은 사실이었다. 하지만 입 밖에 꺼내놓자 너무나 명백해서 이때껏 눈치채지 못한 게 멍청하게 느껴졌다. "아주 간절히. 그런데 왜—"

"정말 몰라서 물어?"

둘의 눈길이 만났다. 로빈은 목덜미에 돋는 소름을 느꼈다. 둘 사이의 공기가 번개와 천둥 사이의 순간처럼 터질 듯 팽팽해졌다. 로빈은 무슨 일이 일어나고 있는지, 다음에 무슨 일이 일어날지 알지 못했다. 다만 마치 바람이 거세게 포효하는 벼랑 끝에서 흔들리는 것처럼, 모든 것이 몹시 낯설고 무섭게 느껴질 뿐이었다.

갑자기 라미가 일어섰다. "저기 문제 생겼다."

사각 안뜰 건너편에 벽을 등지고 서 있는 레티와 빅투아르가 보였다. 그들은 음흉하게 웃는 패거리에 사방으로 둘러싸여 있었다. 그중에 펜데니스와 울콤도 있었다. 빅투아르는 두 팔로 몸을 감싸고 있고, 레티는 빠르게 말하고 있었다. 무슨 말인지는 들리지 않았다.

"가보자." 라미가 말했다.

"그래." 로빈도 군중을 헤치고 그를 따라갔다.

"재미없거든?" 레티가 이를 악물고 말했다. 뺨이 분노로 얼룩져 있었다. 그녀는 권투선수처럼 두 주먹을 들었다. 그녀가 말할 때 주먹도 부르르 떨었다. "우린 쇼걸이 아냐. 너희가 그 따위—"

"근데 우린 너무 궁금해." 펜데니스가 술에 취해 느릿느릿 말했다. "정말 색이 달라? 그렇게 파인 옷을 입고 있으니까 상상력을 자극하잖아."

펜데니스가 레티의 어깨를 향해 팔을 뻗었다. 레티가 손을 뒤로 당겼다가 녀석의 얼굴을 정면으로 갈겼다. 펜데니스가 휘청댔다. 그의 얼굴이 격분한 짐승으로 돌변했다. 레티에게 한 걸음 다가선 순간 그는 정말로 그녀를 때릴 기세였다. 레티가 몸을 움츠렸다.

로빈은 그들 사이로 뛰어들었다. "가." 그는 빅투아르와 레티에게 말했다. 둘은 후다닥 라미에게 갔고, 라미가 둘의 손을 잡고 후문 쪽으로 데려갔다.

펜데니스가 몸을 돌려 로빈을 마주했다.

로빈은 다음에 있을 일이 가늠되지 않았다. 펜데니스는 키도, 체격도 더 컸다. 힘도 더 셀 게 분명했다. 하지만 술에 취해 비틀댔고 눈에 초점도 없었다. 싸움이 벌어져도 어설프고 꼴사나운 싸움질에 그칠 게 뻔했다. 누구도 심각하게 다칠 일은 없었다. 펜데니스를 바닥에 넘어뜨리고 녀석이 정신 차리기 전에 도망칠 수도 있을 것 같았다. 하지만 칼리지는 난투극을 엄격히 금했고, 사방에 수많은 증인이 있었다. 징계위원회에 회부되면 상황이 로빈에게 불리하게 돌아갈 것이 뻔했다.

"싸울 테면 싸우자." 로빈은 나직이 뱉었다. "그게 네가 원하는 거라면. 하지만 넌 지금 마데이라 잔을 들고 있어. 정말 와인을 엎은 옷으로 밤을 보내고 싶어?"

펜데니스의 눈이 자기 와인잔으로 내려갔다가 다시 로빈에게 향했다.

"칭크[중국인을 비하하는 말]." 그가 추잡한 목소리로 말했다. "넌 그저 잘 차려입은 칭크일 뿐이야. 알아먹겠어, 스위프트?"

로빈의 주먹에 힘이 들어갔다. "그래, 칭크 손에 무도회를 망치고 싶어?"

펜데니스가 비웃었다. 하지만 누가 봐도 위기는 지나갔다. 로빈이 자존심만 삼킨다면, 펜데니스가 던진 것은 그저 말뿐이라고, 아무 의미 없는 말뿐이라고 생각하고 넘긴다면. 그러면 그는 그저 몸을 돌려 라미와 빅투아르와 레티를 따라 아무 탈 없이 칼리지 밖으로 나갈 수 있을 것이었다.

밖에 나오니 차가운 밤바람이 그들의 벌겋게 달아오른 얼굴을 식혀주었다.

"무슨 일이었어?" 로빈이 물었다. "놈들이 뭐라고 했는데?"

"아무것도 아냐." 빅투아르가 말했다. 그녀는 격하게 떨고 있었다. 로빈은 재킷을 벗어서 그녀의 어깨에 둘러주었다.

"아무것도 아니라고?" 레티가 발끈했다. "그 개자식 손힐이 우리— 우리— 우리 색이 다른 데는 생물학적인 이유가 있을 거라나 뭐라나 주절대기 시작했고, 그러니까 펜데니스가 우리한테 보여달라면서—"

"별거 아냐." 빅투아르가 말했다. "그냥 걷기나 하자."

"내가 그 자식 죽인다." 로빈이 부르짖었다. "다시 들어가서 죽여놔야겠어."

"제발 관둬." 빅투아르가 그의 팔을 붙잡았다. "일 키우지 마, 제발."

"이건 네 잘못이야." 라미가 레티에게 말했다.

"내 잘못? 이게 왜—"

"우린 아무도 오고 싶지 않았어. 빅투아르가 말했잖아. 끝이 좋지 않을 거라고. 그런데도 네가 우리를 강제로 여기 끌고 와서—"

"강제로?" 레티가 날카롭게 웃었다. "초콜릿과 트러플 먹으면서 신나할 때는 언제고."

"그랬지. 펜데니스 일당이 우리 빅투아르를 모욕하기 전까지는—"

"나도 같이 당했거든?" 요상한 논리였다. 로빈은 레티가 왜 그런 말을 하는지 알 수 없었지만, 그녀는 매우 강경했다. 그녀의 목소리가 몇 옥타브나 올라갔다. "놈들이 시비 건 이유는 단지 빅투아르가―"

"그만해!" 빅투아르가 소리쳤다. 그녀의 뺨에 눈물이 흘렀다. "그만해. 누구의 잘못도 아니야. 그냥 우리가― 내가 안이하게 생각했어. 우리가 오는 게 아니었어."

"미안해." 레티가 작은 소리로 말했다. "빅투아르, 내가….'

"괜찮아." 빅투아르가 고개를 저었다. "너한테 그런 기대― 아냐, 됐어." 그러고는 가쁜 숨을 들이마셨다. "여기서 나가기나 하자, 제발. 집에 가고 싶어."

"집?" 라미가 걸음을 멈췄다. "무슨 소리야, 집이라니. 지금은 축제의 밤이야."

"미쳤어? 난 잘 거야." 빅투아르가 드레스를 자꾸 잡아당겼다. 치마 밑단이 진흙투성이가 돼 있었다. "그리고 이걸 벗어야겠어. 이 멍청한 소매부터 떼어버릴 거야."

"아니, 안 돼." 라미가 그녀를 하이 스트리트 방향으로 끌었다. "무도회를 위해 차려입었잖아. 넌 무도회 자격이 있어. 그러니까 무도회를 열자."

라미의 계획은 바벨 옥상에서 밤새 노는 것이었다. 그들과 간식 바구니(남들 눈에 서빙하는 사람으로 보이면 주방에서 먹거리를 슬쩍하는 것쯤은 식은 죽 먹기였다)와 맑은 밤하늘과 망원경*만 함께하는 밤. 그

---

* 18세기 중반 바벨 학자들 사이에 잠시 점성술 열풍이 불었는데, 그때 최첨단 망원경을 여러 대 주문해서 옥상에 설치했다. 명분은 별자리 이름에서 유용한 매치페어를 도출하겠다는 것이었다. 하지만 어떤 흥미로운 결과도 거두지 못했다. 당연했다. 점성술은 허구니까. 하지만 별 구경 자체는 즐거웠다.

런데 잔디밭 모퉁이를 돌자 1층 창문 너머로 불빛과 움직이는 실루엣이 보였다. 누군가 안에 있었다.

"잠깐만—" 레티가 말릴 새도 없이, 라미가 가볍게 계단을 뛰어올라가 문을 밀어 열었다.

꼬마전구들이 로비 전체에 반짝이고 있었다. 로비는 학부생들과 대학원생들로 가득했다. 로빈은 그중에서 캐시 오넬, 비말 스리니바산, 일스 데지마를 알아봤다. 어떤 이들은 춤을 추고, 어떤 이들은 와인잔을 들고 담소를 나누고, 또 어떤 이들은 8층에서 끌고 내려온 작업대에 빙 둘러서서 한 대학원생이 은막대에 인각하는 것을 열심히 지켜보고 있었다. 뭐가 펑 하더니 방 안 가득 장미 향이 퍼졌다. 모두 환호했다.

이윽고 누군가 그들을 발견했다. "어이, 3학년들!" 비말이 외치며 들어오라고 손짓했다. "뭐 하다 이제 왔어?"

"칼리지에 있었어요." 라미가 말했다. "우린 비공개 파티가 있는 줄 몰랐어요."

"애들은 초대 안 했어? 네가 잘못했네." 검은 머리의 독일인 여학생이 말했다. 로빈의 기억에 미나라는 학생이었다. 그녀는 말하는 중에도 제자리에서 춤을 추며 머리를 왼쪽으로 까닥까닥 흔들었다. "너무 잔인하잖아. 그런 호러 쇼에 보내다니."

"지옥을 알아야 천국에 감사할 줄 아느니라." 비말이 말했다. "계시록. 아니면 마가복음. 아니면 그 비슷한 거."

"성경에 그런 말은 없어." 미나가 말했다.

"그래?" 비말이 심드렁하게 말했다. "나야 모르지."

“정말 잔인했어요, 선배.” 레티가 말했다.

“서둘러.” 비말이 어깨 너머로 외쳤다. “이 소녀에게 와인 좀 부탁해.”

잔이 돌았다. 포트와인이 흘렀다. 로빈은 금세 기분 좋게 취했다. 머리가 웅웅대고 팔다리가 떠다녔다. 그는 서가에 기대서서 빅투아르와 왈츠를 추느라 가빠진 숨을 달래며 눈앞의 멋진 광경을 만끽했다. 비말은 이제 작업대 위에서 미나와 흥겹게 지그를 추고 있었다. 반대편 작업대에서는 그해 수석으로 대학원 연구직을 따낸 매튜 하운슬로가 은막대에 매치페어를 새기고 있었는데, 그 결과 분홍색과 보라색 빛들이 공처럼 온 방을 둥둥 떠다녔다.

“이바쇼.” 일스 데지마가 말했다.

로빈은 그녀를 돌아봤다. 일스는 한 번도 로빈에게 말을 건 적이 없었다. 자기한테 말한 것이 맞는지 확실치 않았다. 하지만 주위에 다른 사람은 없었다. “네?”

“이바쇼.” 그녀가 되풀이했다. 그러고는 양팔로 허공을 휘휘 쓸었다. 춤을 추는 건지, 악단 지휘를 하는 건지 알 수 없었다. 그나저나 음악이 어디서 나오는지도 오리무중이었다. “영어로는 정확히 옮기기 어려워. ‘거처’라는 뜻이야. 집처럼 편안한 장소, 자기가 자기처럼 느껴지는 곳.”

그녀가 공중에 간지[일본어 상용한자]를 썼다. 居場所. 로빈은 그에 해당하는 한자를 떠올렸다. 거주지를 뜻하는 한자어. 장소를 뜻하는 문자들.

이후 몇 달 동안 로빈은 이 밤을 수없이 회상했다. 그때마다 선명하게 떠오르는 기억은 몇 가지뿐이었다. 포트와인 세 잔 만에 모든 것이 즐거운 몽롱함으로 변했기 때문이다. 이어 붙인 작업대 위에서 광란의 켈트 음악 가락에 맞추어 춤을 춘 것, 고래고래 소리 질러가며 빠르게 압운을 맞추는 말 잇기 게임을 하면서 옆구리가 결릴 만큼 웃어댄 것이 어렴풋이 기억났다. 라미가 빅투아르와 구석에 앉아서 교수들 흉내를 내던 모습도 기억났다. 처음에는 빅투아르의 눈물이 마를 때까지, 나중에는 둘 다 웃다 지칠 때까지. "난 여자들이 싫어요." 라미가 크래프트 교수 특유의 뚱한 모노톤으로 읊었다. "여자들은 변덕스럽고, 쉽게 산만해지고, 대개는 학구적 삶이 요구하는 준열한 연구 생활에 적합하지 않거든요."

그는 왁자한 파티를 바라보며 머릿속에 영어 문구들이 절로 떠오르던 것을 기억했다. 노래와 시의 구절들. 정확한 의미는 모르지만, 모양과 소리가 지금과 어울리는 구절들. 어쩌면 그게 시의 본질이 아닐까? 소리로, 철자로 의미를 전달하는 것. 그저 생각만 했는지, 아니면 주위의 모두에게 소리 내어 물어봤는지는 기억나지 않았지만, 자신이 이 질문에 사로잡혔던 것은 분명했다. "환상처럼 가볍다는 게 뭐죠?"[*]

밤이 깊도록 레티와 계단에 앉아 있었던 것도 기억했다. 레티는 그의 어깨에 얼굴을 묻고 엉엉 울었다. "그 애가 나를 봐주면

---

[*] 존 밀턴의 시 「알레그로」(1645)의 한 구절이다. "오라, 경쾌한 걸음으로, 환상처럼 가벼운 발끝으로."

좋겠어." 그녀는 딸꾹질 사이로 이 말을 반복했다. "왜 나를 보지 않는 걸까?" 로빈은 이유를 몇 개라도 댈 수 있었다. 라미는 영국에서 갈색 피부의 남자고, 레티는 해군 제독의 딸이니까. 라미는 거리에서 총에 맞을 생각이 없으니까. 아니면 단순히, 라미는 레티가 자기를 사랑하는 것처럼 그녀를 사랑하지 않으니까. 레티가 라미의 보편적 다정과 과시적 열정을 특별한 관심으로 단단히 착각한 거니까. 레티는 특별한 관심에 익숙하고 늘 그걸 당연시하며 자랐으니까. 하지만 로빈은 레티에게 진실을 말할 만큼 멍청하지 않았다. 그때 레티가 원한 것은 솔직한 조언이 아니었다. 그녀에게 필요했던 것은 그녀를 위로하고 사랑해줄 사람, 그녀가 갈망하는 관심은 아니어도 그 비슷한 것을 줄 누군가였다. 그래서 로빈은 그녀가 기대 울면서 자기 셔츠 앞자락을 눈물로 적시게 두었다. 그는 그녀의 등을 둥글게 문질러주며 영혼 없이 반복했다. 나도 이해가 안 돼. 라미가 바보지. 너를 사랑하지 않는다니 말이 돼? 너처럼 눈부시게 멋진 애를, 아프로디테마저 질투할 너를 말이야. 그는 읊조렸다. 사실 넌 여신의 저주로 하루살이로 변하지 않은 걸 다행으로 여겨야 해. 이 말에 레티가 킥킥 웃었고, 울음도 어느 정도 잦아들었다. 다행이었다. 로빈이 맡은 역할을 잘 해냈다는 뜻이었다.

그는 말하는 동안 기묘한 느낌을 받았다. 자신이 없어지는 느낌, 역사처럼 오래됐을 이야기를 담은 그림의 배경 속으로 사라지는 느낌이었다. 술기운 때문인 게 분명했다. 하지만 그는 몸 밖으로 빠져나와 차양 위에서 자신을 바라보는 황홀경에 빠져

들었다. 그는 레티의 딸꾹질 섞인 울음과 자기 속삭임이 한데 섞여 떠오르다가 차가운 스테인드글라스 창에 입김처럼 맺히는 것을 지켜봤다.

파티가 끝날 무렵 그들은 모두 잔뜩 취해 있었다. 라미만 예외였다. 하긴 라미도 피로와 웃음에 취하긴 했다. 취기가 아니었다면 그들이 세인트 자일스 뒤의 공동묘지를 배회하는 일도 없었을 것이다. 그들은 두 소녀가 사는 곳으로 향하는 길에, 일부러 북쪽으로 우회해 묘지를 통과하기로 했다. 라미가 나직이 두아[아랍어로 알라에게 수시로 올리는 기도]를 읊었고, 그들은 비틀비틀 묘지 문을 통과했다. 처음에는 대단한 모험처럼 느껴졌다. 그들은 휘청대고 웃어대며 묘비들 사이를 느릿느릿 걸었다. 그런데 불현듯 공기가 빠르게 바뀌는 느낌이 났다. 가로등의 따스한 빛이 어둑해지고, 묘비 그림자들이 길게 늘어나며 움직였다. 마치 그들이 그곳에 있는 것을 원치 않는 존재가 있다는 듯이. 로빈은 오싹한 공포를 느꼈다. 묘지를 걷는 것이 불법은 아니지만, 이런 불경스러운 상태로 이 땅을 침범한 것이 문득 끔찍한 위반으로 느껴졌다.

　라미도 같은 것을 느낀 모양이었다. "얼른 가자."

　로빈은 고개를 끄덕였다. 그들은 묘비들 사이로 걸음을 재촉했다. "마그립[이슬람의 저녁 예배] 이후에 여기 오는 게 아니었어." 라미가 중얼거렸다. "어머니 말을 들었어야 했어."

　"잠깐," 빅투아르가 말했다. "레티 어딨어? 레티!"

그들은 뒤돌아봤다. 몇 줄 뒤에 처져 있는 레티가 보였다. 그녀는 어느 묘비 앞에 서 있었다.

"이것 봐." 레티가 가리켰다. 놀란 눈이었다. "그녀야."

"누구?" 라미가 물었다.

하지만 레티는 그저 서서 묘비만 응시했다.

그들은 발을 돌려 레티가 있는 묘비로 갔다. 세월을 탄 묘비에는 이블린 브룩이라고 새겨져 있었다. *사랑하는 딸이자 학자. 1813-1834.*

"이블린." 로빈이 입을 열었다. "바로 그—"

"이비." 레티가 말했다. "그 책상 주인. 매치페어 대장에 수없이 이름을 올린 여자. 죽은 사람이었어. 죽어서 없었던 거야. 죽은 지 5년이나 됐어."

갑자기 밤공기가 얼어붙었다. 그때까지 남아 있던 포트와인의 온기는 웃음기와 함께 증발해버렸다. 그들은 이제 술이 확 깼고, 추웠고, 몹시 무서웠다. 빅투아르가 어깨에 두른 숄을 더 바싹 여몄다. "어쩌다 죽었을까?"

"그냥 흔한 이유겠지." 라미가 으슥함을 떨치려고 호기롭게 말했다. "병사나 사고사나 과로사겠지. 목도리 없이 스케이트 타러 갔나 보지. 연구에 빠져서 먹는 걸 까먹었을 수도 있고."

하지만 로빈은 이블린 브룩의 죽음에 흔한 발병 이상의 사연이 있다는 의심이 들었다. 앤서니 리벤의 실종은 교수진에게 아무런 흔적을 남기지 않았다. 플레이페어 교수는 앤서니가 존재했다는 것조차 잊은 듯했다. 앤서니의 죽음을 공표한 날 이후 플레이페어 교수는 그에 관해 한마디도 꺼내지 않았다. 하지만 이비의 책상은 5년 넘게 아무도 손대지 못하게 지켰다.

이블린 브룩은 특별한 사람이었다. 이곳에서 끔찍한 일이 일어난 게 분명했다.

"집에나 가자." 잠시 후 빅투아르가 속삭였다.

묘지에 꽤 오래 있었던 모양이었다. 캄캄했던 하늘에 서서히 창백한 빛이 번지고, 한기가 아침이슬로 응결되고 있었다. 무도회는 끝났다. 학기의 마지막 밤이 끝나고 끝없는 여름이 시작되었다. 그들은 말없이 서로의 손을 잡고 집으로 걸었다.

15

로빈은 다음 날 아침 우편으로 시험 성적표를 받았다.(번역 이론과 라틴어에서 우수, 어원학과 중국어와 산스크리트어에서 최우수였다.) 두꺼운 크림색 종이에 인쇄된 공지 사항도 함께 있었다. 왕립번역원 학부연구위원회는 귀하가 차기 학년에도 계속 학부 연구장학생으로 재직하게 되었음을 기쁜 마음으로 알려드리는 바입니다.

이 문서를 손에 들고서야 모든 것이 실감 났다. 그는 합격했다. 그들 모두 합격했다. 그들은 적어도 1년 더 집을 보장받았다. 그리고 숙식비를 면제받고 일정한 용돈을 지급받으며 옥스퍼드의 모든 지적 자원에 접근할 수 있었다. 아무도 그들에게 바벨을 떠나라고 할 수 없었다. 그들은 다시 편히 숨을 쉴 수 있었다.

6월의 옥스퍼드는 덥고 끈적거리고, 황금빛으로 아름다웠다. 급한 여름 과제는 없었다. 원하면 독립 연구 프로젝트를 더 진행할 수 있었다. 하지만 일반적으로 트리니티 학기 끝과 미카엘마스 학기 시작 사이의 몇 주는 차기 4학년생에게 주어지는 암묵적 보상이자 짧은 휴식이었다.

이때가 그들의 인생에서 가장 행복한 나날이었다. 그들은 사우스파크 언덕에서 터질 듯 익은 포도와 롤빵과 카망베르 치즈로 소풍을 즐겼다. 그리고 펀트배로 처웰강을 오르내렸다. 로빈과 라미는 제법 배 모는 실력이 생겼지만, 레티와 빅투아르는 배를 일직선으로 모는 요령을 좀처럼 터득하지 못하고 자꾸만 옆으로 빠져 강둑을 들이받았다. 그리고 북쪽으로 11킬로미터를 걸어서 우드스톡에 있는 블레넘 궁전을 구경하러 갔다. 하지만 입장료가 터무니없이 비싸서 들어가지는 않았다. 런던에서 온 순회극단이 셸더니언 극장에서 셰익스피어 희곡의 몇몇 대목을 뽑아 공연했는데, 연기가 반박의 여지 없이 형편없었고, 버릇없는 학부생들의 야유가 졸작을 더 망쳤다. 하지만 연극의 질이 중요한 것은 아니었다.

6월 말이 되자 모두의 화제는 빅토리아 여왕의 대관식이었다. 대관식 전날, 캠퍼스에 남아 있던 학생과 연구원 중 다수가 런던행 열차를 타기 위해 역마차에 올라 디드컷으로 떠났다. 옥스퍼드에 남은 이들은 눈부신 조명 쇼를 보며 아쉬움을 달랬다. 옥스퍼드의 빈민과 노숙자들에게 성대한 만찬이 제공될 거라는 소문이 돌았지만, 시 당국은 로스트비프와 플럼 푸딩 같은 기름진 음식이 빈민들을 과한 흥분 상태로 만들어 그들이 빛 축제를 조신하게 즐기지 못할 거라고 주장했다.[*] 그 탓에 그날 밤 빈민들이 배를 곯긴 했지만, 적어도 불빛은 아름다웠다. 로빈,

라미, 빅투아르는 차가운 사과주 컵을 들고 레티가 이끄는 대로 하이 스트리트를 걸으며 모두가 느끼는 애국심을 따라 느껴보려 애썼다.

여름이 끝나갈 무렵 4인방은 런던으로 주말여행을 갔다. 그들은 수 세기 전 과거에 머물러 있는 옥스퍼드에서는 볼 수 없는 활기와 다양성에 넋을 잃었다. 그들은 드루리 레인 극장에서 공연을 봤다. 연기는 별로였지만 화려한 분장과 청순가련한 여주인공의 불안한 음정이 상연 시간 세 시간 내내 한시도 긴장을 늦출 수 없게 했다. 그들은 뉴컷의 노점들을 누비며 통통한 딸기, 구리 장신구, 추정컨대 이국의 차가 담겨 있을 봉지들을 구경하고, 춤추는 원숭이와 손풍금 연주자에게 동전을 던지고, 손짓하는 매춘부들을 피해 다니고, 위조 은막대를 파는 가판대를 흥미롭게 둘러봤다.[**] '정통 인도식' 커리 음식점에서 저녁을 먹었는데, 라미는 실망했지만 나머지는 만족했다. 그날 밤 그들은 다우티 스트리트의 타운하우스 방 하나에서 함께 잤다. 로빈과 라미는 외투를 몸에 두르고 바닥에 누웠고, 빅투아르와 레티는 좁은 침대에 딱 붙어 누웠다. 그들은 자정이 훌쩍 넘도록 낄낄

---

[*] 당시에는 런던처럼 옥스퍼드시 당국도 빈민이 지적인 성인보다 어린아이나 동물에 가깝다고 생각하는 태도를 보였다.

[**] 여느 귀중품과 고가품처럼, 은막대의 경우에도 위조품과 무허가 아마추어 제품이 판치는 거대한 지하 시장이 존재했다. 뉴컷에 가면 설치류 퇴치와 흔한 질환 치료부터 젊고 부유한 신사를 유혹하는 방법까지 다양한 용도의 은막대를 구입할 수 있었다. 대개는 실버워킹 원리에 대한 기본 이해도 없이 만들어졌고, 주로 동양어를 흉내 낸 가짜 언어로 현란하게 쓴 주문이었다. 하지만 간혹 민속 어원학을 꽤 예리하게 적용한 것들도 있었다. 이 때문에 플레이페어 교수는 불법 실버 매치페어에 대한 조사를 매년 실시했다. 다만 조사 결과의 용도는 극비였다.

대고 속삭였다.

다음 날 그들은 도보로 도시 투어에 나섰다. 투어의 마지막은 런던항이었다. 그들은 부두로 내려가며 거대한 선박들과 널따란 흰색 돛과 복잡하게 얽힌 돛대와 삭구에 경탄했다. 그들은 출항하는 배들의 국기와 회사 로고를 보며 어디서 와서 어디로 가는 배인지 추측했다. 그리스? 캐나다? 스웨덴? 포르투갈?

"1년 후면 우리도 이 배들 중 하나에 오르겠지." 레티가 말했다. "어디로 가는 배에 타게 될까?"

바벨의 졸업 예정자는 4학년 시험이 끝나면 전액 지원되는 국제 항해에 올랐다. 이 여행은 대개 바벨 업무와 연계되었다. 졸업자들은 니콜라이 1세의 궁정에서 동시통역사로 일하거나 메소포타미아 유적지에서 쐐기문자 점토판을 발굴했다. 그러다 한 번은 실수로 파리에서 외교 위기를 야기하기도 했다. 하지만 여행의 주된 목적은 졸업자에게 세상을 볼 기회와 재학 기간에 단절되었던 해외 언어 환경에 몰입할 기회를 주는 것이었다. 언어는 체험으로만 습득할 수 있는 것인데, 어쨌거나 옥스퍼드는 현실과 대척점에 있는 곳이니까.

라미는 자신들이 중국이나 인도로 파견될 것으로 확신했다. "거기서 너무나 많은 일들이 벌어지고 있으니까. 동인도회사가 광둥에서 독점권을 잃었기 때문에 이제 비즈니스 재정립을 위한 온갖 일에 번역사가 필요할 거야. 난 캘커타로 갈 수 있다면 내 팔이라도 바치고 싶어. 너희도 가면 좋아할 거야. 가게 되면 다 함께 얼마간 우리 집에서 지내자. 내가 그동안 편지에 너희 얘기도 다 써서 보냈어. 레티가 뜨거운 차를 못 마시는 것까지 다 썼어. 아니면 광둥으로 갈지도 몰라. 그럼 너무 좋겠지, 버디? 네가 마지막으로 집을 떠난 게 언제라고 했지?"

로빈은 광둥으로 돌아가고 싶다는 확신이 없었다. 그동안 몇 번 생각해봤지만, 흥분감과 기대감 대신 당혹감과 막연한 죄책 감이 섞인 두려움만 일었다. 그곳에서 그를 기다리는 것은 아무것도 없었다. 친구도, 가족도 없었다. 그저 어렴풋한 기억 속의 도시뿐이었다. 오히려 고향에 돌아갔을 때 자기가 어떻게 반응할지, 잊어버린 어린 시절의 세계에 다시 발을 들였을 때 어떤 마음이 될지 겁났다. 돌아갔다가 차마 다시 떠날 수 없다면?

더 나쁜 것은, 만약 아무 감정도 들지 않는다면?

"우리를 모리셔스 같은 곳으로 보낼 가능성이 더 커." 로빈이 말했다. "빅투아르와 레티가 프랑스어를 활용할 수 있게."

"모리셔스 크레올어가 아이티 크레올어와 비슷해?" 레티가 빅투아르에게 물었다.

"서로 통할지 어떨지 모르겠어." 빅투아르가 답했다. "둘 다 프랑스어 기반이긴 한데, 크레욜어는 폰어 문법을 따르는 반면 모리셔스 크레올어는… 음, 잘 모르겠어. 그라마티카가 없으니 참고할 게 없어."

"네가 하나 쓰는 게 어때?" 레티가 말했다.

빅투아르가 레티에게 작게 미소 지었다. "어쩌면."

그해 여름의 가장 기쁜 일은 빅투아르와 레티가 다시 친해진 것이었다. 3학년 때의 어색하고 애매한 난기류가 그들의 시험

합격 소식과 함께 모두 증발했다. 레티는 더 이상 로빈의 신경을 긁지 않았고, 입만 열면 레티의 속을 뒤집던 라미도 더는 그러지 않았다.

엄밀히 말해 그들의 싸움은 해결되었다기보다 유예된 것에 가까웠다. 그들은 싸운 이유를 진지하게 마주한 적이 없었다. 다들 그저 스트레스 탓으로 돌렸다. 언젠가는 그들이 서로의 실질적 차이를 직시해야 하는 때가 오겠지만, 매번 화제를 돌리는 대신 문제의 끝장을 봐야 하는 날이 오겠지만, 지금은 그저 여름을 즐기고 서로 사랑하는 느낌을 되새기는 데 만족했다.

사실상 이때가 황금기의 마지막이었다. 이 시간이 지속될 수 없다는 것을 모두가 알기에, 이 즐거움이 끝없이 진 빼던 밤들의 보상이라는 것을 알기에 이 여름이 더욱 소중하게 느껴졌다. 곧 4학년이 시작될 것이고, 졸업시험이 다가올 것이며, 그다음에는 일이 그들을 기다리고 있었다. 이후의 삶이 어떤 모습일지는 아무도 몰랐다. 다만 그들이 영원히 4인방으로 남을 수 없다는 것은 분명했다. 언젠가는 꿈꾸는 첨탑들의 도시를 떠나야 하고, 각자의 일자리로 뿔뿔이 흩어져 바벨이 그들에게 주었던 모든 것을 되갚아야 할 것이다. 하지만 미래는, 두려운 만큼이나 모호한 미래는, 당장은 쉽게 외면할 수 있었다. 그것은 현재의 찬란함 앞에서 빛을 잃었다.

1838년 1월, 발명가 새뮤얼 모스가 뉴저지주 모리스타운에서 장거리 전신기의 시연에 나섰다. 전기신호로 만드는 점과 줄표의 조합을 통해 메시지를 전하는 장치였다. 이 창안에 회의적이었던 미국 의회는 워싱턴 DC의 의사당과 다른 도시들을 연결하는 전신선 가설을 위한 자금 지원을 거부했고, 이후에도 승인하기까지 5년이나 질질 끌었다. 하지만 왕립번역원 학자들은 모스의 전신기가 작동한다는 소식을 듣자마자 지체 없이 대서양을 건너가 모스를 회유해서 옥스퍼드로 몇 달간 초빙했다. 실버워킹 학과는 모스의 장치가 매치페어의 힘을 빌리지 않고 순수하게 전기로 작동하는 것에 놀라움을 금치 못했다. 1839년 7월, 바벨은 영국 최초의 전신선을 설치했고, 이를 런던의 외무부와 연결했다.[*]

원래의 모스부호는 수신자가 가이드북에서 해당 단어를 찾아볼 수 있다는 전제하에 숫자만을 전송했다. 이는 제한된 어휘를 사용하는 대화—열차 신호, 일기예보, 특정 군사 연락 등—에는 무난히 쓸 만했다. 하지만 모스가 옥스퍼드에 도착한 직후 드브리스 교수와 플레이페어 교수가 알파벳과 숫자를 모두 포함하는 부호 체계를 개발해서 어떤 종류의 메시지도 주고받을 수 있게 했다.[**] 이는 전신의 가용 범위를 상업적, 개인적 용도와 그 이상으로 확대했다. 바벨에 가면 옥스퍼드에서 런던으로 즉시 송신할 수 있다는 소문이 빠르게 퍼졌다. 이내 고객들—주

---

[*] 이 과정에서 바벨과 모스는 발명가 윌리엄 쿡과 찰스 휘트스톤을 격분시켰다. 두 사람은 이미 2년 전에 자신들이 발명한 전신기를 영국 대서부철도에 설치한 바 있었다. 하지만 쿡과 휘트스톤의 전신기는 여러 개의 자침이 사전에 설정된 기호판을 가리키는 방식이었다. 이는 모스의 단순한 '클릭 기반 전신'의 편리함과 통신 범위를 따라갈 수 없었다.

[**] 바벨은 놀라운 학문적 관대함을 발휘해 이 개선된 시스템 역시 모스부호로 지칭하는 것을 허용했다.

로 사업가, 정부 관료, 가끔 성직자—이 전송할 메시지를 손에 쥐고 바벨 로비를 가득 메웠고, 건물을 빙 둘러 늘어섰다. 러벌 교수는 이 소동에 짜증이 나서 방어 결계를 치려고 했다. 하지만 더 침착하고 더 재정에 민감한 사람들이 이를 말렸다. 어쨌든 엄청난 잠재적 수익을 간파한 플레이페어 교수는 원래 창고로 쓰던 로비의 북서쪽을 전신 사무소로 개조할 것을 명령했다.

다음 문제는 전신 사무소에서 일할 전신 기사였다. 학생들이야말로 딱 좋은 무임 노동 자원이었다. 바벨의 모든 학부생과 대학원생에게 모스부호를 배우라는 지시가 떨어졌다. 영어 문자마다 특정 모스부호가 지정되어 있었다. 따라서 영어로 통신할 경우 문자와 부호 사이에 완벽한 일대일 대응이 성립하기 때문에 이를 익히는 데 단 며칠밖에 걸리지 않았다. 9월이 10월로 넘어가고 미카엘마스 학기가 시작되자 캠퍼스의 모든 학생이 최소 주 1회, 3시간 교대근무에 투입되었다. 이에 따라 로빈은 매주 일요일 밤 9시가 되면 가기 싫어도 로비의 작은 사무소에 가야 했다. 그는 읽을 교재를 싸들고 가서 전신기 옆에 앉아 바늘이 진동하기를 기다렸다.

야간 근무의 장점은 그 시간에 탑으로 들어오는 전신이 거의 없다는 점이었다. 런던 사무소는 모두 퇴근했으니 당연했다. 로빈이 할 일은 급보가 들어올 경우에 대비해 9시부터 자정까지 깨어 있는 것뿐이었다. 깨어 있기만 하면 무엇을 하든 자유였다. 그는 보통 그 시간을 교재를 읽거나 작문을 수정하는 등 다음 날 아침 수업을 준비하는 데 썼다.

그는 가끔씩 눈을 들어 창밖을 봤다. 침침한 불빛 때문에 뻑뻑해진 눈을 풀기 위해 눈을 가늘게 뜨고 사각 안뜰 너머로 눈길을 던졌다. 잔디밭은 대개 텅 비어 있었다. 낮에는 엄청 북적대는 하이 스트리트도 늦은 밤에는 음산했다. 해가 진 뒤 빛이라곤 창백한 가로등이나 창문 안의 촛불 빛이 전부인 옥스퍼드는 낮의 옥스퍼드와 사뭇 달랐다. 평행세계의 옥스퍼드, 별천지의 옥스퍼드 같았다. 특히 구름 없는 밤에는 완전히 탈바꿈했다. 거리는 텅 비고, 돌길은 고요하고, 첨탑과 작은 탑들은 불가사의와 모험, 영영 길을 잃을 수 있는 추상적 관념의 세계를 약속했다.

그런 밤 중 하나였던 어느 날 밤, 로빈은 사마천의 사서를 번역하다가 눈을 들어 창밖을 봤다. 검은 옷의 두 형체가 탑을 향해 성큼성큼 걸어오는 것이 보였다. 그는 심장이 덜컥 내려앉았다.

두 형체가 정문 계단에 이르렀다. 탑 내부에서 흘러나오는 빛이 둘의 얼굴을 비췄을 때에야 로빈은 그들이 라미와 빅투아르인 것을 알아봤다.

로빈은 책상에 얼어붙었다. 어떡할지 갈피를 잡지 못했다. 그들은 헤르메스 임무로 온 것이 분명했다. 그 이유밖에 없었다. 다른 이유로는 저 복장과 저 은밀한 눈초리가 설명되지 않았다. 그들이 이렇게 늦은 밤에 탑에 올 일이 없다는 것은 누구보다 로빈이 잘 알았다. 불과 몇 시간 전 두 사람이 라미 방에서 크래프트 교수의 세미나 과제를 끝내는 것을 그는 직접 봤다.

그리핀이 그들을 포섭한 걸까? 분명해. 그거야. 로빈은 씁쓸했다. 그리핀이 로빈을 포기하고 대신 그의 동기들을 택한 것이

419

분명했다.

당연히 그들을 신고할 생각은 없었다. 그건 고려 대상도 아니었다. 문제는 이거였다. 그들을 도와야 하나? 아니, 그건 아니었다. 탑이 완전히 비어 있지는 않았다. 8층에 아직 연구원들이 있었다. 괜히 라미와 빅투아르를 놀라게 했다가 원치 않는 주의를 끌 수 있었다. 그의 유일한 선택지는 아무것도 하지 않는 것인 듯했다. 그는 못 본 척하고, 그들은 원하는 일에 성공하면 그만이다. 그러면 그들의 바벨 생활에 내재한 위태로운 평형은 깨지지 않을 것이다. 결국 현실은 가변적이다. 사실은 잊힐 수 있고, 진실은 억압될 수 있으며, 삶은 요술 프리즘처럼 한 가지 각도로만 보일 수 있다. 너무 깊이 파고들지 않기로 작정하면.

라미와 빅투아르가 몰래 문을 통과해 계단을 올라갔다. 로빈은 다시 번역문에 눈을 고정하고 그들의 동태에 귀를 세우지 않으려 애썼다. 10분 후, 계단을 내려오는 발소리가 들렸다. 그들은 가지러 온 것을 손에 넣었다. 그들은 곧 문밖으로 사라질 것이다. 그러면 이 순간이 지나가고 다시 평온이 찾아올 것이다. 로빈은 자신이 풀어낼 의지가 없었던 다른 불편한 진실들과 함께 이 일도 마음 뒤편에 묻을 참이었다.

그 순간 인간의 소리 같지 않은 비명이 탑에 울려 퍼졌다. 굉음과 함께 욕설이 들렸다. 로빈은 벌떡 일어나 로비 밖으로 뛰쳐나갔다.

라미와 빅투아르가 정문 바로 밖에, 번쩍이는 은빛 그물에 걸려 있었다. 그물은 로빈의 눈앞에서 두 배로, 세 배로 계속 늘어났다. 새로운 가닥들이 매 순간 두 사람의 손목, 허리, 발목, 목을 채찍처럼 휘감았다. 그들의 발치에 여러 물건이 흩어져 있었다. 은막대 여섯 개, 고서 두 권, 인각용 펜 한 개. 바벨 연구생들이 퇴근할 때 자주 집에 들고 가는 물건들이었다.

플레이페어 교수가 결계를 성공적으로 변경한 듯했다. 교수는 로빈이 겁냈던 것보다 더 많은 것을 해냈다. 바뀐 결계는 어떤 사람과 물건이 문을 통과하는지뿐 아니라 그들의 목적이 적법한지도 감지하는 듯했다.

"버디," 라미가 헐떡였다. 은 그물이 목을 조여서 그의 눈이 튀어나올 지경이었다. "도와줘 —"

"가만히 있어." 로빈은 그물 줄을 잡아당겼다. 줄이 달라붙었지만 구부리거나 끊을 수 있었다. 혼자서는 탈출이 힘들지만 도움을 받으면 가능했다. 그는 먼저 라미의 목과 손을 풀었고, 둘이 함께 빅투아르를 그물에서 꺼냈다. 이 과정에서 로빈의 다리가 얽히고 말았다. 그물은 내준 만큼 채가는 것 같았다. 그러다 그물의 악착같은 채찍질이 멈췄다. 경보를 촉발한 매치페어가 진정된 듯했다. 라미가 발목의 줄을 풀고 뒤로 물러섰다. 세 사람은 달빛 아래서 잠시 서로를 멀뚱히 봤다. 어이가 없었다.

"너도?" 빅투아르가 마침내 입을 열었다.

"그런 셈이야." 로빈이 말했다. "그리핀이 보냈어?"

"그리핀?" 빅투아르가 어리둥절한 얼굴로 물었다. "아니, 앤서니 —"

"앤서니 리벤?"

"당연하지." 라미가 말했다. "다른 앤서니도 있어?"

"하지만 앤서니 선배는 죽었—"

"이럴 때가 아냐." 빅투아르가 말을 잘랐다. "경보음—"

"젠장." 라미가 말했다. "로빈, 이리로 숙여봐."

"시간이 없어." 로빈은 다리를 움직일 수 없었다. 그물이 증식을 멈춘 것은 로빈은 도둑이 아니기 때문인 듯했다. 하지만 이미 그물이 믿기 힘들 만큼 빡빡하게 출입문 전체를 가로막고 있었다. 라미가 더 가까이 왔다가는 둘 다 잡힐 판이었다.

"난 두고 가."

둘 다 항변하려 했지만 로빈은 고개를 저었다. "잡혀도 내가 잡혀야 해. 난 공모한 적도 없고, 무슨 일인지 전혀 몰라."

"모르긴 뭘 몰라?" 라미가 반박했다. "우린—"

"아니, 난 몰라. 그러니까 나한테 말하지 마." 로빈은 낮게 쏘아붙였다. 경보음이 끝없이 울려댔다. 곧 경찰이 잔디밭에 당도할 것이다. "아무 말 마. 난 아무것도 몰라. 심문받으면 그렇게 말할 거야. 그냥 빨리 가, 빨리. 방법을 생각해볼게."

"너, 정말—" 빅투아르가 입을 열었다.

"가."

라미가 입을 열려다가 닫았다. 그리고 빅투아르와 함께 훔친 물건들을 주워 담았다. 둘은 은막대 두 개만 남겨놓았다. 영리한데. 로빈은 생각했다. 그것은 로빈 혼자 일하고 있었으며, 밀반출한 것을 들고 사라진 공범은 없다는 뜻이었다. 라미와 빅투아르는 부리나케 계단을 내려가 잔디밭을 가로질러 골목으로 사라졌다.

"거기 누구야?" 누군가가 외쳤다.

로빈은 사각 안뜰 반대편에서 램프가 흔들리는 것을 봤다. 머리를 틀어 브로드 스트리트 방향을 살펴보니 다행히 친구들은 이미 종적을 감춘 후였다. 그들은 무사히 도망쳤다. 성공했다. 경찰이 탑을 향해 다가오고 있었다. 그를 잡으러.

그는 떨리는 숨을 들이마시고 눈을 돌려 불빛을 마주했다.

성난 외침들, 얼굴에 쏟아지는 램프 불빛, 팔을 붙잡는 억센 손들. 로빈은 다음 몇 분간 일어난 일들을 제대로 인지하지 못했다. 그가 인지한 것은 자기가 두서없이 횡설수설하는 소리, 한꺼번에 여러 명령과 질문을 해대는 경찰들의 고성이었다. 그는 변명을 하나로 이어 붙였다. 그물에 걸린 도둑을 보고 막으러 갔는데 도리어 자기가 그물에 붙들린 이야기. 하지만 입 밖에 내는 순간 이야기는 다시 횡설수설이 되었고, 경찰은 비웃기만 했다. 결국 그들은 로빈을 그물에서 풀어내서 탑 로비의 창문 없는 작은 방으로 데려갔다. 방에는 의자 하나만 덩그러니 놓여 있었다. 문에는 눈높이에 미닫이 덮개가 있는 작은 철창이 있었다. 독서실보다는 감방에 가까운 방이었다. 로빈은 자기가 이곳에 감금된 최초의 헤르메스 요원이 아닐 수도 있다는 생각이 들었다. 구석의 희미한 갈색 얼룩이 왠지 마른 피처럼 보였다.

"여기 대기해." 경관이 로빈의 손을 등 뒤로 돌려 수갑을 채우며 말했다. "교수님이 오실 때까지."

경찰들은 어느 교수가 올지, 자기들이 언제 돌아올지 말하지 않았다. 모르는 것 자체가 고문이었다. 로빈은 그저 앉아서 기다렸다. 끊임없이 메스껍게 밀려오는 아드레날린의 파도에 무릎과 팔이 비참하게 덜덜 떨렸다.

끝났다. 여기서 돌아갈 길은 아무 데도 없었다. 바벨에서 퇴학당하기는 몹시 어려웠다. 바벨은 어렵게 찾아낸 인재들에게 막대한 투자를 하기 때문에 바벨 학부생은 살인을 제외한 거의 모든 범죄에서 사면받았다.[*] 하지만 절도와 반역은 분명한 퇴학 사유였다. 그다음에는 어떻게 될까? 시립교도소? 런던 뉴게이트 감옥? 교수형? 아니면 그저 배에 실려 왔던 곳으로 쫓겨나려나? 친구도, 가족도, 아무 미래도 없는 곳으로?

그의 마음에 어떤 이미지가 떠올랐다. 거의 10년 동안 봉해놓았던 이미지였다. 덥고 바람도 들지 않는 방, 병든 냄새, 그의 옆에 뻣뻣하게 누워 있는 어머니, 그의 눈앞에서 시퍼렇게 변해가는 어머니의 퀭한 뺨. 지난 10년의 세월—햄프스테드, 옥스퍼드, 바벨—은 모두 기적의 마법이었다. 하지만 그가 규칙을 어겼다. 그가 주문을 깨버렸다. 곧 이 영화가 사라지고, 그는 다시 가난하고 병들어 죽어가거나 이미 죽은 이들 속으로 돌아가야 했다.

문이 삐걱 열렸다.

“로빈.”

러벌 교수였다. 로빈은 교수의 눈에서 일말의 감정을 찾았다.

---

* 과거 바벨 학부생이 처벌받지 않고 넘어간 범죄 중에는 공공장소 음주, 패싸움, 투계, 그리고 홀 저녁 식사에서 라틴어 식전 감사기도 암송 시 일부러 상스러운 말을 삽입한 행위 등이 있었다.

다정, 또는 실망, 또는 분노. 자신이 무엇을 기대해야 할지 예언해줄 어떤 것. 하지만 그의 아버지의 표정은 언제나처럼 그저 텅 빈, 불가해한 가면일 뿐이었다. "좋은 아침."

"앉아라." 러벌 교수는 먼저 로빈의 수갑을 풀어준 뒤 7층에 있는 교수실로 데리고 올라갔다. 이제 그들은 매주 하던 튜토리얼 시간처럼 마주 앉아 있었다.

"넌 운이 좋았어. 경찰이 나한테 먼저 연락했으니 망정이지, 대신 플레이페어 교수에게 알렸으면 어찌 됐을지 상상해봐. 넌 두 다리를 잃었을 거야." 교수가 책상 위에 두 손을 모으고 몸을 기울였다. "언제부터 헤르메스 협회를 위해 자원을 빼돌리고 있었던 거지?"

로빈은 하얗게 질렸다. 러벌 교수가 이렇게 직설적으로 나올 줄은 예상치 못했다. 매우 위험한 질문이었다. 러벌 교수가 헤르메스에 대해 아는 것이 분명했다. 하지만 얼마나 알고 있을까? 나는 얼마나 거짓말할 수 있을까? 교수가 허세를 부리는 것일지도 모른다. 적당히 둘러대면 이 상황을 모면할 수 있을지도 모른다. 어쩌면.

"사실대로 말해." 교수가 딱딱하고 단호하게 말했다. "그것만이 지금 너를 구할 방법이야."

"석 달이요." 로빈은 속삭이듯 말했다. 3개월이 3년보다 덜 치명적이면서도 신빙성 있게 들릴 것 같았다. "그게 — 여름부터요."

"알았다." 러벌 교수의 목소리에는 어떤 노여움도 없었다. 그

차분함이 그를 무서울 만큼 판독 불가하게 만들었다. 로빈은 차라리 그가 악을 쓰기를 바랐다.

"교수님, 저는—"

"조용히 해."

로빈은 입을 다물었다. 어차피 할 말도 없었다. 이 난국에서 벗어날 변명은 없었다. 엄연한 배신의 증거를 인정하고 결과를 기다릴 수밖에 없었다. 다만 이 일에서 라미와 빅투아르의 이름을 지킬 수 있다면, 그래서 러벌 교수가 자신의 단독 범행으로 생각한다면 그것으로 충분했다.

"미처 몰랐구나." 한참 만에 교수가 입을 열었다. "네가 이렇게까지 배은망덕한 줄은."

교수가 다시 기대앉으며 고개를 저었다. "난 너한테 상상 이상으로 베풀었다. 넌 광둥의 선창가 아이였어. 네 어머니는 배척당한 사람이었고. 네 아버지가 중국인이었다 해도," 이 대목에서 교수의 목울대가 움찔댔다. 로빈은 알았다. 이것이 그에게서 나올 최대한의 인정이었다. "네 처지는 마찬가지였을 거야. 평생 푼돈이나 벌면서 연명했겠지. 평생 영국 해안을 구경하지 못했을 거고 평생 호라티우스, 호메로스, 투키디데스를 읽어볼 일도 없었을 거야. 읽어보기는커녕 책을 펴볼 일도 없었겠지. 넌 궁핍과 무지 속에 살다가 죽었을 거다. 내가 너한테 제공한 기회의 세계는 있는 줄도 몰랐을 거야. 난 너를 극빈에서 구했어. 너한테 세상을 선물했어."

"교수님, 저는—"

“어떻게 감히? 어떻게 감히 네가 받은 모든 것에 침을 뱉을 수 있지?”

“교수님—”

“네가 그동안 이 학교에서 어떤 특권을 누렸는지 알기나 해?” 교수의 목소리는 변함없이 차분했지만, 각각의 음절이 갈수록 길어졌다. 말이 느려지다가 나중에는 단어마다 이로 물어뜯어서 내뱉듯 말했다. “아들을 옥스퍼드에 보내려면 돈이 얼마나 드는지 알아? 넌 무료로 숙식을 제공받고 있어. 매달 용돈까지 받아. 그리고 세상에서 가장 방대한 지식의 보고를 이용할 특권을 누리고 있어. 네 상황이 흔한 일이라고 생각했니?”

수백 가지 반박이 로빈의 머릿속을 떠돌았다. 그는 옥스퍼드의 특권을 요구한 적이 없었다. 납치되듯 광둥을 떠난 것도 그의 선택이 아니었다. 그러니 대학이 후원의 대가로 그에게 왕국과 왕국의 식민지 정책에 대한 지속적이고 변함없는 충성을 요구할 수는 없다. 만약 요구한다면 그것은 그가 동의한 적 없는 특수한 형태의 속박일 뿐이다. 그는 이 운명을 바란 적이 없었다. 이 운명을 강제로 부과당하고 할당받았을 뿐이다. 선택할 수 있었다면 그가 어떤 삶을 택했을지, 이 삶을 택했을지, 아니면 고향 광둥에서 자신과 닮은 사람들, 자신과 같은 말을 하는 사람들 사이에서 자라는 삶을 택했을지, 그것은 그도 모르는 일이었다.

하지만 그게 다 무슨 소용일까? 러벌 교수가 동감할 리 만무했다. 중요한 것은 로빈이 유죄라는 것뿐이었다.

"재미있었니?" 교수의 입술이 말려 올라갔다. "짜릿했어? 당연히 그랬겠지. 네가 읽던 하찮은 이야기들의 영웅이 된 기분이었겠지. 네가 현실의 딕 터핀[18세기 영국의 전설적인 노상강도단 두목]이라고 생각했니? 그랬어? 넌 항상 그 싸구려 통속소설을 좋아했지. 낮에는 지친 학생, 밤에는 늠름한 도적? 낭만적이더냐, 로빈 스위프트?"

"아뇨." 로빈은 어깨를 폈다. 최소한 애처롭게 겁에 질린 목소리는 내지 않고 싶었다. 어차피 벌을 받을 거라면, 신념이라도 지키고 싶었다. "아뇨, 저는 마땅한 일을 했어요."

"오호? 그 마땅한 일이란 게 뭐지?"

"교수님은 관심 없으시겠죠. 하지만 저는 그 일을 했고, 후회하지 않아요. 교수님이 원하시는 대로 하세요. 저는—"

"아니, 로빈. 네가 무엇을 위해 싸웠는지 말해보렴." 교수가 몸을 뒤로 기대며 양손을 첨탑처럼 맞대고 고개를 끄덕였다. 마치 시험이라도 보는 것처럼. 마치 진심으로 들어줄 것처럼. "어서. 나를 설득해봐. 나를 포섭하려고 노력해봐. 최선을 다해서."

"바벨이 자원을 비축하는 방식은 정당하지 않아요."

"오호! 정당하지 않다!"

"옳지 않아요." 로빈은 분개해서 계속 말했다. "이기적이에요. 우리의 은은 모두 사치와 군사, 레이스 짜기와 무기 제조에 쓰여요. 반면 은막대로 쉽게 살릴 수 있는 사람들은 죽어나가고 있어요. 다른 나라에서 모집한 학생들로 번역 센터를 돌리면서, 막상 학생들의 모국은 아무런 보상을 받지 못하는 것도 옳지 않아요."

로빈이 익히 아는 주장이었다. 그는 그리핀에게서 듣던 말, 자신이 내면화한 진실을 앵무새처럼 반복했다. 하지만 러벌 교수의 돌 같은 침묵 앞에서는 모든 것이 실없는 소리로 들렸다. 그의 목소리는 유약하게 삐걱댔고, 확신이 지독히 결여되어 있었다.

"바벨이 배를 불리는 방식이 그렇게 역겨웠는데, 넌 어떻게 항상 즐겁게 바벨의 돈을 받을 수 있었지?"

로빈은 움찔했다. "저는… 저는 요구한 적 없—" 하지만 말을 뱉는 순간 앞뒤가 맞지 않는 말이 되고 말았다. 그는 말끝을 흐렸다. 얼굴이 달아올랐다.

"넌 샴페인을 마시잖아, 로빈. 용돈을 받고, 맥파이 레인의 가구 딸린 하숙집에서 살고, 예복과 맞춤옷을 입고 거리를 활보하잖아. 모두 학교가 지불한 거야. 그런데 넌 그 모든 돈이 피로 물든 돈이라고 말하는구나. 받을 때는 아무렇지 않더냐?"

결국 그게 핵심이었다. 로빈은 언제나, 이론적으로는, 자신이 반쯤 믿는 혁명을 위해 얼마간은 포기할 각오가 되어 있었다. 자신에게 해가 되지 않는 한 저항도 나쁘지 않다고 생각했다. 그리고 그 모순이 괴롭지 않았다. 그 모순을 너무 깊이 생각하거나 너무 자세히 들여다보지 않는 한 괜찮았다. 하지만 그 모순이 이렇게 음산한 용어들로 뚜렷이 발설되자, 로빈이 혁명가는커녕 사실상 어떤 신념도 없는 인간이라는 점이 논박의 여지 없이 분명해 보였다.

교수의 입술이 실룩였다. "이젠 제국이 그다지 싫지 않구나, 그래?"

"정당하지 않아요. 공평하지 않아요."

"공평." 교수가 따라 말했다. "네가 물레를 발명했다 치자. 네이익을 여전히 손으로 실을 잣는 모두와 나눌 의무를 느낄까?"

"그건 경우가 달라요."

"우리가 은막대를 전 세계 후진국들에게 분배할 의무가 있다는 거야? 그 나라들도 번역 센터를 건설할 충분한 기회가 있었잖아? 외국어 공부에 대단한 투자가 필요한 것도 아니잖아? 다른 나라들이 자기 것을 활용하지 못하는 게 어째서 영국의 문제여야 하지?"

로빈은 입을 열었지만 아무 말도 떠오르지 않았다. 왜 이렇게 말을 찾기가 어려울까? 교수의 논리는 뭔가 잘못돼 있었다. 하지만 이번에도 그는 그게 뭔지 짚어낼 수 없었다. 자유무역, 국경 개방, 지식에 대한 평등한 접근— 모두 이론적으로는 훌륭해 보였다. 그런데 경기장이 정말로 평평하다면 어째서 모든 이익이 영국에만 쌓인 걸까? 영국인들이 정말로 그렇게 더 똑똑하고 근면한 걸까? 영국인들이 정말로 공명정대하게 게임해서 이겼을 뿐일까?

"너를 누가 포섭했지? 포섭 대상을 고르는 데 소질이 없군."

로빈은 대답하지 않았다.

"그리핀 할리였니?"

로빈은 움찔했고, 그것은 자백으로 충분했다.

"그랬겠지. 그리핀." 교수가 그 이름을 저주처럼 뱉었다. 그러고는 로빈을 한참 지켜보며 얼굴을 샅샅이 훑었다. 마치 아우에게서 형의 행적을 찾으려는 듯이. 그러다 기괴하게 부드러운 어조로 물었다. "이블린 브룩이 어떻게 됐는지 아니?"

"아뇨." 하지만 로빈은 자세한 사정은 몰라도 대략의 윤곽은 알고 있었다. 그는 거의 모든 조각을 맞췄고, 다만 마지막 조각을 끼우기를 미뤄왔다. 사실을 알고 싶지 않고, 그것이 사실이기를 바라지 않았기 때문이다.

"이블린은 명석했어. 우리가 지금껏 가진 최고의 학생이었지. 학교의 자랑이자 기쁨이었어. 이블린을 살해한 자가 그리핀이란 걸 아니?"

로빈은 경악했다. "아뇨, 그건—"

"그건 말하지 않던? 솔직히 놀랍구나. 자랑하고 다닐 줄 알았는데." 교수의 눈은 매우 어두웠다. "그럼 내가 알려주지. 5년 전이었어. 이비 — 가엾고 무고한 이비는 자정 넘어서까지 8층에서 작업 중이었어. 자기 램프만 남고 다른 불은 다 꺼졌다는 것도 모르고 말이지. 이비는 항상 그랬어. 연구에 몰두하면 주위에서 무슨 일이 일어나는지 몰랐어. 이비에겐 연구가 전부였지."

"그리핀 할리는 새벽 2시쯤 탑에 들어왔어. 이비를 보지 못한 거야. 이비는 작업대 뒤 구석에서 작업하고 있었거든. 그리핀은 자기 혼자라고 생각했고, 자기가 가장 잘하는 일에 착수했지. 약탈과 도둑질. 귀한 필사본을 뒤져내서 어딘지 모를 곳으로 밀반출하는 일. 문을 나서기 직전 그 애는 이비가 자기를 봤다는 것을 깨달았어."

교수가 잠시 침묵에 잠겼다. 로빈은 그가 말을 멈춘 이유가 궁금했다. 그러다 그의 눈이 붉어지고 눈시울이 축축해진 것을 보고 깜짝 놀랐다. 로빈이 알아온 세월 내내 단 한 번도, 눈곱만큼도 감정을 드러낸 적이 없었던 러벌 교수가 울고 있었다.

"이비는 아무것도 하지 않았어." 교수의 목소리가 갈라졌다. "이비는 경보를 울리지도, 소리를 지르지도 않았어. 그럴 기회조차 없었지. 이블린 브룩은 단지 잘못된 시간과 잘못된 장소에 있었을 뿐이야. 하지만 그리핀은 이비가 자기를 고발할까 봐 그녀를 죽였어. 다음 날 아침 내가 이비를 발견했지."

교수가 손을 뻗어 책상 모퉁이에 놓인 낡은 은막대를 탁탁 쳤다. 로빈이 여러 번 본 은막대였다. 하지만 교수가 항상 뒤집어서 사진틀 뒤에 반쯤 숨겨놓았기 때문에 무슨 은막대인지는 감히 물어보지 못했다. 교수가 그것을 뒤집었다. "이 매치페어의 기능을 아니?"

로빈은 은막대를 내려다봤다. 앞면에 爆[폭]자가 새겨져 있었다. 로빈은 속이 울렁거렸다. 뒷면은 볼 엄두가 나지 않았다.

"빠오." 교수가 말했다. "왼쪽은 불을 뜻하는 부수. 오른쪽은 폭력, 잔인함, 격동을 뜻하는 부수. 그 자체로 사납고 야만적인 잔혹성을 뜻하기 때문에 '폭풍'과 '난폭' 같은 단어들에 쓰이지. 그리핀은 이 한자를 '터지다'로 영역했어. 최대한 순하게 번역한 거지. 너무 순해서 맞는 번역이 아닐 정도야. 그래서 그 모든 힘, 그 모든 파괴력이 은 속에 갇힌 거야. 그게 이비의 가슴에서 폭발했어. 그녀의 흉곽을 새장처럼 열어젖혔지. 그리핀은 이비를 거기 버려두고 갔어. 이비는 서가 사이에, 손에 여전히 책을 든 채 쓰러져 있었어. 내가 발견했을 때 그녀의 피가 바닥의 반을 덮고 있었어." 그러고는 은막대를 책상 위로 밀어 보냈다. "들어보렴."

로빈은 움찔했다. "네?"

"집어 들어." 교수가 쏘아붙였다. "무게를 느껴봐."

로빈은 손을 뻗어 은막대에 손을 감았다. 막대는 섬뜩하게 차가웠다. 지금껏 접한 어떤 은막대보다 차가웠다. 그리고 지나치게 무거웠다. 이것이 누군가를 죽였다는 것이 믿어질 정도였다. 막대는 거기 갇혀 있는 격노의 잠재력으로 윙윙대는 듯했다. 언제 터질지 모르는, 안전핀을 뽑은 수류탄처럼.

그는 무의미한 질문인 것을 알면서도 묻지 않을 수 없었다. "그자가 그리핀이라는 걸 어떻게 아시죠?"

"지난 10년 동안 중국어 학생은 그리핀밖에 없었으니까. 내가 그랬다고 생각하니? 아니면 차크라바르티 교수?"

교수가 거짓말을 하는 걸까? 이야기가 너무 기괴해서 로빈은 도저히 믿기지 않았다. 아니, 그리핀이 살인도 불사한다는 것을 믿고 싶지 않았다.

하지만 그리핀이라면 그럴 수도? 바벨 교수진을 적의 선봉처럼 미워하고, 자기 동생이 어떻게 되거나 말거나 계속 싸움터로 내몰고, 자기가 싸우는 전쟁을 선악의 대립으로만 보고 다른 것은 전혀 보지 못하는 그리핀. 그리핀이라면 헤르메스의 비밀 보호를 위해 무방비 상태의 소녀를 살해할 수도 있지 않을까?

"유감이에요. 몰랐어요."

"이게 네가 운명을 맡겼던 인간의 정체야. 거짓말쟁이에 살인자. 네가 무슨 세계 해방 운동을 돕고 있다고 생각하니, 로빈? 순진하게 굴지 마. 넌 그리핀의 과대망상을 돕는 거야. 대체 무엇을 위해?" 교수가 턱으로 로빈의 어깨를 가리켰다. "팔에 총이나 맞으려고?"

"어떻게 아셨―"

"플레이페어 교수는 네가 노를 젓다가 팔을 다쳤을 거라고 하더라. 하지만 난 그렇게 쉽게 속지 않아." 교수가 책상 위에 손을 모은 채 몸을 뒤로 기댔다. "이제, 선택지는 아주 명확해. 바벨이냐, 헤르메스냐."

로빈은 미간을 찌푸렸다. "네?"

"바벨이냐, 헤르메스냐. 아주 간단해. 네가 결정해."

로빈은 고장 난 악기가 된 기분이었다. 한 가지 음만 낼 수 있는 악기. "교수님, 저는―"

"퇴학당할 거라고 생각했니?"

"그게, 네. 당연히―"

"안됐지만 바벨을 떠나긴 그리 쉽지 않아. 네가 잘못된 길로 빠진 건 사실이다만, 난 그것이 악의적 영향의 탓이라고 믿는다. 네가 능히 감당하지 못할 잔인하고 교활한 영향. 그래, 넌 순진했어. 실망이다. 하지만 네가 끝장난 건 아니야. 이 일이 꼭 감옥행으로 끝날 필요는 없지." 교수가 다시 손가락으로 책상을 두드렸다. "네가 우리에게 유용한 것을 제공해준다면 적잖은 도움이 되겠지."

"유용한 것?"

"정보 말이야, 로빈. 놈들을 찾을 수 있게 도와라. 그자들을 뿌리 뽑는 데 기여해."

"하지만 저는 그들에 대해 아무것도 몰라요. 그리핀 외엔 아는 이름도 없어요."

"정말?"

"사실이에요. 그게 그들의 방식이에요. 심하게 분산돼 있고, 신참에게 무엇도 말해주지 않아요. 혹시—" 로빈은 마른침을 삼켰다. "혹시 이런 일이 생길 경우에 대비해서요."

"정말 유감이구나. 사실이니?"

"네. 저는 정말 아무것도—"

"속말을 해, 로빈. 머무적대지 말고."

로빈은 움찔했다. 그리핀이 썼던 말과 똑같았다. 그리핀도 지금 러벌 교수와 똑같은 말투로, 똑같이 차갑고 고압적으로 말했었다. 논쟁에서 이미 이긴 것처럼. 로빈이 무슨 답변을 하든 헛소리일 게 뻔하다는 듯이.

그리핀의 히죽대는 얼굴이 그려졌다. 그가 뭐라고 할지 들리는 듯했다. *당연히 넌 일신의 안락함을 선택하겠지, 이 응석받이 꼬마 학자야.* 하지만 그리핀이 무슨 자격으로 나의 선택을 판단한단 말인가? 옥스퍼드에, 바벨에 남아 있는 것은 사치도, 도락도 아니다. 이것은 생존이다. 이것은 내가 이 나라에 들어올 유일한 티켓이었고, 길거리 인생으로 전락하는 것을 피할 유일한 방법이었다.

갑자기 그리핀을 향해 증오가 치밀었다. 로빈은 무엇도 자청한 적이 없었다. 그런데 이제 자신의 미래가, 그리고 라미와 빅투아르의 미래가 끝장날 지경이었다. 그런데도 그리핀은 지금 어디 있지? 내가 총상을 입었을 때 그리핀은 어디 있었지? 그리핀은 자취를 감췄다. 그리핀은 그들을 자신의 임무 수행에 이용한 뒤 상황이 틀어지자 그들을 버리고 내뺐다. 그리핀은 감옥에 가도 할 말이 없는 처지였다.

"의리 때문에 입 다물고 있겠다면 어쩔 도리가 없다." 교수가 말했다. "하지만 난 우리에게 여전히 협력의 여지가 있다고 본다. 너도 아직은 바벨을 떠날 준비가 되지 않았잖아?"

로빈은 숨을 깊이 들이마셨다.

내가 입을 열면 어떻게 될까? 헤르메스 협회는 나를 버렸고, 나의 경고를 무시했고, 나의 소중한 친구들을 위기에 빠뜨렸다. 나는 헤르메스에 빚진 것이 없다.

이후 몇 주 동안 로빈은 그것은 배신이 아니라 전략적 양보였고, 정작 중요한 것은 실토하지 않았다고 자신을 설득했다. 그리핀이 은신처는 거기 말고도 많다고 하지 않았던가? 그것만이 라미와 빅투아르를 보호하고, 자신의 퇴학을 막고, 나중에 헤르메스를 도울 연락망도 보존하는 방법이었다. 하지만 어떤 자기 설득의 말로도 고약한 진실에서 벗어날 수는 없었다. 그의 선택은 헤르메스를 위한 것도, 라미와 빅투아르를 위한 것도 아닌 자기 보호를 위한 것이었다. 그것이 진실이었다.

"세인트 올데이트. 교회 뒷문이요. 지하실 근처에 문이 있어요. 녹슬어 잠긴 문인데 그리핀한테 열쇠가 있어요. 그들이 거기를 은신처로 이용해요.”

교수가 받아 적었다. “그리핀이 거기에 얼마나 자주 가지?”

“몰라요.”

“거기 뭐가 있지?”

“몰라요. 제가 직접 가본 적은 없어요. 정말이에요. 그리핀은 알려주는 게 별로 없어요. 죄송해요.”

교수가 로빈에게 차가운 눈길을 길게 던졌다. 그러다 표정을 풀었다.

“네가 이보다 나은 아이란 걸 안다.” 교수가 책상 위로 몸을 기울였다. “넌 모든 면에서 그리핀과 달라. 넌 겸손하고, 똑똑하고, 성실해. 넌 그리핀만큼 너희 전통에 오염되지 않았어. 내가 지금의 너를 처음 만났다면 네가 중국인인 걸 몰랐을 수도 있어. 너에겐 비상한 재능이 있다. 두 번째 기회를 받을 만한 재능이지. 하지만 조심해.” 그러고는 문을 가리켰다. “세 번째 기회는 없어.”

로빈은 일어나서 자기 손을 내려다봤다. 그는 이비 브룩을 죽인 은막대를 부지불식간에 계속 쥐고 있었다. 막대는 몹시 뜨거운 동시에 몹시 차가웠다. 잠시라도 더 만지면 손바닥에 구멍이 뚫릴 것 같은 이상한 공포가 들었다. 그는 막대를 내밀었다. “여기요—”

“가져라.”

“네?”

"난 지난 5년간 매일 그 막대를 보면서 내가 그리핀에 대해 어디서 실수했을까 생각했다. 내가 그 애를 다르게 양육했거나 그 애의 심성을 진즉에 알아봤다면 이비가 아직 살아 있을까― 아니, 관두자." 교수의 목소리가 굳었다. "그 막대가 이젠 네 양심을 짓누르겠지. 가져라, 로빈 스위프트. 앞주머니에 넣고 다녀. 의심이 들 때마다 꺼내서 어느 편이 악당인지 상기하도록 해."

교수가 나가라고 몸짓했다. 로빈은 은막대를 움켜쥔 채 비틀비틀 계단을 내려갔다. 머리가 멍했다. 자신의 세상 전체가 경로에서 이탈했다. 자신이 한 짓이었다. 그것은 분명했다. 하지만 자신이 옳은 일을 한 것인지, 애초에 뭐가 옳고 그른지, 앞으로 이 그림 조각들이 어떤 그림을 만들지는 전혀 알 수 없었다.

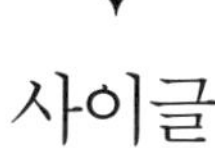

사이글

라미

라미즈 라피 미르자는 처음부터 영리한 아이였다. 그는 비상한 기억력과 말재주를 타고났다. 언어들을 스펀지처럼 빨아들였고, 리듬과 음을 포착하는 귀가 기막히게 좋았다. 그는 문구들을 흡수해 그저 반복하는 데 그치지 않았다. 원래 화자가 의도한 감정을 말에 그대로 담아 정확히 흉내 냈다. 순간 그가 화자인 것 같은 착각을 일으킬 정도였다. 다른 삶에 태어났다면 배우가 되었을지도 모른다. 그에겐 단순한 단어들을 노래로 만드는 형언하기 어려운 기술이 있었다.

라미는 총명했고, 그것을 뽐낼 기회가 많았다. 미르자 가족은 당대의 풍파를 엄청난 행운으로 헤쳐 나왔다. 그들은 영구토지세[영국의 인도 식민지에 대한 경제적 착취를 대표하는 제도] 시행 이후 땅과 재산을 잃은 무슬림 가족 중 하나였지만 다행히 캘커타에 있는 벵골아시아협회의 총무 호러스 헤이먼 월슨 경의 집에 고용되었다. 벌이가 많지는 않아도 안정적인 일자리였다. 윌슨 경은 인도의 언어들과 문학에 지대한 관심이 있었고 아랍어, 페르시아어, 우르두어에 능통한 라미의 아버지와 대화하는 것을 큰 낙으로 삼았다.

그렇게 라미는 캘커타 백인 거주지의 엘리트 영국인 가족들 사이에서, 포르티코와 콜로네이드로 장식한 유럽식 주택들과 유럽인 고객만 상대하는 상점들 사이에서 자랐다. 윌슨 경은 그의 교육에 일찍부터 관심을 기울였고, 또래 사내아이들이 아직 길에서 놀고 있을 때 라미는 캘커타 무함마드 칼리지의 수업들을 청강하며 산술, 신학, 철학을 공부했다. 아랍어, 페르시아어, 우르두어는 아버지와 공부했다. 라틴어와 그리스어는 윌슨 경이 고용한 가정교사들에게서 배웠다. 영어는 그를 둘러싼 세상에서 자연스럽게 흡수했다.

윌슨 경의 집에서 그는 꼬마 교수로 불렸다. 축복받은 라미, 영특한 라미. 그는 공부의 목적과 용도에 대해서는 알지 못했다. 다만 자신이 뭔가에 통달할 때마다 어른들이 좋아한다는 것만 알았다. 그는 윌슨 경이 거실에 불러 모은 손님들 앞에서 재주를 선보이곤 했다. 그들이 카드를 차례로 보여주면, 그는 본 순서대로 각 장의 문양과 숫자를 완벽하게 외워서 말했다. 에스파냐어나 이탈리아어로 된 구절이나 시를 읽어주면, 그는 무슨 뜻인지 전혀 모르면서도 억양까지 똑같이 암송했다.

그는 한때 이에 우쭐했다. 손님들의 환호성을 듣는 것이 좋았다. 그들이 머리를 쓰다듬고 손에 사탕을 쥐여주는 것이 좋았다.

이만 나가보라는 분부가 떨어지면 그는 신나서 주방으로 뛰어
갔다. 당시 그는 계급이나 인종에 대한 이해가 전혀 없었다. 그
는 모든 게 그저 게임이라고 생각했다. 아버지가 미간에 우려를
담은 채 구석에서 지켜보고 있는 것을 알지 못했다. 백인에게
깊은 인상을 주는 것이 그들을 자극하는 것만큼이나 위험할 수
있다는 것도 몰랐다.

그가 열두 살이던 어느 날 오후, 윌슨 경의 손님들이 열띤 논
쟁 중에 그를 호출했다.

"라미." 그를 손짓으로 부른 사람은 자주 방문하는 트리벨리
언 씨였다. 엄청난 구레나룻과 늑대처럼 시큰둥한 미소를 가진
남자였다. "이리 와."

"애는 놔둬." 윌슨 경이 말했다.

"내 주장을 입증하려는 걸세." 트리벨리언 씨가 한 손을 들었
다. "라미, 이리 오렴."

윌슨 경이 막지 않았으므로 라미는 냉큼 트리벨리언 씨 옆으
로 가서 꼬마 군인처럼 뒷짐을 지고 꼿꼿이 섰다. 라미는 영국
인 손님들이 이 자세를 좋아한다는 것을 알고 있었다. 그들은
그 모습을 귀엽게 여겼다.

"부르셨어요?"

"영어로 열까지 세어볼까." 트리벨리언 씨가 말했다.

라미는 명령에 따랐다. 트리벨리언 씨는 라미가 이를 쉽게 한
다는 것을 이미 알고 있었다. 이 수행은 그 자리의 다른 신사들
을 위한 것이었다.

"이번엔 라틴어로." 트리벨리언 씨가 말했다. 이번에도 라미가 해내자 다시 말했다. "이번엔 그리스어로."

라미는 지시대로 했다. 방에 흡족해하는 웃음이 돌았다. 그는 욕심을 내기로 했다. "작은 숫자는 어린애들이나 하는 거죠." 그는 완벽한 영어로 말했다. "대수학을 논하고 싶으시면 언어를 골라주세요. 그것도 할 수 있어요."

사람들이 신통해하며 껄껄 웃었다. 라미는 방긋 웃었다. 그러고는 몸을 앞뒤로 까닥이며 어김없이 쥐여질 사탕이나 동전을 기다렸다.

트리벨리언 씨가 손님들에게로 돌아섰다. "이 아이와 아이 아버지를 생각해보세. 두 사람은 재능도 비슷하고, 비슷한 배경에 비슷한 교육을 받았어. 오히려 아이 아버지가 시작은 더 유리했지. 아이의 할아버지가 부유한 상인 계급에 속했다고 들었어. 하지만 운의 성쇠를 누가 알겠나. 천부적 재능을 타고났지만 미르자 씨는 여기서 하인 이상의 자리를 얻지 못해. 그렇지 않나요, 미르자 씨?"

라미는 그 순간 아버지의 얼굴에 뜬 심히 묘한 표정을 봤다. 아버지는 참고 있는 것처럼, 쓰디쓴 씨앗을 삼켰다가 뱉어내지 못하는 사람처럼 보였다.

갑자기 이 게임에서 흥이 달아났다. 재주를 뽐낸 것이 불안해졌다. 하지만 왜 그런지는 딱 꼬집어 말하기 어려웠다.

"말해봐요, 미르자 씨." 트리벨리언 씨가 말했다. "하인이 되고 싶어서 된 건 아니잖아요?"

미르자 씨가 초조하게 웃었다. "호러스 윌슨 경을 모시는 것은 큰 영광입니다."

"아휴, 됐어요— 예의 차릴 필요 없어요. 우린 호러스의 방귀 냄새도 아는 사람들이니까."

라미는 아버지를 쳐다봤다. 라미에게 아버지는 언제나 산처럼 거대한 사람이었다. 라미에게 글을 가르친 사람이었다. 로마자와 아랍문자를 가르치고, 나스탈리크 서예를 가르치고, 무슬림의 기도를 가르치고, 존경의 의미를 알려준 사람이었다. 라미의 하피즈[코란을 모두 암기한 무슬림을 부르는 존칭]였다.

미르자 씨가 고개를 끄덕이며 미소 지었다. "맞습니다, 트리벨리언 씨. 당연히 저도 선생님의 위치에 있고 싶지요."

"거봐." 트리벨리언 씨가 말했다. "봤지, 호러스. 이들에게도 야망이 있어. 이들에게도 지성이 있고, 자치의 욕망이 있어. 당연한 일이지.* 자네의 교육 정책이 오히려 이들을 억누르고 있는 걸세. 인도에는 국정 운영에 적합한 언어가 없어. 시문과 서사시는 더없이 흥미롭지만, 행정 문제에 있어서는—"

다시 왁자하게 논쟁이 터졌다. 라미는 잊혔다. 그는 여전히 보상을 바라며 윌슨 경을 훔쳐봤다. 하지만 그의 아버지가 매서운

---

* 이는 어린 라미가 부지불식중에 호러스 윌슨 경을 위시한 동양주의자들과 트리벨리언 씨를 포함한 영어주의자들의 논쟁에 끼게 된 상황이었다. 전자는 인도 학생들에게 산스크리트어와 아랍어를 가르치는 것을 지지한 반면, 후자는 장래가 유망한 인도 학생들을 영어로 교육해야 한다고 주장했다. 이 논쟁은 1835년 2월 토머스 매콜리 경의 악명 높은 「교육 보고서」가 대표하는 영어주의의 승리로 끝났다. 매콜리는 그 문서에 이렇게 썼다. "현재 우리의 급선무는 우리와 피지배민 사이에 통역사 역할을 할 계층을 양성하는 것이다. 이 계층은 혈통과 피부색은 인도인이지만 취향, 견해, 도덕성, 지성은 영국인인 사람들을 일컫는다."

눈빛을 보내며 고개를 저었다.

라미는 영리한 아이였다. 그는 물러날 때를 알았다.

2년 후인 1833년, 호러스 윌슨 경이 옥스퍼드대학교의 초대 산스크리트어 학과장 자리를 맡아 캘커타를 떠났다.[*] 윌슨 경이 아들을 영국으로 데려가겠다고 제안했을 때 미르자 부부는 반대하지 않았다. 아니, 반대할 만큼 무모하지 않았다. 라미도 자식을 곁에 두려고 싸우지 않는 부모를 원망하지 않았다.(그때쯤 이미 그도 백인 남자를 거스르는 것이 얼마나 위험한지 알고 있었다.)

"요크셔에서 내 하인들이 아이를 키울 거요." 윌슨 경이 설명했다. "난 대학교에서 휴가를 받을 때 방문할 것이고, 애가 자라면 유니버시티 칼리지에 등록시킬 거요. 찰스 트리벨리언의 말처럼 영어가 인도인에게 출세의 길일 수도 있지만, 학문의 세계에서는 인도의 언어들도 가치가 있어요. 행정직은 영어로 충분하겠지만, 우리의 진짜 천재들은 페르시아어와 아랍어를 연구해야 하지 않겠소. 누군가는 옛 전통의 명맥을 이어야 하니까."

라미의 가족은 그를 부두에서 배웅했다. 그의 짐은 단출했다. 옷을 가져가봤자 어차피 반년이 안 돼 작아질 테니까.

어머니가 아들의 얼굴을 양손으로 감싸고 이마에 키스했다. "꼭 편지해. 매달 한 번―아니, 매주 한 번―기도도 잊지 말고―"

"네, 암마."

---

[*] 이 임명은 일대 논란을 일으켰다. 윌슨은 이 자리를 놓고 W. H. 밀 목사와 치열하게 경합했는데, 윌슨이 선임되자 밀 목사의 지지자들이 윌슨에게 여덟 명의 사생아가 있다는 소문을 퍼뜨리고 그의 자질을 문제 삼았다. 이에 윌슨의 지지자들은 실제 사생아는 두 명밖에 없다며 그를 두둔했다.

여동생들이 오빠의 재킷에 매달렸다. "선물 보내줄 거야? 국왕을 만날 거야?"

"응." 라미는 말했다. "그리고 아니. 왕은 관심 없어."

아버지는 한두 걸음 뒤에서 아내와 아이들을 바라보며 모든 것을 기억에 잘 담아두려는 듯 눈을 세게 껌벅였다. 그러다 마침내 탑승 신호가 울리자 그는 아들을 가슴에 끌어안고 속삭였다. "알라 하피즈.* 어머니에게 편지 써라."

"네, 아부."

"네가 누군지 잊지 마라, 라미즈."

"네, 아부."

라미는 그때 열네 살이었다. 자부심의 의미를 알 만한 나이였다. 라미는 단순히 기억하는 것 이상을 할 작정이었다. 그는 이제 아버지가 그날 거실에서 지었던 미소의 이유를 이해했다. 그것은 나약함이나 굴종의 표시도, 보복에 대한 두려움도 아니었다. 아버지는 연기를 하고 있었다. 아들에게 방법을 보여주고 있었다.

거짓말해라, 라미즈. 그것은 교훈이었다. 그가 그때껏 배운 것 중 가장 중요한 교훈이었다. 숨어라, 라미즈. 세상에 그들이 원하는 모습을 보여줘. 너를 비틀어서 그들이 보고 싶어 하는 이미지로 욱여넣어. 이야기를 장악하는 것이 곧 그들을 지배하는 방법이니까. 너의 신앙을 숨기고, 너의 기도를 감춰라. 알라는 여전히 너의 마음을 아실 것이니.

* '안녕' 또는 '신이 너의 보호자가 되시기를'이라는 뜻이다.

라미는 끝내주게 연기했다. 그는 영국 상류사회를 어려움 없이 항해했다. 캘커타에도 영국식 태번, 뮤직홀, 극장이 충분히 많았기 때문에, 그가 요크셔에서 본 것은 그가 자란 축소판 엘리트 세계를 확장한 것에 불과했다. 그는 청중에 따라 말씨를 세게 또는 약하게 조절했다. 영국인들이 그의 민족에 대해 품은 각종 허황된 관념을 파악한 뒤, 전문 극작가처럼 정교하게 풀어서 다시 내뱉어주었다. 그는 언제 선원처럼, 하인처럼, 왕자처럼 굴어야 할지 알았다. 언제 아첨하고 언제 자조적 태도를 취할지 알았다. 백인의 우월감과 호기심에 대해서는 논문도 쓸 수 있었다. 그는 자신을 매혹적인 대상으로 만드는 동시에 위협적이지 않게 희석할 줄 알았다. 그는 최고의 농간을 연마했다. 그것은 영국인을 홀려서 자신을 존경의 눈으로 보게 만드는 기술이었다.

그는 이 기술에 너무 능해져서 그 책략 속에 자신을 잃어갈 정도였다. 연기자가 자신의 이야기를 믿는 것, 박수갈채에 눈이 머는 것은 실로 위험한 함정이었다. 그는 우수한 성적과 빛나는 영예를 휘감은 대학원 연구생이 된 자신을 상상했다. 막대한 보수를 챙기는 변호사를 꿈꿨다. 런던과 캘커타를 오가며 항해에서 돌아올 때마다 가족에게 재물과 선물을 안기는 명망 높은 동시통역사의 미래를 그렸다.

그런데 너무도 능숙하게 옥스퍼드를 누비는 자신의 모습이, 너무도 달성 가능해진 이 상상의 미래가 때로는 그를 두렵게 했다. 겉으로 그는 눈부셨다. 하지만 속으로 그는 자신을 사기꾼으로, 반역자로 느꼈다. 그에게 절망이 들기 시작했다. 내가 달성할 수 있는 것은 결국 윌슨의 의도대로 제국의 하수인이 되는 것뿐일까? 반식민주의 저항의 길은 심히 드물고, 심히 가망 없어 보였다.

그러다 3학년 때, 죽은 줄 알았던 앤서니 리벤이 나타나서 물었다. "우리와 함께할래?"

라미는 그의 눈을 보며 망설임 없이 답했다. "네."

바벨 1

1판 1쇄 2025년 8월 18일 | 1판 4쇄 2026년 2월 13일
지은이 R. F. 쿠앙 | 옮긴이 이재경 | 펴낸이 임주현 | 펴낸곳 (주)문학사상
주소 경기도 파주시 회동길 363-8, 201호(10881) | 등록 1973년 3월 21일 제1-137호
전화 031) 946-8503 | 팩스 031) 955-9912
홈페이지 www.munsa.co.kr | 이메일 munsa@munsa.co.kr

ISBN 978-89-7012-179-6 04840   ISBN 978-89-7012-178-9 (세트)

樂府二首
短歌行
魏武帝
對酒當歌人生幾何譬如朝露去日苦多
慨當以慷憂思難忘何以解憂唯有杜康
青青子衿悠悠我心但為君故沈吟至今
呦呦鹿鳴食野之苹我有嘉賓鼓瑟吹笙
明明如月何時可掇憂從中來不可斷絕
越陌度阡枉用相存契闊談讌心念舊恩
月明星稀烏鵲南飛繞樹三匝何枝可依
山不厭高海不厭深周公吐哺天下歸心

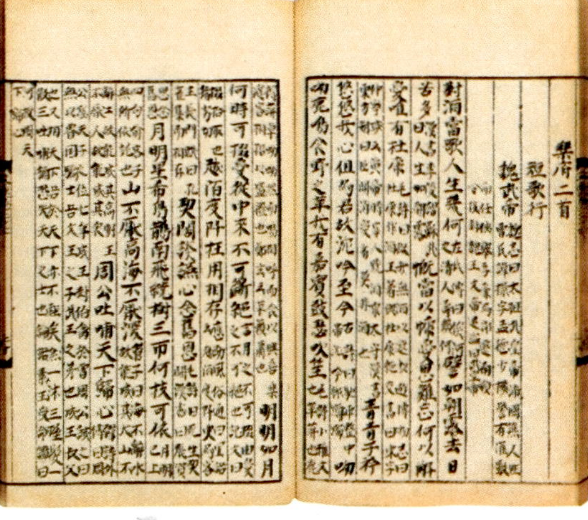

〔上〕 **악부**(樂府) **2수 〈단가행**(短歌行)〉 위무제(魏武帝) 조조(曹操)의 악부시. 《문선(文選)》에 실려 있는 것이다.

〔下〕 **당대**(唐代)**의 풍속** 상좌(上左)로부터 승마(乘馬)하는 부인 2점. 애완동물을 안고 있는 부인과 소녀 각 1점, 하(下)는 악인(樂人)들과 무녀 2명.

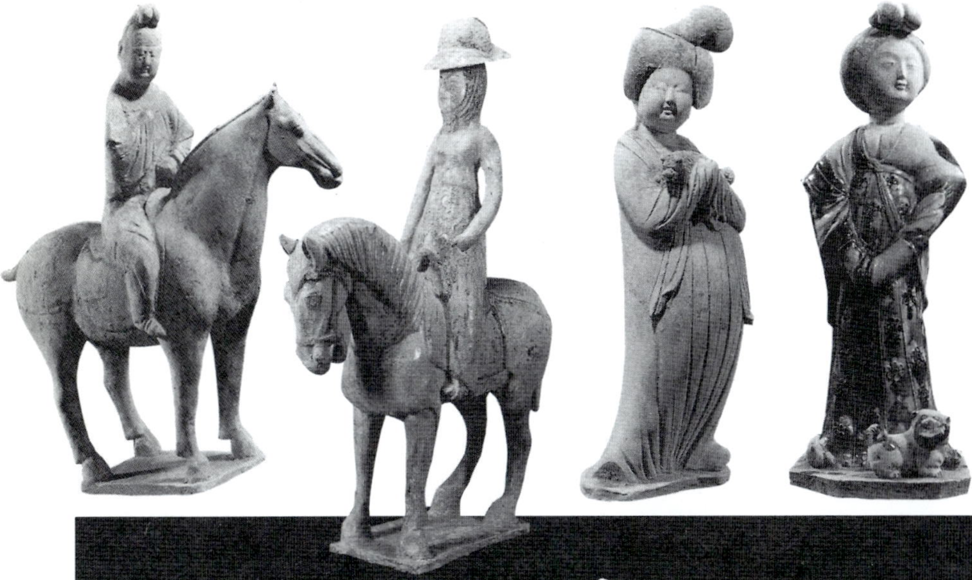

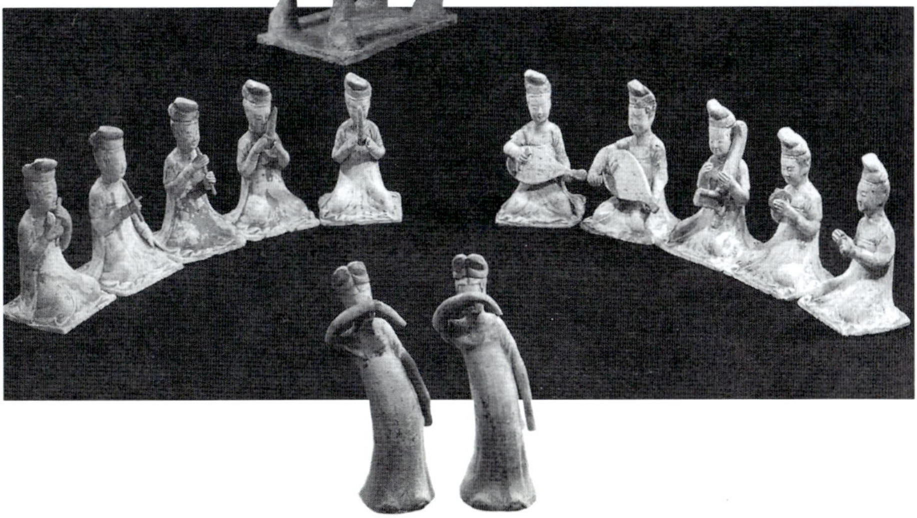

修訂增補
樂府詩選
악부시선
金學主 著
明文堂